Pascal Larroc

Tödliches Carcassonne

PASCAL LARROC

Tödliches Carcassonne

Kriminalroman

Ullstein

Besuchen Sie uns im Internet:

www.ullstein.de

Wir verpflichten uns zu Nachhaltigkeit
- Papiere aus nachhaltiger Waldwirtschaft und anderen kontrollierten Quellen
- Druckfarben auf pflanzlicher Basis
- ullstein.de/nachhaltigkeit

MIX
Papier
FSC FSC® C083411

Originalausgabe im Ullstein Paperback

2. Auflage 2025

© 2025 Ullstein Buchverlage GmbH, Friedrichstraße 126, 10 117, Berlin
Wir behalten uns die Nutzung unserer Inhalte für Text und Data Mining im
Sinne von § 44b UrhG ausdrücklich vor.
Bei Fragen zur Produktsicherheit wenden Sie sich bitte an
produktsicherheit@ullstein.de
Gesetzt aus der Quadraat by pepyrus
Druck und Bindearbeiten: CPI books GmbH, Leck
ISBN 978-3-86493-355-4

Für Lars

CANAL DU MIDI
In der Nähe von Carcassonne

Die Äste der Laubbäume ragten weit über das Ufer bis fast zur Mitte des Kanals. An der anderen Seite wuchs nur dichtes, hohes Gras, in dem sich jetzt die Bugwelle des Bootes verlief. Vollmondlicht drang durch das Blätterwerk der Bäume und erzeugte ein Glitzern auf dem Wasser wie ein Meer aus Tausenden Diamanten. Tagsüber erstrahlte die Gegend in sattem Grün, das wusste Brahim, weil er die Strecke sehr gut kannte. In der Dunkelheit hingegen verblassten alle Farben. Hinter dem hohen Gras konnte man einen Treidelpfad für Radfahrer und Fußgänger ausmachen, der sich wie ein weißer Strich durch die Landschaft zog.

Um diese Zeit war nicht viel los auf dem Canal du Midi, da die Schleusen nachts ihren Betrieb einstellten. Allein auf der Strecke zwischen Castelnaudary und Carcassonne gab es sechzehn Staustufen. Das Gezirpe Tausender Grillen übertönte die leisen Fahrgeräusche des Bootes, das im Moment nur durch einen Elektromotor angetrieben wurde. Warum die Viecher so einen Lärm machten, wusste Brahim nicht, es hatte bestimmt wieder irgendetwas mit der Fortpflanzung zu tun.

Er schaute auf die Smartwatch an seinem Handgelenk. Ihm war nur mitgeteilt worden, wann er wo zu sein hatte. Wieso mitten in der Nacht? Sollte er Ware übernehmen, oder um was ging es? Serge hatte ihm nichts gesagt.

Das hohe Gras der Böschung wurde weniger, und eine Befestigung am rechten Ufer ermöglichte es, dort anzulegen. Brahim stellte den Gashebel auf Leerlauf, das Boot fuhr langsam weiter in einem sehr spitzen Winkel auf die Poller zu, dann legte er einmal kurz den Rückwärtsschub ein und drehte am Ruder. Ein leises Knirschen war zu vernehmen, als die Bootsfender aus Plastik gegen die Uferbefestigung drückten. Brahim warf die Schlinge über einen der Holzpoller, und das Seil zog sich stramm, wodurch das Boot gänzlich an Fahrt verlor. Jetzt musste er nur noch nach vorne gehen, um den Bug zu vertäuen.

Geschafft.

Er sah erneut auf die Smartwatch, fünf Minuten vor der vereinbarten Zeit. Zeit, noch eine zu rauchen. Zeit, etwas runterzukommen, Selbstsicherheit zu tanken. Bald würde er erfahren, warum er mitten in der Nacht hier erscheinen sollte. Dass Serge nicht viel gesagt hatte, war normal. Man tauschte so wenig Informationen wie möglich über Handys aus, die Scheißdinger konnten abgehört werden.

Vielleicht machte Brahim sich zu viele Gedanken. Damit wurde er oft aufgezogen: *Denk nicht so viel, Bro. Halt einfach die Füße still.* Vielleicht hatten sie ja recht.

Das Zippo leuchtete hell in der Dunkelheit auf, Brahim entzündete den Tabak. Dann ließ er die Hand ruckartig zur Seite schnellen, und der Deckel erstickte die Gasflamme wieder. Seine Lungen füllten sich mit Zigarettenrauch, den er durch die Nase wieder ausblies und der im Mondlicht deutlich gegen die Dunkelheit hervortrat. Brahim schaute wieder auf die Uhr. Die Zeit war gekommen. Er nahm noch einen Zug, noch einen, noch einen letzten, bevor er die Kippe über Bord schnippte. Sein Blick wanderte umher, und er sah zu dem Treidelpfad, der am Kanal entlangführte. Dahinter waren junge Pappeln gepflanzt worden, schön aufgereiht wie in einer Allee. Brahim wusste einiges über den Canal du Midi, denn sein Fahrlehrer beim Bootsführerschein hatte viel erzählt über den Kanal, seine Bedeutung für die Region und die Vegetation. Die Bäume dienten nicht nur der Uferbefestigung, sie spendeten am Tag Schatten, damit nicht zu viel Wasser verdunstete.

Er schaute sich um, sah niemanden weit und breit. Noch eine Zigarette? Oder einen Joint, den er in der Tasche hatte? Er entschied sich, lieber einen klaren Kopf zu behalten. Brahim ging in die Hocke und sah sich das Deck an, das er etwas ausbessern hatte müssen, weil irgendein

Vollidiot eine große Flasche Champagner zertrümmert hatte. Er strich mit dem Finger über die Stelle, sie war immer noch nicht ganz getrocknet.

Da!

Brahim schaute auf, kam wieder auf die Beine. Zu dem Gezirpe hatte sich ein neues Geräusch gesellt. Brahim beugte sich über die Reling, sah in die Richtung, aus der er gekommen war, und konnte ein Licht in der Dunkelheit erkennen. Eine Taschenlampe. Sie flackerte mehrmals hintereinander auf. Na also, da waren sie endlich. Angetrieben von einem brummenden Außenborder, näherte sich ein schwarzes Zodiac, im Schatten der Bäume kaum zu erkennen. Dann wurde es leiser und leiser, bis das Motorengeräusch erstarb. Zwei Männer waren an Bord. Einer hinten am Steuer, der andere stand am Bug und ließ ein Seil hin- und herschwingen. Brahim ging nach vorne an die Reling und fing es. Das Schlauchboot legte an der Backbordseite an.

»Bist du Brahim?«, rief der am Ruder herüber.

»Ja. Und wer seid ihr?«

Als Antwort folgte Schweigen. Beide trugen schwarze Hoodies, hatten die Kapuzen über den Kopf gezogen, ihre Gesichter lagen im Dunkeln verborgen.

»Serge schickt uns. Wir sollen was abholen«, sagte der, der ihm das Seil zugeworfen hatte.

»Abholen?« Brahim verstand nicht. »Davon weiß ich nichts.«

»Warum bist du dann hier?«, rief der am Heck ihm zu.

»Weil Serge gesagt hat, dass ich herkommen soll. Sonst weiß ich von nichts.«

Die beiden schauten sich an und schüttelten den Kopf, dann sah der Mann am Bug zu ihm. »Serge meinte, dass du was für uns hast.«

Brahim verstand die Welt nicht mehr und schüttelte den Kopf. »Was soll der Scheiß, verdammt? Kommt erst mal hoch.«

Die beiden zögerten. Dann griff der am Bug nach der Reling und zog sich hoch. Das Hausboot schaukelte, als der Mann an Bord kam. Trotz des Mondlichtes konnte Brahim das Gesicht seines Gegenübers immer noch nicht richtig erkennen, nur sein langer Bart schaute unter der Kapuze hervor. Der andere verharrte weiterhin am Ruder des Zodiacs.

»Du hast also nichts für uns dabei?«, fragte der Bärtige.

»Nein. Was hat Serge gesagt?«

Er wartete wieder auf eine Antwort. Vergebens. Brahims ungutes Gefühl verstärkte sich von Sekunde zu Sekunde. Irgendetwas stimmte hier nicht. Er drehte den Kopf, schaute hinter sich.

Zu spät.

Der Schlag traf ihn an der Schläfe, seine Beine versagten augenblicklich und er plumpste aufs Deck, stöhnte laut, drehte sich auf den Rücken und fasste sich an den Kopf. Spürte die Feuchtigkeit seines Blutes. Der Angreifer musste sich vom Ufer herangeschlichen haben und unbemerkt an Bord gekommen sein, als das Boot geschaukelt hatte. Er trug eine Sturmhaube wie ein Rennfahrer und blickte auf sein Opfer herab. Brahim konnte die Gestalt nur schemenhaft gegen das Mondlicht erkennen und versuchte alles, um nicht ohnmächtig zu werden. Er wollte sich aufrichten. Doch der Angreifer drückte ihn mit seinen grobstolligen Stiefeln wieder zurück auf die Planken, eine Teleskopstange aus Metall lag in seiner rechten Hand.

»Du willst wissen, was Serge gesagt hat?« Der Mann machte eine rhetorische Pause, und Brahim vermutete, dass er unter seiner Sturmmaske lächelte. »Du redest zu viel, hat er gesagt. Du redest zu viel.«

Jetzt wusste Brahim, dass seine Sekunden gezählt waren, wenn ihm nicht schnell etwas einfiel. Er sah, wie die Hand mit der Teleskopstange sich in den Nachthimmel erhob und im Mondlicht aufblitzte. Im letzten Moment konnte er dem Schlag ausweichen und quetschte sich unter der Reling hindurch. Der kurze, freie Fall endete im kalten Wasser. Brahim stieß die Luft aus seinen Lungen aus, damit er tiefer sank, während er gleichzeitig mit den Armen ruderte. Umgeben von Dunkelheit und Kälte, schaute er nach oben. Die Silhouette des Zodiacs zeichnete sich gegen das Mondlicht ab, als er hörte, wie der Außenborder gestartet wurde. Brahim blies noch mehr Luft aus seinen Lungen, um tiefer zu sinken. Lieber ertrinken, als von einer Bootsschraube zerfetzt zu werden. Das Geräusch hörte sich unter Wasser wie eine Bohrmaschine an. Brahim sank tiefer bis auf den Grund des Kanals. Um ihn herum wurde es pechschwarz.

Kapitel 1

Die Braut trug Weiß. Ein schlichtes Kostüm aus glatter Seide. Die roten Haare, die sonst bis zu den Schultern reichten, hatte sie hochgesteckt, kunstvoll ineinander verknotet, und die Frisur wurde von einem fast durchsichtigen weißen Schleier gekrönt. Yvonne war von zierlicher Gestalt. Alain fand, dass sie zauberhaft aussah, und Robert, der Bräutigam, dürfte an diesem Tag wohl der glücklichste Mann auf der Welt sein. Der Trauzeuge hatte am E-Piano Platz genommen und stimmte den obligatorischen Hochzeitswalzer an. Robert führte seine frisch Angetraute beinahe routiniert über den holperigen Steinboden. Normalerweise wurde hier auch nicht getanzt, es war schließlich ein Restaurant, aber Robert hatte unbedingt mit einer kleinen exklusiven Gesellschaft im *Chez Isabelle* feiern wollen. Für Stammkunden wie ihn machte Alain gerne eine Ausnahme. Auch wenn es ihm ein mulmiges Gefühl bereitete, dieses glückliche Paar tanzen zu sehen. Das Bild erinnerte ihn zu sehr an seine eigene Hochzeit vor sieben Jahren sowie an die Beerdigung vor dreizehn Monaten. Isabelle hatte sich gewünscht, in ihrem Brautkleid, das sie nur ein einziges Mal in ihrem Leben angehabt hatte, begraben zu werden. Und auch die Trauergäste durften damals kein Schwarz tragen, darauf hatte sie ausdrücklich bestanden. *»Wer in Schwarz kommt, muss wieder gehen, versprich mir das.«* Alle hatten sich daran gehalten, und es war eine Trauerfeier der besonderen Art gewesen. Man könnte sagen: *lebendig* – und Isabelle, wenn sie vom Himmel zugeschaut hätte, wäre bestimmt stolz auf ihn gewesen. Wie er das alles hingekriegt hatte, auch die Zeit danach, den Entschluss, das Restaurant, das sie aus dem Nichts aufgebaut hatte, weiterzuführen …

Der Schlussakkord riss Alain aus seinen Gedanken, und er applaudierte laut, bevor er sich Marie zuwandte, die hinter der Bar stand und schon mehrere Champagnerflaschen geöffnet hatte. Sie füllte gerade die Gläser auf einem Tablett, als Alain wieder einmal laute Stimmen aus der Küche vernahm.

Nicht jetzt, dachte er und setzte sich sofort in Bewegung, stieß die Schwingtüre auf.

»Stopp«, blaffte er die Küchencrew an.

Philippe und Jamal schraken zusammen und sahen ihn verdutzt an. So, als wüssten sie nicht, was sie falsch gemacht hatten.

»Was ist?« Jamal legte den üblichen Gesichtsausdruck auf, wie wenn er gleich betonen würde, dass er an allem, egal, was passiert sein könnte, natürlich unschuldig sei.

»Nicht heute.« Alain hob drohend den Zeigefinger.

»Diesmal haben wir ausnahmsweise mal nicht gestritten«, rechtfertigte sich Philippe, der Alains Koch und Geschäftspartner war.

»Auf der anderen Seite der Tür klang es aber so.«

»Okay, wir haben gestritten.« Philippe schaute lächelnd zu Jamal. »Aber nur darüber, ob Sevestre bei Toulouse bleiben sollte oder nicht.«

»Wer ist Sevestre?«

Philippe und Jamal schüttelten beide den Kopf und schienen sich ausnahmsweise mal einig zu sein.

»Fußball ist echt nicht dein Ding«, antwortete der Koch und machte eine Handbewegung, die andeutete, dass Alain wieder rausgehen sollte. »Kümmere dich lieber um das Brautpaar und die Gäste.«

Anscheinend wurde er hier wirklich nicht gebraucht und verließ die Küche wieder.

Marie ging bereits mit dem Tablett herum, und jeder der Gäste nahm sich ein Champagnerglas. Der Bräutigam erhob seines zu einem Trinkspruch.

»Ich möchte an dieser Stelle einem Freund einen ganz besonderen

Dank aussprechen. Alain Olivier, der das beste Restaurant in Carcassonne führt. Normalerweise finden hier keine Hochzeitsfeiern statt, und Yvonne und ich wissen, warum. Aber für uns hast du eine Ausnahme gemacht, und dafür danken wir dir aus tiefstem Herzen.«

Alain nickte nur, um anzudeuten, dass er den Dank annahm, und griff nach einem Champagnerglas auf dem Tablett. Das Klirren der Gläser, die sanft aneinanderstießen, erfüllte einen Moment lang den Raum.

»Auf das Brautpaar«, rief Alain aus. »Ich freue mich, euch heute hier bewirten zu dürfen. Denn ihr gehört zu meinen liebsten Gästen, und euer erstes Rendezvous hat schließlich auch hier stattgefunden.«

Er zeigte zu dem Tisch, an dem die beiden damals gesessen hatten. Der kleinste von allen, direkt neben der Tür zu den Toiletten. Sie hatten nicht reserviert gehabt, aber Isabelle hatte die Regel aufgestellt, dass immer auch ein paar Tische am Abend für Laufkundschaft bereitstehen sollten.

Die Gäste jubelten, alle schienen die Geschichte des komplizierten Aufeinandertreffens von Yvonne und Robert zu kennen. Der Trauzeuge setzte sich wieder ans E-Piano und griff in die Tasten. Das Restaurant wurde trotz des holperigen Steinbodens zur Tanzfläche erklärt, die Tische waren bereits zur Seite gerückt worden. Alain zog sich etwas zurück und trat in die Rolle des Beobachters.

Es war Isabelles Lebenstraum gewesen, ein eigenes Restaurant zu führen, das all ihre Standards erfüllte, die sie von der Gastronomie erwartete. Mit unendlich viel Leidenschaft und noch mehr Energie hatte sie sich diesen Traum verwirklicht. Abgesehen von einer kleinen Finanzspritze ihres Vaters, dem sie aber keinen einzigen Cent schuldig geblieben war, hatte sie es allein aus eigener Kraft geschafft. Denn dies war auch Bestandteil ihres Traums gewesen, niemandem etwas schuldig zu sein. Als Alain sie während eines Urlaubs kennengelernt und die beiden sich Hals über Kopf ineinander verliebt hatten, wusste er vom ersten Moment an, dass er sie nie vor die Wahl stellen dürfte, sich zwischen ihm und dem Restaurant entscheiden zu müssen. Denn allein eine solche Forderung hätte Isabelle als Beweis dafür gesehen, nicht wirklich geliebt zu werden, und dann wäre ihr die Entscheidung sehr leichtgefallen. So war er derjenige gewesen, der seiner beruflichen Karriere ein Ende gesetzt hatte, um bei ihr sein zu können. Sie heirateten, und er wollte den Rest ihres Lebens mit ihr verbringen. Dass es nur so wenige Jahre sein würden, damit hatte niemand gerechnet.

Alain erblickte Émil Voltaire, der draußen vor der Tür an einem Bistrotisch saß und rauchte. Eine gute Gelegenheit, fand Alain. Er bestückte ein Tablett mit einer halb vollen Flasche Pastis, zwei Gläsern, Wasser und Eis. Damit ging er nach draußen und setzte sich zu seinem Stammgast an den Tisch.

»Eine wunderschöne Feier«, sagte Émil, als er seine Zigarette in dem Aschenbecher ausdrückte. Alain füllte die Gläser, und der Pastis bildete mit dem Wasser eine milchige Emulsion.

»Wenn Chloé mal heiratet, würde ich auch euch das Restaurant zur Verfügung stellen.«

Émil nahm es stumm zur Kenntnis. Sie stießen an und tranken jeder einen Schluck.

Alain schaute in sein Glas, in dem ein einsamer Eiswürfel schwamm. »Etwas nicht in Ordnung?«

»Chloé hat einen neuen Freund.«

»Du magst ihn nicht?«

»Ich kenne ihn nicht.«

»Verstehe«, sagte Alain.

»Nein, tust du nicht. Es ist etwas komplizierter. Chloé und ich, wir haben gestritten. Am Telefon. Und seitdem habe ich nichts mehr von ihr gehört. Keinen Anruf, keine Nachricht.«

»Wie lange geht das schon?«

»Zwei Wochen.«

»Zwei Wochen?« Alain grinste. »Das ist noch nicht sehr lange. Sie ist erwachsen, studiert ...«

»Mag sein«, schnitt Émil ihm das Wort ab. »Ich wollte mich ja bei Chloé entschuldigen wegen dem, was ich am Telefon gesagt habe, aber sie hat mich blockiert. Ich kann sie nicht anrufen, noch nicht mal eine Nachricht schreiben. Ich weiß nicht, was mit ihr los ist, wie es ihr geht. Und das bereitet mir Sorgen.«

»Ging es bei dem Streit um ihren Freund?«

Émil nickte. »Ich kenne ihn wie gesagt nicht. Aber seine Familie ist sehr bekannt. Und schwerreich. Jean Leroux heißt er, sein Vater ist Armand Leroux, der Inhaber von Leroux Aerospace.«

Alain kannte den Namen zwar, vergewisserte sich aber trotzdem. »Der Flugzeugbauer aus Toulouse?«

»Flugzeuge, Raumfahrt. Ein mächtiger Zulieferer für Airbus und andere Firmen. Sein Sohn Jean ist ein arroganter, neureicher Schnösel, so viel habe ich herausgefunden. Er taucht hin und wieder in den Medien auf, wenn er einen Ferrari schrottet oder sich sonst irgendwie danebenbenimmt.«

Alain blickte wieder in sein Glas und musste sich ein Grinsen verkneifen. Solche Worte aus Émils Mund zu hören war ein Widerspruch. Ihn konnte man auch als arrogant bezeichnen. Er trug seinen beruflichen Erfolg als Designer und den damit verbundenen Wohlstand gerne zur Schau und blickte oftmals auf Leute herab, die in seinen Augen nicht seine Klasse hatten. Darum erschien es Alain nicht unlogisch, wenn Chloé auch ein Faible für solche Männer entwickelte. Der Apfel fiel nun mal nicht weit vom Stamm.

Émil zählte seit der Eröffnung des *Chez Isabelle* zu den Stammgästen, Alain sah in ihm mittlerweile einen Freund. Die beiden waren nicht oft einer Meinung, konnten sich aber über fast alles streiten, sofern der Zeitpunkt der richtige war. Unter Alkohol vermieden es jedoch beide, schwierige Themen anzusprechen, weswegen Alain seine Gedanken jetzt besser für sich behielt.

»Du machst dir also Sorgen. Warum genau?«

Émil seufzte. »Chloé hat sich verändert, seitdem sie mit diesem Leroux zusammen ist. Vielleicht will sie ihn deshalb nicht mit nach Hause bringen.«

»Inwiefern verändert?«

»Ich glaube, dass er noch schlimmere Sachen anstellt, als Ferraris zu schrotten. Auf den Partys heutzutage geht einiges ab. Drogen und so. Die jungen Leute sind anders drauf als wir damals. Außerdem, Chloé kommt vom Land, und Toulouse ist ein heißes Pflaster. Ich wüsste gerne, was sie so treibt. Und ihrer Mutter geht es genauso. Catherine gibt natürlich mir die Schuld, dass der Kontakt abgebrochen ist.«

Alain sah ihn fragend an. »Mit ihr redet sie auch nicht mehr? Deinetwegen?«

Émil nickte. Er und Chloés Mutter waren schon seit Jahren getrennt und mittlerweile geschieden. Aber was ihre gemeinsame Tochter anging, schienen die beiden sich meist einig zu sein und hielten zusammen.

Alain hatte eine Idee. »Ich kennen Chloé ja auch und sie mich. Am Montag muss ich sowieso nach Toulouse, um was zu erledigen. Soll ich mal bei ihr vorbeischauen?«

Émil sah ihn verwundert an. »Das würdest du tun?«

»Na klar. Wieso nicht?«

»Das wäre großartig.« Émil wirkte gleichermaßen überrascht wie begeistert von dieser Idee und blühte auf. »Aber ich bestehe darauf, dass du dir nicht zu viel Mühe machst und ich dich dafür bezahle.«

Alain wollte einlenken. Er wollte kein Geld, sah sein Angebot als Freundschaftsdienst. »Es kostet mich nichts, bei Chloé vorbeizuschauen. Ich werde schon irgendeinen Vorwand finden, damit es nicht so aussieht, als ob du mich geschickt hast.«

»Das ist mir egal. Schreibe auf, wie lange du unterwegs bist. Ich bestehe darauf.«

Alain nickte und gab auf. Er wusste, wie schwer es Émil fiel, Gefälligkeiten anzunehmen oder irgendwem etwas schuldig zu sein. »Was studiert sie noch mal?«

»Lebensmitteltechnologie. An der ENSAT.«

»Das passt doch perfekt«, sagte Alain. »Ich denke mir ein Thema rund um Gastronomie aus, bei dem sie mir vielleicht helfen kann. Und dann sind wir im Gespräch.«

Émil grinste, und sie stießen an. »Santé.«

Nachdem sie ihre Gläser geleert hatten, ging es Émil schon besser. »Auf die Idee wäre ich gar nicht gekommen, einen Unterhändler zu schicken. So etwas in der Art hast du doch früher beruflich gemacht, oder?«

Alain verstand nicht sofort. »Mich um anderer Leute Kinder gekümmert?«

Émil lachte. »Nein. Du warst doch für die Deutschen im Ausland tätig, oder?«

Er nickte. »Ah ja, jetzt verstehe ich, was du meinst.«

Sie lachten beide. Da kam Marie nach draußen und sah Alain mit diesem typischen Blick an. »Du wirst in der Küche gebraucht.«

»Echt jetzt?«

Sie nickte. »Aber sag nicht, dass ich gepetzt habe.«

Er sprang von seinem Stuhl auf. »Haben die Gäste schon etwas gemerkt?«

»Nein. Die Musik ist zum Glück laut genug.«

»Entschuldige mich kurz«, sagte er zu Émil und betrat das Restaurant, ging zielstrebig zur Küche und stieß erneut die Schwingtür auf, hinter der Jamal gerade seine Schürze in die Luft hob und Philippe vor die Füße warf.

»Es reicht!«

Dann sah er zu Alain, der wie gerufen kam, als hätte ein Theaterregisseur ihn auf die Bühne geschubst.

»Es reicht«, wiederholte Jamal. »Diesmal reicht es wirklich.«

»Geht es vielleicht ein klein wenig leiser?« Alain musste seine Wut unterdrücken. »Ich möchte gar nicht wissen, was los ist. Aber es geht anscheinend nicht um diesen Treveste, nehme ich an.«

»Sevestre«, korrigierte Philippe ihn. »Nein, um den geht es diesmal nicht. Wir haben mal wieder das übliche Hierarchieproblem.«

»Nein«, erhob Jamal die Stimme. »Das haben wir … nicht. Nicht mehr. Denn es ist aus. Aus und vorbei. Diesmal wirklich. Für immer.«

Alain seufzte. »Kannst du wenigstens noch warten, bis die Hochzeit vorbei ist?«

»Nein«, zog Jamal den Schlussstrich. »Aber keine Sorge, ich gehe hinten raus. Es muss niemand etwas mitkriegen. Lebt wohl alle zusammen. Jamal wird neue Wege gehen. Jamal braucht das nicht.«

Wenn er anfing, in der dritten Person über sich selbst zu reden, war er wirklich sehr wütend. Alain hatte aufgehört zu zählen, zum wievielten Mal Jamal den Job in der Küche hinschmiss. Meistens freitags. Und am nächsten Tag stellte Alain ihn wieder ein. Jamal trat durch die Tür in den Hinterhof, wo die Mülltonnen standen, und verschwand.

»Der kommt wieder«, sagte Philippe lakonisch.

»Ich finde das nicht witzig«, erwiderte Alain wütend.

»Ich auch nicht.« Philippe mimte den Unschuldigen. »Besorge mir eine Küchenhilfe, die …«

Alain schnitt ihm das Wort ab. »Er ist keine Küchenhilfe, damit geht es schon mal los. Ich dachte, das hätten wir längst geklärt. Er ist Beikoch und soll hier was lernen, damit er dich entlasten kann.«

»Wenn ich ihm etwas beibringen soll, dann muss er mir zuhören.«

»Jetzt nicht«, beendete Alain die Diskussion. »Ich kümmere mich um die Gäste, und du machst deinen Kram hier allein.«

»Kannst du mir Marie vorbeischicken?«

»Nein.« Alain blieb an der Tür stehen. »Marie hilft mir, sie ist Servicekraft, keine Spülerin.«

Mit diesen Worten trat er durch die Schwingtür, straffte die Schultern und legte wieder ein Lächeln auf. Denn das hatte er von Isabelle als Erstes gelernt. Egal, was hinter den Kulissen vor sich ging, sobald man den Gastraum betrat, musste man alles hinter sich lassen. Die Gäste zahlten nun mal nicht nur fürs Essen, sie sollten sich auch wohlfühlen.

Und das taten sie an diesem Abend, wie Alain zufrieden feststelle, als die strahlende Braut auf ihn zukam und ihm den rechten Arm entgegenstreckte. »Los, komm«, animierte sie ihn.

Alain blieb gar keine Wahl, als mit ihr zu tanzen. Yvonne war wunderschön.

Kapitel 2

Claude liebte seine Arbeit, und Camille, seine Frau, beneidete ihn tagtäglich darum, wenn bei ihr morgens um sechs Uhr der Wecker klingelte. Außer an einem Sonntag wie heute. Sie hatte als Chefin eines kleinen Steuerbüros in Carcassonne viel Stress. Aber einer von ihnen musste schließlich gutes Geld verdienen, denn von dem geringen Obolus, den ein Schleusenwärter am Canal du Midi verdiente, könnten sie ihren Lebensstandard nicht halten. Claude hatte wegen Rückenproblemen in Frührente gehen müssen. Doch zumindest brachte ihnen seine jetzige Arbeit mietfrei ein Haus direkt am Kanal ein, zwischen Villesèquelande und Carcassonne. Es war sehr abgelegen, und mit dem Auto verirrte sich niemand ohne Grund hierher. Abgesehen vom Tuckern der Boote oder dem Zirpen der Grillen in der Nacht, war es hier absolut ruhig. An die Geräusche der Natur musste man sich halt gewöhnen. Ihr Haus war urig und wurde sogar schon in einem Reiseführer erwähnt. Es hatte anderthalb Stockwerke. Die Beletage mit den großen Fenstern befand sich im Erdgeschoss, das Stockwerk darüber war mehr eine Art Dachboden, zum Wohnen nur für Zwerge geeignet. So kam Camille zu ihrem Kosenamen »Schneewittchen«, auch wenn Claude alles andere als ein Zwerg war, sondern ein stämmiger Mann, ein Meter achtzig groß. Die Fassade des Hauses war ockerfarben, die Fensterläden und der Gartenzaun waren in Hellgrün gestrichen.

Claude gefiel es, sich von Touristen im Liegestuhl ablichten zu lassen, wie er lässig per Fernbedienung die Schleusentore bediente. Er war verantwortlich für die Écluse de Lalande mit zwei Staustufen und einem Hub von beinahe sechs Metern. Der Canal du Midi, auch Kanal des Südens genannt, stellte mit einer Länge von zweihundertvierzig Kilometern eine Verbindung zwischen der Hafenstadt Seté am Mittelmeer und Toulouse her. Von Toulouse ging die Wasserstraße in den Canal latéral à la Garonne über, der bis zum Atlantik führte. Bereits im 17. Jahrhundert hatte man dieses Bauvorhaben begonnen, um die beiden Meere miteinander zu verbinden. Früher diente der Kanal dem Fracht-, Post- und Reiseverkehr, heute wurde er ausschließlich touristisch genutzt. Im Sommer wimmelte es hier nur so von Hausbooten, die jeder Erwachsene mieten und ohne Bootsführerschein fahren konnte. Lediglich die Eigentümer von Hausbooten mussten einen Kenntnisnachweis erbringen, was Claude widersinnig fand. Diejenigen, die ihr eigenes Hab und Gut durch den Kanal bewegten und viel Erfahrung hatten, brauchten einen Führerschein, während Hobbykapitäne ihr Patent ohne Grundwissen errangen. Mit ebensolchen Anfängern, die sich noch nicht mal mit den Gepflogenheiten auf dem Kanal auskannten, hatte Claude schon das eine übers andere Mal Probleme gehabt. Wenn die Boote im Minutentakt ankamen und sich vor den Schleusentoren stauten, musste Claude sich aus seinem Liegestuhl erheben, um dafür zu sorgen, dass der geringe Platz in dem ovalen Schleusenbecken bestens genutzt wurde.

Bevor er frühverrentet worden war, hatte Claude als Lagerist bei einem Einkaufsriesen gearbeitet. Mit dem Stapeln von Paletten und Kartons kannte er sich also bestens aus. Nur leider passten die Boote nicht übereinander. Als Schleusenwärter bestimmte er darüber, in welcher Reihenfolge die Boote einfahren durften, und es ging nicht immer der Reihe nach, was manchmal zu Beschwerden führte. Aber Freizeitkapitäne hatten lediglich an Bord das Sagen, an Land, was die Schleusenabfertigung betraf, war er der Chef. Genau wie ein Schiedsrichter auf dem Fußballplatz.

Obwohl Claude es schon tausendmal gesehen hatte, erfreute er sich immer wieder an dem Moment, wenn er die Klappen des Tores öffnete und die Wassermassen mit dem Rauschen der Niagarafälle durch die

Öffnungen schossen. Die Boote durften während des Schleusens nicht fest vertäut sein, weil der Pegel rasant stieg und das Seil, das um den Poller herumgelegt war, immer wieder nachgezogen oder gelockert werden musste. Das Prinzip einer Schleuse hatte sich im Laufe der Jahrhunderte nie geändert. Keine einzige Pumpe war vonnöten, allein die Schwerkraft bewegte das Wasser in die Becken oder ließ es wieder ablaufen. Den Rest erledigte der Auftrieb. Im Canal du Midi gab es nahezu keine Strömung, abgesehen von der, die die Schleusen verursachten.

An diesem Morgen hatte Claude erst drei Boote geschleust, die meiste Zeit in der Sonne gelegen und ein Buch gelesen. Er mochte am liebsten Krimis. Gerne wäre er in jungen Jahren selbst zur Polizei gegangen, hatte aber den medizinischen Test nicht bestanden. Wegen seiner Rückenprobleme. Der Job als Lagerist war zwar nicht schlecht gewesen, sogar gut bezahlt, aber der ständige Wechsel von sitzender wie stehender Tätigkeit hatte ihm irgendwann den Rest gegeben und nach dem dritten Bandscheibenvorfall war die Entscheidung gefallen. Glücklicherweise hatte Camille zu dem Zeitpunkt schon ihr eigenes, kleines Steuerbüro mit zwei Mitarbeiterinnen gehabt, sodass sie finanziell gut dastanden. Während ihrer Ausbildung hatte Claude mehr Geld als seine Frau verdient, heute war das andersherum. Eine kurze Zeit lang hatte er sich daran gestört, aber mittlerweile verstand er es, das Leben zu genießen, genau so, wie es war.

Er hatte es sich gerade erst wieder im Liegestuhl gemütlich gemacht, ein kleines Fläschchen kühles Bier stand neben ihm auf dem Boden, und er genoss die Wärme der Sonne. Wenn es weiter so ruhig bliebe, würde er den Krimi, den er gerade las, am Nachmittag durchhaben. Claude fieberte schon dem Ende entgegen und hatte bereits einen Verdacht, wer der Mörder sein könnte, als ein besonders schöner Kahn sich der unteren Staustufe näherte und er das Buch umgedreht zur Seite legen musste. Es war ein Boot holländischer Bauweise. Das Heck mit dem Steuerstand überragte das Vorderdeck und nahm nur ein Drittel der Länge ein, der Wohnbereich mit den Kajüten zwei Drittel. Wie eine Miniatur von einem Binnenfrachter, nur dass die Fracht Passagiere waren. Auf dem weiß gestrichenen Vordeck standen ein Holztisch mit Stühlen drum herum sowie zwei Sonnenliegen. Aber niemand hatte Zeit, sich auszuruhen. Zwei Frauen und ein Mann, der mit nacktem Oberkörper seinen Bierbauch vor sich herschob und bereits einen deutlich sichtbaren Sonnenbrand hatte, assistierten dem Kapitän mit klugen Ratschlägen beim Einfahren in die Schleuse. Er machte dies nicht zum ersten Mal, das erkannte Claude sofort und lobte den Schiffsführer für sein präzises Manöver. Die Seile wurden um die Poller gelegt und leicht angezogen, dann konnte es losgehen. Claude schloss per Fernbedienung das hintere Tor. Dann öffnete er die Klappen an dem gegenüberliegenden, und das Wasser schoss in das Becken, schäumte auf und färbte sich weiß. Er liebte dieses kraftvolle Rauschen der Wassermassen. Doch plötzlich wurde es deutlich leiser. Nur noch aus einer Öffnung schoss das Wasser in das Becken, irgendetwas schien die andere Klappe verstopft zu haben. Auch der Kapitän an Bord schien das bemerkt zu haben und schaute zu Claude herüber.

»Ich weiß nicht, was los ist«, rief der Schleusenwärter ihm zu und überlegte noch, ob er etwas falsch gemacht haben könnte, als ein gellender Schrei ihn zusammenzucken ließ. Claudes Blick schoss zu der Frau auf dem Vordeck, die vor Schreck das Seil um den Poller losgelassen hatte und sich die Hände vor das Gesicht hielt. Er verstand nicht, machte einen Schritt näher an das Schleusenbecken heran.

»Oh Gott«, schrie jetzt auch der Mann mit dem Bierbauch.

Da sah es Claude. Im Wasser schwamm etwas Rundes, das von den Wellen wie ein Ball hin und her bewegt wurde. Nur war es kein Ball. Sondern ein Kopf. Von einem Menschen. Weiß wie Schnee mit schwarzen nassen Haaren. Claude, der solche Szenarien auf Papier geschrieben liebte, erstarrte zur Salzsäule. Die Realität traf ihn wie ein Faustschlag ins Gesicht, und ihm wurde schwindelig.

Ein Kopf?

Wo kam er her?

Claudes Blick wanderte zu der Klappe, die immer noch verstopft war und aus der nur ein spärliches Rinnsal floss. Bis urplötzlich die Kraft des Wassers siegte. Und mit sich etwas durch das Loch drückte, dessen Anblick Claude wohl ein Leben lang nicht mehr vergessen würde. Den zu dem Kopf gehörenden Rumpf. Die Strömung im Becken ließ die Beine der Leiche strampeln. Mal verschwand der Körper kurz in den Wellen, tauchte dann wieder auf und versank erneut. Bis die Strömung nachließ und es auf einmal ganz still wurde.

Die Leiche war verschwunden, nur der Kopf schwamm auf dem Wasser, und die Sonne beschien das kalkweiße Gesicht. Claude fühlte sich wie paralysiert, während die Frau an Deck noch immer aus Leibeskräften schrie und Camille aus dem Haus gestürmt kam.

Langsam löste er sich aus seiner Schockstarre, drehte sich zu seiner Frau um und brachte nur ein Wort heraus, dies aber so laut er konnte: »Polizei.«

Kapitel 3

Julie Saidi hatte Bereitschaftsdienst an diesem Sonntag und wäre auch allein nach Carcassonne gefahren, aber sie hatte ihrem Kollegen Benoit Tessier, der in gewisser Weise eine Art Mentor war, versprochen, sich in wichtigen Angelegenheiten bei ihm zu melden. Julie war sich nicht sicher, warum er darauf bestanden hatte und unbedingt mitkommen wollte. Lag es daran, dass er ihr noch nicht zutraute, den Job in seinem Sinne zu erledigen? Oder war der Grund wieder einmal die Trennung von seiner Frau Monique, die ihn vor einem Monat scheinbar Hals über Kopf verlassen hatte? Scheinbar, da Julie aus Benoits Erzählungen herausgehört hatte, dass die Ehe schon davor zerrüttet gewesen war, auch wenn der Kollege es nicht bemerkt haben wollte.

Benoit war ein maskuliner Typ mit breiten Schultern und einem gepflegten, grauen Dreitagebart. Seine ebenfalls graue Kopfbehaarung reichte ihm bis in den Nacken, und er hatte sie stets mit Pomade nach hinten gekämmt. Er trieb viel Sport, was man ihm ansah, und trug bei der Arbeit immerzu gebügelte Hemden mit Jackett, an den Füßen Turnschuhe. Es gab einige Frauen, die in ihm einen attraktiven Mann sahen.

Geduld gehörte leider nicht zu seinen Stärken, mitunter hatte er eine sehr kurze Zündschnur, was Julie ziemlich missfiel. Auf der Treppe der Eskalation nahm er gerne mal ein paar Stufen auf einmal, anstatt einen Schritt nach dem nächsten zu machen. Dies könnte ein weiterer Grund für die Trennung gewesen sein, vermutete Julie. Mit Benoit zu streiten war nicht lustig.

Heute hatte sie ihn gar nicht erst gefragt, wer den Wagen fahren sollte. Er saß am Steuer. Die Reifen wühlten den Staub auf, der schmale Schotterweg führte zur Écluse de Lalande. Benoit gab ordentlich Gas, obwohl sie es nicht eilig hatten, denn die Gendarmerie und Police municipale waren längst vor Ort, ebenso die Rechtsmedizinerin Dr. Valérie Fournier. Mit ihr hatte Julie kurz telefoniert, und die Ärztin meinte, dass es eindeutig ein Fall für die Police nationale sei. Deshalb kamen sie aus dem vierzig Kilometer entfernten Toulouse her.

Die beiden schwiegen, seit sie von der Autobahn abgefahren waren. Julie konnte höchstens erahnen, was in Benoit vorging, denn sie selbst hatte noch nie einen Rosenkrieg durchstehen müssen.

Monique hatte einen neuen Liebhaber, der ausgerechnet Anwalt war. Für Familienrecht. Und ironischerweise hatten sich die beiden auch nur deshalb kennengelernt. Bei einem informellen Gespräch, weil Monique schon seit einiger Zeit mit dem Gedanken gespielt hatte, ihren Ehemann zu verlassen. Bei diesem Termin hatte es zwischen Anwalt und Mandantin wohl sofort gefunkt, und Monique wurde die neue Liebschaft des Advokaten. Benoit behauptete, er habe all das nicht kommen sehen, weshalb die Trennung sich für ihn wie ein Tritt in die Eier angefühlt habe.

Der Wagen wurde langsamer und kam hinter einer Reihe anderer Fahrzeuge zum Stehen. Streifenwagen der Gendarmerie und Police municipale sowie die Kollegen der Spurensicherung aus Toulouse waren anwesend.

Julie stieg aus, während Benoit keine Anstalten machte, ihr zu folgen. Sie sah ihn fragend an.

»Ich müsste noch mal kurz telefonieren.«

»Dann warte ich.«

»Das ist nett.«

Sie schlug die Beifahrertür zu und ging ein paar Schritte von dem Wagen weg, damit sie zumindest nicht aus erster Reihe mitbekam, was er in sein Telefon schrie.

Das Aufgebot an Polizei erinnerte Julie an Paris, wo solche Einsätze beinahe zur täglichen Routine gehört hatten. In einer ländlichen Gegend kam so etwas jedoch äußerst selten vor, weshalb es sich bei den Anwohnern schnell herumgesprochen hatte. Auf dem Radweg entlang des Kanals standen Schaulustige, und Hausboote stauten sich vor der Schleuse. Die Wasserstraße zwischen Carcassonne und Castelnaudary zu sperren, auf die Idee war anscheinend noch niemand gekommen. Womöglich waren die örtlichen Kräfte mit der Situation leicht überfordert.

Julie wartete anstandshalber auf Benoit. In den ersten Tagen nach ihrer Versetzung von Paris nach Toulouse war sie etwas zu forsch aufgetreten, was bei einigen Kollegen für Missstimmungen gesorgt hatte. In Südfrankreich tickten die Uhren anscheinend etwas anders, das hatte sie schnell begriffen und sich angepasst.

Ihr Blick schweifte umher. Sogar Taucher waren eingetroffen, die das Becken der Schleuse absuchten.

Endlich stieg Benoit aus und knallte wütend die Fahrertür zu. Seine Halsschlagader pulsierte, das konnte Julie sogar auf die Entfernung erkennen. Dafür hatte sie einen Blick.

»Dann mal los«, presste er hervor und schritt voran.

»Sollen wir uns vielleicht erst einen Kaffee gönnen?« Sie zeigte zu einem Zelt der Feuerwehr, die etwas für die Einsatzkräfte anzubieten hatte.

»Nein, mein Blutdruck stimmt. Dieser Dreckskerl von Anwalt, sage ich dir. Dieser Dreckskerl.«

»Hast du etwa mit ihm telefoniert? An einem Sonntag?«

»Nein. Mit meinem Rechtsverdreher. Ein guter Freund. Aber ich weiß nicht recht«, er zögerte. »Dein Mann ist doch auch Jurist.«

»Mein Verlobter«, korrigierte sie ihn. »Professor für Verwaltungsrecht. Er kann dir mit Sicherheit nicht helfen.«

»Das nicht, aber er kennt doch bestimmt viele Anwälte.«

»Du traust deinem Freund also nicht viel zu?«

»Sagen wir mal so. Ich möchte auf alle Eventualitäten vorbereitet sein.«

Julie nickte. »Ich werde Nicolas fragen.«

»Danke. Auch dass du auf mich gewartet hast.«

»Ehrensache. Wir sind schließlich Partner. Oder?«

Er lächelte sie an. Doch es wirkte weniger freundlich, als wollte er damit stumm sagen: *Endlich hast du es begriffen.*

Während sie auf die Schleuse zugingen, beruhigte er sich ein wenig und hakte das Telefonat ab. Zumindest schien es so. Julie musterte das schöne Haus mit den hellgrünen Fensterläden. Im Türrahmen standen ein Mann und eine Frau um die vierzig, die ziemlich bedröppelt aussahen. Sie waren keine Schaulustigen, das erkannte Julie sofort. In dem Schleusenbecken befand sich ein Hausboot, keins der Sorte zum Mieten für Touristen, sondern ein Liebhaberstück. Die Besatzung, zwei Männer und zwei Frauen, saßen an einem Tisch auf dem Sonnendeck.

Julie und Benoit traten an die abgedeckte Leiche heran.

Dr. Valérie Fournier, die schon vor einiger Zeit eingetroffen war und mit Julie telefoniert hatte, begrüßte die beiden.

»Bonjour. Ich hatte mir meinen Sonntag etwas anders vorgestellt.«

»Wir auch.«

Valérie ging stramm auf die sechzig zu und schämte sich weder für ihr Alter noch für ihr Übergewicht. Julie wusste, dass die Medizinerin leidenschaftlich gut kochte. Ihre langen blonden Haare, die sonst bis zur Hüfte reichten, hatte sie hinten zusammengebunden.

»Wollt ihr mal sehen?«, fragte Valérie, wartete eine Antwort aber nicht einmal ab, bevor sie das weiße Tuch zurückzog.

Obwohl die Rechtsmedizinerin sie am Telefon bereits vorgewarnt hatte, ließ der Anblick Julie kurz zusammenzucken.

»Ich kann euch den Toten leider nicht in einem Stück servieren.«

»Ursache?«, fragte Benoit.

»Das kann ich noch nicht genau sagen, aber es war kein Unfall, und die Bakterien im Canal du Midi haben ihn auch nicht umgebracht.« Sie lachte über ihren eigenen Witz, der darauf anspielte, dass das Baden im Kanal wegen der Mikrobenbelastung strengstens verboten war.

Valérie hielt eine kleine durchsichtige Beweismitteltüte hoch, in der sich ein Projektil befand. »Das habe ich in der autochthonen Rückenmuskulatur rechts neben der Wirbelsäule gefunden, es steckte nicht tief drin. Ich bin kein Waffenexperte, aber womöglich wurde auf ihn geschossen, als er unter Wasser war. Das kann die Kugel gebremst haben, weshalb sie nicht tiefer in den Körper eingedrungen ist.«

»Und der Kopf wurde ihm wann abgetrennt?«, fragte Julie. »Post mortem?«

»Abgetrennt trifft es nicht wirklich«, erwiderte Valérie. »Abgerissen eher. Nachdem das Opfer schon einige Zeit tot war und im Wasser gelegen hatte. Die Strömung der Schleuse hat den Körper angesaugt und die Klappe verstopft. Der Wasserdruck hat dann dazu geführt, dass der Kopf abriss. Ihr müsst mal die Zeugen befragen, die erzählen euch die Geschichte.«

Benoit schaute zu Julie. »Kannst du das machen?«

Sie nickte.

Valérie zeigte zu dem Haus. »Er ist der Schleusenwärter. Seine Frau hat die Polizei gerufen.«

»Dann fange ich mal mit denen an.«

Julie wandte sich ab und ging zu dem gedrungen wirkenden Haus, das für normal große Menschen eigentlich nur im Erdgeschoss bewohnbar sein dürfte. Benoit blieb bei Valérie, die wieder das Tuch über die Leiche zog. Die beiden kannten sich schon lange und waren sehr vertraut. Julie vermutete, dass der Kollege sein Herz bei ihr ausschütten wollte.

Sie öffnete das Gartentor und trat an das Ehepaar heran.

»Guten Tag. Ich bin Kommissarin Julie Saidi von der Police nationale aus Toulouse.«

»Claude Vignaud. Meine Frau Camille.«

Julie verzichtete auf Händeschütteln, nickte nur. »Sie sind der Schleusenwärter?«

»Ja. Seit mittlerweile fünf Jahren. Aber so etwas ist noch nie vorgekommen.«

»Erzählen Sie mal.«

Vignaud schilderte den Vorfall in allen Details, und Julie hatte das

Gefühl, dass er manche Dinge zu sehr ausschmückte und mit Mutmaßungen spickte. Eher beiläufig fiel ihr Blick auf ein Buch, das auf einem Stuhl lag, ein Krimi des französischen Autors Laurent Plouviez. Ein ehemaliger Polizist der Police nationale, wie Julie wusste, der nun vom Schreiben lebte.

»Ich wollte auch mal zur Polizei«, beendete Claude seinen Monolog schließlich mit einem Lächeln. »Hat leider nicht geklappt.«

»Wegen seiner Rückenprobleme«, fügte seine Frau hinzu.

»Gehen wir noch mal einen Schritt zurück«, setzte Julie das eigentliche Gespräch fort. »Oder besser gesagt: ein paar Tage. Wir wissen nicht, wann der Mann zu Tode gekommen ist. Ist in den letzten Tagen irgendetwas Auffälliges passiert? Seltsame Personen auf einem Boot? Oder haben Sie etwas gehört, einen Schuss vielleicht?«

»Er wurde erschossen?«, fragte der Schleusenwärter neugierig.

»Nein«, erwiderte Julie sofort. In der Gerüchteküche in ländlichen Gebieten wurden gerne mal Fünf-Gänge-Menüs zubereitet, und Julie musste ihm die Suppe gleich zu Anfang versalzen.

»Aber meine Aufgabe ist es, jeder erdenklichen Spur nachzugehen. Sie wollten doch auch mal Polizist werden«, motivierte sie ihn. »Also, denken Sie nach.«

Claude Vignaud fühlte sich sichtlich ernst genommen und fing an zu grübeln. Julie hatte die Erfahrung gemacht, dass, wenn man übereifrige Zeugen befragte, es sinnvoller war, sie erst mal reden zu lassen. Man durfte nur nicht alles glauben, was gesagt wurde. Und wenn Zeugen zu hilfsbereit waren, landeten sie auch schon mal auf der Liste der Verdächtigen.

»Hier ist einiges los um diese Jahreszeit«, sagte Camille.

»Na ja«, grätschte Claude dazwischen. »Die echte Hauptsaison ist vorbei. Wir haben September.«

Camille zeigte den Kanal hinunter und redete unbeirrt weiter. »Ein paar Hundert Meter weiter ist ein gutes Restaurant, deshalb halten hier viele Boote an.«

»Und jedes davon muss an dieser Schleuse vorbei?«, hakte Julie nach.

»Jedes, das von Carcassonne kommt oder dorthin will«, erklärte Claude. »Die nächste Schleuse ist in Villesèquelande, etwa fünf Kilometer auf dem Kanal in Richtung Castelnaudary oder anderthalb Kilometer nach La Douce.« Er zeigte in die andere Richtung.

»La Douce scheidet ja wohl aus«, warf Julie ein. »Sonst hätte die Leiche nicht das obere Tor verstopfen können. Oder?«

Claude dachte einen Moment nach, dann nickte er. »Da haben Sie völlig recht.«

Julie beschlich das Gefühl, seine Rückenprobleme waren nicht der einzige Grund, weshalb Claude eine Absage seitens der Polizeibehörde erhalten hatte. Die hellste Kerze auf der Torte schien er nicht zu sein.

»Und wie steht es nun eventuell mit einem Schuss oder einem anderen merkwürdigen Ereignis?«, fuhr sie fort. »Denken Sie bitte nach, ob Sie vielleicht doch etwas gehört oder gesehen haben. Und wann das war.«

»Nein«, entgegnete Camille und schaute auf ihre Armbanduhr. »Aber warten Sie einen Moment, gleich kommt der Zug, sofern er pünktlich ist.«

Julie verstand nicht. »Was hat der Zug damit zu tun?«

»Sie werden kaum etwas hören«, antwortete Camille, »obwohl die Bahnlinie nicht weit entfernt hinter den Bäumen ist. Die Vegetation schluckt den Schall.«

Ihre Aussage bewahrheitete sich. Wie auf Bestellung kam der Zug und rauschte eher leise im Hintergrund vorbei. Wenn ein Schuss nur einen Kilometer entfernt abgefeuert worden wäre, hätte also niemand etwas gehört.

Julie sah wieder zu dem Schleusenwärter. »Sie führen nicht zufälligerweise Buch darüber, welche Boote hier vorbeikommen?«

Er schüttelte den Kopf. »Nein. Dazu bin ich auch nicht verpflichtet.«

»Würden Sie es vielleicht ab jetzt für mich tun? Also für die Police nationale in Toulouse.«

Claude wurde schlagartig einen Kopf größer, und seine Augen begannen zu leuchten. Sie hatte wohl genau die richtigen Knöpfe gedrückt, um sich sicher sein zu können, dass er von nun an jedes Boot genau in Augenschein nehmen würde. Ob dies zu etwas führen würde, blieb zwar ungewiss, aber es war zumindest ein weiterer *Jeton sur la table*, wie sie es nannte. Diese Redewendung hatte Julie von ihrem ersten Ausbilder in Paris übernommen. Sie bedeutete, dass manchmal kleine unbedeutende Dinge sich zu einer großen Sache entwickeln konnten. So wie ein Jeton, den man auf Rouge oder Noir setzte. Allein die weiße Kugel entschied dann, ob man zu den Gewinnern oder Verlierern zählte.

Es war zum jetzigen Wissensstand zwar nicht einmal sicher, ob die Tat am Kanal stattgefunden hatte oder hier nur die Leiche entsorgt worden war, der Hinweis von Valérie, dass das Projektil durch Wasser gebremst worden sein könnte, deutete allerdings durchaus auf Ersteres hin. Gewissheit würden aber spätestens eine Autopsie und eine ballistische Untersuchung bringen. Und wenn der Mord tatsächlich *auf* dem Canal du Midi geschehen war, müsste es sich also um einen schwimmenden Tatort handeln, der sich noch irgendwo zwischen hier, Toulouse oder dem Mittelmeer bewegte. Auch wenn es bislang nur eine reine Vermutung war, wollte Julie jede Möglichkeit in Betracht ziehen, und es kostete nichts, den Schleusenwärter dazu zu animieren, sich seine Kunden genauer anzuschauen.

Sie reichte ihm ihre Visitenkarte. »Hier haben Sie meine Nummer. Wenn Ihnen etwas auffällt, ein Boot mit seltsamen Leuten an Bord, merken Sie sich den Namen des Schiffes und melden Sie sich bei mir.«

»Das mache ich. Auf jeden Fall. Ich werde mir jedes Boot merken, das meine Schleuse passiert.«

»Stehen Sie in Kontakt zu den anderen Schleusenwärtern?«

»Ja. Zu einigen. Also nicht zu allen, aber den meisten. Wieso?«

»Die sollten dasselbe tun. Einfach die Augen offen halten, ob Leute hier herumschippern, die nicht wie die typischen Bootsfahrer aussehen.«

»Ich werde Ihre Bitte weitergeben, wenn Sie das wünschen, und mit den anderen in Kontakt bleiben.«

»Aber erfinden Sie keine Geschichten«, ermahnte sie ihn. »Wir wissen noch nicht, woran der Mann gestorben ist. Und wenn Sie falsche Informationen verbreiten und dadurch unsere Ermittlungen behindern, machen Sie sich sogar strafbar.«

Claude nickte eifrig, und Julie hatte den Eindruck, dass er am liebsten salutieren würde.

»Also …«, mischte sich nun wieder seine Frau ein, »Sie sprachen gerade von Leuten, die nicht typisch sind.«

Julie sah sie eindringlich an und nickte. »Fällt Ihnen da was ein?«

»Ich erinnere mich da an eine Partytruppe, ich meine es war am Freitag.«

Claude sah sie an. »Stimmt. Jetzt, wo du es sagst.«

»Was war mit denen?«

»Junge Männer. Unterschiedlicher Herkunft. Ein Schwarzer war auch dabei und einer, der Asiate war. Insgesamt sechs Leute auf einem Hausboot, das man mieten kann.«

»Wissen Sie den Namen des Bootes?«

Er schüttelte den Kopf.

»Esmeralda oder so ähnlich«, sagte seine Frau.

Jetzt nickte er. »Ja. Könnte Esmeralda gewesen sein.«

»Und was stimmte mit den Leuten nicht?«, hakte Julie nach.

»Die grölten so komische Lieder«, sagte Camille. »Ich habe nicht so richtig gehört, was die gesungen haben, es klang so, wie, … ich meine, dass sie gesungen haben: ›für die Belgier gibt es keine‹ – oder so ähnlich.«

»Für die Belgier gibt es keine?«, hakte Julie nach und wusste nicht, was damit gemeint sein könnte.

»So habe ich es verstanden«, erklärte Camille sich. »Kann aber auch was anderes gewesen sein. Irgendwie komisch fand ich die Leute.«

Julie holte ihr Smartphone hervor und sprach sich eine Notiz auf, in der sie die Textzeile des Liedes festhielt. Sie hatte bereits einen Verdacht, um was für Leute es sich handeln könnte.

»Schon mal vielen Dank im Voraus, dass Sie so aufmerksam sind. Ich wünsche Ihnen noch einen schönen Sonntag«, beendete sie dann das Gespräch.

»Wir Ihnen auch«, sagte Camille.

»Und wir melden uns bei Ihnen«, versprach Claude.

Julie wandte sich ab und kehrte zu Benoit zurück, der immer noch mit Valérie zusammenstand. Die Leiche war inzwischen abtransportiert worden.

Valérie streichelte Benoit über die Hand. »Ich wünsche dir viel Glück, mein Lieber.«

»Danke, ich werde es brauchen.« Er sah zu Julie. »Und?«

»Nicht viel, aber der Schleusenwärter und seine Frau werden von nun an ein Auge darauf haben, wer hier vorbeikommt. Wir sollten andere Schleusenwärter ebenfalls befragen.«

»Das kann die Gendarmerie übernehmen oder die Kollegen vor Ort.«

»Ich muss jetzt los«, unterbrach Valérie und verabschiedete sich. »Ich habe heute Abend ein paar Gäste eingeladen und muss noch einiges vorbereiten.«

»Schönen Sonntag noch.«

»Euch auch.«

Valérie verschwand zügig, und auch Benoit und Julie setzten sich in Bewegung, gingen gemächlich zum Dienstwagen.

»Ich habe gehört, dass Valérie eine ausgezeichnete Köchin sein soll. Warst du schon mal bei ihr eingeladen?«

Benoit nickte. »Ja. Du wirst bestimmt auch irgendwann in den Genuss kommen, sie hat fast jeden Sonntag Gäste.« Er wechselte vom Small Talk wieder zurück zum Dienstlichen. »Der Tote hatte keine Papiere bei sich. Valérie schätzt ihn auf Anfang bis Mitte zwanzig, vermutlich Araber, und er hatte eine Tätowierung auf der rechten Schulter. Ich würde ihn aus dem Bauch heraus dem Stadtteil Reynerie zuordnen.«

»Hatte er denn seine Postleitzahl auf der Schulter tätowiert?« Julie konnte einen genervten Unterton nicht unterdrücken. Sie hatte das Gefühl, dass Benoit Leichen mit vermeintlichem Migrationshintergrund als Opfer zweiter Klasse betrachtete.

»Da kommt nun mal das ganze Gesocks her.«

»Gesocks?« Das konnte Julie nun wirklich nicht unkommentiert lassen. »Ich bin auch arabischer Abstammung.«

Jetzt war er genervt. »Aber du bist nicht in Reynerie groß geworden. Nimm es nicht persönlich, wenn ich so was sage. Und das hat auch nichts mit Rassismus zu tun. So sind nun mal die Realitäten.«

»Nicht jeder Araber ist ein Verbrecher oder Drogendealer«, hielt sie dagegen.

»Das habe ich auch nicht gesagt.« Er hob beschwichtigend die Hände. »Belassen wir es einfach dabei.«

»Sehr gerne.« Julie schluckte ihren Ärger herunter und wechselte das Thema. »Sollen wir die Gendarmerie informieren, dass die die anderen Schleusenwärter befragen?«

»Das machen wir schriftlich. Morgen. Oder wenn du Lust hast auch heute noch. Ich möchte wieder nach Hause.«

Sie erreichten den Dienstwagen, stiegen ein. Julie schnallte sich gerade an, als Benoit unvermittelt mit dem Handballen gegen das Lenkrad schlug. Mehrmals hintereinander. Julie zuckte kurz zusammen und sah ihn an.

»Diese ...«, er sparte sich, was er sagen wollte.

»Musste die sich ausgerechnet einen Anwalt suchen, mit dem sie rumvögelt?«

Julie war hin- und hergerissen. Auch wegen seiner vulgären Wortwahl. Am liebsten würde sie ihm sagen, was sie gerade dachte. Doch stattdessen seufzte sie und wählte den versöhnlichen Weg. »Erzähl.«

Eigentlich hatte sie das Gejammere satt, aber Benoit war nun mal ihr Partner und Mentor, was implizierte, dass man wohl auch die privaten Dinge teilte.

»Nee, du willst es doch eh nicht hören, oder?«

»Wenn ich ehrlich bin, nein.« Damit war zu Julies Erleichterung das Gespräch beendet, noch bevor es begonnen hatte.

Benoit startete den Motor und ließ ihn aufheulen. Dann schnallte er sich an, legte den Gang ein und fuhr mit durchdrehenden Reifen los, sodass eine Staubwolke hinter ihnen zurückblieb.

Kapitel 4

Alain hatte auf seinem Hausboot übernachtet, das er als Zweitwohnsitz und Büro nutzte. Es lag ganz in der Nähe vom *Chez Isabelle* am Quai Riquet Ude. In unregelmäßigen Abständen schlief er hier, wenn er getrunken oder keine Lust hatte, nach Hause zu fahren. Oder wenn beides der Fall war. So wie heute. Die Hochzeit von Robert und Yvonne war in die Verlängerung gegangen, und Alain hatte erst um vier Uhr morgens die Türen abgeschlossen. Am Morgen war er dann ziemlich verkatert aufgewacht und hatte sich erst mal eine Kopfschmerztablette zum Frühstück gegönnt.

Sein richtiges Zuhause befand sich in einem malerischen, verträumten Dorf namens Sainte-Eulalie, eine Viertelstunde mit dem Auto von Carcassonne entfernt. Dort hatten er und Isabelle ein zweigeschossiges Haus mit Garten gekauft. Sainte-Eulalie lag völlig ab vom Schuss. Dort verirrten sich keine Touristen hin, es gab keine Gastronomie und keinen Durchgangsverkehr, weil die Gassen zum Teil so eng waren, dass man mit einem SUV stecken bliebe. Der ideale Ort, um Ruhe zu finden.

Nach der Beerdigung hatte Alain wenig Zeit dort verbracht und fast ausschließlich auf dem Boot übernachtet, weil ihn in dem Haus alles an Isabelle erinnerte. Vor allem der Geruch. Er hatte ihre Sachen zwar nach und nach entfernt und woanders eingelagert, doch die Erinnerung an sie war nach wie vor omnipräsent. Und die Realität ohne sie trist und grau. Sogar die Blüten im Garten, die vielfarbig in der Sonne strahlten und einen wunderbaren Duft verströmten, waren nicht mehr so schön wie früher. Zunächst hatte er immer für frische Blumen im Haus gesorgt, aber am Ende waren auch die nicht mehr in der Lage gewesen, den Geruch des Todes zu verdrängen. Blickte er in den Spiegel neben der Eingangstür, erschien ihm Isabelle für einen kurzen Moment, wie sie einen letzten Kontrollcheck machte, bevor sie das Haus verließ. Ihr Geist war geblieben, lebte auch heute noch in allen Räumen weiter. Obwohl er, um sich zu zerstreuen, die Möbel umgestellt und einigen Wänden einen neuen Anstrich verpasst hatte.

Nach ihrem Tod hatte er außerdem den Kontakt mit der Nachbarschaft wieder aufleben lassen, wobei die Bewohner von Sainte-Eulalie alle aus demselben Grund dort lebten. Wegen der Ruhe. Man traf sich regulär eigentlich nur zum sonntäglichen Gottesdienst, an dem Alain eher selten teilnahm. Zwar hatte der Priester des Ortes bei Isabelles Beerdigung eine tolle Grabrede gehalten und die richtigen Worte gefunden, doch es zog Alain dennoch nicht in die Kirche. Grund dafür waren die vielen schlechten Erfahrungen, die er in seiner Jugend mit der Religion gemacht hatte, da seine Eltern erzkonservative Katholiken waren.

Isabelle lag auf dem Friedhof von Sainte-Eulalie, obwohl der Rest ihrer Familie in alter Tradition in dem kleinen Dorf Meynière begraben war. Sie aber wollte in der Nähe von Alain bleiben, auf ihn achtgeben, wie sie es ihm wenige Stunden vor ihrem Tod gesagt hatte. Und sie hatte betont, dass er sein Leben weiterführen sollte, wie er es wollte, wozu auch eine neue Frau gehören könnte, und er müsste das Restaurant nicht weiterbetreiben, wenn ihm nicht danach wäre. Zeitweilig hatte er tatsächlich darüber nachgedacht, Frankreich den Rücken zu kehren, vielleicht sogar in seinen alten Beruf zurückzugehen, aber es gab gute Gründe, dies nicht zu tun.

Mittlerweile hatte Alain Freunde in Sainte-Eulalie gefunden, von denen die meisten Isabelle nur flüchtig gekannt hatten. Während ihrer Krebsbehandlung waren sie nicht in der Stimmung gewesen, Kontakt mit fremden Leuten aufzubauen.

Endlich. Die Kopfschmerztablette wirkte, aber jetzt bereitete ihm etwas ganz anderes einen Brummschädel. Und dagegen gab es kein Mittel. Es waren die großen Ordner, die vor ihm auf dem Tisch lagen, vollgepackt mit Rechnungen, Lieferscheinen, Papieren aller Art. Alain hasste es, und er war auch nicht gut in Buchführung. Ganz anders als Isabelle. Sie hatte sich stundenlang in Zahlen vertiefen können und fand jeden noch so kleinen Fehler in den Abrechnungen. Alain dagegen verstand nichts davon. Obwohl das Restaurant immer gut besucht war, spiegelte der Kontostand das nicht wider. Wo mochte der Fehler liegen? Weswegen verdiente sich nicht gutes Geld?

Das Restaurant war zu Beginn eines Abends nie komplett ausgebucht, weil Isabelle nicht jeden Tisch zur Reservierung anbieten wollte. Diese Regel hatte er von ihr übernommen. Überhaupt alles, was er über Gastronomie wusste, hatte er von Isabelle gelernt. Es sollten immer mindestens drei Tische frei bleiben, die dann im Laufe des Abends noch besetzt werden konnten, wenn nette Leute aus Versehen den Weg zu ihnen fanden.

Grundsätzlich stand trotzdem auf jedem Tisch ein Reserviert-Schild. Ungefragt durfte niemand Platz nehmen, er wollte sich die Laufkundschaft vorher erst ansehen.

Das *Chez Isabelle* befand sich direkt am Ufer des Kanals und damit fern vom Place Carnot, wo das gastronomische Leben pulsierte, nur leider alle Restaurants mehr oder weniger das Gleiche anboten. Die typischen Gäste des *Chez Isabelle* waren Suchende, die etwas Bestimmtes wollten, ohne vorher genau zu wissen, was. Das Besondere war die extrem kurze Speisekarte, auf der lediglich zwei Gerichte standen: Poisson ou Viande. Fisch oder Fleisch. Zwei Gerichte, die es immer gab, darüber hinaus stellte Philippe eine Wochenkarte zusammen und die Plat du jour durfte natürlich auch nicht fehlen. Das Tagesgericht war abhängig von den Schätzen, die Philippe auf dem Markt so fand. Ein solches Geschäftsmodell war schwieriger zu kalkulieren, als wenn man in großen Mengen einkaufte. Könnte das der Grund sein, weshalb die Zahlen nicht stimmten? Philippe hatte es in der Vergangenheit schon einmal geschafft, ein Restaurant vor die Wand zu fahren, obwohl er ein begnadeter Koch war. Im Laufe von Isabelles Erkrankung hatte er das Restaurant beinahe allein geführt, weshalb sie ihn zum Partner gemacht hatten. Jetzt war er allein für die Küche verantwortlich. Alain kümmerte sich um den Service, das Personal und die Organisation.

Er blickte auf die Rechnungen und dachte nach. Als es mit Isabelle dem Ende zuging, hatte er kaum Zeit gehabt, sich um etwas anderes als seine Frau zu kümmern. Lag da vielleicht der Fehler? Waren die schlechten Zahlen das Ergebnis von Misswirtschaft über viele Monate hinweg? Oder lag ein aktuelles Problem vor, und er konnte es nur nicht finden? Wie sollte er es dann lösen? Zahlen waren wirklich nicht sein Ding.

Es klopfte an der Tür zur Kajüte, und er schaute vom Ordner auf. Zu seiner Überraschung stand dort Michelle. Sie war Isabelles beste Freundin gewesen, die beiden hatten sich schon seit der Schule gekannt.

Er winkte sie herein.

Michelle schob die Tür zur Seite, trat ein, und mit ihr strömte frische Luft in die Kajüte. Sie ließ die Tür offen stehen, und ihr Gesichtsausdruck verriet, dass es anscheinend dringend nötig war.

»Riecht es so schlimm hier?«

»Na ja. Wie in einer Spelunke.«

»Ich hatte gestern eine Hochzeit.«

»Ich weiß. Und du hast richtig mitgefeiert, habe ich gehört.«

Sie legte ihren Helm auf die Bank, ihr Fortbewegungsmittel in der Stadt war eine Vespa. Alain ließ sie dabei keinen Moment aus den Augen. Wie sie so dastand, im Gegenlicht, erschien sie ihm wie ein Engel. Die Sonne bildete einen Kranz um ihre dunkel gelockten Haare, die ihr bis zu den Schultern fielen. Ein Engel, das war sie auch gewesen in der Zeit unmittelbar nach Isabelles Tod.

»Ich hoffe, ich störe dich nicht«, sagte sie mit einem Lächeln. Ihre Zähne leuchteten weiß zwischen ihren dunkelrot geschminkten Lippen hervor.

»Ganz und gar nicht.« Alain erhob sich, und sie begrüßten sich mit je einem Kuss auf die Wangen.

»Wer hat dir erzählt, dass ich mitgefeiert habe?«

»Marie. Ich habe sie eben am Place Carnot getroffen. Da dachte ich mir, ich schau mal, wie es dir geht.«

»Das war eine gute Idee. Möchtest du einen Kaffee?«

»Gerne.«

Michelle nahm auf der Sitzbank Platz, während Alain sich an der Espressomaschine zu schaffen machte, die daraufhin für kurze Zeit jede Konversation unterband. Ihre Blicke trafen sich. Es machte beiden nichts aus zu schweigen.

Zu ihrem beigen Sommerkleid trug Michelle eine weiße Jeansjacke und hatte ihre Luis-Vuitton-Tasche lässig über der Schulter hängen. Sie schlug ihre schlanken Beine übereinander, stellte die Tasche neben sich.

Das Geräusch der Maschine erstarb. Er reichte ihr die Tasse.

»Danke.«

Sie schwiegen immer noch.

Michelle schaute zu den Aktenordnern. »Dir scheint es ja wieder gut zu gehen, wenn du dich mit Buchführung beschäftigen kannst.«

»Es führt leider kein Weg daran vorbei. Ich hasse es.«

Sie grinste.

»Isabelle war so gut darin. Ich nicht. Irgendetwas läuft falsch, und ich verstehe nicht, was.«

»Soll ich mir das mal anschauen?«

Michelle war auch selbstständig, sie hatte eine kleine Boutique im mittelalterlichen Stadtteil La Cité. Die Festungsanlage war das Wahrzeichen von Carcassonne. Und Michelle gehörte zu den gerade mal fünfzig Einwohnern innerhalb der Burgmauern. Nur wer dort ein Geschäft betrieb, hatte die Chance, eine der wenigen Unterkünfte zu ergattern. In ihrem Laden verkaufte sie unterschiedliche Dinge: vom Seidenschal über handgefertigten Schmuck, mittelalterlich anmutende Ledertaschen bis hin zu schnöden Souvenirs. Im Sommer bewegten sich jeden Tag Ströme von Touristen durch die Festungsanlage. Zwischen all den Cafés, Eisbuden und Souvenirshops hatte Michelle sich ihren Traum verwirklicht. Ihr Laden war erfolgreich. Vermutlich, weil die Leute mehr im Vorbeigehen kauften und dabei selten auf den Preis achteten. Durch einige fähige Mitarbeiterinnen konnte sie zudem ihre Arbeitszeit relativ frei bestimmen. Ihre Wohnung befand sich direkt über dem Laden im zweiten Stock, sodass ihr niemand von der Straße ins Fenster schauen konnte, wobei nachts ohnehin keine Touristen mehr unterwegs waren. Abgesehen von den wenigen Hotelgästen, die es auch in La Cité gab.

Alain klappte die Aktenordner zu. »Ich würde lieber etwas anderes mit dir unternehmen als Buchhaltung. Wenn du Zeit hast?«

»Habe ich. Wie du weißt, lasse ich arbeiten. Vor allem sonntags. Was wollen wir machen?«

»Schlage du was vor?«

Nach Isabelles Tod hatten Michelle und Alain sich gegenseitig gestützt und gemeinsam getrauert. Dabei waren sie sich auch körperlich nahegekommen, ohne aber die Grenze zu überschreiten. Sie hatten sich lange in den Armen gehalten und gemeinsam geweint. Irgendetwas aus dieser Zeit war hängen geblieben, eine besondere Form der Zuneigung. Rein platonisch. Bis heute. Aber Alain wurde das Gefühl nicht los, dass Michelle sich nach mehr sehnte, sich jedoch nicht traute, ihren Wunsch auszusprechen. Denn immer noch schwebte der Geist von Isabelle im Raum und bildete eine unsichtbare Mauer zwischen ihnen. Alain war noch nicht bereit für eine neue Beziehung, und er wusste, dass Michelle und die Männer, die sie in der Vergangenheit hatte, ein leidiges Thema waren. Blender und Trottel gehörten zu ihrem bevorzugten Beuteschema, manchmal gehörte auch ein Narzisst dazu. Trotz aller Warnungen seitens Isabelle hatte Michelle jede negative Erfahrung stets als Pech verbucht und deshalb wenig daraus gelernt. Einmal hatte Alain sogar handgreiflich werden müssen, als ein Ex sie bedrängte. Michelle hatte ihm das Herz gebrochen, Alain etwas anderes.

»Während du nachdenkst, was wir machen, werde ich mich mal ein bisschen frisch machen. Eigentlich müsste ich duschen.«

Michelle stand auf, war genauso groß wie er. Sie machte einen Schritt auf ihn zu, kam ihm ganz nahe, um zu schnuppern. »Duschen wäre zwar nicht verkehrt, aber es geht noch. Zähneputzen und ein gutes Deo tun es auch.«

»Wenn du das sagst.«

Alain verschwand in dem kleinen Bad, putzte sich die Zähne, benutzte einen Waschlappen und sprühte sich Deo unter die Achseln. Als er wieder hinaustrat, hatte Michelle sein Handy am Ohr. Alain konnte sich nicht erinnern, es klingeln gehört zu haben.

»Da ist er«, sagte sie. »Ich reiche dich rüber. Ciao.«

Sie hielt ihm das Handy hin und flüsterte: »Mathieu.«

Alain nahm den Hörer entgegen. »Bonjour, mein Freund.«

Mathieu war auch Gastronom und hatte am Place Carnot ein Restaurant für Laufkundschaft.

»Rate mal, wer gerade bei mir vor der Tür sitzt?«, erklang seine Stimme durch das Telefon.

»Keine Ahnung. Wer denn?«

»Jamal. Er hat sich bei mir beworben. Was ist los bei euch?«

»Das Übliche«, seufzte Alain.

»Diesmal wohl nicht. Jamal hat gesagt, dass er endgültig die Schnauze voll hat und bei mir anfangen möchte. Egal als was. Spüler oder zum Tische-Abwischen oder Müll-Raustragen, ganz egal.«

»Verdammt.« Diesmal schien es wirklich ernst zu sein. »Kannst du das Vorstellungsgespräch etwas rauszögern?«

»Kein Problem, wir haben gut zu tun. Er kann warten.«

»Ich komme vorbei und rede mit ihm. Gib ihm aber nicht zu viel zu trinken.«

»Okay, bis gleich.«

Alain beendete das Telefonat. Michelle sah ihn fragend an.

»Jamal. Er hat gestern wieder mal gekündigt. Ich muss dringend mit ihm reden, das dauert nicht lange, danach …«

»Nein«, schnitt Michelle ihm das Wort ab. »Wir hatten ja keine Verabredung, also ist es okay für mich. Ich mag nur nicht irgendwo rumsitzen wie bestellt und nicht abgeholt. Obwohl …«

»Obwohl was?«

»Du gehst jetzt mal los und versuchst, Jamal wieder einzufangen.

Und ich warte nicht hier auf dich, sondern schaue mir derweil deine Buchführung an. Das ist was anderes.«

Er lächelte. »Du bist ein Schatz.«

»Das weiß ich.«

Sie standen nah beieinander, sahen sich in die Augen. Es war wieder einer dieser Momente, in denen alles passieren könnte. Wäre da nur nicht diese unsichtbare Mauer, an die sie beide gekettet waren. Einerseits dadurch verbunden, andererseits getrennt. Isabelles Worte waren zwar gewesen, dass es für ihn ein Leben nach ihrem Tod gäbe und er sich völlig frei fühlen sollte. Aber das war leichter gesagt als getan bei all den Gefühlen, die er noch für seine verstorbene Frau hatte.

Er nahm Michelle zum Abschied kurz in den Arm und verließ die Kajüte. Als er von Bord ging, drehte er sich noch mal um und sah, wie Michelle ihm zuwinkte.

Kapitel 5

Bis zum Place Carnot war es nicht weit. Er ging am Ufer entlang und überquerte am Bahnhof die Brücke über den Canal du Midi, vorbei an dem kleinen Hafen, wo ein halbes Dutzend Hausboote in einer Reihe nebeneinander angelegt hatten. Am Square André Chenier fand irgendeine Kundgebung statt. Etwa dreißig Leute standen im Halbkreis um einen Redner herum, dessen Stimme aus einem kleinen Kofferlautsprecher krächzte. Alain gab sich keine Mühe zu verstehen, worum es ging. Er marschierte zügig durch die Rue Antoine Armagnac, vorbei an dem Irish Pub *The Celt*, in dem er auch manchmal einkehrte, wenn er Lust auf irisches Bier verspürte. Schließlich erreichte er den Place Carnot. Von hier aus waren es keine fünfzig Meter mehr bis zu Mathieus Restaurant.

Jamal hatte die Augen geschlossen und genoss die warmen Sonnenstrahlen. Vor ihm auf dem Tisch stand ein halb volles Glas Bier. Alain blieb vor ihm stehen und platzierte sich so, dass er einen Schatten auf sein Gesicht warf. Es dauerte nicht lange, bis Jamal die Augen öffnete und blinzelte. Als er gegen das Sonnenlicht endlich ausmachen konnte, wer da vor ihm stand, richtete er sich sofort auf. »Na, so ein Zufall. Wo kommst du denn her?«

Alain setzte sich auf den freien Stuhl neben ihn. »Mathieu hat mich angerufen.«

»Das ist nicht wahr?« Er mimte den Empörten, war aber kein guter Schauspieler. »Ich bin nicht dein Sklave, hörst du. Ich bin Franzose, sogar mehr als du. Ich darf arbeiten, wo ich will und für wen ich will. Und Philippe ist für mich gestorben.«

»Hey«, blaffte Alain ihn an. »Philippe lebt, Isabelle ist gestorben.«

Jamal geriet aus dem Konzept und erwiderte kleinlaut: »Natürlich, ja. So war das nicht gemeint. Entschuldige. Ich wollte damit sagen –«

Alain fiel ihm ins Wort. »Ich weiß genau, was du sagen willst, und mir reicht es auch mit euch beiden. Diese ewige Streiterei. Aber anstatt dich irgendwem anders anzubiedern, hättest du zu mir kommen sollen. Mathieu sagte, du würdest sogar Teller spülen wollen.«

Jamal hatte seine Selbstsicherheit zurückgewonnen. »Ich war oft genug bei dir, und wir haben unendlich viel geredet. Und was hat es gebracht?«

Eine Antwort darauf blieb ihm Alain jedoch erst einmal schuldig, da genau in diesem Moment Lucien, Mathieus Kellner, aus dem Restaurant heraustrat. Die Gastronomen in Carcassonne kannten sich untereinander, und so stand Alain auf und gab Lucien freundschaftlich die Hand, nachdem dieser die Gäste am Nachbartisch fertig bedient hatte. »Hallo, alles gut bei dir?«

»Bestens«, entgegnete Lucien.

»Bringst du uns noch zwei Bier?«

»Gerne, mein Freund.« Mit seinem leeren Tablett in der Hand verschwand er wieder. Jamal schaute ihm hinterher, bevor er seinen Blick wieder zu Alain schweifen ließ.

»Mathieu hat eine Stelle im Service frei.«

»Ich dachte, du wolltest Koch werden«, sagte Alain.

»So war es auch mal gedacht. Aber jetzt will ich in den Service und bald der beste Garçon von Carcassonne sein. Vielleicht arbeite ich irgendwann im Hotel und werde Concierge.«

»Ich finde es gut, dass du Träume hast, und ich will dir da natürlich nicht im Weg stehen«, setzte Alain an.

»Aber? Du traust mir das nicht zu.«

»Doch, auch das. Aber ich brauche jemanden in der Küche, und auch da kannst du was werden.«

»Nicht solange Philippe der Chef ist. Ihr seid Geschäftspartner. An dieser Konstellation wird sich nie etwas ändern, also ziehe ich die Konsequenzen.«

Alain musste ihm leider recht geben. Der Streit in der Küche würde nicht enden. Auch wenn ihm das alles andere als in den Kram passte. Er müsste wohl oder übel jemand anderen einstellen für die Küche. Aber wenn er es genau bedachte, würde er auch Hilfe im Service brauchen. Marie wollte bald ein Studium anfangen und nach Toulouse gehen. Außerdem hätte er auch gerne etwas mehr Freizeit. Eine Vollzeitkraft wie Jamal im Service wäre gut, die Gäste kannten und mochten ihn und wenn er nicht mehr in der Küche arbeitete, würden die Streitereien mit Philippe vielleicht aufhören. Einen Versuch wäre es wert.

Jamal schien zu spüren, dass sein Gegenüber ernsthaft darüber nachdachte, und blickte ihm neugierig in die Augen.

Während Alain abermals auf eine Antwort warten ließ, kam Lucien wieder an ihren Tisch und stellte die zwei bestellten Gläser Bier vor ihnen ab. Jeweils so positioniert, dass das Etikett auf dem Glas zum Gast zeigte.

»Lasst es euch schmecken.«

Der Schaum des Bieres war drei Finger breit, beinahe etwas zu viel bei einem kleinen Glas, fand Alain, aber so konnte man als Gastronom auch Geld einsparen. Das brachte ihn gedanklich zurück zu seinen finanziellen Sorgen. War es möglich, dass Marie bei jedem Glas Wein zu viel einschenkte? Das würde auf die Menge von Gläsern ein Defizit ergeben. Und Isabelle hatte ihm erklärt, dass die Fehler, weshalb manche Gastronomen nicht gut verdienten und sogar pleitegingen, häufig in kleinen Details versteckt lagen. Aber dem Problem würde er sich später widmen. Nun galt es, Jamal zurückzugewinnen.

»Du kriegst deine Chance«, sagte Alain und erhob sein Glas. »Heute Abend bist du im Service.«

»Und wer hilft in der Küche?«

»Im Zweifel ich selbst. Wir haben heute nicht viele Reservierungen und nehmen einfach weniger Gäste an. Oder ich frage Marie, ob sie kommen und helfen kann.«

»Wow«, stieß Jamal aus. »Mit einer so schnellen Entscheidung hätte ich jetzt nicht gerechnet.«

»Das Angebot steht genauso lange bis ich mein Bier ausgetrunken habe.«

Doch noch bevor Alain das Glas zu den Lippen führen konnte, sprudelte es bereits aus Jamal heraus: »Ich bin dabei. Danke. Ich werde dich nicht enttäuschen.«

Klirrend stießen sie ihre Gläser aneinander, um den neuen Vertrag zu besiegeln. Diesen Sonntag würden sie irgendwie überstehen. Montag und Dienstag war geschlossen. Bis Mittwoch hatte Alain das Personalproblem hoffentlich gelöst.

Als er zu seinem Hausboot zurückkam, war Michelle bereits gegangen und die Aktenordner fehlten. Sie hatte sie mitgenommen und nur einen Notizzettel zurückgelassen. Darauf ihr roter Lippenstift, ein saftiger Kussmund.

Kapitel 6

In dem Büro, das Julie sich mit ihrem Kollegen teilte, stapelten sich etliche Umzugskisten. Nicht von Julie, sie hatte ihre schon lange ausgepackt und sortiert, aber Benoit war in solchen Dingen etwas träge. Er liebte die lange Bank, auf die man ganz viel schieben konnte. Nicht nur im Büro, auch zu Hause in seiner Wohnung hatte es ähnlich ausgesehen, als Julie einmal dort gewesen war. Vielleicht ebenfalls ein Grund, weshalb seine Frau ihn verlassen hatte? Aber das war eine reine Mutmaßung.

Die PJ Crim, eine Abteilung für Kapitalverbrechen, der Julie als Kommissarin angehörte, war erst seit Kurzem wieder in der zentralen Polizeistation in der Rue du Rem Sainte Etienne in der Nähe des Kanals angesiedelt. Nach einem Wasserschaden hatte man die Abteilung für eine gewisse Zeit in den Norden von Toulouse nach La Vache ausgelagert.

Aufgrund des Wasserschadens hatte man die Gelegenheit genutzt und die Büros komplett renoviert. Jetzt saßen die Mitarbeiter alle in Glaskästen, die liebevoll Aquarium genannt wurden, weshalb sich einige spaßeshalber Fische aus Papier an die Scheiben geklebt hatten.

Julie saß am Schreibtisch, und um sie herum herrschte die übliche Hektik eines Montagmorgens. Ihre Kollegin Madeleine erschien im Türrahmen. Sie hatte den Spitznamen Maddy, den sie der Serie Bosch verdankte, in der die Tochter des ermittelnden Detectives Harry Bosch auch Maddie hieß.

»Du hast am Sonntag eine Wasserleiche aus Carcassonne mitgebracht, habe ich gehört.«

Julie nickte. »Leider nicht in einem Stück.«

»Ich hoffe, sein bestes Stück war noch dran.«

Maddys Humor war Julie etwas zu vulgär. Sie dagegen fand sich selbst wie immer sehr lustig und lachte. »Wisst ihr, wer es war?«

Julie nickte. »Wir konnten einen Fingerabdruck sicherstellen, obwohl er mindestens zwölf Stunden im Wasser lag und die Haut ziemlich aufgeweicht war. Er heißt Brahim Abbas, Baujahr 2001, aus Reynerie.«

Mit dieser Vermutung hatte Benoit recht behalten.

»Drogen also?«, hakte Maddy nach.

»Wahrscheinlich. Wir fahren gleich zu der Familie.«

»Wo ist Benoit? Noch nicht da?«

»Doch. Er füttert den Flurfunk mit seiner Litanei.«

»Der Arme«, seufzte sie. »Das ist aber auch scheiße, wenn du so gefickt wirst.« Maddy hatte mit ähnlichen Problemen zu kämpfen. Ihre Ehe hielt noch, zumindest bis jetzt. Ein Damoklesschwert schien aber über ihr zu schweben, und die eigenen Sorgen spiegelten sich in der Anteilnahme für den Kollegen wider. »Normalerweise sind es Männer, die abhauen und sich eine Jüngere suchen. Oder eine Schlankere.«

Julie sah auf den Monitor, tat beschäftigt, hatte keine Lust über Beziehungsprobleme zu reden.

»Ich muss mal wieder an meinen Platz«, verabschiedete Maddy sich, als sie bemerkte, dass sie wohl keine Reaktion von Julie mehr zu erwarten hatte. »Bis später.«

»Bis später.«

Julies Verlobter Nicolas war eine treue Seele. Was das Thema Seitensprung anging, konnte sie sich bei ihm absolut sicher fühlen. Am selben Tag, an dem er fremdginge, würde er heulend vor ihr auf den Knien herumrutschen und sie flehend um Verzeihung bitten. Die Wahrscheinlichkeit, dass das passierte, ging gegen null. Nicolas hatte eine Professur an einer Hochschule in Toulouse, was ihn an diese Stadt kettete. Seinetwegen hatte Julie sich versetzen lassen und Paris den Rücken gekehrt. Ihrer Heimatstadt, in der sie geboren und aufgewachsen war und ihre Familie lebte. Zwei Jahre Fernbeziehung hatten beiden gereicht, und vor sechs Monaten war sie in seine Wohnung eingezogen. Doch irgendwas hatte sich seitdem verändert. Sie verspürte manchmal Heimweh und die Sehnsucht, ihre große Familie öfter zu sehen. Aber war es allein das? Sie konnte es selbst nicht sagen.

Der Obduktionsbericht, der vor ihr lag, brachte Julie auf andere Gedanken. Brahim Abbas war genau wie Julie in Frankreich geboren worden, während seine Familie ursprünglich aus Algerien stammte. Nur dass der Lebensweg Brahims ganz anders verlaufen war als der ihre.

Julies Vater, Dr. Amar Saidi, war mit seinen Eltern während des algerischen Bürgerkrieges nach Paris gekommen. Er schloss als bester Schüler seiner Klasse ab, studierte Medizin und wurde Chefarzt für Orthopädie in einer renommierten Klinik. Nach dem ersten Studienjahr hatte er Julies Mutter Christelle kennengelernt, die eine lupenreine Französin aus Paris war. Alle in der Familie Saidi sprachen arabisch, auch Christelle, weil sie sich mit ihren Schwiegereltern unterhalten wollte, die nie richtig gut Französisch gelernt hatten. Sie und Amar waren sich einig gewesen, dass ihre gemeinsamen Kinder ihre Wurzeln nicht vergessen sollten, denn wer seine Vergangenheit nicht kenne, der habe auch keine Zukunft, meinte Amar.

Julies Arabischkenntnisse halfen ihr im Umgang mit einer bestimmten Klientel von Verbrechern. Leider gab es sehr viele aus diesem Kulturkreis, die in Frankreich auf die schiefe Bahn gerieten, weil sie sich ausgegrenzt fühlten und keine andere Chance sahen, um an Geld und Wohlstand zu gelangen. Julie wurde regelmäßig zu Verhören hinzugezogen, wenn die Verdächtigen einen arabischen Migrationshintergrund hatten.

Ein Klopfen an der Scheibe des Aquariums ließ Julie aufschauen. Der Kollege Gustav Lierman stand im Türrahmen. Er war ein Uniformierter und arbeitete am Empfang der zentralen Polizeistation. Sofern er denn mal anwesend war. In den letzten Monaten hatte er oft krankgefeiert.

»Bonjour, Julie. Hast du kurz Zeit?«

»Natürlich, für dich immer. Komm rein.« Sie deutete zu dem freien Platz ihr gegenüber.

Gustav lächelte, nur um im nächsten Moment wieder einen schmerzverzerrten Gesichtsausdruck aufzulegen. Er bewegte sich langsam und behäbig zu Benoits Schreibtischstuhl, in dem er vorsichtig Platz nahm.

»Ist es wieder schlimmer geworden?«, fragte Julie.

»Mal so, mal so. Hast du was von deinem Vater gehört?«

Sie nickte. »Ja, er hat mir geschrieben.«

»Und?« Er sah sie erwartungsvoll an.

»Ich habe die Mail nicht gelesen. Die Schweigepflicht gilt auch unter Freunden und Kollegen.«

Sie rief die Mail auf, um sie auszudrucken. Gustav hatte Julie wegen seiner Rückenprobleme um Hilfe gebeten, denn Dr. Amar Saidi galt als Koryphäe auf dem Gebiet und war sogar weit über Paris hinaus bekannt, da er zwei populärwissenschaftliche Bücher über Rückenprobleme veröffentlicht hatte. Um eine zweite Meinung von einem anderen Experten einzuholen, hatte Gustav das MRT, das sein Arzt gemacht hatte, an Julie weitergegeben, damit sie die Bilder ihrem Vater schickte.

Der Drucker warf das Papier aus. Julie reichte Gustav die Seiten über den Tisch. Er setzte die Brille auf, die an seinem Hals baumelte, und las. Sein Gesichtsausdruck verfinsterte sich allmählich.

»Etwas Schlimmes?«, hakte Julie nach.

»Na ja. Wie man es nimmt. Er schreibt ungefähr dasselbe wie mein Arzt, mit ein paar kleinen Unterschieden.«

»Das besagt wohl, dass die Diagnose richtig zu sein scheint. Ist doch gut, oder?«

»Dein Vater schreibt, ich solle auf die Spritzen eher verzichten und stattdessen eine spezielle Diät machen. Bestimmte Lebensmittel vermeiden und ...«, er schaute wieder auf die Mail.

»Und was?«

»Physiotherapie und Gymnastik, was ich auch zu Hause machen soll. Jeden Tag.«

Julie musste sich das Grinsen verkneifen, denn sie wusste, wie sehr Gustav der butterhaltigen französischen Küche zugetan war und wie wenig Sport er trieb.

»Klingt jetzt nicht sehr dramatisch«, sagte sie. »Eher positiv, oder?«

Er konnte seine Enttäuschung über die Diagnose und Therapie nicht verbergen. »Ich hatte mir etwas anderes erhofft.« Er faltete das Papier und steckte die Mail ein.

»Was denn?«

»Na, eine besondere Behandlungsmethode oder so. Ich gehe dann doch lieber wieder zu meinem Arzt und mache das mit den Spritzen weiter. Trotzdem, danke für deine Mühe.«

»Gern geschehen.«

Gustav erhob sich aus dem Schreibtischstuhl und trottete hinaus auf den Korridor. Seine Rückenschmerzen schienen nachgelassen zu haben, was wohl daran lag, dass Julie so wenig Mitleid zeigte.

Sie schaute kurz zur Uhr auf dem Monitor und fragte sich, wo Benoit blieb. Dann las sie weiter den Obduktionsbericht. Die genaue Todesursache war nach wie vor unklar. Aber es lag definitiv eine Hirnblutung vor, und Wasser befand sich in der Lunge. Und die Kugel, die die Rechtsmedizinerin aus dem Rücken entnommen hatte, konnte man als Todesursache zumindest ausschließen. Offensichtlich wurde das Opfer niedergeschlagen, fiel ins Wasser. Dort machte Brahim mindestens einmal Bekanntschaft mit einer Bootsschraube, was die schweren Gesichtsverletzungen erklärte. Dazu fing er sich noch eine Kugel ein. Der Todeszeitpunkt wurde auf die Nacht vor dem Auffinden der Leiche eingegrenzt. Das Abreißen des Kopfes geschah post mortem und war dem ungeheuren Wasserdruck geschuldet, der entstand, wenn die Klappen der Schleusentore geöffnet wurden. Die Leiche schwamm zu diesem Zeitpunkt noch nicht an der Wasseroberfläche, weil sich noch nicht genug Verwesungsgase in dem Köper gebildet hatten. Durch die Unterströmung beim Öffnen der Schleuse wurde der Körper angesaugt und verstopfte zuerst die Klappe, bevor er hindurchgedrückt wurde. Dabei verlor die Leiche den Kopf.

Das Telefon klingelte, Julie hob den Hörer ab. »Julie Saidi. Police nationale.«

»Corporal Lackus. Sie wollten mich sprechen?«

Julie war sofort im Bilde. Das Hausboot, von dem die Frau des Schleusenwärters erzählt hatte, hieß nicht *Esmeralda*, sondern *Emilia*. Das hatte die Kommissarin herausgefunden, als sie die seltsame Textzeile über die Belgier in eine Suchmaschine eingegeben hatte. Es handelte sich um das Lied »Le Boudin«, das zum musikalischen Repertoire bei der Fremdenlegion gehörte. Die weitere Recherche hatte Julie dann zu Corporal Sasha Lackus geführt, einem Soldaten vom vierten Regiment in Castelnaudary, der ein Boot mit Namen Emilia gemietet hatte, um mit ein paar Kameraden einen Ausflug auf dem Kanal zu machen. Am Ortsrand von Castelnaudary unterhielt die Legion eine Kaserne, in der die Ausbildung junger Rekruten stattfand. Da die Soldaten so gut wie keine Freizeit hatten, tauchten sie, abgesehen von den Offizieren, im Stadtbild von Castelnaudary so gut wie nicht auf.

»Vielen Dank, dass Sie so schnell zurückrufen.«

»Um was geht es denn?« Er wirkte extrem kurz angebunden.

»Um die Bootsfahrt, die Sie mit Ihren Kameraden gemacht haben.«

»Was ist damit?«

»Wir haben gestern eine Leiche im Kanal gefunden.«

Einen kurzen Moment lang herrschte Stille.

»Ach so. Und jetzt denken Sie, das kann ja nur ein Fremdenlegionär gewesen sein.«

»Können wir vernünftig miteinander reden?«

»Meinetwegen. Wenn Sie sachlich bleiben.«

»Ihre Bootsfahrt war am Freitagnachmittag, richtig?«

»Das wissen Sie doch längst.«

»Ist Ihnen auf der Tour irgendetwas aufgefallen?«

»Werden Sie konkreter.«

Julie merkte, dass sie es mit einem Soldaten zu tun hatte, der nicht annähernd so gesprächig war wie ein Schleusenwärter.

»Ist Ihnen jemand aufgefallen? Am Ufer oder andere Bootsbesatzungen?«

»Was meinen Sie mit aufgefallen? Inwiefern?«

»Haben Sie Leute gesehen, die arabischer Herkunft waren?«, fragte Julie nun direkt.

»No«, kam es wie aus der Pistole geschossen. »Die hätte ich sofort bemerkt.«

»Wie meinen Sie das?«

»Ich habe im Laufe meines Berufslebens einen Blick für Nationalitäten entwickelt. Da waren keine Araber unterwegs, nur Einheimische und Touristen.«

Julie dachte einen Moment lang nach, ob es noch Sinn machte, weitere Fragen zu stellen.

»Sonst noch was?«, fragte der Corporal.

»Nein, danke für die Auskunft.«

»Schönen Tag noch und viel Erfolg.«

Das Gespräch war beendet. Sie legte den Hörer auf und strich auf ihrer Liste den Namen Emilia und den des Legionärs durch. Ein Jeton weniger auf dem Tisch. Die Gendarmerie hatte weitere Schleusenwärter befragt, aber auch keine neuen Informationen erhalten.

Julie gehörte zu den Kommissarinnen, die jeder Spur nachgingen, auch wenn sie im ersten Moment wenig Erfolg versprechend erschien. Das wurde von einigen, vor allem den männlichen Kollegen, gerne mal belächelt. Doch Julie ließ sich dadurch nicht beirren. Sie hatte schon öfter erlebt, dass kleine Ungereimtheiten einen Täter zur Strecke bringen konnten. Insbesondere, wenn man einen Verdächtigen im Verhör hatte und ihn mit Informationen überhäufte. Dann verwickelten sich die meisten in Widersprüche, und Lügengebilde fielen wie ein Kartenhaus in sich zusammen.

Julie schaute auf, als endlich Benoit ins Büro gestiefelt kam und sich in seinen Schreibtischstuhl plumpsen ließ. »Und? Wie weit sind wir?«

Julie hielt es nicht für nötig, ihm von dem Telefonat mit dem Legionär zu erzählen. Immerhin schien die Spur kalt zu sein.

»Ich weiß nicht, wie weit du bist, aber von mir aus können wir los«, sagte sie.

»Wohin?«

»Nach Reynerie. Zur Familie des Toten.«

Benoit nickte geistesabwesend. »Entschuldige bitte. Heute ist nicht mein Tag. Ich fahre mit, aber du leitest die Ermittlung, okay?«

»Kein Problem. Komm.«

Julie stand auf und nahm ihre Jacke vom Stuhl.

»Was dagegen, wenn wir auf dem Weg was frühstücken?«

Julie lächelte. »Warum nicht.«

Sie dachte an Paris. Dort hätten sie längst die Familie aufgesucht und wahrscheinlich schon den ersten Verdächtigen befragt. Aber hier tickten die Uhren langsamer, vor allem, wenn sie einen Partner mit Liebeskummer an ihrer Seite hatte.

Kapitel 7

Der erste Abend mit Jamal im Service hatte ausgesprochen gut funktioniert. Er schien ein bisher unerkanntes Talent als Kellner zu haben, konnte sich die Bestellungen gut merken und war den Gästen stets zugewandt. Dass er am Anfang nur zwei Teller auf einmal tragen wollte, war besser als wenn er sich selbst überschätzte und einen Haufen Scherben hinterließ. Alain hatte außerdem eine Küchenhilfe von Mathieu empfohlen bekommen. Einen Vietnamesen namens Hi Jong. Das Vorstellungsgespräch würde morgen stattfinden.

Jetzt war er in Toulouse unterwegs und kaufte für Philippe ein paar Sachen ein. Unter anderem Confiture de Caramel Breton sowie Confiture de Rhubarbe, die er in dieser Qualität nur an einem Stand in der Markthalle Marché Victor Hugo fand. Die zweihundert Gramm kosteten stolze sieben Euro fünfundneunzig, und Philippe verbrauchte einiges davon zur Verfeinerung seiner Soßen. Alain zahlte bei der Frau des Chefs, während der die Gläser in den Rucksack packte. Alain dachte darüber nach, ob der schmale Gewinn des Restaurants vielleicht auch damit zu tun haben könnte, dass sie die eingesetzten Waren zu teuer einkauften. Der Chef reichte den schweren Rucksack über die Theke und bedankte sich für den Besuch. Alain zog weiter auf der Suche nach Spezialitäten, die Philippe ihm aufgeschrieben hatte.

Die Markthalle war rappelvoll, Kunden schoben sich dicht gedrängt durch die schmalen Gänge. Vielfältige Gerüche stiegen Alain in die Nase, von Fisch über Bratensaft bis hin zu Grillaromen und asiatischen Gewürzen. Es herrschte ein ordentlicher Lärmpegel, denn die Leute waren nicht nur zum Einkaufen hier. An vielen Ständen konnte man die Köstlichkeiten vor Ort genießen, und die meisten unterhielten sich dabei laut, um die Nachbarn zu übertönen, die wiederum dasselbe taten.

Alain schob sich an einer Warteschlange vorbei, die einen Stau verursachte. Hier wurde frischer Fisch in vielen Variationen angepriesen, die klassische Dorade ebenso wie Steinbutt und Oktopus, dekoriert mit Austern und Jakobsmuscheln auf zerstoßenem Eis. Ein Mitarbeiter hatte einen ausgewachsenen Thunfisch vor sich liegen, den er vor den Augen der Kunden fachgerecht filetierte.

Alain ging weiter, vorbei an Wurstspezialitäten aus der Bretagne, Senf aus Dijon, Cassoulet in Dosen und Gänsestopfleber. Man konnte sich kaum sattsehen an dieser Vielfalt. Da um die Mittagszeit jedoch nahezu alle Sitzplätze belegt waren, kam Alain gar nicht erst in die Versuchung, sich von den Gerüchen und dem Angebot zu einem Essen hinreißen zu lassen. In seinem Alter musste er ohnehin ein wenig auf seine Linie achten. Also kaufte er nur die Sachen, die Philippe ihm aufgeschrieben hatte, und deponierte anschließend alles in seinem Renault Kangoo, der im Parkhaus über der Markthalle stand. Dann entschloss er sich jedoch, den Wagen stehen zu lassen und zu Fuß zu Chloés Wohnung zu gehen, die nicht weit entfernt lag.

Sosehr er das Leben in der Provinz genoss, musste er hin und wieder das quirlige Großstadtleben um sich haben. Auf seinem Weg kam Alain an einem kleinen Elektronikladen vorbei und blieb stehen. In dem Schaufenster war ein Set mit extrem kleinen Überwachungskameras ausgebreitet. Auf einem Schild stand, dass die Kameras die Bilder über WLAN versendeten. Zwar widerstrebte es Alain, seine Mitarbeiter zu kontrollieren, aber ein weiterer möglicher Grund für die fehlenden Einnahmen könnte sein, dass in seiner Abwesenheit so einiges hinter seinem Rücken geschah. Derart von seinen Angestellten hintergangen zu werden, konnte und wollte er sich aber eigentlich nicht vorstellen. Er entschied sich gegen den Kauf und ging weiter.

Chloé wohnte in der Rue Espinasse nahe dem Jardin Royal, unweit vom Justizpalast, weswegen sich in der Gegend einige Anwälte und Notare angesiedelt hatten. Er vermutete, dass nicht viele Studenten sich diesen Stadtteil leisten konnten, aber Chloés Vater war wohlhabend, und sie teilte sich die Wohnung mit einem homosexuellen Mitbewohner, wie Alain von Émil erfahren hatte.

Die Häuser in der Rue Perchepinte waren vom Klassizismus geprägt. Isabelle hatte sich sehr für Architektur und Kunstgeschichte interessiert und sogar zwei Semester in Paris studiert, bevor sie in die Heimat zurückgekehrt und Gastronomin geworden war. Zu dem klassizistischen Baustil gehörten die typischen französischen Balkone, die gerade mal einen Fußbreit waren und nur dem Zweck dienten, dass man nicht aus Versehen herunterfiel, wenn man die bodentiefen Fenster öffnete. Die Metallgeländer waren meist kunstvoll verziert, und kein Haus leuchtete in derselben Farbe wie das daneben.

Er bog in die Rue Espinasse ab. Die Fassade des Hauses, in dem Chloé wohnte, entsprach nicht dem Klassizismus, hatte aber trotzdem schmale Balkone, allerdings aus Beton. Ansonsten war es ein schmuckloser roter Backsteinbau, vier Etagen mit Dachgeschoss. Auf dem Klingelschild stand neben dem Nachnamen Voltaire noch der ihres Mitbewohners René Korb.

Alain betätigte den Klingelknopf und wartete nicht lange, bis das Brummen des Türöffners ertönte. Er trat ein. Das Treppenhaus sah sehr gepflegt aus und sagte viel über die Bewohner und den Vermieter aus. Als Alain früher auf Wohnungssuche war, bot das Treppenhaus immer den ersten Eindruck, für den es keine zweite Chance gab und der sich im Laufe der Besichtigung oftmals bestätigte.

Chloé wohnte in der zweiten Etage. Die Tür war zur Hälfte geöffnet, und dahinter stand ein Mann, den Alain auf Mitte dreißig schätzte. Er trug eine weiße Stoffhose, braune Lederschuhe und ein gelbes Polohemd.

»Bonjour, mein Name ist Alain Olivier. Ich möchte zu Chloé, ist sie da?«

»Nein. Tut mir leid. Worum geht es denn?«, fragte der Mann misstrauisch.

»Ich bin ein Freund der Familie, und Chloé könnte mir vielleicht bei einer Sache behilflich sein.«

»Ach so. Und worum geht es genau?«

»Chloé und ihr Vater haben sich etwas entzweit. Und er macht sich ein wenig Sorgen«, versuchte Alain seinem Gegenüber die Skepsis zu nehmen.

Offenbar erfolgreich, denn nun öffnete René die Tür ganz und trat ins Treppenhaus. »Ich bin René Korb. Chloés Mitbewohner.«

Sie schüttelten die Hände.

»Wissen Sie, wann Chloé vielleicht wieder da ist?«

»Nein. Ich habe sie seit zwei Tagen nicht gesehen.«

»Oh.« Alain tat erstaunt. »Ich dachte, sie sei eine fleißige Studentin.«

»Das war sie zumindest mal. Bevor sie ihren neuen Freund kennengelernt hat. Soll ich ihr etwas ausrichten?«

Alain wollte sich nicht abspeisen lassen. »Wie schon gesagt, bin ich ein Freund ihres Vaters. Chloé hat Streit gehabt mit ihm und den Kontakt abgebrochen. Er macht sich allmählich Sorgen.«

René zögerte, schien noch zu überlegen, ob er sich dazu äußern sollte. »Wahrscheinlich zu Recht«, sagte er leise.

»Zu Recht?«

Unten öffnete sich die Haustür, und kurz darauf ertönte das Klappern der Briefkästen, die befüllt wurden. Ob es der Postbote war oder ein Lieferdienst konnte Alain nicht sehen, aber das Treppenhaus war wie ein Atrium, das den Schall nach oben beförderte.

»Möchten Sie vielleicht lieber reinkommen?«

»Sehr gerne. Danke.«

Korb machte einen Schritt zur Seite und ließ Alain vorbeigehen. Dann schloss er die Tür.

»Gehen Sie am besten durch in die Küche.«

Der Einladung folgend, schritt Alain voran und ließ den ersten Eindruck auf sich wirken. Die Wohnung war sauber und aufgeräumt, es lag gefühlt alles am richtigen Platz. Vom Flur gingen zu einer Seite drei

Türen ab. An der gegenüberliegenden Wand hingen Werbeplakate für Theaterstücke, deren Titel Alain nicht kannte. Er betrat die Küche und vernahm den Lärm spielender Kinder. Im Hinterhof befand sich anscheinend eine Kita oder ein Spielplatz, und das Fenster, das bis zum Boden reichte, war gekippt. Die Küche diente auch als Ess- und Wohnzimmer, so geräumig war sie. Die weißen Küchenmöbel glänzten in der Sonne, Alain sah keinen einzigen Fleck, auch nicht auf dem Ceranfeld oder der Dunstabzugshaube aus Edelstahl. Hier legte jemand viel Wert auf Sauberkeit, und da Chloé seit ein paar Tagen nicht hier war, konnte es nur René sein.

Korb schloss das Fenster, die Doppelverglasung ließ keinen Laut mehr von draußen herein.

»Kann ich Ihnen etwas anbieten, einen Kaffee vielleicht?«

»Sehr gerne. Kaffee schwarz.«

»Bitte. Nehmen Sie doch Platz.« René deutete zu dem Vierertisch aus Holz, der gegenüber der Küchenzeile stand. Alain setzte sich. Die Stühle waren im Design des hinterbeinlosen Freischwingers geformt, aus Metall und Leder. Keinesfalls von der billigsten Sorte.

Während Alain sich weiter aufmerksam umsah, bereitete René den Kaffee zu, mit einem Automaten, der zwar leise arbeitete, aber mehr Müll als Kaffee produzierte. Kurz darauf stellte er eine dampfende Tasse vor Alain auf den Tisch. Sich selbst holte er nur ein Glas Wasser, bevor er sich ebenfalls setzte.

»Studieren Sie auch?«, fragte Alain.

René lächelte. »Nein. Dafür bin ich schon etwas zu alt. Ich arbeite an einem kleinen Theater. Dem Théâtre minimal hier in Toulouse. Ich bin dort Requisiteur und Bühnenbauer.«

Das erklärte die Werbeplakate im Flur.

Wenn er ihn so ansah, hätte Alain in ihm allerdings eher einen Bankangestellten vermutet als einen Bühnenbauer mit künstlerischen Ambitionen. René hatte die dunkelblonden Haare mit einem Seitenscheitel frisiert und wirkte ein wenig blass um die Nase, wodurch die

Äderchen unter der Haut deutlich hervortraten. In dem Blick, mit dem er Alain musterte, lag Neugierde.

»Wieso macht sich Chloés Vater Sorgen?«

»Er meint, dass sich seine Tochter sehr verändert habe, seitdem sie mit ihrem neuen Freund zusammen ist. Chloé hat nach einem Streit mit Émil den Kontakt zu ihm abgebrochen.«

René seufzte. »Davon hat sie nichts erzählt. Aber das passt im Moment zu ihr.«

»Was genau?«

»Zu jedem auf Distanz gehen, der auch nur im Entferntesten Kritik übt. An ihr oder ihrer Lebensweise.«

»Haben Sie auch Streit mit ihr?«

»So würde ich das nicht nennen. Lediglich wenn es um so Kleinigkeiten wie Ordnung und Sauberkeit geht.«

»Kennen Sie den neuen Freund?«

»Jean Leroux?« René nickte. »Sie werden in Toulouse wohl kaum einen finden, der diesen Namen nicht kennt.«

»Ich meine persönlich«, setzte Alain nach.

»Auch das, ja. Jean Leroux unterstützt die Kultur in dieser Stadt. Wir sind uns im Rahmen einer Theaterpremiere einmal kurz begegnet.«

»Und wie hat Chloé ihn kennengelernt?«

»Im Bon Voyage, soviel ich weiß. Das ist ein Nachtclub.«

»Gehört Leroux der Club?«

René zuckte mit den Schultern. »Da fragen Sie den Falschen. Ich glaube aber eher nicht.«

»Können Sie mir vielleicht etwas mehr über ihn sagen?«

»Was genau?«

»Zum Beispiel, ob Sie denken, dass sich Chloés Vater tatsächlich Sorgen um seine Tochter machen muss?«

René drehte den Kopf, sah zum Fenster hinaus. »Das kann ich Ihnen nicht beantworten. Fest steht, die Frauen rennen jemandem wie Leroux nur so hinterher. Wegen seiner Kohle. Sein Vater ist der Gründer von Leroux Aerospace, ein Selfmade-Milliardär. Er gehört zum französischen

Geldadel. Sein Sohn wurde mit dem goldenen Löffel im Mund geboren. Aber was ich so von Chloé gehört habe, klingt er für mich nach einem Narzissten.«

»Wieso?«

»Chloé hat sich sehr verändert, seitdem sie ihn kennt. Sie lässt sich manipulieren. *Love Bombing*, Sie wissen, was das ist?«

Alain nickte. »Jemanden mit Liebe, Komplimenten und Geschenken überhäufen, bis der Partner alles um sich herum vergisst.«

»Und man dadurch von seinem Umfeld entfremdet wird«, ergänzte René. »Ich hatte Chloé irgendwie anders eingeschätzt, aber –« Er verstummte.

»Aber was?«

»Ich glaube, bei ihr ist es nicht der Reichtum, der sie so sehr reizt. Durch Jean Leroux hat sich für sie eine neue Welt aufgetan. Aber ich bin mir sicher, dass er sie eines Tages aussortieren wird. Und dann kann man nur hoffen, dass der Aufprall für Chloé nicht ganz so hart sein wird.«

Alain dachte nach. Der Kontaktabbruch zu ihren Eltern könnte durchaus das Ergebnis von *Love Bombing* sein, denn bei dieser Methode ging es darum, die Partnerin immer stärker an sich zu binden und so zu manipulieren. Narzissten wendeten diese gängige Methode gerne an.

Alain verspürte den starken Drang, sich ein eigenes Bild von diesem neuen Freund zu machen.

»Wissen Sie, wo ich die beiden finden könnte?«

»Nicht mit Garantie. Chloé hat irgendetwas gesagt, dass sie übers Wochenende ans Meer fahren wollten. Ich glaube nach Narbonne-Plage. Da hat Leroux wohl ein Boot liegen. Eine Jacht wahrscheinlich. Womöglich sind sie immer noch da.«

»Könnten Sie das vielleicht für mich herausfinden?«

René überlegte nicht lange, nahm sein Handy und schrieb eine kurze Nachricht per WhatsApp. »Ich nehme an, dass ich Ihren Besuch hier nicht erwähnen soll?«

Alain lächelte zustimmend. »Bitte nicht.«

Er schickte die Nachricht ab und legte das Handy wieder auf den Tisch. »Ich habe ihr geschrieben und nachgefragt, wann sie wieder da ist. Sie hatte nämlich versprochen, den Keller auszuräumen. Der Sperrmüll wird am Mittwoch abgeholt.«

Kaum hatte er fertig gesprochen, piepte das Handy. René schaute aufs Display und las vor. »Ich bin morgen wieder zurück, versprochen. Die Party hier geht länger. Liebe Grüße von der Felicitas, Chloé.«

»Felicitas? Heißt so das Boot?«

Er zuckte mit den Schultern. »Wahrscheinlich.«

Alain trank die Tasse leer und erhob sich vom Stuhl. »Danke für den Kaffee und das Gespräch.«

René stand ebenfalls auf und begleitete ihn zur Tür. »Bitte erwähnen Sie auf gar keinen Fall, dass Sie hier waren und ich Ihnen gesagt habe, wo Sie Chloé finden.«

»Natürlich nicht. Ich habe Chloés Handynummer und konnte sie daher orten. So habe ich zu dem Jachthafen gefunden, im Auftrag ihres Vaters«, entgegnete Alain mit einem Zwinkern.

René sah ihn kritisch an. »Sind Sie so etwas wie ein Privatdetektiv?«

Lächelnd schüttelte Alain den Kopf. »Nein. Nur ein Freund der Familie. Und ich war nie hier, versprochen.« Darauf gab er ihm die Hand.

Kapitel 8

Julie trug eine kugelsichere Weste unter ihrem beigen Mantel. Auch im September war es noch viel zu warm dafür, und sie fing bereits an zu schwitzen, aber die Eigensicherung hatte oberste Priorität. Sie konnten nicht abschätzen, auf wen sie bei der Befragung stoßen würden, womöglich auf Brahims Mörder. Julies Dienstwaffe, eine Neunmillimeter, steckte seitlich in der Weste.

Benoit saß wie immer am Steuer und nahm den Autobahnring nach Reynerie, das ging schneller, als wenn sie durch die Stadt fahren würden. Ihnen folgte ein Mannschaftswagen der Police nationale. Sich allein in die Trabantenstadt zu begeben wäre zu gefährlich. Benoit nahm die Ausfahrt, und sie gelangten in einen großen Kreisverkehr, folgten der ersten Abzweigung nach Reynerie. Die für Trabantenstädte typischen Wohnblocks ragten in den blauen Himmel, aber noch nicht einmal die strahlende Sonne konnte das Viertel aufhellen. Zwar waren alle Gebäude intakt und funktional, darüber durfte sich niemand beschweren, aber die Bevölkerungsschicht, die hier wohnte, gehörte zum äußersten Rand der Gesellschaft. Das Problem der Ghettoisierung gab es nicht nur in Frankreich, aber hier war sie besonders deutlich ausgeprägt. Da Julies Familie aus Algerien stammte, auch eine der Regionen, aus denen viele der Einwanderer kamen, tat es ihr besonders weh zu sehen, dass nicht jeder so viel Glück im Leben gehabt hatte wie sie. Es waren keine Schuldgefühle, die sie empfand, sondern eher Mitleid. Ihr Vater hatte Julie stets gelehrt, dass jeder Mensch im Grunde seines eigenen Glückes Schmied sei. Nur bei manchen war das Metall etwas leichter zu formen. Andere mussten härter daran arbeiten und verzweifelten mitunter an der Realität. Gaben auf und wandten sich lieber Geschäften zu, die schnell sehr viel Geld einbrachten, aber nun mal illegal waren. Und die Karrieren endeten meist im Gefängnis oder auf dem Friedhof. Wie im Fall von Brahim Abbas. Julie und Benoit waren sich einig, dass der Mord mit großer Wahrscheinlichkeit etwas mit Drogen zu tun hatte. Trotzdem wollte Julie nicht voreingenommen sein. Manchmal war das Motiv auch ein ganz anderes, und vielleicht hatte der Täter Brahims Zugehörigkeit zu einem Drogenring nur genutzt, um von den wahren Motiven abzulenken.

Benoit steuerte den schwarzen Peugeot 405 auf den großen Parkplatz vor einem Wohnblock. Es waren viele Stellplätze frei, da die wenigsten, die hier lebten, sich ein Auto leisten konnten, und die, die eins hatten, waren um diese Zeit bei der Arbeit.

Julie und Benoit hatten kaum gesprochen, da er in Gedanken wieder bei seiner Frau, dem Anwalt und der Scheidung gewesen war. Sie stiegen aus und zogen sofort die Blicke einiger Bewohner auf sich. Der Mannschaftswagen hatte hinter ihnen angehalten, die Uniformierten blieben aber erst einmal sitzen und in Bereitschaft. Eine Gruppe von jungen Männern entfernte sich in gemächlichem Tempo von ihnen. Kinder, die auf dem Parkplatz Fußball spielten, sowie deren Eltern verfolgten die Ankunft der Polizei neugierig. Julie musste daran denken, was ein Beamter eines Sondereinsatzkommandos ihr einmal erzählt hatte. Dass oftmals Kinder zu ihm kamen, um Selfies zu machen. Nicht bei allen in dieser Gegend waren die Uniformierten also unbeliebt. Mancher freute sich auch darüber, wenn für Recht und Ordnung gesorgt wurde.

Benoit trottete zu dem Mannschaftswagen und instruierte die Kollegen, dass sie hier warten sollten. Es war im Moment zwar noch nicht von einer Gefahrenlage auszugehen, aber das könnte sich von einer Sekunde auf die nächste ändern.

Er und Julie gingen auf das größte Wohnhaus im Block zu und betraten den Eingangsbereich. Sofort schoss ihnen der beißende Geruch von Urin und Fäkalien in die Nase.

»Ekelhaft«, sagte Benoit und hielt die Luft an.

Auf die Fahrt in einem dreckigen Fahrstuhl verzichteten sie und nahmen zügig die Treppe. In Brahims Akte hatte nicht nur seine Adresse gestanden, sondern auch auf welcher Etage und mit wem er dort wohnte, mit seiner Mutter und drei jüngeren Geschwistern. Solche Details waren wichtig, um bei einer Festnahme nicht versehentlich die falsche Tür einzutreten oder Unbeteiligte zu gefährden.

Sie klopften an die Tür der Wohnung Nummer neunzehn und hörten dahinter lautes Geschrei mehrerer Jugendlicher. Julie nahm einzelne Wortfetzen auf Arabisch wahr. Die Geschwister stritten, wer aufmachen sollte. Als sie ihrem Kollegen das Gehörte mitteilte, förderte das wieder seine Ungeduld zutage, und er hämmerte so lange mit der Faust gegen die Tür, bis sie sich schließlich öffnete.

Der intensiv warme Geruch von orientalischen Gewürzen drang aus der Wohnung, offensichtlich wurde hier arabisch gekocht. Vor ihnen stand eine Frau mit langen schwarzen Haaren, einen Kopf kleiner als Julie. Offensichtlich Brahims Mutter, Djamila Yosra Abbas, wie die Kommissarin aus der Akte wusste.

Ihre enge Jeans betonte die schmalen Beine, und unter dem T-Shirt mit der Aufschrift des Football Clubs Toulouse wölbte sich eine mächtige Oberweite.

»Bonjour, Madame. Wir sind von der Pol–«, setzte Julie an, wurde aber prompt unterbrochen.

»Mein Sohn ist nicht da«, kam es pampig aus dem Mund der Mutter und verriet, dass Brahim anscheinend häufiger Besuch von Polizisten bekommen hatte.

»Und wann haben Sie ihn das letzte Mal gesehen?«, hakte Benoit sofort ein.

»Ach, was weiß ich«, fauchte sie und schenkte der Dienstmarke, die Julie ihr entgegenhielt, keinerlei Beachtung. Der Anblick der kugelsicheren Weste reichte ihr anscheinend. »Er sagt mir nicht, wo er ist. Er kommt und geht, wann er will, und wenn ich ihn was frage, gibt es sofort Streit.«

Julie wechselte ins Arabische. »Wir möchten mit Ihnen über Ihren Sohn reden. Geht das irgendwo ungestört?«

Djamila sah die Kommissarin verdutzt an. Beim Klang ihrer Muttersprache wich die Überraschung in ihrem Blick einem Anflug von Vertrautheit. Sie griff nach einer Jeansjacke, die an einem Haken hing und rief in die Wohnung, dass sie kurz weg sei. Anschließend knallte sie die Tür hinter sich zu.

Benoit folgte den beiden Frauen durch den Flur zu einer Notausgangstür, die auf den Fluchtbalkon führte. Djamila kramte eine Zigarettenschachtel aus der Tasche der Jeansjacke und zündete sich eine Zigarette an, als sie hinaustrat. Julie drehte sich kurz zu Benoit um, er gab seine Zustimmung mit einem Kopfnicken und blieb im Flur, während die Kollegin auf den Balkon trat. Djamila inhalierte den Rauch ihrer Zigarette wie eine Süchtige.

»Haben Sie Kinder?«, fragte sie nun ebenfalls auf Arabisch.

Julie schüttelte den Kopf.

»Besser so.« Die Zigarette gab ihr etwas Halt, denn sie schien zu ahnen, dass Julie nichts Gutes mitzuteilen hatte. »Was gibt es diesmal? Was hat er angestellt?«

»Brahim ist tot«, antwortete sie in nüchternem Tonfall. So, wie sie es auf der Polizeischule gelernt hatte. Geradeheraus, ohne Umschweife. Die Wahrheit tat immer weh, es brachte nichts, jemanden mit sinnlosen Worthülsen darauf vorzubereiten.

Djamila nahm noch einen tiefen Zug an ihrer Zigarette, behielt den Rauch aber diesmal etwas länger in der Lunge, bevor sie ihn wieder ausblies.

»Irgendwie habe ich mir das schon gedacht«, sagte sie leise, eine Träne kullerte über ihre Wange. »Es musste irgendwann so kommen. Ich wusste es, verdammt.«

Ihr Körper begann zu beben, dann stieß sie einen erbitterten Schrei aus, der über den ganzen Wohnblock hinwegschallte. Alarmiert stiegen die Kollegen aus dem Mannschaftswagen aus, den Blick auf Julie gerichtet. Sie gab Entwarnung per Handzeichen.

In arabischen Ländern trauerte man lauter als in Europa, man schämte sich nicht seiner Gefühle. Julie ließ der Mutter die nötige Zeit.

»Wie ist es passiert?«, schluchzte sie.

»Wir ermitteln in einem Mordfall«, erwiderte Julie noch immer auf Arabisch.

»Mord? Er wurde ermordet?«

Julie nickte.

Djamila zog mit einer solchen Intensität an ihrer Zigarette, dass sie husten musste. Und stieß erneut einen erbitterten Schrei aus.

Mit tränenverschleiertem Blick wandte sie sich nach einer Weile wieder der Polizistin zu. »Woher kommen Sie?«

Julie war etwas irritiert. »Was meinen Sie?

»Na, wo sind Sie geboren?«

»Paris.«

»Und Ihre Familie? Wieso sprechen Sie arabisch?«

»Mein Vater stammt aus Algerien, und seine Familie lebt zum Teil noch dort.«

Sie schluchzte erneut. »Ich will ihn sehen. Ich will meinen Jungen noch mal sehen.«

Julie überlegte, wie sie ihr schonend beibringen konnte, was geschehen war. Wie sie einer Mutter erklären sollte, dass ihrem Kind der Kopf abgerissen worden war und sie sein Gesicht nicht mehr wiedererkennen würde.

»Das geht im Moment nicht«, setzte Julie vorsichtig an. »Seine Leiche ist immer noch in der Gerichtsmedizin.«

»Das interessiert mich nicht«, schrie Djamila. »Sie müssten doch die Regeln kennen. Die Beerdigung muss schnell stattfinden. Ich möchte ihn wenigstens sehen, es muss doch möglich sein, mich von meinem Kind zu verabschieden, so wie es einer Mutter zusteht.«

Wissend, dass sie Djamila darauf nichts entgegnen konnte, was sie milde stimmen würde, wechselte Julie das Thema. »Können Sie uns Namen nennen von Leuten, mit denen Brahim in letzter Zeit zu tun hatte?«

»Haben Sie es an den Ohren?«, blaffte Djamila sie an und schnippte den Zigarettenstummel vom Balkon. »Er hat mir nichts gesagt. Er ist gekommen und wieder gegangen und hat Geld dagelassen. Wie soll ich jetzt die Miete bezahlen?«

Diese Frage konnte Julie ihr nicht beantworten. Und sie wollte es auch nicht. In der Polizeischule hatte sie gelernt, sich niemals emotional auf Betroffene einzulassen.

Ohne etwas zu erwidern, zog sie ihre Visitenkarte aus einer kleinen Tasche in der Weste und reichte sie der Mutter. »Wenn Sie erfahren sollten, mit wem Brahim sich in letzter Zeit herumgetrieben hat, rufen Sie mich bitte an. Der Mörder soll nicht ungestraft davonkommen, oder?«

Djamila schaute zuerst verächtlich auf die Karte, bevor sie sie doch an sich nahm und in der Jackentasche verschwinden ließ.

Julie sah ihr in die inzwischen geröteten Augen. »Ich glaube, Sie wissen, mit wem Brahim so zu tun hatte, oder?«

»Selbst wenn? Wenn ich es Ihnen sage, was dann?«

»Wir behandeln jede Information absolut vertraulich.«

Die Mutter schüttelte den Kopf. »Das glauben Sie doch selbst nicht. Ich und meine Kinder, wir sind Ihnen doch scheißegal. Sie wollen nur ihren Fall lösen, abhaken und fertig.«

Julie kam eine spontane Idee. »Rufen Sie mich morgen an. Bis dahin weiß ich, ob Sie Ihren Sohn sehen können. Ist das ein Angebot?«

Der Vorschlag zeigte Wirkung. Djamila holte die Visitenkarte wieder heraus und begann sie zu lesen.

»Julie Saidi. Ein sehr schöner Name.« Kurz schwieg sie. »Darf ich fragen, was Ihre Eltern machen?«

»Sie sind Ärzte.«

»Ärzte?« Djamila zog eine neue Zigarette hervor. »Ihre Familie hat es also geschafft.« In ihrer Stimme schwang ein latenter Vorwurf mit. »Wir sind nur hier gelandet. In diesem Drecksloch. Wovon soll ich jetzt die Miete bezahlen?«

Julie verspürte den inneren Drang zu gehen. »Melden Sie sich bei mir. Ich werde sehen, was ich tun kann.«

Sie wandte sich ab, während Djamila auf dem Balkon zurückblieb und sich die zweite Zigarette anzündete. Die Mutter war noch nicht in der Lage, zu ihren Kindern zu gehen und ihnen zu sagen, dass ihr Bruder nicht mehr nach Hause kommen würde.

Benoit blickte interessiert auf, als Julie wieder zu ihm trat. »Und, was hat sie gesagt?«

Gemeinsam schritten sie durch den Flur in Richtung Treppenhaus.

»Das Übliche. Sie weiß nichts. Aber sie möchte ihren Sohn sehen.«

»Hast du ihr gesagt, dass sein Kopf abgerissen wurde und er kein Gesicht mehr hat?«

Julie drehte sich ruckartig um. »Geht's vielleicht noch ein bisschen lauter?«

Zum Glück war der Balkon weit genug entfernt, sodass Djamila nichts gehört haben konnte.

»Lass uns mal ein paar Leute auf der Straße befragen«, schlug Benoit vor. »Ich möchte nicht hier weggehen, ohne wenigstens einen kleinen Hinweis. Was sollen wir sonst ins Protokoll schreiben?«

»Wir?«, fragte Julie.

Er grinste sie an. »Du.«

Kapitel 9

Die Fahrt nach Narbonne über die Autobahn hatte etwa eine Stunde gedauert, bis zur Mittelmeerküste waren es nun noch etwa zwanzig Minuten. Alain hatte den Canal du Midi zweimal überquert, was ihm erneut bewusst machte, wie lang diese Wasserstraße war und welch unglaubliche Leistung dahintersteckte, so ein Projekt schon vor dreihundert Jahren zu realisieren. Aber es schien sich gelohnt zu haben, denn ein Kanal vom Atlantik bis zum Mittelmeer sparte einen Seeweg von dreitausend Kilometer um die Iberische Halbinsel herum. Dreitausend Kilometer voller Gefahren durch Piraten, die spanische Armada, und man musste nicht die Straße von Gibraltar passieren, wo damals hohe Zölle erhoben wurden.

Je mehr Alain sich der Küste näherte, desto karger wurde die Umgebung. Anstatt Wiesen und Bäume gab es nur noch Sträucher in einer felsigen Landschaft. Die Straße verlief in Serpentinen bergab, und man hatte eine ständig wechselnde, wunderbare Fernsicht aufs Mittelmeer. Das Wasser schimmerte tiefblau und grenzte sich am Horizont deutlich vom Himmel ab. Weiße Segel von kleinen und größeren Booten verzierten die spiegelglatte See. Es war so windstill wie selten um diese Jahreszeit. In der Ferne bewegte sich ein großes Containerschiff in Richtung Westen.

Alain erreichte das Ende der Serpentinen, fuhr in den Kreisverkehr ein und bog auf die Straße ab, die parallel zum Ufer verlief. In dem bei Touristen beliebten Badeort gab es keine großen Hotels, die in den Himmel ragten. Ein Bungalow neben dem anderen, fast alle ockerfarben oder orangerot gestrichen, reihten sich aneinander, und wenn sich zwischen ihnen mal eine Lücke auftat, konnte man den Strand und das Meer erblicken. Im Abstand von je einem Kilometer gab es große Plätze, auf denen das gesellschaftliche Leben stattfand und die Gastronomie sich angesiedelt hatte. Der Jachthafen lag ganz am Ende des kilometerlangen Strandes. Alain stellte sein Auto in einer Parklücke ab und stieg aus. Er schritt auf das Gebäude des Hafenmeisters zu, das wie ein Tower an einem kleinen Regionalflughafen aussah. Je näher er den Stegen kam, desto lauter wurde das Wummern der Bässe. Die Party musste ganz nah sein, und genau dort wollte Alain hin. Am frühen Nachmittag schien sich keiner an dem Lärm zu stören. Es lagen vor allem Segelboote im Hafen, die zweigeschossige Motorjacht, von der die Musik kam, stach deutlich hervor. Alain betrat den Steg, näherte sich dem Partyboot, bis ein kräftiger Mann mit kurz geschorenen Haaren und Stiernacken sich ihm in den Weg stellte. Er trug einen schwarzen Anzug und ein schwarzes Hemd.

»Bonjour«, sagte Alain mit einem Lächeln. »Ich möchte zu der Party.«

»Darf ich Ihre Einladung sehen?«, fragte der Security-Mann.

»Ich gehöre zu Chloé. Chloé Voltaire.«

»Wer soll das sein?«

»Die Freundin von Jean Leroux. Vielleicht erkundigen Sie sich mal lieber, wer Ihre Gäste sind.«

»Und wie heißen Sie?«

»Alain Olivier. Aus Carcassonne.«

Der Mann wandte sich ab und ging zu seinem Kollegen, der an der Reling der Jacht stand. Auch er trug einen schwarzen Anzug und gehörte anscheinend zur gleichen Security-Firma. Die beiden redeten kurz, bevor der eine zurückkam und der andere an Bord ging.

»Moment, bitte. Wir fragen nach.«

Alain schaute an den breiten Schultern vorbei und erblickte Chloé, die in diesem Moment an der Reling erschien und zu Alain herüberwinkte.

»Sehen Sie, ich bin willkommen.«

Der Stiernacken drehte sich um und ließ ihn passieren. Alain schenkte dem anderen Türsteher keine Aufmerksamkeit und ging an Bord.

Chloé kam eine schmale, steile Treppe vom Oberdeck herunter und sah ihn besorgt an. »Was machst du hier? Ist etwas passiert?«

»Nicht wirklich. Ich wollte mal nach dir schauen. Nachdem du den Kontakt zu deinen Eltern abgebrochen hast, haben sie angefangen, sich Sorgen zu machen.«

»Echt jetzt?« Ihre Stimmung schwankte zwischen irritiert und verärgert. »Deswegen bist du extra hergekommen?«

»Nein«, erwiderte er sofort. »Auch aus Neugier. Ich war in Toulouse und habe bei dir geklingelt.« Er vergaß nicht, ihren Mitbewohner zu entlasten. »Es hat niemand aufgemacht.«

»René war nicht da?«

Alain schüttelte den Kopf und stellte sich dumm. »Dein Mitbewohner? Nein.«

»Und wie hast du mich dann gefunden?«, fragte sie mit latentem Argwohn in der Stimme.

»Na ja, ich habe deine Handynummer«, begann er zu erklären. »Mich hast du nicht blockiert, und ich konnte dich orten. Wenn du nicht gefunden werden willst, musst du die Funktion ausschalten.«

»Ich verstecke mich nicht«, entgegnete sie prompt. »Ich habe nur keinen Bock mehr auf diesen Kontrollfreak. Und dass er dich hierherschickt, sagt ja wohl alles.«

»Was sagt es denn?«

»Dass ich recht habe. Er muss immer wissen, was ich gerade mache. Aber ich bin kein Kind mehr.«

»Das nicht, aber er bezahlt die Wohnung, das Studium.«

»Na und? Bin ich ihm deshalb Rechenschaft schuldig?«

Da Alain kinderlos war, wusste über er über solche Konflikte nicht gut Bescheid. Womöglich hatte sie recht, und sein Erscheinen hier könnte maßlos übertrieben sein. Anderseits gab es auch noch andere, die sich Sorgen machten, so wie René, aber dieses Argument durfte er nicht vorbringen. Die beiden waren sich ja angeblich nie begegnet.

»Dein Vater hat mich nicht geschickt«, log Alain. »Er hat mir letzten Samstag davon erzählt, dass du ihn blockiert hast. Ich bin auf eigene Faust hier, hatte etwas in Toulouse zu tun, und als ich dich nicht angetroffen habe, nun ja, da habe ich dein Handy geortet.«

»Und das soll ich dir glauben? Hast du echt nichts Besseres zu tun?«

Alain grinste. »Nö.«

Er hatte sich eigentlich eine Geschichte zurechtgelegt. Eine Frage, die er, wenn er Chloé in der Wohnung angetroffen hätte, ihr hätte stellen wollen. Aber dieser Vorwand funktionierte nicht mehr, niemand wäre wegen einer blöden Frage bis nach Narbonne gefahren.

Als könnte sie seine Gedanken lesen, fing sie an zu grinsen. Alains Auftritt hatte etwas Entwaffnendes.

»Warum bist du wirklich hier? Gib es wenigstens zu, dass Émil dich hergeschickt hat.«

Bevor Alain etwas antworten konnte, ertönte eine markante Stimme. »Chloé. Willst du mir deinen Gast nicht wenigstens vorstellen?«

Aus der Dunkelheit des Vorderdecks trat ein junger Mann hervor. Jean Leroux. Er sah aus wie auf den Bildern, die Alain im Internet gefunden hatte, und es war offensichtlich, was die Frauen an ihm fanden. Jean wirkte smart, sah gut aus und strotzte vor Selbstbewusstsein. Und er hatte Geld. Alain schaute an ihm vorbei, erblickte drei weitere Gestalten im Unterdeck, die auf einer Couch saßen, Hoodies trugen. Doch ihre Gesichter konnte man in der Dunkelheit nicht erkennen.

Jean legte besitzergreifend seine Hand um Chloés Taille. Seine blonden unfrisierten Haare, die bis über die Ohren reichten, erinnerten Alain an einen Tennisspieler, dessen Name ihm gerade nicht einfiel. Es fehlte nur noch das Stirnband. Obwohl sie auf einer Partyjacht waren und die Musik dröhnte, wirkte Leroux beinahe so, als wolle er gleich noch ins Büro fahren. Hellblaues Hemd zu dunkler Stoffhose mit einem

Gürtel von Hermès. Die grellgelben Badelatschen an seinen nackten Füßen passten allerdings gar nicht zu einem Geschäftsmann.

Er reichte Alain die Hand mit einem Lächeln. »Jean Leroux.«

»Alain Oliver. Freut mich.«

»Er ist ein Freund meines Vaters und war zufällig in der Gegend«, erklärte Chloé den Besuch.

Die Lüge fiel nicht auf fruchtbaren Boden. Jean verdrehte die Augen und sah sie mit mahnendem Blick an. »Habe ich es dir nicht gesagt?«

Alain verstand nicht, was er meinte.

»Du hättest deinen Vater noch mal anrufen sollen. Ihn zu blockieren war scheiße. Mein alter Herr würde eine Armee losschicken, wenn ich so was täte.« Er schaute zu Alain. »Jetzt, da Sie den weiten Weg extra hierher gemacht haben, schlage ich vor, wir trinken erst mal was.«

Alain lächelte. »Warum nicht.«

Jean schien wohl kein Problem damit zu haben, wenn ein Vater jemanden losschickte, um die Tochter zu kontrollieren. Aber womöglich war das alles nur Attitüde, um sich einzuschmeicheln. Der Gastgeber stieg die schmale Treppe aufs Oberdeck, Chloé folgte ihm, Alain ging als Letzter. In der Dunkelheit des Vorderdecks, von wo Jean gekommen war, leuchtete mehrmals die Glut einer Zigarette auf. Mehrere Gäste teilten sich wohl gerade einen Joint.

Auf dem Oberdeck knallte die Sonne. Ein Eiskübel, gefüllt mit Champagnerflaschen, stand auf einem Tisch. Jean nahm eine der Flaschen heraus, in der nur noch ein Bodensatz war und kippte den Inhalt in den Eiskübel, um gleich zu einer neuen zu greifen. Flink und mit wenigen Handgriffen entkorkte er die Champagnerflasche, sodass es aussah, als wäre er ein geschulter Kellner. Jean füllte drei frische Gläser, reichte eins Alain, eins seiner Freundin und nahm das letzte selbst. Sie stießen an.

»Herzlich willkommen an Bord.«

Während sie alle einen Schluck nahmen, sahen sich die Männer eindringlich in die Augen. Bis Jean den Blick abwandte und Chloé einen Klaps auf den Po gab. »Du, mein Schatz, hebst jetzt sofort die Sperre auf und schickst deinem Vater eine Nachricht, dass alles in Ordnung ist und wir mit Alain einen Champagner trinken.«

Zwar rollte sie mit den Augen, holte aber ihr Handy hervor und kam der Aufforderung ohne Widerworte nach.

Jean wandte sich seinem Gast zu. »Was machen Sie sonst so?«

»Ich habe ein Restaurant in Carcassonne.«

»Wirklich? Wie heißt es?«

»Chez Isabelle.«

»Chez Isabelle«, wiederholte er. »Darf ich fragen, wie Sie zu dem Namen kommen?«

»So hieß meine Frau. Sie ist leider verstorben.«

»Oh, das tut mir leid. Entschuldigen Sie meine Indiskretion.«

»Die Frage war durchaus berechtigt«, erwiderte Alain und trank noch einen Schluck.

»Ich kenne das Restaurant nicht, aber ich bin auch eher selten in Carcassonne. Und wenn ich dort bin, gehe ich eher ins *Vigou*, neben der Basilika Saint-Nazaire. Kennen Sie das?«

»In La Cité. Natürlich. Die haben zwei Sterne.«

»Das heißt nicht viel.« Jean leerte sein Glas in einem Zug. »Ich habe schon in urigen Lokalen besser gegessen als in so manchem Sternerestaurant.« Sein Blick ging zu Chloé. »Wenn du mich irgendwann mal deinen Eltern vorstellen solltest, möchte ich, dass wir ins Chez Isabelle gehen.« Er sah wieder zu Alain und lächelte. »Natürlich nur, wenn Sie damit einverstanden sind.«

Alain nickte stumm. Auch wenn er keine so große Lust auf ein Wiedersehen hatte. Womöglich würde er an dem Tag Zahnschmerzen haben und seinen Angestellten die Bedienung überlassen.

Jean hatte eine extrem gute Erziehung genossen. Das zeigte sich an seiner gewählten Wortwahl, seiner Körperhaltung und dem Bedürfnis nach Blickkontakt. Alain gefiel das, trotzdem wurde er mit dem jungen Mann nicht warm. Den guten Gastgeber zu spielen erschien mehr wie ein Akt reiner Höflichkeit, und womöglich gab es einen handfesten Grund, weshalb Chloé ihn bis jetzt nicht ihren Eltern vorgestellt hatte. Émil verfügte nämlich über ausgezeichnete Menschenkenntnis und könnte einen Blender schnell entlarven. Vielleicht befürchtete Chloé genau das.

Alains Blick schweifte umher. Die anderen an Bord passten irgendwie nicht zu dem steinreichen Snob. Oder doch? Es kam nicht selten vor, dass der verwöhnte Geldadel seinesgleichen überdrüssig war und darum Kontakt zum sprichwörtlichen Pöbel suchte. Um gönnerhaft auf sie herabzuschauen. Die Gäste hier sahen allerdings weniger nach Pöbel aus, sondern eher wie Kriminelle. Alain hatte einen Blick für solche Leute.

Jean füllte ungefragt Alains Champagnerglas nach.

»Also, wir haben jetzt eine Verabredung. Sie, Chloé, ich und ihre Eltern. Im Chez Isabelle. Jetzt müssen wir nur noch einen Termin finden.«

»Das schaffen wir schon.« Alain schaute zu Chloé. »Können wir mal kurz unter vier Augen reden?«

»Klar, warum nicht«, sagte Jean und verschwand zu seinen anderen Gästen am anderen Ende des Oberdecks. Sie saßen unter einem Sonnensegel zusammen.

Alain wandte sich Chloé zu und blickte ihr tief in die Augen, die bei näherer Betrachtung etwas glasig wirkten. »Was hast du genommen?«

»Nichts Besonderes. Eine Runde Sahneschaum. Mehr nicht, ehrlich.«

Alain verstand sofort. Lachgas, das sich früher in Kapseln zum Aufschäumen von Sahne befand, gehörte zu den neuen Partydrogen. Heute wurde es unter einem neuen Label in Halbliterdosen verkauft. Das Distickstoffoxid, wie das Gas hieß, wurde inhaliert, man verfiel sofort danach in einen kurzen Rauschzustand. Von dieser Droge wurde man zwar nicht süchtig, aber es bestanden doch einige neurologische Risiken, wenn man es regelmäßig nahm.

Alain wusste aber auch, dass Lachgas nicht den Blick trübte, wie es bei Chloé gerade der Fall war. Sie hatte noch etwas anderes genommen, das sie ihm verschwieg.

»Hättest du was dagegen, mit mir zu kommen?«

»Wohin?«

»Wohin du willst? Vielleicht nach Hause.«

»Jetzt hör aber auf«, sagte sie so laut, dass Jean zu ihnen herüberschaute. »Spielst du jetzt wirklich den Babysitter für meinen Vater? Ich glaube es ja nicht.«

»Nein«, erwiderte Alain sofort. »Er war nur besorgt, weil du ihn blockiert hast.«

Sie zog ihr Telefon aus der Gesäßtasche und hielt ihm das Display hin. »Hier. Die Blockade ist aufgehoben.«

»Wie lange seid ihr schon hier?«, wollte Alain wissen.

»Seit Sonntag, wieso?«

»Was sind das für Leute, die anderen Gäste?«

»Was interessiert dich das? Aber komm, ich kann sie dir vorstellen. Jeden Einzelnen. Los.«

Bevor er etwas erwidern konnte, hatte Chloé ihn schon am Arm gepackt und schleifte Alain hinter sich her zu Jean und den anderen. Vier Männer und zwei Frauen, die etwa in Chloés Alter waren, saßen im Halbkreis auf einer weißen Ledercouch im Schatten des Sonnensegels. Vor ihnen befand sich ein runder Tisch voller Gläser, Flaschen, überquellender Aschenbecher. Die Männer starrten den Eindringling an. Ganz außen saß ein Araber mit umgedrehter dunkelblauer Baseballkappe und einem schwarzen Hoodie. Neben ihm ein schmaler Franzose, der ein schwarzes durchsichtiges Netzhemd ohne Ärmel trug und seine langen dunklen Haare zu einem Zopf gebunden hatte. Unter dem Hemd konnte man eine Reihe von Tätowierungen auf Brust und Schultern erkennen. Die Frauen, die wie Professionelle wirkten, saßen zwischen den Männern. Ein Araber mit langem Bart und Jean hatten am Rande der Couch Platz genommen. Chloé setzte sich neben ihn, während Alain demonstrativ stehen blieb.

»Er will, dass ich mit ihm fahre.«

»Warum denn?« Jean wirkte leicht pikiert. »Gefällt es Ihnen nicht bei uns?«

»Entspann dich, Bruder«, sagte der Araber mit der Baseballkappe und zog an einem Joint. »Auch mal?«

»Nein, danke.«

»Kann es sein, dass Sie etwas gegen mich haben?« Jean erhob sich von der Couch.

Lügen war wohl zwecklos. »Nicht gegen Sie persönlich?«

»Nicht persönlich, aha. Und was dann?«

»Die Show, die Sie hier abziehen, stört mich.«

Jean drehte sich zu den anderen um, und alle lachten. Sie lachten über Alain, den Spießer.

»Ich mag keine Leute, die schlechte Laune verbreiten, weil Sie selbst keinen Spaß haben im Leben«, sagte Jean. »Chloé bleibt hier und Sie gehen jetzt besser.«

Er schaute zu dem Türsteher hinunter, der auf dem Steg vor dem Boot stand und schnippte einmal mit Daumen und Zeigefinger. Wie auf Befehl setzte sich der muskulöse Anzugträger in Bewegung, und es dauerte nicht lange, bis er das Oberdeck erklomm.

»Unser Gast möchte uns leider schon verlassen«, sagte Jean. »Begleitest du ihn bitte von Bord.«

Der Türsteher nahm zuerst nur Blickkontakt auf, als würde das allein reichen, um Alain zum Gehen zu bewegen. Es reichte nicht. Also streckte der Mann den Zeigefinger aus, zeigte zuerst auf Alain und dann zur Treppe. Aber der störrische Gast machte noch immer keine Anstalten zu gehen.

»Was soll das?«, keifte Chloé aus dem Hintergrund und klang ein wenig hysterisch. Alain schwieg wie Clint Eastwood in einem Italo-Western. Leroux beobachtete das Schauspiel mit einem Lächeln auf den Lippen.

Jetzt kam der Türsteher auf Alain zu, streckte den Arm aus und packte ihn unsanft an der Schulter. Das war ein Fehler. Alain bekam das Handgelenk des Gegners zu fassen und eine Sekunde später nahm der Muskelmann eine seltsam gekrümmte Körperhaltung ein, überstreckte seinen Rücken, um dem Schmerz im Arm zu entgehen. Er wusste anscheinend selbst nicht, wie ihm geschah, als Alain ihn ein paar Schritte zur Reling manövrierte, das Handgelenk losließ und ihm nur noch einen leichten Schubs versetzen musste. Der Türsteher verlor das Gleichgewicht, sein wuchtiger Körper war schon zu weit über die Reling gebeugt, den Rest erledigte die Schwerkraft. Kurz darauf ertönte ein lautes Platschen, und Wasser spritzte bis aufs Oberdeck.

Zuvor noch gebannt von dem Spektakel, sprangen nun alle von der Couch auf, und die Frauen liefen zur Reling, um zu sehen, ob der Türsteher wieder auftauchte. Was zum Glück der Fall war. Nur Chloé blieb sitzen und vergrub ihr Gesicht in den Händen vor Scham. Blickte auch dann nicht auf, als die Männer mit den Hoodies sich halb totlachten, während sie zusahen, wie der Türsteher sich wie eine Robbe aus dem Wasser auf den Steg wuchtete.

Leroux war der Einzige von ihnen, der das gar nicht witzig fand. Er starrte Alain mit wütenden Augen an.

Der nächste Bodyguard kam die Treppe hoch. Doch bevor er Alain erreichte, hob Jean die Hand. »Stopp.«

Noch eine Blamage dieser Art wollte der feine Schnösel sich nicht gönnen. Langsam wandte er seinen Blick von Alain ab und ließ ihn zu Chloé wandern, die immer noch ihr Gesicht in den Händen vergraben hatte. »Er ist dein Gast. Schaffe ihn von Bord und gehe gleich mit. Los jetzt, sofort!«

Alain musste innerlich schmunzeln. Er hatte erreicht, was er wollte, wenn auch durch eine ungewöhnliche Maßnahme.

»Verpiss dich«, schrie Leroux seine Freundin an, als sie nicht sofort reagierte. Eilig sprang Chloé auf und ging an dem zweiten Bodyguard vorbei zur Treppe. Alain folgte ihr, ließ den Stiernacken dabei aber nicht aus den Augen.

»Keine Sorge.« Beschwichtigend hob er die Hände. »Ich gehe freiwillig. Kümmern Sie sich lieber um ihren Kollegen.«

Er stieg die Treppe herunter, ging von Bord und betrat den Steg. Der klitschnasse Türsteher blieb vorsichtshalber auf Abstand. Chloé war längst vorausgeeilt. Alain folgte ihr.

Kapitel 10

»Was sollte das?«, schrie Chloé ihn aus voller Kehle an, als Alain sein Auto erreichte, neben dem sie bereits wartete.

»Ich wollte nur mal den Humor deines Freundes testen.«

»Das ist nicht witzig«, sie wurde noch lauter. »Warum tust du so was? Du hast mich völlig blamiert.«

»Ich glaube, vor solchen Leuten kann man sich gar nicht blamieren.« Chloé geriet immer mehr in Rage. »Solche Leute? Was weißt du denn über die?«

»Dass sie Drogen nehmen und du auch. Wahrscheinlich dealen die Jungs sogar. Und die Frauen sahen aus, als ob sie auf den Strich gehen. Mit was für Typen hängt dein Freund da ab? Und vor allem, wieso hat er so was nötig?«

»Das sind keine Dealer oder Zuhälter, sondern Musiker. Rap. Hip-Hop, schon mal gehört? Und die Frauen sind Groupies, das ist nicht verboten.«

»Mag sein, dass die auch Musik machen, aber das schließt alles andere nicht aus.«

»Was weißt du schon von dieser Welt? Du bist wie mein Vater, viel zu alt. Ein alter weißer Mann. Ein Spießer. Jean produziert die Musik von denen, deshalb waren die auf der Party. Um sich über Marketing und so was zu unterhalten.«

Alain konnte solchen Argumenten schwer etwas entgegensetzen und wechselte darum das Thema. »Und wie sieht es mit Drogen aus? Was hast du genommen?«

Émil hatte wirklich allen Grund, sich Sorgen um seine Tochter zu machen.

Nun wurde sie doch kleinlaut. »Ein paar Lines, mehr nicht.«

»Nur Koks? Oder auch Pillen?«

»Ich schmeiß keine Pillen ein«, entgegnete sie trotzig.

»Aber es gab welche im Angebot?«

Chloé riss die Autotür auf und stieg ein. Alain ging um den Wagen herum, setzte sich hinters Steuer, steckte den Schlüssel ins Schloss und startete den Motor. Erst dann schnallte er sich an. Seine Beifahrerin starrte regungslos durch die Windschutzscheibe und versuchte, ihn so gut es ging, zu ignorieren.

Er brach das Schweigen. »Sorry, dass es so abgelaufen ist. War nicht meine Absicht.«

»Und was wolltest du erreichen?«

»Dass du mit mir kommst. Aber erst von dem Moment an, als ich diese Typen gesehen habe.«

»Hat ja geklappt«, schnaubte sie.

Er fuhr rückwärts aus der Parklücke und stoppte. »Hast du noch irgendwelche Sachen auf dem Boot, die du brauchst?«

»Ein paar Klamotten, aber die kann ich mir irgendwann holen.« Sie machte eine wegwerfende Bewegung, bevor sie etwas leiser und mit Verzweiflung in der Stimme nachsetzte: »Du bist schuld, wenn Jean mit mir Schluss macht. Er ist stinksauer auf mich. Deinetwegen.«

Darauf wusste Alain nichts zu sagen und manövrierte schweigend das Auto vom Hafengelände auf die Straße, die nach Narbonne zurückführte.

Erst, als sie eine Weile unterwegs waren, wagte er, die Stille zu durchbrechen, und versuchte, die Stimmung ein wenig aufzuheitern. »Ich glaube, den anderen Gästen hat meine Showeinlage gefallen.«

Und tatsächlich konnte sich Chloé trotz ihrer Wut ein Lachen nicht verkneifen, in das Alain erleichtert mit einfiel.

Nach einem Kilometer hatten sie sich wieder beruhigt, und Chloé sah ihn aufmerksam von der Seite an. »Woher kannst du so was?«

»Was meinst du?«

»So einen Typen über die Reling werfen. Ich dachte, die Jungs hätten mehr drauf.«

»Ich war mal bei der Polizei. In Deutschland.«

»Du hattest irgendeinen Bürojob, hat mein Vater gesagt.«

»Er weiß auch nicht alles.«

»Erzähl mal.«

Alain zögerte, kam aber zu dem Schluss, dass er ihr eine Erklärung schuldig war, und fing an zu berichten. Seine Karriere hatte beim Bundesgrenzschutz begonnen, aber vom ersten Tag an war ihm klar gewesen, dass dies nur eine Zwischenstation sein sollte. Seinem sportlichen Talent und einer großen Portion Ehrgeiz war es zu verdanken, dass die Grenzschutzgruppe 9 – GSG 9 – ihn aufnahm. Dort verblieb er acht Jahre. Normalerweise wurde man nach der aktiven Zeit bei der Truppe wieder zur Bundespolizei zurückversetzt, aber das BKA war auf Alain aufmerksam geworden. Man suchte damals Leute wie ihn, die zum einen eine Spezialausbildung und noch weitere besondere Fähigkeiten hatten. Sein Vater war Franzose gewesen und Alain zweisprachig aufgewachsen. So wurde er Verbindungsbeamter im Auslandseinsatz, man schickte ihn zuerst nach Paris, später arbeitete er auch für Interpol und wurde in französischsprachige Gebiete nach Afrika entsandt.

Chloé war sichtlich beeindruckt von seinem Werdegang. »Und warum hast du aufgehört?«

»Na, wegen Isabelle. Sie hatte ihr Restaurant, das sie niemals aufgegeben hätte. Für keinen Mann auf dieser Welt. Und ich war die ganze Zeit unterwegs. Hätte ich Karriere machen wollen, wäre das nur in Wiesbaden gegangen. Tausend Kilometer von Carcassonne entfernt.«

»Du hast der Liebe wegen hingeschmissen?«, hakte Chloé nach.

»Ja. Und ich habe es nie bereut.«

»Wow«, entfuhr es ihr. »Das klingt echt romantisch.«

»Isabelle war eine ganz besondere Frau.«

»Hast du mal daran gedacht, wieder nach Deutschland zurückzukehren?«

»Nachgedacht schon. Aber ich werde bleiben. Isabelle hat mir vor ihrem Tod gesagt, es stünde mir frei, das Restaurant zu verkaufen. Ich solle mein Leben weiterführen, machen, was ich will.« Seine Stimme versagte einen kurzen Moment und er spürte, wie seine Augen feucht wurden. »Aber ich wünsche mir nichts anderes im Leben. Ausgenommen natürlich, dass sie noch da wäre.«

»Das wünschen wir uns alle.« Chloé streckte den Arm aus und legte ihre Hand auf seine Schulter.

Sie hatten die karge Landschaft bereits hinter sich gelassen und fuhren wieder durch bewaldetes Gebiet, näherten sich der Stadtgrenze von Narbonne.

»Ich kann dich nach Toulouse fahren, wenn du magst. Oder kommst du mit nach Carcassonne?«

»Bring mich einfach zum Bahnhof. Ich fahre mit dem Zug.«

»Es macht mir nichts, dich nach Toulouse zu bringen.«

»Nein. Ich möchte allein sein.«

Alain verstand.

Nach einem Moment des Schweigens seufzte sie laut. »Jean ist anders, als du denkst. Nicht so, wie du ihn gerade erlebt hast.«

Daran zweifelte Alain keine Sekunde. Narzissten waren Meister der Täuschung und konnten sich perfekt verstellen.

»Die Leute sehen in ihm immer nur den Sohn eines Milliardärs«, fuhr sie fort. »Sie blicken auf seine Kohle und wollen deshalb mit ihm befreundet sein. Aber ich weiß, dass er mich liebt. Und ich ihn.«

»Wenn das so ist, wird er dir die Nummer auf der Jacht verzeihen. Und wenn nicht, hast du dich leider in ihm getäuscht.«

Chloé schüttelte den Kopf, dann sah sie zu ihm. »Er vertraut mir. Und Liebe ist Vertrauen, oder?«

»Das eine bedingt das andere. Woher weißt du, dass er dir vertraut?«

Chloé lächelte. »Er hat mir ein Geheimnis verraten.«

»Ein Geheimnis?«

Sie nickte. »So etwas macht man nicht, wenn man der Partnerin nicht vertraut.«

Alain wurde neugierig. »Ein Geheimnis, das irgendetwas mit diesen Typen auf dem Boot zu tun hat?«

»Wenn ich darauf jetzt antworten würde, wäre es kein Geheimnis mehr. Und dann würde ich unsere Liebe verraten, oder?«

»Du sollst es ja nicht verraten.«

»Mach ich auch nicht.«

Der Verkehr um sie herum wurde lauter und hektischer. Nach kurzer Zeit erreichten sie den Bahnhof. Chloé hatte im Handy nachgeschaut und wusste, dass in zehn Minuten ein Zug nach Toulouse abfuhr. Alain hielt vor dem Haupteingang, sie öffnete die Tür, stieg aber noch nicht aus.

»Das nächste Mal sehen wir uns in Carcassonne. Mit Jean zusammen im Chez Isabelle.«

»Einverstanden«, sagte er. »Ruf mich an wegen der Reservierung.« Er schmunzelte. »Meine Nummer hast du ja.«

Sie beugte sich rüber zu ihm und gab Alain zum Abschied einen Kuss auf die Wange. Dann verließ sie den Wagen, knallte die Tür zu und verschwand im Bahnhofsgebäude, ohne sich noch mal umzudrehen.

Während er ihr nachsah, beschlich Alain ein seltsames Gefühl, dass es nie zu dem Abendessen im *Chez Isabelle* kommen würde.

Kapitel 11

Das Neonlicht tauchte die gekachelten Wände in diffuses Licht. Julie und Djamila gingen stumm nebeneinander durch den Korridor bis zu einer chromglänzenden Metalltür. Julie blieb stehen, schaute zu Djamila. Sie war anders gekleidet als bei ihrer gestrigen Begegnung, hatte sich geschminkt, trug einen langen schwarzen Rock, eine schwarze Bluse und hatte ein schwarzes, seidenes Tuch über Kopf und Schultern gelegt. Keins der Sorte, die als religiöses Symbol zu verstehen war, darauf schien Djamila Wert zu legen. Sie glaubte an Allah, ließ sich aber nicht von irgendwelchen Männern vorschreiben, wie sie leben oder sich kleiden sollte.

»Sind Sie bereit?«, fragte Julie.

Djamila holte noch einmal tief Luft. »Ja. Ich will ihn sehen.«

Julie schob die Metalltür zur Seite, hinter der sich der von Neonröhren erhellte Obduktionssaal befand. Eine große OP-Lampe richtete ihren Spot auf einen toten Körper unter einem weißen Tuch. Ein Mitarbeiter, der kein Arzt zu sein schien, aber OP-Kleidung trug, saß an einem Schreibtisch, drehte sich auf seinem Stuhl herum und stand auf.

Es war alles andere als einfach gewesen, die Verabschiedung der Mutter von ihrem toten Sohn zu ermöglichen. Doch schließlich hatte Valérie Fournier eine Idee gehabt, wie sie den Umstand, dass Brahim seinen Kopf verloren hatte, vertuschen konnte. Julie war gespannt auf das Ergebnis.

Der Mitarbeiter sah sie fragend an, die beiden kannten sich nicht. »Kommissarin Saidi?«

Sie nickte.

»Bertrand Villeneuve«, stellte er sich vor.

Sie deutete auf die Frau neben sich. »Djamila Abbas. Die Mutter des Toten.«

Er schenkte ihr einen mitleidigen Blick, sprach aber nicht sein Beileid aus. Was verständlich war für jemanden, der so viel mit Leichen zu tun hatte. Seine Worte hätten sowieso nur wie eine Floskel geklungen.

Der Mitarbeiter ging zu dem Obduktionstisch. Julie folgte ihm, Djamila blieb ein paar Schritte zurück. Nur langsam näherte sie sich dem Körper, der unter dem Leichentuch verborgen war. Bertrand hingegen zögerte nicht. Mit der üblichen Professionalität hob er das Tuch zuerst an, faltete es einmal und legte es ab, sodass der Leichnam darunter bis zum Brustbein zum Vorschein kam. Dann wandte er sich ab und verschwand wieder zu seinem Schreibtisch.

Djamila war zur Salzsäule erstarrt. Sie hatte nicht ahnen können, was sie erwartete. Nun brach die nackte Realität über sie herein, ihr Sohn, der er mal war, der geschundene leblose Körper. Valérie hatte gute Arbeit geleistet und den Kopf wieder an dem Rumpf angebracht. Da bei einer Obduktion je ein großer Schnitt rechts und links des Halses und weiter übers Brustbein verlief, erschien die große Narbe dazwischen nicht weiter auffällig. Man durfte den Körper wahrscheinlich nicht anheben, vermutete Julie. Zumindest hatte die Rechtsmedizinerin am Telefon so etwas angedeutet. Aber die wahre Meisterleistung war Brahims Gesicht, das fast so aussah wie auf den erkennungsdienstlichen Fotos. Valérie hatte die Nebenhöhlen anscheinend mit Watte ausgestopft und die Wunden versorgt, die die Bootsschraube hinterlassen hatte. Für die Mutter war der Anblick trotzdem der blanke Horror. Djamila kam noch einen Schritt näher an den Tisch heran, beugte sich nach vorne und gab ihrem Sohn einen sanften Kuss auf die Wange, wie sie es wahrscheinlich früher vor dem Einschlafen getan hatte, als er noch ein kleines Kind gewesen war. Dann brachen die Tränen aus ihr heraus, sie hielt sich die Hände vors Gesicht und weinte bitterlich.

Julie hatte sich nicht allein aus Nächstenliebe so viel Mühe gemacht, der Mutter den Wunsch zu erfüllen, ihren Sohn noch einmal zu sehen. Hinter ihrem Engagement steckte selbstverständlich auch ein Plan, und glücklicherweise hatte Dr. Valérie Fournier das nicht weiter hinterfragt. Benoit wusste nichts von dem Termin im Obduktionssaal. Julie verstand die arabische Seele besser als die meisten ihrer Kollegen. Ein Kind zu verlieren war schlimm. Noch schlimmer aber wäre es, wenn der Mörder ungeschoren davonkäme.

Julie wartete mit ihrer ersten Frage, bis Djamila sich wieder etwas beruhigt hatte und die Hände vom Gesicht nahm.

»Können Sie uns wirklich nicht sagen, mit wem Ihr Sohn kurz vor seinem Tod zu tun hatte?«

Djamila starrte sie an, mit einem Blick, als ob sie sagen wollte: *Deshalb haben Sie mich also herkommen lassen?*

Nach einigem Zögern folgte dennoch eine Antwort auf die Frage. »Doch«, sagte sie mit leiser Stimme.

Julie wartete, ließ der Mutter Zeit.

»Er heißt Serge. Ich glaube, er ist Franzose, sein Vater sitzt lebenslänglich, die Mutter ist abgehauen.«

»Serge, und wie weiter?«

»Pujol. Serge Pujol«, wiederholte sie den Namen laut und deutlich. »Er wohnt nicht in Reynerie, ist aber oft dort, um Leute zu rekrutieren. Jeder kennt ihn. Brahim hat ihm vertraut, von ihm geschwärmt.«

»Was hat Ihr Sohn über ihn erzählt?«

Djamila nahm das Leichentuch und deckte Brahims Gesicht wieder ab. »Ich würde Ihnen gerne mehr sagen. Alles, was ich weiß. Wirklich.« Sie wandte sich Julie zu und schaute ihr tief in die Augen. »Aber ich habe noch drei Kinder. Die können nicht auf ihre Mutter verzichten.«

Julie verstand. »Ist jemand an sie herangetreten? Wurden Sie bedroht?«

Djamila nickte. »Die Miete für den Rest des Jahres ist bezahlt worden. Verstehen Sie? So läuft das bei uns. Wir müssen das Geld dieser Mörder annehmen, um zu überleben.«

Julie fragte nicht sofort nach den Namen derjenigen, von denen Djamila das Geld erhalten hatte. Djamila würde es bestimmt nicht sagen, und wenn doch, wäre ihr Leben womöglich in Gefahr. Julie wollte behutsam vorgehen, wie bei einem ähnlichen Fall vor einem Jahr in Paris. Ein Neunzehnjähriger war ums Leben gekommen, weil er sich mit den falschen Leuten eingelassen hatte. Die Mutter hüllte sich damals in Schweigen, aber Julie hatte dennoch einige Informationen aufgeschnappt, die schließlich zur Ergreifung des Täters führten. Ohne dass der Name der Mutter in einem einzigen Protokoll aufgetaucht war.

Für manche Polizisten galten nur Fakten, die in einer Akte standen. Julie sah das anders. Sie wusste auch mit anonymen Informationen etwas anzufangen. Vor Gericht zählten zwar am Ende ausschließlich Beweise, aber durch Indizien, Zeugenaussagen und anonyme Informationen entstand ein Organigramm. Julie bezeichnete es gerne als Spinnennetz, in dem sich der Verdächtige schließlich verfing. Wegen Nicolas bestand drei Viertel ihres Freundeskreises aus Juristen unterschiedlicher Fachrichtungen, weshalb sich Julie in einigen Bereichen der Rechtspflege besser auskannte als die meisten ihrer Kollegen, auf jeden Fall wusste sie mehr als Benoit.

»Sie müssen gegen niemanden aussagen, das verspreche ich Ihnen. Es reicht, wenn Sie mir Namen nennen.«

»Das habe ich doch gerade.«

Julie musste den Druck erhöhen. »Wen gibt es noch?«

»Ich sage Ihnen nicht, wer mir das Geld gegeben hat.«

»Und was ist mit Serge? Geben Sie mir bitte ein paar Informationen über ihn. Hat er eine Frau, Freundin? Und gibt es vielleicht jemanden, der Brahims Platz einnehmen will?«

Djamila dachte nach. Sie wusste etwas, das spürte Julie. Aber die Mutter hatte Angst, ihre Familie zu gefährden. Eine Verräterin wurde in ihrem Milieu nicht geduldet.

Das Gespräch kam zum Erliegen.

»Können wir gehen?«, fragte Djamila.

»Nein«, sagte Julie entschlossen und forderte damit den Tribut für den Gefallen, den sie ihr getan hatte. »Brahim wurde ermordet. Auch wenn die Täter jetzt Ihre Miete zahlen, werde ich nicht die Ermittlungen einstellen. Ihr Sohn wurde in der Nähe von Carcassonne gefunden, seine Leiche schwamm im Canal du Midi, genauer gesagt in einem Schleusenbecken. Fällt Ihnen dazu etwas ein?«

Djamila wirkte verunsichert über den plötzlichen Tonartwechsel. Julie appellierte an ihre Muttergefühle, dass Brahims Mörder nicht ungeschoren davonkommen durften. Sie senkte den Blick, schaute auf den gefliesten Boden, um Julie nicht in die Augen sehen zu müssen.

»Brahim hat einen Bootsführerschein gemacht. Er war so stolz darauf, als er die Prüfung bestanden hat. Das war nicht so leicht. Er hat seinen Schwestern beigebracht, wie man Knoten macht. Solche, die man mit einem Handgriff wieder lösen kann.«

»Warum hat er den Bootsführerschein gemacht?«

»Serge wollte das. Er hat die Ausbildung bezahlt.«

Julie wusste nicht einzuordnen, was das zu bedeuten hatte. Der Kanal eignete sich in ihren Augen eher nicht als Schmuggelroute.

»Besitzt Serge ein Boot?«

Djamila zuckte mit den Schultern. »Das nehme ich an. Ich habe Brahim gefragt, aber er wollte nichts sagen.«

»War er der Einzige von Serges Leuten mit einem Führerschein?«

Djamila zögerte einen Moment zu lange, bevor sie den Kopf schüttelte. »Das weiß ich nicht.«

»Sie wissen es«, erwiderte Julie barsch. »Hören Sie auf, die Mörder Ihres Sohnes zu schützen.«

»Ich schütze nicht die Mörder.« Jetzt sah sie die Kommissarin scharf an. »Ich danke Ihnen, dass ich meinen Sohn sehen durfte, aber deshalb bin ich Ihnen nichts schuldig.«

Sie machte auf dem Absatz kehrt und ging zur Tür. Doch Julie war schneller, schnitt ihr den Weg ab, stellte sich vor die Schiebetür. »Warten Sie.«

Perplex blieb Djamila stehen. Die beiden Frauen standen sich nun direkt gegenüber und sahen sich tief in die Augen.

»Es tut mir leid«, sagte Julie. Ihre Taktik der harten Worte hatte nicht gefruchtet, daher änderte sie den Kurs erneut. »Ich weiß, dass Sie Ihren Sohn sehr geliebt haben. Ich selbst habe keine Kinder, ich kann mir diesen Verlust gar nicht vorstellen.«

»Da haben Sie allerdings recht.« Djamilas Stimme war voller Bitterkeit. Sie schluckte. »Warum ist das mit dem Bootsführerschein wichtig?«

»Weil ich glaube, dass Brahim auf einem Boot getötet wurde. Und wenn wir wüssten, wie das Boot heißt und wo es liegt, könnte das ein entscheidender Schritt bei unseren Ermittlungen sein.«

»Ich weiß es aber nicht.«

»Sie nicht. Aber derjenige, mit dem zusammen Brahim den Bootsführerschein gemacht hat.«

Djamila seufzte. »Houssein. Er und Brahim waren Freunde.«

»Houssein, und wie weiter?«

»Was passiert, wenn ich Ihnen den Namen sage? Rücken Sie dann mit einem Rollkommando an und bringen ihn aufs Präsidium? So dass es jeder mitkriegt?«

Julie griff in ihre Handtasche und zog ein Kopftuch heraus, das sie oft dabeihatte. Sie bedeckte damit ihre langen schwarzen Haare, die bis zur Schulter reichten, und schloss es. Auch wenn sie dieses Kleidungsstück normalerweise ablehnte, vor allem wenn es von Männern eingefordert wurde, so war sich Julie durchaus über die Wirkung bewusst, die es haben konnte, wenn sie es bei bestimmten Gelegenheiten gezielt nutzte. Auch wenn sie zu Verhören mit arabischen Verdächtigen hinzugezogen wurde, bedeckte sie immer ihre Haare, um dem Gegenüber zu signalisieren, dass sie die Regeln der patriarchalischen Gesellschaft kannte und so tat, als würde sie diese respektieren.

»Ich werde mich allein auf die Suche nach ihm machen. Versprochen. Ich bin Polizistin, ja. Aber wir beide kommen aus demselben Kulturkreis und ich kenne die Regeln. Ich weiß, was zu tun ist.«

Djamila schien hin- und hergerissen, das verriet ihr Gesichtsausdruck. Dann kamen die ersehnten Worte über ihre Lippen. »Houssein Tifur. Ich hoffe, dass ihm nicht auch etwas zugestoßen ist.«

»Wohnt er in Reynerie?«

Sie nickte. »Im selben Block. Er teilt sich eine Wohnung mit seinem Cousin.«

»Houssein Tifur?«, wiederholte Julie den Namen.

Während Djamila langsam nickte, wanderte ihr Blick noch mal zu dem Obduktionstisch, auf dem der tote Körper ihres Sohnes lag. »Brahim darf nicht umsonst gestorben sein. Finden Sie die Schweine, die das getan haben.«

Julie erwiderte nichts. Sie gab grundsätzlich keine Versprechen über den Ausgang einer Ermittlung ab. Zu oft hatte sie schon erlebt, dass ein Fall sich nicht aufklären ließ oder der Täter aus juristischen Gründen ungeschoren davonkam.

Aber diesmal hatte sie ein gutes Gefühl.

Kapitel 12

Alain hatte am frühen Nachmittag mitgeholfen, die neue Küchenhilfe einzuarbeiten, und sich um das *Mise en place* gekümmert. Der Vietnamese Hi Jong sprach gut Französisch, da Indochina mal eine Kolonie war, aber viel redete er grundsätzlich nicht. Zu seinen weiteren Vorzügen gehörte, dass er keine Autoritätsprobleme kannte und es ihn sogar mit Stolz erfüllte, einem brillanten Koch zur Seite zu stehen.

Die Arbeit hinter den Kulissen eines Restaurants begann lange bevor der erste Gast kam. Wörtlich übersetzt bedeutete *Mise en place*, dass man alle Ingredienzien an den richtigen Platz stellte, sodass der Koch sich nur noch um das Wesentliche bei der Zubereitung der Speisen kümmern musste. In der Küche war Philippe der ungekrönte König. Er hatte Alain zum Gemüseschneiden abkommandiert und ihm dabei immer wieder über die Schulter geschaut. Die feinen Karottenstreifen mussten alle exakt die gleiche Länge und Breite haben. Der Grund war der, dass wenn man das rohe Gemüse zu einer heißen Suppe dazugab, es sich schnell und gleichmäßig erwärmte, bis der Teller beim Gast am Tisch ankam.

An diesem Mittwoch hatte Philippe schon früh angefangen zu kochen, um Alain einen besonderen Wunsch zu erfüllen. In einem großen Topf simmerte eine Soße, die intensiv nach in Weißwein gegarten Zwiebeln duftete. Darin schwammen Boulettes de boeuf. Philippe gab noch frisch gehackten Thymian und Rosmarin hinzu. Der Geruch ließ schon jetzt erahnen, dass hier ein Meisterstück kurz vor der Vollendung stand, aber der Maestro war immer noch nicht ganz zufrieden. Langsam garende Rinderhackbällchen auf französische Art in Zwiebelsoße mussten auf den Punkt genau abgeschmeckt sein, sonst könnte er auch Albodingas zubereiten, wie es sie auf der anderen Seite der Pyrenäen gab. Philippe mochte die spanische Küche nicht besonders, die ihm zu einfallslos erschien. Das Entscheidende bei dem Gericht war die lange Zubereitungszeit von mindestens vier Stunden, weshalb Alain die Bestellung schon am Tag zuvor aufgegeben hatte. Er wollte seiner Verabredung etwas bieten, und Philippe gab sich daher besondere Mühe. Selbstverständlich hatten sie mehr als nur zwei Portionen eingeplant und *Boulettes de boeuf aux oignons* mit auf die Tageskarte gesetzt.

»Wie lange dauert es noch?« Alain war in die Küche gekommen, um nachzusehen, und wurde ein wenig ungeduldig, denn seine Verabredung saß schon draußen.

»Bis es fertig ist.« Philippe ließ sich nicht aus der Ruhe bringen. »Und es ist fertig, wenn ich das meine.«

Alain warf einen Blick in den Topf und genoss das Aroma. Die Hackbällchen schwammen nun schon seit Stunden in der Soße, deren Temperatur nicht zu hoch sein durfte. Das Fleisch sollte schließlich nicht gekocht werden, sondern durchziehen, um gleichzeitig die eigenen Geschmacksstoffe an die Soße weiterzugeben. Alain hatte von Beginn an zugesehen, wie Philippe das gehackte Rindfleisch mit Pankobrösel, Ei und Milch vermengt und zu Kugeln geformt hatte, um sie dann in einer sehr heißen Pfanne scharf anzubraten. Das Fett hatte so laut gezischt, dass Alain befürchtete, es könnte sich entzünden, aber Philippe wusste immer genau, was er tat. Danach hatte er das Fleisch aus der Pfanne genommen, um es später in einem Zwiebelsud mit Weißwein langsam durchzugaren, wobei die Flüssigkeit sich reduzierte und die Soße die richtige Konsistenz erhielt. Die karamellisierten Zwiebeln für den Sud wurden natürlich in derselben Pfanne zubereitet wie das Fleisch.

Jetzt gab der Koch noch etwas Thymian nach und eine Prise Salz. »Ich würde noch ein klein wenig warten und es durchziehen lassen. Aber nicht mehr lange. Geh raus, ich bringe es euch.«

»Unseren Mollard oder einen Georges Bertrande, was würdest du dazu servieren?« Alain sah ihn fragend an.

Philippe grinste. »Das hängt davon ab, wie viel dir die Dame wert ist.«

»Sehr witzig.« Er verabschiedete sich aus der Küche und ging hinter die Bar. Es bahnte sich ein ruhiger Mittwochabend an, nur die Hälfte der Tische war besetzt. Jamal ging in seinem neuen Job als Kellner auf und wirkte manchmal fast ein wenig übereifrig. Alain musste sich eingestehen, ihn unterschätzt zu haben. Zu einem guten Chef gehörte auch, dass er die Mitarbeiter ihren Fähigkeiten entsprechend einsetzte. Jamal schien seine Bestimmung gefunden zu haben. Zumindest im Moment. Es war erst sein zweiter Tag als Kellner, aber auch der zweite Tag ohne Streitereien zwischen ihm und dem Koch.

Alain entschied sich zum Essen für einen Syrah vom Weingut Georges Bertrande und nahm den Korkenzieher und zwei Gläser mit an den großen Tisch, an dem Michelle auf ihn wartete. Sie hatte die Geschäftsordner mitgebracht, die in einem Beutel zu ihren Füßen unter dem Tisch standen.

»Lass uns erst essen und dann arbeiten.« Alain entkorkte den Wein. »Es kann allerdings noch etwas dauern.«

»Was gibt es denn?«, fragte sie neugierig.

»Reste von der Mittagskarte.«

Sie lachte. »Oh, wie originell.«

»Nein, lass dich überraschen. Philippe hat schon heute Mittag angefangen zu kochen. Es wird fantastisch.«

»Na, da bin ich ja mal gespannt.«

Alain schenkte sich einen kleinen Schluck Wein ein, um zu überprüfen, ob er korkte. Was er glücklicherweise nicht tat. »Muss noch ein bisschen atmen.«

»Ach Quatsch.« Michelle hielt ihm das Glas hin. »Ich schmecke da eh keinen Unterschied.«

Alain schenkte ihr und sich selbst ein. Allerdings nur ein bisschen, damit der Wein in der Flasche wirklich noch etwas reifen konnte.

Sie erhoben die Gläser, sahen sich in die Augen und stießen an, tranken jeder einen Schluck und blickten sich erneut in die Augen, bevor sie die Gläser wieder absetzten.

»C'est bon«, stellte Michelle lächelnd fest.

In dem Moment flog die Schwingtür zur Küche auf, und der Koch höchstpersönlich brachte zwei Tontöpfe auf je einem großen Teller.

»Voilà.« Philippe stellte zuerst den einen vor Michelle, dann den anderen vor Alain auf dem Tisch ab. »Boulettes de boeuf aux oignons, wie es sie wohl demnächst öfter im Chez Isabelle geben wird.« Er hob synchron die Deckel der beiden Töpfe hoch, und eine Dampfwolke verbreitete ein Aroma von Kräutern und geschmorten Zwiebeln.

Michelle klatschte in die Hände. »Großartig. Bevor ich überhaupt probiert habe.«

»Na, na«, intervenierte der Koch. »Man soll den Tag niemals vor dem Abend loben.«

»Doch, doch«, erwiderte Michelle.

Einige Gäste schauten zu ihnen, und ihren Blicken entnahm Alain, dass sie wohl ein wenig neidisch waren, weil sie anscheinend schon etwas anderes bestellt hatten.

Philippe wandte sich ihnen zu. »Die langsam gegarten Zwiebel-Fleischbällchen auf französische Art stehen auch auf der Tageskarte, die Anzahl der Portionen ist leider endlich, denn ich habe mehr als vier Stunden für dieses Ergebnis gebraucht, das ich nur nicht als Meisterstück bezeichnen möchte, um mich nicht selbst zu loben.«

Die Gäste lachten und applaudierten sogar.

Er verbeugte sich wie ein Schauspieler auf der Bühne und ging wieder schnurstracks in die Küche zurück. Philippe verstand es nicht nur zu kochen, sondern auch seine Leistung ins rechte Licht zu rücken. Solche kleinen Showeinlagen machten den Charme des Restaurants aus. Hier wurde gute Küche zelebriert.

Nun kam Jamal an den Tisch und stellte die Teller mit gedünstetem Gemüse und Kartoffelstampf ab.

»Ich wünsche euch einen guten Appetit.«

Michelle schenkte ihm ein Lächeln, die beiden kannten sich, seitdem er als Küchenhilfe angefangen hatte. »Danke.«

Ebenfalls lächelnd deutete Jamal eine kleine Verbeugung an. Dann huschte er schnell weiter zu einem anderen Tisch, von dem aus ihn ein Gast zu sich gewunken hatte. Alain würde ihm noch sagen müssen, dass ein guter Kellner sich niemals schnell bewegte. Aber solch kleine Fauxpas durfte Jamal sich noch leisten. Es schien, als würden an dem Tisch, zu dem er eben geeilt war, einige Gäste ihre Bestellung noch ändern wollen.

Alain wandte sich wieder seiner Begleiterin zu. Michelle inhalierte den Duft, der aus dem Topf emporstieg.

»Vorsicht«, mahnte er. »Das könnte immer noch heiß sein.«

»Ich genieße es jetzt schon.«

Schließlich kam der Moment der Wahrheit, und sie griffen beide zu ihren Löffeln, um den ersten Bissen zu probieren.

»Wow«, stieß Michelle aus.

Alain deutete auf den Beilagenteller. »Ich habe übrigens das Gemüse geschnitten.«

»Das sieht man sofort.«

»Wie meinst du das?«

Sie grinste breit, dann fingen sie beide an zu lachen.

Der Inhalt des Topfes war eine gelungene Komposition aus den besten Zutaten, Kräutern, Gewürzen und dem Faktor Zeit. Das hatte Alain mittlerweile von Philippe gelernt. Viele Köche, privat oder in der Gastronomie, unterschätzten, dass die Geschmacksstoffe in der Soße umherwanderten und sich erst finden mussten. Der Ungeduldige wurde zwar nicht bestraft, zog aber auch nicht ins Paradies ein, so lautete Philippes Credo.

Der Kartoffelstampf enthielt auch ein besonderes Aroma, weil Philippe eine eigens angefertigte Nussbutter verwendet hatte.

Während des Essens redeten sie kaum. Keiner hatte das Bedürfnis danach.

Jamal brachte nach und nach weitere Tontöpfe an andere Tische, bis er schließlich die Hände hob und verkündete: »Leider sind die Fleischbällchen nun aus.«

Das nahm Alain zum Anlass aufzustehen und sich den Gästen zuzuwenden. »Ich verspreche Ihnen, es wird dieses Gericht demnächst öfter geben.«

Diese Verkündung freute alle, vor allem diejenigen, die heute leer ausgegangen waren. Abermals ertönte Applaus.

Als er langsam verebbte, nahm Alain wieder Platz. Jamal räumte eilig die leeren Töpfe und Teller ab und ließ die beiden allein. Sie stießen erneut mit ihren Gläsern an und tranken, bevor Alain nochmals aus der Flasche nachfüllte.

Michelle sah auf das Etikett. »Kein Mollard?«

»Heute mal nicht.«

»Hat das einen besonderen Grund?«, hakte sie nach.

»Nein. Ich glaube nur, dass der Syrah besser dazu passt.«

Sie legte ein seltsames Grinsen auf, das er nicht einschätzen konnte.

»Was ist?«, fragte er nach.

»Das sage ich dir später.« Sie holte einen der Aktenordner aus dem Beutel zu ihren Füßen, legte ihn neben sich auf den Tisch und läutete damit den unangenehmen Teil des Abends ein.

Er sah sie erwartungsvoll an. »Hast du in den Büchern was gefunden?«

Michelle klappte den Deckel des Ordners auf. »So einiges. Fangen wir mal damit an, dass deine Ausgaben zu hoch sind, und was die Einnahmen betrifft, verstehe ich so einiges nicht.«

Alain sprach leise. »Hältst du es für möglich, dass einer in die Kasse greift?«

»In der Gastronomie ist so was nie auszuschließen, aber auch wenn dem so wäre, wäre das nicht der alleinige Grund, der dich in Schieflage bringt.«

Alain schaute zu Jamal, der hinter der Theke stand und Gläser polierte. Auch wenn er früher in der Küche gearbeitet hatte, wäre es ihm möglich gewesen, Geld aus der Kasse zu nehmen. Marie ebenso. Philippe schied wohl eher aus, denn er würde sich ja auch selbst damit schaden. Die wenigsten Gäste bestanden auf eine ordentliche Rechnung oder kontrollierten diese. Und das ließe durchaus Spielraum, sich eine teure Flasche Wein wieder auszubuchen und die Kassendifferenz anschließend zu entnehmen. Auffallen würde das lange nicht, denn eine Inventur im Getränkekeller machte Alain so gut wie nie. Er hasste es, Personen zu verdächtigen, die er mochte. Aber er durfte die Möglichkeit auch nicht ausschließen.

»Du gibst zu viel aus«, holte Michelle ihn in die Realität zurück. »Darauf solltest du zuallererst deinen Fokus legen, nicht auf deine Mitarbeiter.«

»Für was gebe ich zu viel aus?«

»Als Erstes musst du mal alle Verträge durchgehen. Strom, Gas, Versicherungen, Lieferanten.«

»Och, nee«, seufzte Alain. »Ich hasse Preise vergleichen.«

Michelle lachte kurz auf, wurde dann aber schlagartig wieder ernst. »Da war Isabelle ganz anders ...«

Schweigend griff ein jeder von ihnen zum gefüllten Weinglas, und in stillem Gedenken an Alains verstorbene Frau stießen sie erneut an und nahmen beide einen kräftigen Schluck.

»Bleiben wir bei den Ausgaben«, fuhr Michelle dann fort. »Da ich ja eingeladen bin und nicht auf die Karte geguckt habe: Was berechnest du für das Essen, das wir gerade hatten?«

»Keine Ahnung. Ich habe auch nicht draufgeschaut.«

»Was für ein Fleisch hat Philippe benutzt? Hüfte, Filet, oder was anderes?«

»Ich weiß es nicht genau.«

»Du bist der Geschäftsführer, da musst du einen Blick darauf haben, denn davon hängt der Preis ab. Wenn ich mir eure Rechnungen vom Einkauf so ansehe, müssten alle Gerichte mindestens dreißig Prozent teurer sein.«

»Ich glaube, er hat Hüftsteaks benutzt. Die Qualität des Fleischs entscheidet nun mal über den Geschmack.«

»Aber die Qualität entscheidet auch über den Preis«, hielt sie dagegen.

Alain winkte Jamal zu sich. Er kam mit einem Lächeln an den Tisch. Seine weißen Zähne strahlten. »Was darf ich euch bringen?«

»Nur eine Info. Was kosten die Hackbällchen?«

»So viel wie eine Cassoulet. Neunzehn Euro.« Jamal musterte Alains Gesichtsausdruck. »War das zu wenig?«

Michelle antwortete. »Na ja, in einer Cassoulet ist kein Steak, sondern nur Wurst und Hühnchen.«

»Bei uns Ente«, korrigierte Alain sie und gab Jamal durch einen Blick zu verstehen, dass er wieder gehen könne.

»Und wie lange kocht eine Cassoulet?«, fragte Michelle weiter.

Alain fing langsam an zu verstehen. »Du meinst, das ist der Grund, warum so wenig vom Geld übrig bleibt?«

»Einer von vielen. Philippe kauft viel zu teuer ein. Und das nicht erst seit gestern. Er hat den Laden allein geschmissen, während Isabelle krank war, und du weißt, er ist schon mal mit einem Restaurant pleitegegangen. Aber er trägt nicht die alleinige Schuld. Du achtest auch nicht auf die Preise. Tut mir leid, dass ich dir das sagen muss.«

Michelle holte noch einen anderen Ordner hervor, klappte ihn auf. »Hast du dir mal deine Weinbestellungen angesehen?«

»Was ist damit?«

Sie blätterte in dem Aktenordner weiter. »Du möchtest wissen, warum ich eben so komisch gegrinst habe, als wir über den Wein geredet haben?« Sie sprach leise. »Du bezahlst beim Mollard dreißig Prozent mehr, als Isabelle das getan hat. Der Preis ist fast so hoch wie beim Georges Bertrand.«

»Was? Das verstehe ich nicht.«

Michelle drehte den Ordner, in dem die Rechnungen abgeheftet waren, so, dass Alain sie lesen konnte. Sie blätterte von vorne nach hinten, also vom Datum der Rechnungsstellung her in die Vergangenheit.

»Ist dir das etwa nicht aufgefallen?«

Alain schüttelte entgeistert den Kopf.

»Das Wichtigste für den geschäftlichen Erfolg ist die Kontrolle der Ausgaben. Es sind schon große Firmen pleitegegangen, weil die Abteilung Rechnungswesen versagt hat. Und so scheint es bei dir auch zu sein.«

»Seit wann zahlen wir dreißig Prozent mehr für den Wein?«

»Seit Isabelles Bruder den Laden übernommen hat. Du und dein Schwager, ihr mögt euch ja eh nicht besonders.«

»Das ist wohl noch leicht untertrieben, wenn ich mir das ansehe.« Alain lehnte sich im Stuhl zurück und spürte, wie Wut in ihm aufstieg. Christian war der jüngere Bruder von Isabelle. Er und Alain hatten sich vom ersten Moment an nicht leiden können. Es war noch nicht lange her, dass er das Weingut Mollard von seinem Vater übernommen hatte. Zu François Mollard, seinem Schwiegervater, hatte Alain noch immer ein gutes Verhältnis. Aber dass sein Schwager nach Isabelles Tod den Rabatt gestrichen hatte, kam für Alain einer Kampfansage gleich. So nicht, dachte er und malte sich in Gedanken aus, wie er mit dieser Situation umgehen sollte.

»Aber das ist noch nicht alles«, fuhr Michelle fort. »Der Einkaufspreis des Weins und der Verkauf an Getränken passen auch nicht zusammen.«

»Also werde ich doch beklaut?«

»Entweder das, oder die Flaschen werden nicht in die Kasse eingebucht.«

Alain sah sie fragend an.

»Lädst du häufiger mal Gäste auf eine Flasche ein? Oder auch zwei?«

Er schüttelte den Kopf.

»Das Problem ist nicht nur der Wert der Flasche im Einkauf, du machst keinen Gewinn damit, wenn du sie verschenkst. Die Gewinnspanne beim Wein ist höher als beim Essen und gleicht die anderen Kosten aus. Du kannst es dir nicht leisten, auf die Einnahmen einer Flasche Wein zu verzichten. Und das ist, wie schon erwähnt, nicht nur ein aktuelles Problem. Wie lange hast du dich zurückgezogen nach Isabelles Tod?«

»Zwei, drei Monate.«

Michelle beugte sich über den Tisch und sprach noch leiser. »An deiner Stelle würde ich nicht bei Marie oder Jamal anfangen zu suchen, sondern bei Philippe. Frage ihn, ob er Gäste einlädt, wenn du nicht da bist. Und muss er seine Spezialitäten unbedingt dort einkaufen, wo er das im Moment macht? Nach meiner Einschätzung verdienst du an den Speisen kaum etwas. Ihr müsst entweder teurer werden oder an den Zutaten sparen.«

Alain konnte es kaum glauben. Warum war ihm das nicht selbst aufgefallen?

Michelle schien seine Gedanken lesen zu können. »Mach dir keinen Vorwurf. Du hattest eine harte Zeit und andere Dinge im Kopf. Aber jetzt musst du gegensteuern. Sonst gibt es das Chez Isabelle bald nicht mehr.«

»Kannst du mitkommen, wenn ich zu Christian fahre?«

Sie lächelte. »Gerne. Aber warum?«

»Ich habe Angst, dass ich ihm an die Gurgel gehe, wenn er zugibt, dass er absichtlich den Rabatt gestrichen hat. Kaum dass seine Schwester unter der Erde lag.«

»Natürlich komme ich mit. Den Gesichtsausdruck will ich mir nicht entgehen lassen, wenn du ihn zur Rede stellst.«

Alain hatte schon immer das Gefühl gehabt, dass Isabelles Bruder in ihm eine Art Rivalen sah. Christian lechzte nach der Anerkennung seines Vaters, die ihm anscheinend verwehrt geblieben war. Seinen Schwiegersohn Alain mochte François sehr, was für Christian ein weiterer Dorn im Auge war. Mollard schätzte die Deutschen, ihren Fleiß und ihre Gründlichkeit, nicht aber die mangelnde Lebensfreude, wie er es ausdrückte. Er führte diese Charaktereigenschaft auf das schlechte Wetter in Deutschland zurück, aber in Alain sah er eine Ausnahme und hatte seine Tochter gerne in die Hände des Schwiegersohnes übergeben.

Die Flasche Wein war inzwischen leer, der Abend im *Chez Isabelle* damit beendet. Doch Alain wollte sich noch nicht von Michelle verabschieden und begleitete sie nach Hause. Die Aktenordner ließ er in der Zwischenzeit im Restaurant. Sie nahmen den letzten Bus hinauf nach La Cité. Vor dem Porte Narbonnaise hatte Michelle ihre Vespa stehen für die letzten paar Hundert Meter zu ihrer Wohnung. Die Festung hatte rund um die Uhr geöffnet und wurde nachts angeleuchtet. Aber wenn die letzten Lokale anfingen zu schließen, wurde es still in den mittelalterlichen Gassen. Alain stand vor der Wahl, noch mit auf den Rücksitz aufzusteigen oder den Heimweg anzutreten.

Michelle schien seine Unentschlossenheit zu spüren und riss ein neues Thema an. »Hast du mitgekriegt, dass in einer Schleuse eine Leiche aufgetaucht ist?«

Alain schüttelte den Kopf. »Nein. Wann war das?«

»Schon am Sonntag. Es heißt, die Leiche hatte keinen Kopf mehr gehabt.«

»Was?!«

Michelle zuckte mit den Schultern. »In der Zeitung stand nicht viel, ich habe es von einer Kundin erfahren, der man aber auch nicht alles glauben darf. Sie sagte irgendwas davon, dass es wohl mit Drogengeschäften zu tun hätte.«

»Hier in Carcassonne?«

»Das weiß ich nicht. Wie gesagt, man darf ihr auch nicht alles glauben.«

Eine seltsame Stimmung lag in der Luft. Sie standen unter einer Laterne, das Licht schimmerte durch Michelles lockige Haare. Sie sah zauberhaft aus, fand Alain. Aber egal, wie nah sie sich standen, sie schien so unerreichbar weit entfernt.

»Fährst du noch nach Sainte-Eulalie?«

Er schüttelte den Kopf. »Nein. Ich habe zu viel getrunken. Ich übernachte auf dem Boot.«

Es folgte ein Moment des Schweigens, den Michelle schließlich damit durchbrach, dass sie den Motor ihrer Vespa startete.

Sollte er vielleicht doch aufsteigen?

»Noch mal vielen Dank für deine Mühe«, sagte er. »Wie kann ich mich revanchieren?«

»Hast du doch schon. Mit dem fantastischen Essen.«

»Das war eine ganz normale Einladung.«

Sie grinste. »Siehst du? Du machst es auch.«

»Was?«

»Leute einladen. Wenn Philippe das auch so handhabt, verstehe ich, warum ihr nichts verdient.«

Nun musste er lachen. »Lass uns nächstes Wochenende etwas zusammen unternehmen. Was meinst du?«

Ihre Augen gaben schneller eine Antwort als ihr Mund. »Sehr gerne.«

Alain beugte sich hinunter, und sie umarmten sich zum Abschied, wobei sie einen Moment zu lange in der Umarmung verharrten, als es üblich war. Keiner wollte loslassen. Alain spürte ihr Herz pochen, sog ihren Geruch in sich auf. Bis Michelle sich schlussendlich doch löste und ihn sanft wegdrückte. Mit einem letzten intensiven Blick in seine Augen legte sie den Gang ein und fuhr rasant los. Die Rücklichter verschwanden durch das Tor.

Als sie komplett außer Sichtweite war, setzte sich auch Alain in Bewegung. Auf dem Weg zu seinem Boot hatte er Zeit nachzudenken. Viel Zeit. Er war nicht in der Lage, seine Gefühle für Michelle richtig einzuordnen, denn der Geist von Isabelle, der zwischen ihnen schwebte, war präsenter denn je. Er blieb auf der Brücke über die Aude stehen und schaute zum Nachthimmel. Es waren nicht viele Sterne zu sehen, weil die Festung hell erleuchtet wurde. Isabelle hätte nichts dagegen, wenn er sich wieder verlieben würde, das wusste er. Selbst in ihre beste Freundin. Aber für Alain fühlte es sich immer noch komisch an. Und ihm fehlte der Mut, das Thema anzusprechen, aus Angst, eine gute Freundin zu verlieren.

Kapitel 13

Pierre Grillon schnürte seine Wanderschuhe, die schon ziemlich abgenutzt waren. Er würde sich wohl doch bald neue zulegen müssen, was seine Frau ihm auch beinahe jeden Tag nahelegte.

»Trinkst du noch einen Kaffee?«, rief Francine aus der kleinen Küche.

»Ja. Aber nur einen kleinen Espresso, bitte. Ich möchte los.«

Pierre war fast abmarschbereit. Er musste sich nur noch schnell erleichtern, ging den Korridor entlang an der Küche vorbei zu den Toiletten und kehrte anschließend ins Besucherzentrum zurück, wo der frisch aufgebrühte Espresso schon auf ihn wartete. Die Sonne schien grell durch die große Fensterfront. Es würde noch mal richtig warm werden im Laufe des Tages, so hatte es der Wetterbericht zumindest angekündigt. Um diese Uhrzeit war die Luft allerdings noch kühl.

Der erste Ansturm an Besuchern begann in der Regel pünktlich um zehn, also in weniger als einer Stunde. Gegen Mittag wurde es dann meist ruhiger, weil nur die Hartgesottenen in der prallen Sonne den Aufstieg zu den Ruinen machten. Dafür wurden sie aber belohnt. Wenn man allein dort war, nicht umgeben von zahlreichen anderen Touristen, verbreiteten die Burgruinen von Lastours noch mal eine ganz andere Atmosphäre.

Er trank seinen Espresso. Francine saß hinter dem Tresen und schaute auf den Monitor vor sich. Sie war für den Kartenverkauf und den Souvenirshop zuständig, Pierre für alles, was sonst anfiel. Den Weg instand halten, Müll beseitigen und kleine Reparaturen hier und da. Er hatte in jungen Jahren Maurer gelernt und war immer noch handwerklich sehr geschickt. Er nahm den letzten Schluck, zerknüllte den Becher und warf ihn in den Mülleimer.

»Gestern hatten wir zweihundertzweiundsechzig Erwachsene und hundertneunzehn Kinder und Jugendliche.«

Er nickte. »Da waren zwei Schulklassen dabei. Klingt nach einem neuen Rekord für einen Spätsommer.«

»Ja. Aber nicht zu vergleichen mit 2022. Weißt du noch?«

Pierre nickte. »Da standen die auf der Treppe Schlange.«

Durch die große Fensterfront hatte man eine schöne Aussicht auf das kleine Örtchen Lastours, durch das nur eine Straße führte, an deren Ende ein Kreisverkehr war, damit die Busse wenden konnten. Vom Besucherzentrum aus konnte man den Parkplatz gut sehen. Dieser war zwar im Moment noch leer, aber das würde sich bald ändern.

»Ich gehe dann mal los«, sagte er.

»Vergiss deine Wasserflasche nicht«, ermahnte Francine ihn.

»Ach was, unnötiger Ballast. Ich bin doch gleich wieder zurück. Bis später, mein Schatz.«

Sie lächelte. »Bis gleich.«

Pierre ging durch die erste Tür. Der Rundweg zu den Burgruinen begann mit einem rollstuhlgeeigneten Aufgang ohne Stufen, der an Fotos und Schautafeln vorbeiführte. Darauf waren Flora und Fauna der Region beschrieben. Nicht nur auf Französisch, sogar auf Englisch.

Pierre trat nach draußen, passierte die Brücke über die Straße, und dann begann der steile Anstieg über mehrere terrassenartig angeordnete Felder, bevor der schmale Weg sich durch die Landschaft schlängelte. Für den Marsch hinauf zu den Burgruinen brauchte ein durchschnittlicher Wanderer weniger als dreißig Minuten. Dreißig Minuten, die es aber in sich hatten, wenn man zu spät losging und der brütenden Mittagshitze ausgesetzt war.

Kurz hinter der kleinen Höhle, Trou de la Cité, die man durchqueren musste, gab es einen unverstellten Blick auf die Überreste des Château de Cabaret, der bedeutendsten Burg der vier Ruinen. Der Turm des Châteaus ragte in den strahlend blauen Himmel und war eingebettet in eine malerische Landschaft mit vielfältiger Vegetation. Zypressen, schmal und kerzengerade, waren um den Turm herum angesiedelt. Pierre musste bei ihrem Anblick immer an Wachsoldaten denken, die den Ruinen auf ewig die Treue hielten.

Er blieb kurz stehen und schaute nach rechts hinauf zum Château de Querthineux. Dieses stand auf einer gesonderten Felsspitze am südlichen Rand der vier Burgen. Pierre ging weiter, erreichte die nächste in den Felsen geschlagene Treppe, die sehr steil nach oben führte. Ein gespanntes Seil diente als Handlauf, den man unbedingt benutzen sollte. Denn die Stufen waren in den Felsen gehauen und darum keine wie die andere. Schon so mancher hatte sich hier den Fuß gebrochen oder war gestürzt. Francine warnte jeden Besucher und wies auf gutes Schuhwerk hin. Aber manche wussten es halt besser und meinten, die Besichtigung mit Sandalen machen zu müssen.

Die tägliche Begehung der Strecke war Routine. Selten fand Pierre mal einen toten Vogel auf dem Weg. Steine bröckelten so gut wie nie von der Ruine herunter, dafür hatte man mit Baumaßnahmen gesorgt. Nach starken Regenfällen konnte es allerdings geschehen, dass das Wasser einen Weg unterspülte, einmal mussten sie die Anlage sogar zwei Tage schließen. Geregnet hatte es aber schon seit über einer Woche nicht mehr, der Weg war trocken und staubig. Pierre nahm zügig eine Stufe nach der anderen, es war sein morgendliches Fitnessprogramm. Das jedoch jäh unterbrochen wurde.

Abrupt blieb er stehen. Sein Verstand realisierte nicht sofort, was da vor ihm war. Pierre konnte nicht einmal erkennen, ob Mann oder Frau, so verdreht lag der leblose Körper auf den Stufen. Und überall Blut. Äußerst langsam näherte er sich der Leiche und konnte nun zumindest ausmachen, dass es sich um eine Frau handelte. Sie trug hellblaue Jeans und Turnschuhe, die vermutlich mal weiß gewesen waren, sowie einen Hoodie mit Kapuze. Pierre erkannte darauf einen Teil des Schriftzugs ›Ecole‹, nicht aber, um welche es sich handelte. Auch noch vier Stufen oberhalb der Toten waren die Steine der Treppe blutverschmiert. Hatte sie eine Stufe verfehlt und war gestürzt? Pierre wagte nicht, sie anzufassen, nicht einmal, um ihren Puls zu fühlen. Sie war tot, definitiv. Vorsichtig stieg er über sie hinweg, folgte mit seinen Augen der Blutspur bis zu ihrem Ursprung. Sein Blick wanderte zum Château de Querthineux hinauf und blieb an dem deutlich herausragenden Felsvorsprung hängen. Darunter verlief eine schmale Schneise, die der Körper in die Vegetation geschlagen hatte. Die Frau musste von dort oben gestürzt sein.

Kapitel 14

Der kleine Konferenzraum hatte Jalousien an den Glaswänden, um sich von der Außenwelt abzuschotten. Es musste nicht jeder mitkriegen, wer in dem Aquarium saß. Die Tische waren zu einem ›U‹ aufgestellt, Julie hatte das Fenster im Rücken, und die Sonne wärmte ihre Schultern. Benoit stand am Tastschalter für die Jalousien und ließ sie etwas herunter, dann nahm er gegenüber am Tisch Platz, neben ihm saß der Kollege Luc Massenet. Er bediente beinahe jedes Klischee eines Drogenfahnders, der auch oft als verdeckter Ermittler auftrat. Dunkler Vollbart mit ersten grauen Strähnen, speckige schwarze Lederjacke, zu enge Jeans und ausgelatschte Turnschuhe. Er hatte die Füße auf den Tisch gelegt, was Julie sehr unhöflich fand. Im Kulturkreis ihrer Familie galt dies sogar als Beleidigung. Das erkennungsdienstliche Foto von Serge Pujol wurde mit einem Beamer an die Leinwand projiziert. Wegen einer Vorstrafe und Verstößen gegen das Betäubungsmittelgesetz waren seine Daten und Fingerabdrücke dauerhaft im System gespeichert. Der Drogenfahnder teilte den Kollegen mit, welche Informationen über Serge als gesichert galten. Er war ein Dealer, handelte mit Koks und MDMA, fasste das Zeug aber selbst nicht an. Das Problem: Man konnte ihm den Drogenhandel bis heute nicht nachweisen. Seine Vorstrafe basierte auf Nötigung und Körperverletzung. In Toulouse war er kein Unbekannter, sein Name fiel immer wieder einmal. Wie weit seine Kontakte über die Stadt hinausreichten, konnte der Kollege nicht sagen.

»Warum interessiert ihr euch für ihn?«, fragte Luc.

»Die Mutter des ermordeten Brahim Abbas hat uns den Namen genannt. Angeblich hatte ihr Sohn für Pujol gearbeitet«, erklärte Julie.

Der Drogenfahnder zuckte mit den Schultern. »Brahim Abbas? Noch nie gehört.«

»Ein kleiner Fisch also«, stellte Benoit fest.

Luc nickte. »Ja. Sonst wüsste ich von ihm. Ein Handlanger, mehr nicht.«

»Und warum wurde er dann ermordet?«

Der Fahnder lachte, als ob sie etwas Dummes gesagt hätte. »Dafür kann es unzählige Gründe geben. Vielleicht hat er Ware gestohlen, mit den falschen Leuten geredet, hinter Serges Rücken gedealt, die falsche Frau gefickt –«

Julie schnitt ihm das Wort ab. »Houssein Tifur? Sagt dir der was?«

Luc schüttelte erneut den Kopf.

Benoit sah sie fragend an. »Wer soll das sein?«

»Ein Freund von Brahim.«

»Woher hast du den Namen.«

»Von der Mutter.«

Benoit zischte. »Und wieso erfahre ich das jetzt erst?«

»Habe ich dir gesagt«, log Julie. »Aber da warst du wohl gerade anderweitig beschäftigt.«

Sie hatte der Mutter das Versprechen gegeben, vorsichtig zu sein, aber bei Benoit konnte sie sich nicht sicher sein, ob er sich daran hielt. Darum war Julie dieser Spur allein nachgegangen und hatte herausgefunden, dass Houssein anscheinend untergetaucht war. Lucs Gesichtsausdruck verriet, dass ihm die Missstimmung zwischen den beiden nicht entging.

Sie fuhr fort. »Houssein ist weg. Sein Cousin, mit dem er zusammenwohnt, sagte, er sei bei einer Frau, deren Namen er nicht kenne. Ich glaube aber, dass der Cousin nicht weiß, wo Houssein steckt. Deshalb habe ich seinen Namen auf die Liste gesetzt. Ich hoffe, dass wir ihn lebend finden und nicht seine Leiche.«

Julie holte das Obduktionsprotokoll aus der Akte und schob es dem Kollegen über den Tisch zu.

»Brahim Abbas wurde in einer Schleuse im Canal du Midi in der Nähe von Carcassonne gefunden, Todesursache: Ertrinken, er hatte außerdem eine Kopfverletzung durch einen stumpfen Gegenstand und ein Projektil neun Millimeter im Rücken.«

Benoit richtete sich in seinem Stuhl auf und schaute zu Luc. »Da es sich um einen Mord im Drogenmilieu handelt, wäre es nicht besser, wenn ihr den Fall übernehmt?«

Julie zuckte innerlich zusammen. Sie hatte schon vor dem Gespräch das Gefühl gehabt, Benoit könnte das Treffen mit dem Drogenfahnder dazu nutzen wollen, den Fall loszuwerden. Sie intervenierte sofort. »Wir sollten zusammenarbeiten.«

Luc nickte. »Sehe ich auch so.«

Benoit warf Julie einen scharfen Blick zu. Die beiden hatten einiges zu besprechen, wenn der Kollege fort war.

»Ich möchte nur nicht, dass wir uns bei den Ermittlungen in die Quere kommen«, rechtfertige Benoit sich.

»Wir tauschen uns einfach aus«, schlug Luc vor. »Ich habe viele Fälle auf dem Tisch, und Serge Pujol steht nicht weit oben auf unserer Liste. Wir sind an anderen Kalibern dran.«

»Was für Kaliber denn?«, hakte Julie nach.

Luc lächelte süffisant. »Ich möchte nicht darüber reden. Hat bestimmt nichts mit Pujol oder diesem, wie heißt er noch gleich …«

»Brahim Abbas«, wiederholte Julie den Namen.

»Abbas, ja. Mit beiden haben diese Fälle nichts zu tun.«

Benoit schlug mit der flachen Hand auf den Tisch, wie er es oft machte, um ein Gespräch zu beenden. »Mach du deinen Job und wir unseren, und dann werden wir ja sehen, ob es Überschneidungen gibt.«

Luc nahm die Füße vom Tisch und wollte gerade aufstehen, als Julie erneut das Wort ergriff. »Wenn wir uns Serge Pujol vornehmen, brauchen wir mehr Informationen über ihn. Möglichst alles, was du hast.«

Kopfschüttelnd verweilte der Kollege noch einen Moment auf seinem Platz. »Ich werde nicht zulassen, dass ihr wegen eines kleinen Fisches im Canal du Midi andere Ermittlungen sabotiert. Aber meinetwegen, ihr könnt alles kriegen, was wir über Pujol haben, auch wenn das nicht allzu viel sein dürfte.«

Benoit seufzte, und die beiden Männer warfen sich einen vielsagenden Blick zu. Sie schienen sich bezüglich Julie einig zu sein.

Doch sie ließ sich dadurch nicht aus dem Konzept bringen. »Brahim Abbas hatte einen Bootsführerschein, wie ihn – im Gegensatz zu Touristen – Eigentümer von Booten auf dem Canal du Midi brauchen. Aber Brahim hatte kein eigenes Boot.« Sie schaute zu Luc. »Fällt dir dazu etwas ein?«

Der Drogenfahnder nickte. »Ja. Manche Dealer nutzen den Kanal tatsächlich als Transportweg, aber eher für kurze Strecken. Es würde viel zu lange dauern, das Zeug von einem Mittelmeerhafen bis nach Toulouse zu bringen. Aber der Kanal wird wenig kontrolliert, fast gar nicht. Wir glauben, dass die Dealer Boote als Depots nutzen.«

»Depots?«, hakte Benoit nach.

Luc nickte. »Die schippern mit den Booten über den Kanal, wechseln immer wieder die Liegeplätze. Du weißt ja, wenn wir einem Verdächtigen einen Tracker ans Auto machen, um ein Bewegungsprofil zu erstellen, und die fahren nie an denselben Ort, um ihre Ware zu holen, dann wird es schwierig für uns. Ein Bewegungsprofil ergibt erst Sinn, wenn bestimmte Orte mehrmals in der Liste auftauchen. Das ist aber nicht der Fall, wenn die Ware immer woanders abgeholt wird. Wir können nicht jeden auf Sichtkontakt observieren, das erlauben unsere Kapazitäten nicht, und das wissen die. Leider.«

»Dank eines Bootes können sie die Drogen also jedes Mal woanders umladen?«, überlegte Julie laut.

»Genau«, sagte Luc. »Und wenn das Depot wandert, taucht kein Ort zweimal auf. Das ist der Trick. Habt ihr sonst noch was?«

»Danke für deine Unterstützung«, beendete nun Julie das Gespräch.

Er stand auf, gab beiden zum Abschied die Hand, und sie verblieben so, dass sie sich gegenseitig auf dem Laufenden halten würden. Dann verließ der Kollege den Raum.

Als er außer Sicht- und Hörweite war, blickte Benoit Julie strafend an. »Ich hätte ihn fast so weit gehabt, dass er uns den Fall abnimmt.«

Julie schüttelte energisch den Kopf. »Erstens hat er nicht den Eindruck auf mich gemacht –«

Er fiel ihr ins Wort. »Und zweitens möchtest du unbedingt daran weiterarbeiten.«

»Genau. Und wenn du im Moment mit dem Kopf woanders bist, habe ich kein Problem damit, das allein zu machen.«

Benoit verzog den Mund, seine Lippen formten ein »O«. Ein untrügliches Warnzeichen, dass er mit seiner Geduld am Ende war. »Jetzt mal was Grundsätzliches, Madame.«

Julie hasste es, wenn sie mit Madame angesprochen wurde, und er wusste, dass sie es hasste.

»Dass ich dich an meinem Privatleben teilhaben lasse, heißt nicht, dass ich mir von dir unterstellen lasse, ich würde meine Arbeit vernachlässigen. Erstens: Wir sind hier nicht in Paris. Zweitens: Toulouse ist meine Heimat, und ich weiß, wie die Dinge hier laufen. Und drittens: Wenn dir das nicht passt, dann stelle einen Versetzungsantrag. Dein Verlobter wird da bestimmt was machen können wie beim letzten Mal.«

»Beim letzten Mal?« Sie verstand nicht.

»Na, was glaubst du denn, warum das so schnell geklappt hat mit deiner Versetzung. Als Juraprofessor für Verwaltungsrecht kennt er doch Gott und die Welt und musste nur seine Beziehungen spielen lassen.«

Das dachte er also über sie. Dass sie es nur ihrem Verlobten zu verdanken hatte, jetzt hier zu sein. Julie kochte innerlich, schluckte den Ärger aber hinunter. Sie hielt es für müßig, so eine Diskussion weiterzuführen, und hob deshalb beschwichtigend die Hände.

»Okay. Ich möchte mich bei dir entschuldigen, wenn der Eindruck entstanden sein sollte, dass du deine Arbeit vernachlässigst.«

Benoit nickte, womit die Entschuldigung angenommen war.

»Aber?«

»Ich habe die Stelle nicht nur wegen meines Verlobten bekommen. Ich habe mit einem Kollegen getauscht, der nach Paris wollte«, stellte sie klar.

»Dann entschuldige ich mich bei dir, wenn dieser Eindruck entstanden sein sollte. Schwamm drüber.«

Diesen Anflug von Verträglichkeit nutzte Julie und setzte sofort nach: »Ich möchte dir trotzdem vorschlagen, dass ich die Hauptarbeit in diesem Fall übernehme, den lästigen Kram erledige und so.«

»Und du dich allein auf die Suche nach wichtigen Zeugen machst, wie diesem Houssein?«

Jetzt half nur noch die Wahrheit. »Es ging nicht anders, glaube mir. Ich habe es Brahims Mutter versprochen. Sie macht sich Sorgen, dass Houssein etwas zustoßen könnte, wenn wir unvorsichtig sind.«

»Vielleicht ist er bereits tot. Vielleicht weiß Houssein, warum sein Freund ermordet wurde, und Serge Pujol säubert deshalb seine Reihen. Wir wissen es nicht.«

»Gut möglich. Ein Grund mehr, den Fall nicht an einen Kollegen abzugeben, der sich nicht wirklich für Pujol interessiert. Weil er angeblich nur ein kleiner Fisch sei.«

Benoit seufzte. »Warum bist du eigentlich zur Polizei gegangen?«

Jetzt geriet Julie aus dem Konzept. »Was spielt das für eine Rolle, warum ich Polizistin geworden bin?«

»Bist du auf der Suche nach Gerechtigkeit?« Sein Tonfall klang sarkastisch.

»Wäre das so schlimm?«

Benoit erhob sich von seinem Stuhl. »Das Grundproblem besteht darin, dass für jeden, den wir einbuchten, morgen ein neuer auf der Straße steht.«

Julie reagierte pampig. »Dann können wir es ja gleich ganz sein lassen.«

»Nein. Wir setzen Grenzen, gebieten diesen Typen Einhalt. Wir sorgen dafür, dass die sich nicht alles erlauben können und die normalen Bürger vor ihnen geschützt sind.«

»Genau das will ich doch auch.« Julie wurde wütend, weil er sie dastehen ließ wie eine Anfängerin. »Die dürfen mit einem eiskalten Mord nicht durchkommen.«

»Du gehst zu verbissen an die Sache heran, da liegt das Problem.« Er seufzte erneut. »Du bist schon einmal angeeckt. Gleich zu Beginn, erinnerst du dich? Wir haben hier unsere eigenen Methoden, in Paris mögen die Dinge vielleicht anders laufen, aber wir sind nicht an der Seine, sondern in Toulouse, im Süden Frankreichs. Wir haben mehr Sonne, guten Wein, das Meer liegt vor der Tür. Genieße es einfach.«

Er ging zur Tür, drehte sich, bevor er durch sie hindurchschritt, aber noch einmal zu Julie um. »Wir werden den oder die Mörder von Brahim Abbas schon finden. Da bin ich mir sicher. So, wie wir das hier in Toulouse schon oft hingekriegt haben. Ohne die Dinge dabei zu überstürzen.«

Mit diesen Worten ließ er sie allein. Julie kochte immer noch vor Wut. Was war los mit ihrem Kollegen? Sie verstand es nicht. Fühlte er sich nur übergangen, nicht genug wertgeschätzt? Oder war an allem nur der Rosenkrieg schuld, der ihn von der Arbeit abhielt?

Julie erinnerte sich an ihre erste Dienststelle in Paris, wo sie ähnliche Erfahrungen gemacht hatte. Hoch motiviert war sie von der Polizeischule gekommen und etwas zu übereifrig gestartet. Die erfahrenen Kollegen hatten sie ausgebremst. Julie vertrat mittlerweile die Meinung, dass es drei Kategorien von Polizisten gab. Die stärkste Fraktion war die Allianz des Mittelmaßes, dann gab es noch zwei weitere: Die Berufenen, die tatsächlich auf der Suche nach so was wie Gerechtigkeit waren – und die Verräter. Polizisten, die ihren Amtseid nicht ernst nahmen, mancher von ihnen sogar korrumpiert wurde. Bisher war Julie davon ausgegangen, dass Benoit zur Allianz des Mittelmaßes gehörte, aber ganz sicher war sie sich nun nicht mehr.

Kapitel 15

Émil Voltaire hatte am Telefon nur wenig gesagt und Alain lediglich darum gebeten, möglichst schnell bei ihm vorbeizukommen. Mehr wusste er nicht, als er vor einer Viertelstunde in Sainte-Eulalie losgefahren war. Die Stimme seines Freundes hatte am Telefon äußerst seltsam geklungen, als ob er über Nacht an Kehlkopfkrebs erkrankt wäre. Es musste irgendetwas passiert sein, und Alain verspürte das ungute Gefühl, dass es mit Chloé zu tun haben könnte.

Émil wohnte in einem Haus am Quai Bellevue. Der Name der Straße war Programm. Von der Terrasse aus hatte man einen fantastischen Ausblick auf La Cité. Die Festung wurde bei Nacht angestrahlt und sah aus wie ein Märchenschloss in Disneyland. Nur dass die Burg nicht aus Pappmaché war.

Vor dem Haus gab es ausreichend Parkmöglichkeiten. Alain stellte seinen Wagen ab und schritt durch das bereits offen stehende eiserne Tor. Er klopfte an die Haustür, die sich kurz darauf öffnete.

Alain erschrak bei dem Anblick seines Freundes. Émil wirkte leichenblass, beinahe als stünde er kurz vor einer Herzattacke. In der linken Hand hielt er ein Glas mit einer klaren Flüssigkeit. Bestimmt kein Wasser, dachte Alain, denn die Alkoholfahne war nicht zu ignorieren.

»Was ist passiert?«

»Komm rein.« Émil drehte sich um und ging vor. Im Vorderhaus befanden sich der Wohn- und Essbereich sowie die Küche. Sie durchquerten diese und traten wieder hinaus in einen kleinen Innenhof, in den die Sonne nur während der Mittagszeit hineinfiel. Im Hinterhaus, das wusste Alain, waren Émils Büro und eine gut ausgestattete Werkstatt, in der er seine Modelle und Designs anfertigte sowie Schlafzimmer und das Zimmer seiner Tochter, das immer für sie bereitstand.

Sie blieben im Innenhof. Émil setzte sich auf einen Stuhl in die pralle Sonne und trank sein Glas in einem Zug leer.

»Sie ist tot«, flüsterte er dann leise.

Alain glaubte, sich verhört zu haben. Perplex wiederholte er: »Tot?«

Émil nickte. »Chloé ist tot.«

Alain schossen in einer Sekunde tausend Gedanken durch den Kopf. Erinnerungen an Narbonne-Plage, die Fahrt zurück, Chloés letzter Blick, bevor sie im Bahnhofsgebäude verschwunden war. Ihr allerletzter Blick.

Aber eins nach dem anderen, mahnte er sich, zog einen Stuhl in den Schatten und ließ sich darauf nieder.

Émil griff nach der Flasche Wodka, die auf dem gefliesten Boden stand, und schenkte sich nach. »Auch etwas?«

»Nein. Was ist passiert?«

»Ein Unfall, sagen die. Ihre Leiche wurde in den Châteaux de Lastours gefunden. Angeblich ist sie von einem Felsen gestürzt, aus etwa fünfzig Meter Höhe. Vielleicht war es auch Selbstmord, haben die gesagt. Das wird noch ermittelt.«

»Wer sind *die*?«

»Gendarmerie.« Émil trank wieder einen großen Schluck. »Chloé wurde am Morgen gefunden, als das Besucherzentrum noch gar nicht geöffnet hatte. Aber komischerweise hatte sie ihr Handy nicht bei sich. Die sagen, dass sie es bei dem Sturz womöglich verloren hat und es bis jetzt noch nicht gefunden wurde.«

Alain überlegte, was er sagen sollte. In Momenten wie diesen war eigentlich jedes Wort zu viel. »Hattet ihr wieder Kontakt?«

Émil krächzte, seine Stimme war angeschlagen. »Ja. Wir haben uns ausgesprochen. Dank deiner Bemühungen. Ich sollte dir auch schöne Grüße bestellen.«

»Wer hat von Selbstmord geredet? Die Gendarmerie?«

Er nickte stumm, bevor es laut aus ihm herausbrach: »Sie hat keinen Selbstmord begangen! Wieso denn? Dazu hatte sie keinen Grund!«

Das sah Alain auch so, aber er versuchte, sachlich zu bleiben. Er brauchte mehr Informationen. »Was könnte Chloé bei den Burgruinen gewollt haben?«

»Keine Ahnung. Die Polizisten haben gesagt, sie hätte sich reingeschlichen und sei wahrscheinlich über einen Zaun geklettert, wie das manche hin und wieder machen. Vor allem Pärchen, die nach der Schließung der Anlage allein zwischen den Ruinen sein wollen. Ein sehr romantischer Ort. Bei Sonnenuntergang.«

»Wer bearbeitet den Fall?«

Émil regulierte seine Stimme wieder zu normaler Lautstärke und auch das Krächzen ließ etwas nach. »Habe ich doch schon gesagt, die Gendarmarie. Die waren zumindest hier, haben mir die Nachricht überbracht. Ein Psychologe war auch dabei, aber so was brauche ich nicht.« Er nahm erneut einen großen Schluck und leerte sein Glas damit abermals. »Sie haben gesagt, der Fall wird in Toulouse weiterbearbeitet, weil Chloé dort wohnt.« Er sah Alain erwartungsvoll an. »Kennst du jemanden bei der Polizei in Toulouse?«

Alain ging davon aus, dass die Police nationale zuständig war. »Ich kannte früher mal jemanden, weiß aber nicht, ob er noch da ist.«

Émil beugte sich nach vorne, sah ihn fordernd an, sein Gesichtsausdruck hatte beinahe etwas Drohendes. »Ich möchte, dass du der Sache nachgehst. Egal, was es kostet. Ich will wissen, was geschehen ist. Es war kein Selbstmord. Und ein Unfall … Wenn es einer war, möchte ich absolute Gewissheit haben. Was willst du dafür haben?«

»Lassen wir das mit der Bezahlung –«

»Nein«, blaffte Émil ihn an. »Das ist für mich kein Freundschaftsdienst mehr. Ich brauche einen Profi wie dich. Einer, der so einer Sache nachgehen kann, die entsprechenden Leute kennt und weiß, wie man die richtigen Fragen stellt. Ich möchte, dass du auch mit ihrem Freund sprichst, diesem Jean Leroux. Sag ihm, was passiert ist, und schau ihm dabei tief in die Augen.«

»Was hat Chloé dir über ihn erzählt?«

»Sie wollte, dass wir uns kennenlernen. Ich sollte mir ein eigenes Bild von ihm machen, deshalb hat sie nicht viel über ihn gesagt.« Er schaute in sein leeres Glas, und seine Stimme wurde leise. »Aber dafür ist es jetzt zu spät.«

Alain erhob sich von seinem Stuhl, nahm die Flasche Wodka vom Boden. »Du solltest aufhören zu trinken.«

»Machst du es?«

Alain hatte sich längst entschieden und nickte. Nicht nur weil Émil ein Freund war. Die Fahrt vom Jachthafen nach Narbonne ging ihm nicht mehr aus dem Kopf. Vor allem nicht Chloés Bemerkung, dass Jean Leroux ihr ein Geheimnis anvertraut hatte.

»Ja. Ich sehe mir die Unfallstelle an, und dann begebe ich mich nach Toulouse. Aber ich kann nicht versprechen, dass ich viel herauskriege.«

Émil stand ruckartig auf, musste sein Gleichgewicht finden, wobei ihm das Glas aus der Hand fiel und zerbrach. Hunderte von Scherben säumten den Steinboden. Doch das war ihm egal, er lallte bereits. »Wenn du zu dem Ergebnis kommst, dass es ein Unfall war, gebe ich Ruhe. Ich vertraue dir, aber nicht der Polizei. Sind fünfhundert Euro für jeden Tag okay? Ich kenne die Preise nicht.«

»Das ist eher zu viel. Wenn du mich schon unbedingt bezahlen möchtest, werde ich die Stunden aufschreiben, und am Ende rechnen wir fair ab.«

Wankend machte Émil einen Schritt auf Alain zu, wobei die Scherben unter den Sohlen seiner Sandalen knirschten.

Die Männer nahmen sich in den Arm. Émil war nicht fähig zu weinen, noch nicht, er stand zu sehr unter Schock. Alain ging es ähnlich. Er hatte Chloé vor ein paar Tagen noch mal neu kennengelernt, davor war sie in seiner Erinnerung ein junges Mädchen gewesen. In Narbonne aber hatte er eine selbstbewusste Frau erlebt. Und Émil? Er war der einsamste Mensch auf der Welt. Erst in den nächsten Tagen, wenn die Wirkung des Alkohols nachließe und die Ernüchterung eintrat, würde die Realität über ihn hereinbrechen und endgültig zu ihm durchdringen, dass seine einzige Tochter nicht mehr da war. Und nie wieder zurückkam.

Alain kannte dieses Gefühl, und Erinnerungen stiegen in ihm auf. Der Moment, als Isabelle starb. Ein ewig langer Moment. Alain hatte sich vorher viel mit dem Tod beschäftigt und wusste, dass es nicht mit dem letzten Atemzug oder dem letzten Herzschlag getan war. Er glaubte fest daran, dass das Sterben sich über Stunden hinzog und Isabelle gespürt hatte, dass er bei ihr war und sie bei ihm. Dass sie sich ganz langsam voneinander lösten. Und dann war der schlimmste Moment gefolgt. Aufzustehen, ihre Hand loszulassen, die längst kalt war, sich umzudrehen und den Raum zu verlassen. Das war der Augenblick, in dem ihn der Schmerz erst richtig ereilt hatte. Und die Gewissheit: Sie hatte ihn verlassen. Für immer.

Die Männer lösten sich voneinander.

»Warte noch einen Moment.« Émil verschwand und kam kurz darauf wieder, reichte Alain einen Schlüssel.

»Der ist für Chloés Wohnung. Du wirst dich sicher dort umsehen wollen.«

Alain nahm ihn an sich. »Ich werde herausfinden, was bei den Burgruinen geschehen ist.«

»Danke. Mit deiner Antwort gebe ich mich zufrieden. Versprochen. Der Polizei vertraue ich nicht.«

Kapitel 16

Die Straße führte durch ein riesiges Weinbaugebiet. Anders als an der Mosel, wo Alain seine Kindheit und Jugend verbracht hatte, wurde hier der Wein nicht an steilen Berghängen angebaut, sondern auf ebener Fläche. Er fuhr eine gefühlte Ewigkeit an grünen Rebstöcken vorbei, die scheinbar bis zum Horizont reichten. Wäre der Anlass seiner Reise ein anderer gewesen, hätte Alain den Anblick genießen können. Die Landschaft wechselte immer wieder von grünen Wiesen zu Feldern mit Ginster in gelber Farbenpracht. Dazu der strahlend blaue Himmel mit ein paar vereinzelten Wolken, die wie weiße Farbtupfer aussahen. Auf einigen abgeernteten Feldern lagen große Strohballen wie Dominosteine verteilt. Dann huschten wieder die Reihen der Weinreben im Staccato vorbei, bis Alain an eine Weggabelung gelangte. Er wurde langsamer, fuhr nach rechts. Die Straße ging bergab und gab den Blick auf drei der vier Burgruinen von Lastours frei. Sie leuchteten in der untergehenden Sonne. Es war ein traumhaft schönes Bild, das Alain einen Moment lang genießen wollte. Er hielt mitten auf der Straße an und stieg aus, atmete tief die kühle Luft ein, denn kaum neigte sich die Sonne dem Horizont entgegen und ließ an Kraft nach, sanken die Temperaturen. Diesen Effekt hatte Alain bisher am deutlichsten in der Wüste erlebt, wo die Nachtabkühlung besonders stark war wegen geringer Luftfeuchtigkeit.

So stand er da. Seine Gedanken begannen, um Chloé zu kreisen, die vor etwa vierundzwanzig Stunden das gleiche Bild gesehen haben dürfte wie er jetzt. Was hatte sie bewegt, hierherzukommen? Unwahrscheinlich, dass sie sich nur herbegeben hatte, um diese schöne Aussicht zu genießen.

Er stieg wieder in seinen Renault und fuhr weiter. Im Tal angekommen, teilte sich die Straße, nach rechts ging es zum Parkplatz für Touristen, aber Alain wollte sich den zusätzlichen Fußweg sparen, fuhr nach links und hielt in einer der Parktaschen, die zum Hotel de Ville gehörten, das um diese Zeit geschlossen hatte. Er stieg aus und nahm sein Telefon ans Ohr. Nach dem zweiten Freizeichen hörte er die Stimme seines Kochs. »Wo bist du?«

»Deshalb rufe ich an. Ich musste überraschend weg, etwas erledigen. Es kann noch etwas dauern, bis ich komme.«

»Kein Problem«, sagte Philippe. »Die Küche arbeitet autark, wie du weißt.«

»Kann ich mich drauf verlassen, dass es keinen Streit gibt?«

»Solange Jamal die Küche nicht betritt, ja.«

»Hör auf damit.«

»Das war ein Scherz.« Er lachte. »Wir kriegen uns nur noch wegen Fußball in die Wolle, sonst nicht. Versprochen. Außerdem ist Marie ja auch noch da.«

»Okay, dann bis später.«

»Darf ich fragen, wer oder was dich aufhält?«

»Es hat nichts mit einer Frau zu tun, wenn du darauf anspielst.«

»Schade. Na gut. Bis später vielleicht.«

Alain steckte das Handy in die Tasche. Genau genommen hatte er die Unwahrheit gesagt, sein Wegbleiben hatte etwas mit einer Frau zu tun, nur nicht, wie Philippe dachte.

Alain marschierte los. Bis zum Eingang des Besucherzentrums waren es etwa dreihundert Meter. Alain trat ein, hinter dem Empfangstresen saß eine beleibte Frau, die sofort aufstand.

»Tut mir leid, Monsieur.« Ihr Tonfall wirkte gehetzt und wenig freundlich. »Wir haben heute leider außerplanmäßig geschlossen.«

»Ich weiß«, erwiderte Alain selbstbewusst. »Ich komme aus Toulouse, sind meine Kollegen noch da?«

Die Frau kam noch nicht mal auf die Idee, nach seinem Ausweis zu fragen, und selbst wenn, hätte er noch einen alten aus der Zeit bei Interpol zum Vorzeigen gehabt. Alain wusste, dass ein selbstsicheres Auftreten oftmals ausreichte, um die Leute glauben zu lassen, er sei Polizist.

Nun schaffte es doch ein höfliches Lächeln auf ihre Lippen. »Äh, nein. Die sind gerade abgerückt.«

Er schüttelte den Kopf. »Das war wieder klar. Hauptsache, pünktlich Feierabend machen. Ich muss mir den Unfallort ansehen.«

»Soll ich Sie begleiten?«, ertönte eine Männerstimme hinter ihm.

Alain drehte sich um. Ein älterer Herr in brauner Cordhose und grauem Wanderhemd kam auf ihn zu, reichte die Hand zum Gruße. »Pierre Grillon. Meine Frau Francine haben Sie ja schon kennengelernt.«

»Olivier.« Er ließ den Vornamen und die Anrede weg, die beiden glaubten sowieso, dass er ein Kommissar war. »Danke für das Angebot, aber ich glaube, Sie müssen nicht unbedingt mitkommen. Wenn Sie mir auf der Karte zeigen könnten, wo es passiert ist.«

Die Frau holte einen Prospekt hervor, der auch einen Lageplan enthielt, und erklärte Alain den Weg, den sie jedem Besucher empfahl. Dieser führte unweigerlich an den Ort, wo die Tote gefunden wurde, betonte sie und machte ein Kreuz an der Stelle.

»Die Verunglückte ist von einem Felsvorsprung an der südlichsten Burgruine Quertinheux gestürzt«, erklärte Pierre Grillon. »Das haben Ihre Kollegen herausgefunden. Sind Sie sicher, dass ich Sie nicht begleiten soll?«

Alain zögerte kurz, dann entschloss er sich, das Angebot doch anzunehmen. »Wenn es Ihnen wirklich nicht zu viel Mühe macht?«

»Nein, gar nicht. Ich muss mir nur eben die Wanderschuhe anziehen.« Und schon war er durch eine Tür verschwunden, die allem Anschein nach in einen Korridor führte.

»Er macht das gern«, sagte seine Frau. »Jeden Morgen geht er die Strecke ab, um nach dem Rechten zu sehen, und heute, da rief er mich an, völlig außer Atem, ich hatte schon Angst, er hätte einen Herzinfarkt oder so. Aber es war nur der Schreck. Er sagte, ich solle die Polizei und den Krankenwagen rufen. So etwas hatten wir in all den Jahren noch nie.«

»Es hat geheißen, dass die Frau keine reguläre Besucherin war und sich vermutlich heimlich auf das Gelände geschlichen hat. Wo kann man denn hier über den Zaun klettern?«

»Das zeigt Ihnen mein Mann. Wir werden aber auf alle Fälle etwas unternehmen, sodass so etwas nicht mehr möglich ist.«

»Gab es hier schon mal einen Selbstmord?«

»Nicht seitdem mein Mann und ich das Besucherzentrum leiten.«

»Und wie lange ist das?«

»Schon sieben Jahre. Unfälle haben wir öfter, aber nicht tödlich. Die meisten brechen sich schlimmstenfalls einen Fuß.«

In der Zwischenzeit war Grillon wieder aufgetaucht, an seinen Füßen abgenutzt aussehende Wanderschuhe. »Kommen Sie.« Er schritt voran. Auf eine weitere Tür zu, durch die es aufs Museumsgelände ging.

»Pierre«, rief ihm seine Frau hinterher. »Zeige ihm unbedingt die Stelle, wo die Frau reingekommen ist.«

Er schüttelte seufzend den Kopf. »Natürlich zeige ich ihm alles. Was denkst du denn?«

Alain folgte ihm. Kaum hatten sie die Brücke überquert, die über die Straße führte, blieb der Fremdenführer vor einer Metalltür stehen. Dahinter erstreckte sich eine steile Treppe bis hinunter zur Straße.

»Hier kommt es vor, dass Leute darübersteigen, um den Eintritt zu sparen oder wenn sie zu den Ruinen wollen, nachdem wir geschlossen haben. Wenn jemand dabei erwischt wird, gibt es Ärger, aber die jungen Leute machen es trotzdem. Vor allem Pärchen. Man muss dazu sagen, die Burgruinen bei Sonnenuntergang sind natürlich auch traumhaft schön. Sie werden es gleich ja erleben.«

Unweigerlich drängte sich bei Alain die Frage auf, ob Chloé mit ihrem Freund hier gewesen war.

Sie gingen weiter. Alain hatte Mühe, Schritt zu halten. Pierre war klar im Vorteil, er hätte den Weg mit verbundenen Augen gehen können.

Auf den ersten hundert Höhenmetern wollte Alain sich noch keine Blöße geben, musste dann aber doch pausieren und schnappte japsend nach Luft. »Können wir bitte etwas langsamer machen?«

Grillon drehte sich zu ihm um. »Verzeihung.«

»Kein Problem.«

»Geben einfach Sie das Tempo vor.«

Alain ging voraus und folgte dem Weg, der immer wieder von Treppen unterbrochen wurde. Sie durchquerten eine kleine Höhle, und als Alain wieder heraustrat, bot sich ihm ein unglaubliches Panorama, das er zumindest für einen Augenblick genießen wollte, weshalb er kurz auf der Stelle verharrte. In der Schönheit der Landschaft ragten die Burgruinen wie ein Mahnmal an längst vergangene Zeiten empor. Mittlerweile stand die Sonne so tief, dass die Burgen in oranges Licht getaucht wurden und das Grün der Wiesen und Zypressen noch mehr im Kontrast hervortraten.

»Wer hat damals hier gelebt?« Alain kannte die Antwort zwar, wollte aber ein wenig Konversation betreiben und den Fremdenführer bei Laune halten.

»Die Katharer oder auch Albigenser genannt«, antwortete Pierre Grillon mit begeisterter Stimme. »Sie waren frühe Christen, die sich im Mittelalter immer mehr von der Kirche in Rom oder Avignon distanzierten. In Avignon gab es ja auch mal einen Papst, was viele nicht wissen. Aber egal ob der in Avignon oder der in Rom, in einem waren sich die beiden Streithähne einig gewesen: Wie man den Leuten das Geld aus der Tasche zog, um in Saus und Braus zu leben. Die Katharer lehnten den ganzen Prunk der Kirche ab, sie tauften noch nicht mal mit Weihwasser, sondern nur durch Handauflegen. Und wie haben die Päpste darauf reagiert? Klar, die Katharer wurden als Ketzer bezeichnet. Am Anfang waren die französischen Könige noch anderer Meinung gewesen und hatten schützend ihre Hand über die Glaubensgemeinschaft gelegt. Aber irgendwann war damit Schluss, und dann können Sie sich denken, was passiert ist.«

»Der Albigenser-Kreuzzug?«

Isabelle hatte auch ein paar Semester Kunstgeschichte studiert und Alain viel über die Ereignisse im Mittelalter berichtet. Er tat aber absichtlich unwissend, um seinem Fremdenführer nicht den Spaß zu verderben.

»Ja. Von 1209 bis 1229. Und der Papst, der das veranlasst hat, hieß auch noch Innozenz der Dritte. Innozenz, die Unschuld.« Grillon lachte. »Dann ging es den Katharern an den Kragen, ähnlich wie den Tempelrittern. Viele landeten auf dem Scheiterhaufen, und manche haben sich auf diesen Burgen verschanzt. Die ganze Region hier hat daher den Namen *Pays Cathar*, Katharerland. Es gibt zahlreiche Legenden, zum Beispiel die, dass auf der Burg in Montsegur der Heilige Gral aufbewahrt worden sein soll. Der Kelch, aus dem Jesus Christus beim letzten Abendmahl getrunken hat und der ewiges Leben verspricht.«

Alain grinste. »Nun ja, wer an so was glauben möchte oder zu viele Indiana-Jones-Filme geschaut hat ...«

»Den Kindern gefallen solche Geschichten. Ich höre immer, wie die Eltern davon erzählen, und dann spurten die Kleinen los, weil sie glauben, es gäbe ein Abenteuer zu erleben wie im Film. Wenn sie zurückkommen, sind sie meist enttäuscht.«

Die beiden lachten.

Grillon wechselte das Thema. »Was machen Sie in Toulouse? Gehören Sie zu einer besonderen Einheit?«

»Nein, das nicht. Die junge Frau wohnte in Toulouse, und wir sind deshalb zuständig.«

Er schlug einen verschwörerischen Tonfall an. »Glauben Sie, es war doch kein Unfall?«

»Wir glauben nicht, wir finden heraus, was geschehen ist. Aber wie kommen Sie darauf? Haben die Kollegen etwas in der Richtung angedeutet?«

Er sprach leise. »Na ja, ich habe ein wenig gelauscht, als sie diskutiert haben.«

»Soso.« Alain stimmte einen ernsten Tonfall an. »Sie wissen aber, dass Sie solche Informationen nicht verbreiten dürfen. Am besten sprechen Sie auch mit niemandem darüber, was wir geredet haben. Auch nicht mit irgendwelchen Polizisten.«

»Natürlich nicht. Sie können sich auf mich verlassen.«

»Was wurden denn für Mutmaßungen angestellt?«

»Na ja, zuallererst mal die Frage, was die Frau hier gemacht hat. Nachts, allein.«

»Und weiter?«

»Es gibt keine Spuren oder so was, weil hier ja viel zu viele Leute tagsüber unterwegs sind. Dann sind sie zu dem Schluss gekommen, dass es ein Unfall war. Womöglich auch ein Selbstmord. Fremd ... fremd ...«, er suchte nach dem richtigen Wort.

»Fremdverschulden?«, hakte Alain nach.

Grillon nickte. »Ja, genau. Von Fremdverschulden sei wohl nicht auszugehen, haben sie gesagt.«

Sie näherten sich einer steilen Treppe, neben der ein dickes Seil als Handlauf zwischen Metallständern gespannt war. Grillon blieb stehen und schaute hinauf zu der Burgruine, die man als Erste erblickte, sobald man nach Lastours einfuhr.

»Das ist das Château de Quertinheux.« Er zeigte vor sich. »Und auf der Treppe lag sie, da habe ich die Frau gefunden.«

Alain ging weiter und nach etwa zehn Stufen entdeckte er die getrockneten Blutspuren. Er ließ seinen Blick weiter zu der Burg schweifen.

»Ihre Kollegen meinten, sie sei von dem Felsvorsprung dort oben gestürzt.«

»Lassen Sie uns da hinaufgehen.«

Nach nur wenigen Minuten fanden sie sich inmitten der Burgruine Quertinheux wieder, deren unebene Mauern bei tief stehender Sonne zu einem bizarren Mosaik aus Licht und Schatten wurden. Die jahrtausendalten Steine leuchteten beinahe in derselben Farbe wie der schmale rote Streifen unter dem tiefblauen Abendhimmel. Der Anblick war so bezaubernd, dass sich die Frage von selbst beantwortete, warum junge Leute zu später Stunde heimlich hierherkamen. Doch eigentlich niemals allein. Zumindest hielt Alain das für ausgeschlossen. Chloé war in Begleitung gewesen, davon ging er fest aus. Aber die Person hatte es nicht für nötig gehalten, einen Krankenwagen zu rufen. Dafür musste es einen guten Grund geben.

»Kommen Sie«, sagte Grillon, und Alain folgte ihm auf einen schmalen Grat, der durch eine Abgrenzung mit Seilen und Metallständern gesichert war. Dort, wo das Tau endete, war auch der Felsvorsprung.

»Da ist es wohl passiert«, erklärte der Fremdenführer und trat zur Seite.

Alain bewegte sich vorsichtig bis zur Kante.

»Halten Sie sich gut fest«, mahnte Grillon. »Nicht dass Sie auch noch abstürzen.«

Alain umfasste das Seil und setzte mit Bedacht langsam einen Fuß vor den anderen, bis er auf dem Felsvorsprung stand und nach unten sah. Zumindest mit dieser Vermutung lagen die Polizisten richtig, denn man konnte eine Schneise erkennen, die Chloés Körper in der Vegetation hinterlassen hatte. Ein Sturz von hier oben endete unweigerlich auf den Stufen der Treppe.

Grillon war auf Abstand geblieben, und Alain kam nicht umhin zu bemerken, dass er in einer sehr unsicheren Position stand, als er sich zu ihm umdrehte. Denn wenn sein Begleiter ihm jetzt nur einen leichten Stoß versetzen würde, hätte Alain keine Chance und würde abstürzen. Für einen Mord brauchte es genau genommen zwei Dinge: ein Motiv und die Gelegenheit. Einen besseren Ort, um jemanden in die Tiefe zu stoßen und es wie einen Unfall oder Selbstmord aussehen zu lassen, gab es wohl kaum.

Alain bewegte sich wieder langsam rückwärts, entfernte sich vom Abgrund und wandte sich Grillon zu. »Ist die Treppe der einzige Weg hier rauf?«

»Wie meinen Sie das?«

»Angenommen die Frau war nicht allein, hätte derjenige, der bei ihr war, noch mal an der Leiche vorbeigehen müssen?«

»Sie meinen, der Mörder?«

Alain schüttelte den Kopf. »Nicht zwingend. Es kann auch schlicht eine Begleitperson gewesen sein.«

Grillon nickte. »Ja. Die Treppe ist der einzige Weg hier rauf.«

»Was haben Sie gemacht, als Sie die Leiche gefunden haben?«

»Meine Frau verständigt, dass sie die Polizei und den Krankenwagen ruft.«

»Sind Sie zu der Leiche hingegangen, haben Sie den Puls gefühlt?«

Er schüttelte energisch den Kopf. »Nein. Ich habe sie nicht angefasst. Das kenne ich aus den Krimis, dass man das nicht machen soll.«

»Sind Sie über die Leiche hinweggestiegen?«

Grillon zögerte.

»Also ja«, sagte Alain.

Er nickte verunsichert. »Ja, ich wollte sehen, wie es passiert sein könnte, und bin noch ein paar Stufen weiter hinaufgegangen. War das ein Fehler?«

Alain zeigte auf die Wanderschuhe. »Sie hatten diese Schuhe an?«

Wieder nickte Grillon.

»Haben die Kollegen Ihre Schuhe überprüft? Nach Blutspuren, oder das Profil fotografiert, einen Abdruck gemacht?«

Er schüttelte den Kopf und fing an zu stottern. »Was ... ich wollte doch nur –«

Alain schnitt ihm das Wort ab. »Sie haben nichts falsch gemacht. Aber vielleicht jemand anders.«

Grillon atmete auf. »Wer denn?«

»Wenn die Frau einen Begleiter hatte, konnte er nur diesen Weg zurückgehen, genau das haben Sie eben gesagt.«

Er nickte zustimmend. »Ja, dabei bleibe ich.«

»Dann könnte derjenige einen Fußabdruck in der Blutspur hinterlassen haben. Aus diesem Grund hätte man eigentlich auch Ihre Schuhe zur Untersuchung mitnehmen müssen.«

»Die von der Gendarmerie gingen aber von einem Unfall aus.«

Alain hatte genug gehört. Er sah hinüber zu der anderen Ruine, die sich Luftlinie etwa dreihundert Meter entfernt befand. Der Turm leuchtete ebenfalls orange in der Abendsonne, und ein großes Loch in der Mauer sah aus, als hätte dort eine Granate eingeschlagen.

Alain ging durch den Kopf, wie mühsam es gewesen sein musste, all das Material zum Bau der Burg hier hinaufzuschaffen, und was für eine Anstrengung es für die Soldaten bedeutet haben musste, so eine Burg zu erobern. Und das alles nur, weil die Katharer zwar auch an Gottes Sohn geglaubt hatten, aber der Meinung gewesen waren, wie Jesus Christus in Armut leben zu wollen anstatt in Schlössern und Palästen. Diese Historie der katholischen Kirche schreckte Alain immer noch davon ab, sich einer Religion zuzuwenden. Auch wenn er manchmal die Sehnsucht nach Erlösung hatte und dem Glauben an ein Leben nach dem Tod.

Er sah in den tiefblauen Himmel und fragte sich, ob Isabelle in diesem Moment bei ihm war.

Kapitel 17

Julie starrte an die mit Stuck verzierte Zimmerdecke des Schlafzimmers. Ein kleiner Kronleuchter hing herab, den der Vormieter zurückgelassen hatte. Sie war mit dem Kopf ganz woanders, nicht im Schlafzimmer und nicht bei dem, was sie gerade taten. Julie lag mit dem Po an der Bettkante, die Beine weit gespreizt. Nicolas hatte sich nur schnell die Hose ausgezogen, sein weißes Hemd lediglich aufgeknöpft und sich der Krawatte entledigt. Was sie dazu veranlasst hatte, spontan mitzumachen, obwohl sie sich gar nicht in der Stimmung fühlte? Vielleicht, damit das Thema Sex für diesen Abend durch war.

»Was ist los?« Nicolas machte nicht weiter, obwohl es sich nicht so angefühlt hatte, als sei er schon gekommen.

Sie sah zu ihm auf. Sein Gesichtsausdruck war schwer zu interpretieren.

»Du bist gerade ganz woanders«, sagte er.

»Egal. Mach weiter. Kümmere dich nicht um mich. Das wird heute nichts bei mir.«

Nicolas zögerte, dann übermannte ihn die Geilheit. Seine Stöße wurden härter, das Stöhnen lauter, und dann zuckte sein ganzer Körper und Julie spürte, wie sich Wärme in ihrem Körper ausbreitete. Diesen Moment genoss sie. Auch wenn sie nicht wirklich in Stimmung gekommen war. Wie jedes Mal blieb er nicht lange in ihr, sondern drehte sich zur Seite und legte sich auf den Rücken. Gemeinsam starrten sie zum Kronleuchter an der Decke.

»Hast du Probleme auf der Arbeit?«, fragte er.

»Nur der übliche Wahnsinn.«

Er drehte sich zu ihr, sah sie an. »Es ist schon okay, wenn wir nicht immer im selben Takt schwingen.«

»Aber?«

»Das kommt in letzter Zeit ziemlich häufig vor. Mach ich irgendwas falsch?«

Julie fand es gut, dass er wenigstens fragte, aber sie hatte keine Lust, darüber zu reden. Also erhob sie sich von der Matratze und verschwand im Badezimmer, schloss die Tür, setzte sich aufs Bidet und beseitigte die Spuren. Das warme Wasser fühlte sich gut an. Wenn sie ehrlich war, besser als seine Zunge oder sein Penis. Dem Partner eine Freude zu bereiten, ohne selbst dabei zu kommen, empfand sie nicht als schlimm. Zumindest nicht für eine gewisse Zeit lang. Aber inzwischen dauerte dieser Zustand schon länger an. Julie wüsste selbst gerne, woran es lag. Warum sie kaum mehr Spaß hatte am Sex mit Nicolas. Nie bei der Sache war. Was mit ihr los war im Moment. Sie erhob sich vom Bidet, trocknete sich ab und kehrte ins Schlafzimmer zurück. Er lag immer noch halb nackt auf dem Rücken, sein Penis hatte sich in eine schrumpelige Chorizo verwandelt.

Nicolas richtete sich auf und beobachtete, wie sie ihre Sachen, die auf dem Boden verstreut lagen, wieder anzog.

»Bereust du es, nach Toulouse gekommen zu sein?«

Julie knöpfte ihre Jeans zu. »Ich habe manchmal ein bisschen Heimweh, weil ich meine Familie vermisse. Aber ich bereue es nicht. Nein.«

Das war gelogen.

Manchmal war die Unwahrheit besser, als dass man den Partner vor den Kopf stieß, fand Julie. Kurz nachdem sie sich in Paris kennengelernt und gleich in der ersten Nacht miteinander geschlafen hatten, musste er abreisen, um seinen neuen Job in Toulouse anzutreten. Das war der Beginn einer Fernbeziehung. Dank des TGV, der weniger als fünf Stunden zwischen den beiden Städten brauchte, ließ sich die Distanz gut überbrücken. Das allwöchentliche Wiedersehen wurde im Schlafzimmer gefeiert, auf der Couch oder auf dem Fußboden. Sollte das Sexleben ein Indikator für eine intakte Beziehung sein, hatten die beiden zumindest in dieser Zeit ihren Zenit überschritten. Doch das war inzwischen Vergangenheit. Es lag aber nicht an Nicolas. Er gab sich wirklich Mühe und arbeitete an der Beziehung, war nicht nur auf sich selbst fixiert, so wie andere Partner, die Julie vor ihm hatte. Sie liebte ihn auch, nicht wie am ersten Tag, sondern anders, ehrlicher, es fühlte sich alles richtig an. Trotzdem hatte sich etwas zwischen ihnen verändert. Nicht von heute auf morgen. Es war ein schleichender Prozess, der sich bestimmt auch aufhalten oder durchbrechen ließ. Nur wusste Julie im Moment nicht, wie.

Auf jeden Fall löste der Gedanke an Paris ein Gefühl der Traurigkeit in ihr aus. Sie bereute es, nicht mehr in ihrer Heimatstadt zu sein, in der Nähe ihrer Familie. Nicolas stammte nicht von der Seine, sondern aus Le Mans und hatte nur sein Studium in Paris absolviert. Also war es ihm nicht schwergefallen, wieder von dort wegzugehen und nach Toulouse zu ziehen. Für einen gut bezahlten Job an einer renommierten Hochschule.

»Lass uns was kochen.« Julie verließ das Schlafzimmer. Er kam ihr nach kurzer Zeit nach, frisch geduscht und in einen Jogginganzug gekleidet. In der großen Küche mit Esszimmer stand ein Tisch aus Kirschbaumholz für sechs Personen. Fenster, die bis zum Boden reichten, erlaubten von der vierten Etage einen Blick über die Bäume hinweg in den Jardin du Grand Rond.

Julie hatte bereits den Romanasalat geschnitten sowie Paprika und Zwiebeln, als Nicolas neben sie trat und ihr dabei zusah, wie sie nun die Salatsoße zubereitete, eine ihrer Spezialitäten. Beim Essen gab sie sich nie mit der einfachen Version zufrieden. Wenn sie Salatsoßen aus dem Supermarkt im Kühlschrank vorfand, machte sie das wütend. Nicolas hatte es manchmal eilig, deshalb bereitete sie immer etwas mehr an Dressing zu und hob den Rest in Plastikdosen auf. Trotzdem kaufte er immer wieder dieses ungesunde Zeug. Dabei verstand Julie es meisterhaft, verschiedene Kräuter, Knoblauch, Senf, Honig, Kefir und orientalische Gewürze miteinander zu vermengen, sodass dabei jedes Mal eine einzigartige Geschmacksnote herauskam. Das Kochen hatte sie von ihrem Vater gelernt, der in dieser Disziplin mehr brillierte als ihre Mutter. Julie war die einzige Tochter neben ihren drei älteren Brüdern Rachid, Kylian und Djibril sowie dem Nesthäkchen Kareem. Sie hatte daher schon immer eine Sonderstellung in der Familie eingenommen, und vor allem ihr Vater war besonders stolz auf Julie gewesen. Zumindest so lange, bis sie sich entschlossen hatte, zur Polizei zu gehen, anstatt, wie auch ihre älteren Brüder, in seine Fußstapfen zu treten. Aber Julie hatte nie Lust darauf gehabt, Ärztin zu werden, und deshalb mit der Familientradition gebrochen. Und zum Leidwesen Dr. Saidis war ihr jüngerer Bruder Kareem ihrem Vorbild gefolgt und arbeitete im Bereich IT-Sicherheit.

Doch das Kochen hatte Papa seiner Tochter bereits lange vor dieser Zeit beigebracht, weil er meinte, dass eine Frau das unbedingt können müsse. Abgesehen von seiner eigenen. In Julies Kindheit und Jugend war Amar immer ein Held für sie gewesen und sie seine Prinzessin, bis sie das erste Mal einen eigenen Entschluss gefasst hatte, der ihm nicht gefiel. Das veränderte einiges zwischen ihnen, bis heute. Amar neigte dazu, seine Kinder auf subtile Weise zu beeinflussen und ihnen vorzuschreiben, wie sie zu leben hatten. Bei ihren älteren Brüdern hatte das funktioniert. Julies Schulnoten waren bestens gewesen, sie hätte ebenfalls studieren können, und der Polizeidienst erschien ihrem Vater daher unter dem Niveau seiner Tochter. Abgesehen davon hatte er als algerischer Einwanderer einige negative Erfahrungen mit den Behörden gemacht und wegen der Teilnahme an einer Demonstration sogar einmal mehrere Tage im Gefängnis gesessen. Aber alle Vorbehalte, die Amar vorgetragen hatte, waren an Julie abgeprallt. Der Wunsch, Polizistin zu werden, saß tief in ihr. Sie wusste selbst nicht, woher das kam. Nicolas hatte mal die Vermutung geäußert, dass sie sich womöglich unterbewusst dem Einfluss ihres Vaters entziehen wollte. Ein Indiz dafür wäre auch der Umzug nach Toulouse. Aber warum vermisste sie dann Paris und ihre Familie so sehr? Arbeitete ihr Unterbewusstsein gegen ihre wahren Bedürfnisse? Dass es so etwas gab, hatte sie mal in der Polizeischule von einem Psychologen gehört. Dann stellte sich allerdings die nächste Frage. Nämlich, ob das auch der Grund war, weshalb sie im Moment Zweifel an ihrer Beziehung hatte?

Julie benutzte den Pürierstab, um die Konsistenz der Soße zu verbessern, als Nicolas seine Arme von hinten um ihre Taille legte und an ihren Bauch fasste. Und das, obwohl sie das eigentlich nicht mochte, und das wusste er. Sie fand sich selbst ein wenig zu dick, vor allem um den Bauch herum, was wegen ihrer geringen Oberweite, die sie von der Mutter geerbt hatte, auch noch besonders auffiel.

Er hauchte ihr ins Ohr. »Du sagst mir doch, wenn irgendwas nicht stimmt, oder?«

Julie schaltete den Pürierstab aus, löste sich aus seiner Umklammerung und drehte sich zu ihm um. Sie sahen sich in die Augen.

»Ja, mach dir keine Sorgen. Ich war eben nur mit den Gedanken woanders, sonst bin ich bei dir. Ich mag es auch, dich in mir zu spüren. Nur was ich nicht mag, ist, wenn du mich unter Druck setzt.«

»Das will ich auf gar keinen Fall. Aber ich habe auch sonst das Gefühl, dass du manchmal ...«, er zögerte.

»Manchmal?«

»Nicht glücklich bist. Und wenn dem so ist, musst du mir das sagen, damit ich vielleicht etwas ändern kann.«

Sie gab ihm einen Kuss, sah ihm in die Augen. »Weißt du, wie ein junger Mann Anfang zwanzig ohne Kopf aussieht?« Sie ließ die Frage etwas wirken, bevor sie weiterredete. »Ich leider schon. Vor ein paar Tagen ist eine Leiche entdeckt worden. Der Kopf wurde ihr abgerissen in einer Schleuse in der Nähe von Carcassonne. Die Mutter wollte ihren Jungen noch mal sehen, unbedingt. Ich habe die Rechtsmedizinerin dazu gebracht, den Kopf irgendwie notdürftig wieder an den Rumpf zu kriegen. Damit die Mutter sich von ihrem Jungen verabschieden konnte.« Julie machte wieder eine Pause, bevor sie hinzufügte: »Und, was hast du heute so auf der Arbeit erlebt?«

Nicolas verstand und gab ihr einen Kuss.

»Jetzt lass mich die Salatsoße fertig machen, denn ich habe Hunger.«

»Ich auch.« Er wandte sich ab und fing an, den Tisch zu decken.

Julie fühlte sich nicht gut, dass sie Brahims Schicksal und das seiner Mutter benutzt hatte, um von ihren wahren Gefühlen abzulenken. Aber es war die effektivste Methode, das Thema für heute zu beenden.

Irgendwann würde sie ihm die Wahrheit sagen müssen. Sie war unglücklich. Sie mochte ihren Partner Benoit nicht und Toulouse ebenso wenig, den Beruf als Kommissarin hingegen schon. Sie verspürte Heimweh, wie sie es bisher noch nie empfunden hatte. Und sie war sich nicht sicher, ob ihre Liebe wirklich stark genug war, das alles zu überwinden.

Womöglich war die Versetzung nach Toulouse ein schwerer Fehler gewesen.

Kapitel 18

Das Piepen des Diensttelefons riss sie aus ihren Gedanken. Julie schaute aufs Display. Der Anruf kam aus der Zentrale. Sie nahm den Hörer ans Ohr. »Saidi.«

»Gustav hier.«

»Guten Morgen. Was macht der Rücken?«

»So lala. Trotzdem noch mal danke für deine Mühe.«

»Gern geschehen. Jederzeit wieder. Was gibt's?«

»Ich weiß nicht, ob ich bei dir richtig bin. Hier ist einer, der eigentlich zu einem Kollegen wollte, der aber schon lange nicht mehr bei uns ist. Tallandier hieß er, war lange vor deiner Zeit, ist jetzt in Rente. Auf jeden Fall hat Tallandier ihm gesagt, er solle zu uns kommen.

»Um was geht es denn?«

»Ein Tötungsdelikt, sagt er. Eine junge Frau aus Toulouse. So ganz habe ich es nicht verstanden. Sie ist nicht in Toulouse gestorben, sondern in Lastours.«

»Bring ihn mal rauf. Ich höre mir an, was er zu sagen hat.«

»Danke. Du bist ein Schatz. Hätte sonst nicht gewusst, wohin mit dem«, schmunzelte Gustav und beendete das Telefonat.

Benoit saß mal wieder nicht an seinem Platz. Sie hatte den Eindruck, dass er ihr seit dem letzten Gespräch etwas aus dem Weg ging, um sie spüren zu lassen, wie sehr sie auf verlorenem Posten stand, wenn sie die ungeschriebenen Regeln der Polizei in Toulouse nicht beherzigte.

Houssein Tifur war noch immer nicht aufgetaucht. Brahims Mutter

Djamila hatte zwar versprochen, sich zu melden, wenn sie etwas von ihm hörte, doch das war bisher nicht geschehen. Julie machte sich allmählich Sorgen, dass sein Verschwinden nichts Gutes zu bedeuten hatte und sie womöglich auch seine Leiche irgendwann finden würden.

Es klopfte am Türrahmen, und Gustav lächelte sie an. »Hier ist er.«

»Danke.«

Gustav trat zur Seite und gab den Blick frei auf einen ziemlich attraktiven Mann, wie Julie fand. Sie schätzte ihn um die vierzig. Er hatte einen leicht grauen Bartansatz und dunkle kurze Haare. Seine sportliche Figur kam unter dem schwarzen Sakko und einem weißen T-Shirt mit der Aufschrift ›Mollard‹ gut zur Geltung. Er trat ein und streckte ihr die Hand zum Gruß entgegen. »Alain Olivier. Ich komme aus Carcassonne.«

Julie stand auf, drückte fest seine Hand. »Kommissarin Julie Saidi.« Was sie sofort wahrnahm, war der Geruch seines Eau de Toilette. Sie mochte es, wenn Männer angenehm dufteten.

»Bitte, nehmen Sie Platz.« Sie deutete auf einen Stuhl für Besucher.

Lächelnd kam er der Aufforderung nach. Seine dunkle Jeans lag eng an, und er hatte dunkelbraune Lederslipper an den Füßen.

Julie ließ sich wieder in ihrem Schreibtischstuhl nieder. »Woher kennen Sie unseren Kollegen Tallandier?«

»Ist eine lange Geschichte. Und schon lange her.«

»Stimmt. Ich kenne ihn gar nicht. Tallandier ist seit ein paar Jahren in Rente.«

»Er lebt jetzt in der Normandie. Ich habe ihn angerufen, und er sagte, dass ich mich an die PJ Crim wenden soll.«

Sie kam gleich zur Sache. »Es geht um ein Tötungsdelikt?«

Er nickte. »Eine junge Frau ist von einer Klippe gestürzt. Bei den Burgruinen von Lastours. Die Gendarmerie hat es als Unfall eingestuft, vielleicht auch Selbstmord. Fremdeinwirkung war bei der Leiche wohl nicht nachweisbar. Sie ist rund fünfzig Meter in die Tiefe gestürzt und an mehreren Felsen aufgeschlagen.«

»Und wann war das?«

»Sie wurde gestern Morgen gefunden. Ihr Name ist Chloé Voltaire.«

»Haben Sie auch ein Geburtsdatum?«

»Der fünfzehnte August Zweitausenddrei.«

»Napoleons Geburtstag«, bemerkte Julie. »Und dann noch der Nachname eines Philosophen.« Sie zog die Tastatur zu sich heran und tippte Namen und Geburtsdatum ein. Aufmerksam las sie, was ihre Suche ergeben hatte, bevor sie wieder Blickkontakt zu Alain aufnahm.

»Sie sind kein Angehöriger?«

»Nein. Ein guter Freund ihres Vaters.« Alain holte aus der Innentasche seines Jacketts ein Schreiben hervor, das er sich am Morgen noch von Émil Voltaire hatte unterzeichnen lassen. Eine Art Vollmacht, die jeden von der Schweigepflicht entband, so als würde Alain zur Familie gehören. Er reichte ihr den Brief, Julie überflog ihn kurz und gab ihn zurück.

»Die Leiche wurde der Gerichtsmedizin überstellt und ist noch nicht freigegeben. Man hat das Blut auf Drogen untersucht, etwa null Komma fünf Promille Alkohol, sonst nichts. Keine Anzeichen auf Fremdeinwirkung, genau wie Sie gesagt haben. Ich sehe keinen Grund, an der Einschätzung der Gendarmerie zu zweifeln. Also warum tun Sie es?«

»Émil Voltaire, der Vater, hat mich gebeten, der Sache nachzugehen, weil ich früher selbst mal Polizist war.«

»Wo?«

»In Deutschland, beim Bundeskriminalamt. Abteilung für ausländische Angelegenheiten, ich habe auch eine Zeit lang in Paris gearbeitet. Später bei Interpol und im Zuge dessen in Nordafrika. Tschad, Sierra Leone, Elfenbeinküste.«

Julie lehnte sich in ihrem Stuhl zurück. »Interessant. Was genau haben Sie in Afrika gemacht?«

»Im Auftrag von Interpol haben wir nach Kriegsverbrechern gesucht.« Er sah es als gutes Zeichen, dass sie Interesse zeigte, wollte aber nicht wie ein Aufschneider wirken und kam zum Thema seines Besuchs zurück. »In dieser Zeit habe ich David Tallandier kennengelernt.«

Julie machte sich mit dem Bleistift eine Notiz auf einen Block, dass sie den Kollegen anrufen würde, um die Geschichte zu überprüfen. Dann sah sie demonstrativ auf ihre Armbanduhr. »Ich habe wenig Zeit. Was genau erwarten Sie von Ihrem Besuch?«

»Zunächst einmal: Ich kenne Chloé Voltaire schon sehr lange, nämlich seitdem sie ein junges Mädchen war. Erst vor vier Tagen habe ich mit ihr ein längeres Gespräch geführt, und da hat sie bei mir nicht den Eindruck hinterlassen, dass sie depressiv oder selbstmordgefährdet sei.«

»Als ehemaliger Polizist wissen Sie aber auch, dass man nicht in die Menschen hineingucken kann. Es gibt auch spontane Suizide.«

»Natürlich«, erwiderte er sofort. »Es ist nur meine Einschätzung.«

Julie schaute auf den Monitor. »Hier steht, die Begehung der Burgruinen in Lastours sei gefährlich, nachts sogar ganz besonders. Sie hat sich zu nahe an eine Felskante gewagt. Daher ist ein Unfall wahrscheinlich.«

»Wurden Spuren am Fundort der Leiche gesichert?«, hakte Alain nach.

Julies Blick haftete auf dem Monitor. »Werden Sie bitte konkreter.«

»Ich war dort. Wenn junge Leute sich nachts dort hinschleichen, dann selten allein.«

»Es sei denn, sie hätten vielleicht vor, Selbstmord zu begehen«, hielt Julie dagegen.

Alain ließ nicht locker. »Ich bleibe dabei, dass Chloé keinen Grund hatte, sich umzubringen. Sie war bestimmt nicht allein dort. Denn wie wäre sie sonst dort hingekommen? Es wurde kein Auto gefunden. Und selbst wenn es ein Unfall war, wieso hat der Begleiter nicht die Feuerwehr verständigt?«

»Hatte sie einen Freund?«

Er nickte. »Sein Name ist Jean Leroux.«

»Stehen Sie mit ihm in Kontakt?«

»Nein. Nicht wirklich. Fakt ist, dass die Gendarmerie womöglich etwas übersehen hat. Eine Begleitperson hätte auf dem Rückweg Fußspuren hinterlassen müssen. Auf der Treppe war überall Blut. Aber es wurden nicht mal die Schuhe des Mannes sichergestellt, der die Leiche gefunden hat.«

»Worauf wollen Sie hinaus?«

»Dass Chloé nicht allein dort war, es einen Begleiter gab und Ihre Kollegen den Fall nicht sonderlich ernst genommen haben.«

Julie seufzte. »Ich verstehe Sie sehr gut. Sie und Ihr Freund, der Vater, sie suchen nach Antworten. Aber ich muss Ihnen wohl nicht erklären, dass, wenn es zu so einem tragischen Ereignis kommt, die Angehörigen das nicht wahrhaben wollen und die erste Stufe der Trauer immer ist, alles anzuzweifeln. Aus rein rationaler Sicht sehe ich keinen Hinweis für einen Anfangsverdacht, dass eine Straftat vorliegen könnte.«

Die Argumente, die sie vorbrachte, wurden schwächer und ihre Stimmlage bekam in Alains Ohren etwas Trotziges. So wollte er sich nicht abwimmeln lassen. »Sie haben keine Drogen in Chloés Blut gefunden außer Alkohol?«

Die Kommissarin musste sich sichtlich zusammenreißen, die Augen nicht zu verdrehen, und schaute erneut auf den Monitor.

Er bohrte weiter. »Kein MDMA? Kein Kokain in der Haarprobe?«

Nun sah sie ihn fragend an. »War sie etwa süchtig?«

»So weit würde ich nicht gehen«, erwiderte Alain. »Aber sie bewegte sich in Kreisen, in denen Partydrogen angesagt waren. Und mit diesen Leuten hatte eben auch ihr Freund zu tun, Jean Leroux.«

Wie beim ersten Mal, als er Chloés Freund erwähnt hatte, schien es, als habe sie den Namen schon einmal gehört. »Leroux? Hat er irgendetwas zu tun mit –«

»Leroux Aerospace«, fiel er ihr ins Wort. »Er ist der Sohn des Firmengründers. Ein sehr, sehr wohlhabendes und einflussreiches Familienunternehmen.«

Julie reagierte, wie er es erwartet hatte. »Unterstellen Sie etwa, dass hier jemand etwas unter den Teppich kehren möchte?«

Alain schüttelte den Kopf und wurde sarkastisch. »Um Gottes willen, nein.«

Julie schaute erneut auf ihre Armbanduhr, und ihr Tonfall sprach Bände. »Was wollen Sie?«

»Als ich Chloé das letzte Mal gesehen habe, war das auf einer Party in Narbonne-Plage«, setzte Alain neu an. »Und auf dieser Party hätte keine Polizei auftauchen dürfen. Verstehen Sie, was ich meine?«

Wieder seufzte Julie, diesmal etwas lauter, damit er merkte, wie sehr sie genervt war. »Das reicht immer noch nicht. Nur weil Chloé Voltaire Drogen zu sich genommen hat, kann es trotzdem ein Unfall gewesen sein. Ganz nebenbei ...«, sie zögerte einen Moment, weil sie nicht pietätlos erscheinen wollte, »... wir arbeiten hier auch an richtigen Mordfällen. Und Sie werden sicher verstehen, dass ich bei all dem, was Sie mir erzählt haben, nicht annähernd überzeugt bin.«

Alain erhob sich von seinem Stuhl. »Das verstehe ich.« Er griff in die Innentasche seines Jacketts und reichte ihr seine Visitenkarte. Vorne stand der Name des Restaurants, hinten seine Privatadresse.

Julie nahm die Karte eher widerwillig entgegen.

»Ich werde mich noch mal bei Ihnen melden. Eigentlich ging es mir auch hauptsächlich darum, mich vorzustellen.«

»Moment.« Julie fuhr aus ihrem Schreibtischstuhl hoch. »Haben Sie etwa vor, eigene Untersuchungen anzustellen?«

»Ist das verboten?«, lächelte er sie an.

»Das wissen Sie genau. Sie dürfen als Privatmann tun und lassen, was Sie wollen, aber kommen Sie nicht auf die Idee, Ihre alten Seilschaften zu nutzen, um auf eigene Faust zu ermitteln.«

Alain blieb die Ruhe selbst. »Tallandier verweilt in der Normandie, und ansonsten kenne ich hier niemanden. Abgesehen von Ihnen. Und Sie haben mir schon wichtige Informationen gegeben, danke.«

»Wie meinen Sie das?«

»Die Blutuntersuchung. Ich habe erwartet, dass Sie da wesentlich mehr gefunden hätten. Seltsam. Vielleicht fragen Sie doch noch mal in der Rechtsmedizin nach, ob die auch die Haare und Fettgewebe hinsichtlich Drogen untersucht haben. Ich wette, nicht. Weil der Fall von

Anfang an in die falsche Schublade geschoben wurde. Aber jetzt will ich Sie nicht länger stören. Vielen Dank für Ihre Zeit.«

Julie verzichtete auf nette Abschiedsfloskeln. »Gehen Sie den Korridor entlang bis zum Fahrstuhl, der Kollege wird Sie dort in Empfang nehmen.« Sie griff nach dem Telefonhörer.

»Ich finde auch allein raus.«

»Nein. Sie werden rausgebracht. So sind die Vorschriften bei uns«, entgegnete sie bereits mit dem Hörer am Ohr. »Gustav? Kannst du unseren Gast bitte am Fahrstuhl abholen?«

Sie legte auf und taxierte Alain mit ihrem Blick. »Au revoir.«

»Au revoir.« Diesmal verzichteten sie aufs Händeschütteln.

Nachdem Alain verschwunden war, betrat keine zwei Sekunden später Benoit das Büro und sah Julie fragend an. »Wer war das denn?«

»Ein Niemand. Hat sich verlaufen.«

Benoit ließ sich in seinen Schreibtischstuhl plumpsen und schlug mit der Faust in seine Hand. Dann grinste er bis über beide Ohren. »Mein Anwalt hat angerufen. Die blöde Schlampe und ihr Stecher haben einen groben Fehler gemacht. Entweder ist er kein guter Anwalt, oder sie leckt ihm so gut die Eier, dass er nicht mehr klar denken kann –«

»Stopp«, fiel sie ihm ins Wort. »Ich will so einen vulgären Scheiß nicht hören.«

»Verzeihung.« Er lächelte Julie entschuldigend an und machte den Eindruck, als hätten sie nie Probleme miteinander gehabt. »Was hältst du davon, wenn ich dich zum Mittagessen einlade?«

Skeptisch zog sie eine Augenbraue nach oben. »Gibt es dafür einen besonderen Grund?«

Sein Schmunzeln wurde zu einem Grinsen. »Habe ich dir doch gerade erzählt. Soll ich es noch mal wiederholen?«

»Nein, danke.« Jetzt musste auch Julie schmunzeln. Vielleicht war das eine gute Gelegenheit, die Wogen etwas zu glätten. Und eines musste man Benoit lassen, er kannte für jeden Anlass die besten Restaurants in Toulouse.

»Ich muss nur noch kurz etwas erledigen.«

Julie zog die Tatstatur an sich heran und schaute auf die Visiten-karte. Der Name Alain Olivier fand Einzug in die Akte Chloé Voltaire. Sollte er irgendwie auffällig werden, würden die Kollegen über das In-formationssystem sie verständigen.

Kapitel 19

Alain drückte die Tür auf. Er hatte sich telefonisch bei Chloés Mitbewohner angekündigt und verzichtete darauf, den Schlüssel zu benutzen, den er von Émil bekommen hatte. Er schritt die Stufen hinauf in die zweite Etage. René wartete bereits an der Wohnungstür. Sein Gesichtsausdruck sprach Bände, ebenso seine Kleidung. War er beim letzten Mal noch ordentlich angezogen, trug er jetzt eine graue Jogginghose und ein verschwitztes weißes T-Shirt. Alain hatte eine feine Nase und als er René durch den Flur in die Küche folgte, nahm er sofort dessen Körpergeruch wahr.

Diesmal setzte sich René an den Tisch, ohne Alain etwas anzubieten.

»Ich fasse es immer noch nicht«, murmelte er kopfschüttelnd. »Sie kommt nie wieder ...« Seine Stimme versagte kurz. Er versuchte, seine ihn zu überwältigen drohenden Gefühle beiseitezuschieben, wollte nicht anfangen zu weinen, nicht in Gegenwart eines Fremden.

»Ich würde mir gerne ihr Zimmer ansehen.«

»Die zweite Tür links. Ist offen, wir schließen nie ab.«

Alain ließ ihn allein in der Küche zurück. Kaum war er im Korridor, hörte er Renés Schluchzen.

Die Holztüren zu den Zimmern waren weiß lackiert und hatten Beschläge aus Messing. Er drückte die Klinke herunter und öffnete ganz langsam die Tür. Es roch muffig nach abgestandener Luft. Die Balkontür und das Fenster waren geschlossen.

Neugierig blickte sich Alain um. Er wusste, dass man, auch ohne jemals in einem Raum gewesen zu sein, erkennen konnte, ob alles an seinem richtigen Platz lag. Er musste nur den Staub in Augenschein nehmen und konnte so genau feststellen, ob Gegenstände angefasst und verschoben worden waren. Alain schaute auf den Boden, das Laminat war nicht perfekt verlegt und knarzte an einigen Stellen. Die Sonne schimmerte durch die dünnen weißen Vorhänge, die nur dem Sichtschutz dienten. Hinter dem Fenster, das bis zum Boden reichte, befand sich ein französischer Balkon, der höchstens zwei Fuß tief war. Als er das Fenster öffnete, drang zusammen mit dem Lärm vom Spielplatz frische Luft ins Zimmer.

Er drehte sich auf der Stelle im Kreis. Der Schreibtisch stand so, dass Chloé das Tageslicht nutzen konnte, aber die Sonne nicht auf den Bildschirm schien. Im Streiflicht war der Staub gut zu erkennen, an den Rändern des Monitors, wie auch auf der Tastatur. Alain holte sein Handy heraus und machte mehrere Fotos aus unterschiedlichen Perspektiven. Dann begab er sich in die Hocke, um unter den Tisch zu schauen. Dort stand der Computer, aus dem die Kabel für Strom, Monitor, Boxen und Maus hervorquollen. Er kam wieder auf die Beine, schaute sich weiter um. An der Wand hing ein gerahmter Kunstdruck aus der Serie von Monets Garten. Das Bett war nicht gemacht. Auf dem Nachttisch stand ein Wecker ohne Display, die Uhrzeit wurde in roter Digitalschrift an die Decke projiziert, wenn man eine Handbewegung machte. Daneben hatte Chloé einen kleinen Bilderrahmen gestellt. In dem sich aber kein Foto befand. Er nahm ihn an sich. Der Bilderrahmen schien neu zu sein. Hatte sie das Bild entfernt? Aus aktuellem Anlass? War Jean Leroux auf dem Foto zu sehen gewesen?

Er stellte den Bilderrahmen zurück auf den Nachttisch und wandte sich dem Kleiderschrank zu, öffnete ihn. An der Stange hingen dicht bepackte Kleiderbügel mit Klamotten, darunter befanden sich mehrere Schubladen. Alain sah in jede hinein und durchsuchte ihre Sachen, auch die Unterwäsche. Aber er fand nicht, wonach er suchte, irgendetwas, das auf die Anwesenheit von Jean Leroux hindeutete. Unterhosen, Socken. Hemden. Wenn man bei der Freundin schlief, brauchte man doch wenigstens eine Grundausstattung.

Er schloss den Kleiderschrank wieder, wandte sich dem Schreibtisch zu. Mehrere Fachbücher lagen aufgeschlagen übereinander. Es sah tatsächlich so aus, als ob Chloé eine fleißige Studentin gewesen war. Er verschob die Bücher, um daruntersehen zu können. Und da lag es: ein Foto! Er nahm es, ging damit zurück zum Nachttisch, holte den Bilderrahmen und hielt die Aufnahme davor. Das Foto passte exakt hinein. Es zeigte Chloé und Jean Leroux. Ein Selfie, das mit einer Sofortbildkamera gemacht wurde, wie sie neuerdings wieder in Mode kamen. Der Hintergrund war fast völlig schwarz, lediglich ein roter Lichtpunkt war neben dem Kopf von Chloé zu sehen. Er ließ das Foto in der Innentasche seines Jacketts verschwinden, stellte den Bilderrahmen zurück auf den Nachttisch und fing an, nach einer Sofortbildkamera zu suchen. Erfolglos.

Er dachte nach. Es schien, als hätte Chloé beim Aufwachen nicht mehr das Gesicht ihres Freundes sehen wollen, was ein Indiz für eine zerrüttete Beziehung war. Könnte Alain der Auslöser für die Trennung gewesen sein? Wegen der Party in Narbonne? Eher unwahrscheinlich, da Chloé ihrem Vater gesagt hatte, dass sie ihm Jean vorstellen wollte.

Er begab sich wieder in die Hocke, kabelte den Computer von Stromkabel, Monitor, Tastatur und der Maus ab und nahm ihn mit vor die Tür, stellte ihn im Flur ab. Dann ging er ins Badezimmer und sah sich dort um, öffnete die Schränke auf der Suche nach einer dritten Zahnbürste oder einem anderen Hinweis auf Jean Leroux.

»Was tun Sie da?«, ertönte Renés Stimme plötzlich neben ihm.

Alain schloss den Badezimmerschrank wieder. »Kann es sein, dass Jean nie hier übernachtet hat?«

»Wieso?«

»Welche Zahnbürste hätte er benutzt?«

René nickte. »Ja, es stimmt. Sie waren immer nur bei ihm. Ist das irgendwie von Bedeutung?«

Die einzige Antwort, die er darauf von Alain bekam, war ein Schulterzucken. »Könnte ich einen Kaffee kriegen?«

»Natürlich.« Sie kehrten zurück in die Küche, und René begann, sich an der Kaffeemaschine zu schaffen zu machen. »Tut mir leid, dass ich Sie gar nicht danach gefragt habe.«

»Schon okay. Schwarz, ohne Zucker. Wie das letzte Mal.«

René startete die Maschine. Alain setzte sich auf einen der Stühle. Das Fenster war geschlossen und ließ keinen Laut der spielenden Kinder ins Innere der Wohnung.

»Hat Chloé eine Sofortbildkamera?«, fragte Alain, als die Kaffeemaschine aufhörte zu surren.

René schüttelte den Kopf und sah ihn fragend an. »Nicht, dass ich wüsste. Wieso?«

Er stellte die dampfende Tasse auf den Tisch.

»Danke.« Alain holte das Foto hervor, zeigte es ihm. »Wissen Sie, wo das aufgenommen wurde?«

René sah es sich an. »Sicher bin ich mir nicht. Aber ich vermute im Bon Voyage, wo sie sich kennengelernt haben.«

»Kennen Sie zufällig das Passwort von Chloés Computer?«

Wieder schüttelte René den Kopf. »Nein. Die Türen haben wir zwar nie abgeschlossen, aber so vertraut waren wir dann doch nicht.«

»Wann haben Sie Chloé zum letzten Mal gesehen?«

Er musste nicht lange überlegen. »Am Dienstag, ja. Also vor drei Tagen.«

»Und wirkte sie irgendwie niedergeschlagen, verärgert, wütend?«

Jetzt musste er nachdenken. »Ich weiß nur, dass es nach der Party in Narbonne ganz düster zwischen ihr und Leroux aussah. Funkstille. Danke übrigens, dass Sie ihr nicht gesagt haben, wer Sie zu der Party geschickt hat.«

»Das habe ich Ihnen versprochen.« Er trank einen Schluck und erinnerte sich, dass der Kaffee schon bei seinem letzten Besuch nicht geschmeckt hatte.

»Chloé hat es Ihnen abgenommen, dass Sie das Handy geortet haben. Sie meinte, dass Sie früher bei der Polizei waren, in Deutschland?«

Er nickte nur, wollte nicht von sich erzählen. »Haben Sie eine Ahnung, warum Chloé bei den Châteaux de Lastours gewesen sein könnte?«

René zuckte mit den Schultern. »Nein. Keine Ahnung. Sie hat mir nur erzählt, dass sie irgendwann mal mit ihrem Freund dort war. «

Alain nahm einen letzten Schluck Kaffee und erhob sich vom Stuhl. »Den Computer nehme ich mit.«

René stand ebenfalls auf. »Haben Sie jemanden, der das Passwort knacken kann?«

»Vielleicht.«

Er setzte sich in Bewegung, ging, dicht gefolgt von René, durch den Flur und nahm auf dem Weg nach draußen den Computer unter den Arm. Er verabschiedete sich und verließ die Wohnung.

Alain hatte René bewusst nicht nach dem Geheimnis gefragt, das Chloé auf der Rückfahrt von Narbonne erwähnt hatte. Er wollte vermeiden, dass sich das Gerücht verbreitete, er wäre als Detektiv tätig, um Chloés Tod aufzuklären. Im Moment war er in den Augen der anderen nur ein Freund von Chloés Vater. Und ihr Tod wurde im Moment noch als Unfall eingestuft.

Kapitel 20

Julie hatte sich einen langen Mantel angezogen, der ihr fast bis zu den Knien reichte, und ein graues Kopftuch umgebunden. So fiel sie in dieser Gegend nicht auf. Sie stand auf dem Marktplatz von Reynerie und wartete, sah zu, wie die fliegenden Händler ihre Stände abbauten. Einer von ihnen, ein junger, sportlicher Typ mit dunklem Dreitagebart, sah mehrmals zu ihr herüber. Sie drehte ihm den Rücken zu, nicht dass er noch auf dumme Gedanken käme und sie ansprach. Djamila war seit einer Viertelstunde überfällig, und Julie konnte nicht sicher sein, dass sie überhaupt noch erschien.

Da ertönte ihre Stimme auf Arabisch. »Hallo. Tut mir leid, dass ich mich verspätet habe.«

Julie sah sich instinktiv um, ob ihr jemand gefolgt sein könnte. Es sah nicht danach aus.

»Houssein lebt noch«, sagte Djamila und reichte ihr einen zerknitterten Zettel, auf den eine Handynummer gekritzelt war. »Ich habe die Nummer von seinem Cousin, bei dem er wohnt. Gewohnt hat. Er ist nicht mehr dort, also können Sie sich die Mühe sparen.«

»Haben Sie mit ihm telefoniert?«

»Ganz kurz nur.«

»Wo ist er?«

Sie deutete auf den Zettel. »Das müssen Sie ihn selbst fragen. Ich glaube, er hat Angst.«

»Vor wem?«

»Wahrscheinlich vor denen, die meinen Sohn umgebracht haben.«

»Serge Pujol?«

»Woher soll ich das wissen? Serge prahlt bestimmt nicht mit so was rum. Aber es geschieht kaum etwas in Reynerie, von dem er nicht zumindest weiß.«

»Was hat Houssein Ihnen erzählt?«

»Ich habe ihn nach dem Boot gefragt. Er wollte mir nicht sagen, wie es heißt. Houssein und mein Sohn waren die Einzigen mit einem Führerschein. Jetzt ist es nur noch Houssein. Aber Serge kümmert sich schon um einen Ersatz für Brahim.«

»Wissen Sie, wo das Boot sich befindet?«

»Ja. Irgendwo zwischen Narbonne und Toulouse. Der Kanal ist über zweihundert Kilometer lang. Ich wünsche Ihnen viel Erfolg.«

Julie nahm ihr Handy hervor und speicherte die Nummer von dem Zettel ein.

»Es ist ein Prepaid«, sagte Djamila. »Hat der Cousin gesagt. Und von mir haben Sie die Nummer nicht.«

Julie steckte ihr Telefon ein und zerriss den Zettel, warf die Schnipsel in einen Mülleimer.

»Ich danke Ihnen«, sagte sie zu der Mutter.

Djamila seufzte, und ihr Blick wanderte umher. Dann schaute sie wieder zu Julie. »Wie fühlt sich das eigentlich an, so zu leben wie Sie.«

»Wie meinen Sie das?«

»Wir sind hier gestrandet. Fern der Heimat. In einem Land, in dem man uns eigentlich nicht haben will. Was soll ich meinen Kindern sagen, was sie tun sollen, um hier rauszukommen? Sie sind nicht gut in der Schule.« Ihre Stimme klang verzweifelt. »Was soll ich nur machen?«

»Darauf gibt es keine einfache Antwort. Zuerst einmal –«, Julie zögerte.

»Was?!« Djamila forderte eine Antwort.

»Die Hoffnung nicht aufgeben. Ich weiß, dass das nicht so einfach ist, wie es klingt.«

»Okay. Und weiter?«

Julie musste sich eingestehen, dass sie die Probleme der Einwande-

153

rer und deren Lebenssituation nicht kannte. Als Tochter eines angesehenen Arztes hatte sie selbst sich solche Fragen nie stellen müssen. Und als Polizistin kam sie immer auch erst dann zum Einsatz, wenn das Kind bereits in den Brunnen gefallen war.

Dennoch wagte sie einen Vorstoß. »Das, was Sie gerade machen, ist das Richtige.«

Djamila sah Julie fragend an. »Was mache ich denn?«

»Natürlich kann nichts Brahim wieder lebendig machen. Aber Sie finden sich nicht damit ab. Sondern zeigen Mut und helfen. Und wenn wir seinen Mörder fassen, verlieren die, die zu Serge aufschauen und ihm nacheifern, ein Vorbild. Ein falsches Vorbild.«

Djamila lächelte traurig. »Falls Sie ihn fassen.«

»Das verspreche ich Ihnen.«

Julie hatte es getan. Das, was sie nie tun wollte, niemals durfte. Sie hatte ein Versprechen abgegeben.

Djamila sah ihr in die Augen. »Ich nehme Sie beim Wort.« Dann wandte sie sich ab und verschwand irgendwo zwischen den Marktständen, die abgebaut wurden. Der junge Mann, der ein paarmal zu Julie herübergeschaut hatte, starrte sie an und wandte wie ertappt den Blick ab, als sie ihn bemerkte. Es war nicht auszuschließen, dass er sie beobachtet hatte.

Kapitel 21

Es war ausgesprochen leicht gewesen, einen Termin zu bekommen. Nun musste sich Alain nur noch eine Taktik einfallen lassen, wie er in dem Gespräch mit Jean Leroux vorgehen sollte. Zuerst aber telefonierte er mit seinem Koch.

»Dasselbe Spiel wie gestern.« Alain sprach laut ins Mikrofon seines Handys, das an den Lamellen der Lüftungsanlage im Auto befestigt war. »Ich bin noch unterwegs, aber gestern hat es ja auch gut geklappt.«

»Ja. Mach dir keine Sorgen«, antwortete Philippe. »Heute sind wir ausgebucht bis auf den letzten Platz.«

»Alle Tische?«, hakte Alain nach.

»Ja. Es läuft. Die Leute lieben unsere Küche.«

Eigenlob war ein Bestandteil von Philippes DNA.

»Wir haben eigentlich mal gesagt, dass wir für Laufkundschaft immer was frei halten wollen.«

»Da hat die Laufkundschaft heute mal Pech.«

»Und du bist dir sicher, dass ihr das ohne mich stemmen könnt?«

Dröhnendes Schweigen ertönte am anderen Ende der Leitung.

»So war das jetzt nicht gemeint«, intervenierte Alain. »Ich … ich kann kommen, wenn Not am Mann ist. In einer Stunde bin ich da.«

»Ist das, was du in Toulouse zu erledigen hast, wichtig?«

»Schon, ja.«

»Dann bleib da. Vertrau mir. Wir werden dem Chez Isabelle alle Ehre machen.«

»Okay. Ich wunsche euch einen erfolgreichen Abend.«

»Dir auch. Bei allem, was du so machst. Au revoir.«

»Au revoir.«

Das Telefonat war beendet.

Alain fuhr in einen großen Kreisverkehr hinein, die erste Abzweigung führte zu den Terminals des Flughafens, der unüberhörbar war. Ein Passagierjet der Lufthansa in blau-weißer Lackierung und mit dem goldenen Kranich am Heck flog mit lauten Triebwerken über ihn hinweg. Es war der Sechzehn-Uhr-fünfzig-Flug nach Frankfurt, den Alain hin und wieder nahm, wenn er seine Mutter in Deutschland besuchte. Das kam leider viel zu selten vor. Sie lebte in einer Unterkunft für betreutes Wohnen. Alains jüngere Schwester Alice kümmerte sich um sie. Sein Vater, Lionel Olivier, war vor einigen Jahren urplötzlich an einem Herzinfarkt gestorben, sodass es ihnen nicht vergönnt gewesen war, sich vor seinem Tod auszusprechen und zu versöhnen. Der Streit hatte seinen Anfang genommen, als Alain seine Karriere beim BKA hinschmiss, um in Carcassonne zu leben. Seitdem hatte sich die Situation zwischen ihnen immer weiter hochgeschaukelt, bis irgendwann Funkstille eingetreten war. Lionel war Bauingenieur und Statiker mit eigenem Planungsbüro gewesen. Empathie hatte nie zu seinen Stärken gezählt, und er konnte Alains Entscheidung, nach Carcassonne zu gehen, nicht nachvollziehen. So stolz war er auf seinen Sohn gewesen, als der es sogar zur GSG-9 geschafft hatte und dann eine Karriere beim BKA anstrebte. Nur um letztendlich ein besserer Kellner zu werden. Diese Vergeudung von Talent hatte er nie verstehen können.

Alains Mutter hatte zu dem Thema immer geschwiegen, sie war von ihrem Mann nicht so geliebt worden, wie ihr Sohn seine Frau geliebt hatte. Und so waren die Familienverhältnisse auch über Lionels Tod hinaus schwierig geblieben.

Mit seiner Schwester hatte er ebenfalls nur noch wenig gemeinsam. Wenn er an sie und ihre Familie dachte, musste Alain sich eingestehen, ziemlich allein auf dieser Welt zu sein. Alice hingegen hatte einen beruflich erfolgreichen Ehemann und kümmerte sich um die vier gemeinsamen Kinder. Nur ihr ältester Sohn Bruno hielt noch Kontakt zu seinem

Onkel. Weil er, wie Alain, zur Polizei wollte und sich Unterstützung von ihm erhoffte. Während der Schulzeit hatte sein Neffe ein paar Drogenerfahrungen gesammelt und war aktenkundig geworden, aber Alain hatte ihm versprochen, seine immer noch vorhandenen Beziehungen spielen zu lassen, um dieses Manko auszugleichen.

Und dann war da noch der Schwager Eberhard, der im mittleren Management bei einer Chemiefirma arbeitete. Alain sah in ihm einen ziemlich unattraktiven Spießer. Seine Schwester hätte einen Besseren verdient, fand er. Doch ihr das auch so deutlich zu sagen war definitiv ein Fehler gewesen. Die Meinung über den Schwager war irgendwie bis zu Eberhard vorgedrungen, und seitdem ging ihm dieser aus dem Weg. Ebenso wie seine Schwester.

Das Flugzeug gewann schnell an Höhe, und der Lärm ließ nach. Alain folgte der Beschilderung im Kreisverkehr und fuhr ins angrenzende Industriegebiet, das zu sechzig Prozent von Airbus belegt war. Bürogebäude, Lagerhallen und Hangars reihten sich aneinander. Hier wurden nicht nur Flugzeugteile gebaut, auch die Ausbildung der Piloten war angesiedelt, ebenso Verwaltung und Innovationscenter. Alain sah eine Reihe von Neubauten, moderne Industriehallen und Bürotürme. Das Logo von *Leroux Aerospace* mit türkisem Schriftzug war nicht zu übersehen. Um den Gebäudekomplex befand sich ein massiver Stahlzaun, verziert mit NATO-Draht und Überwachungskameras. Alain hielt auf eine Einfahrt zu und kam vor mehreren Pollern zum Stehen, die sogar einen Vierzigtonner an der Durchfahrt hindern könnten. Ein Wachmann in schwarzer Uniform mit türkisen Streifen an den Hosenbeinen trat aus dem kleinen Pförtnerhäuschen heraus und kam näher.

Alain ließ das Fenster herunter.

»Bonjour«, begrüßte er ihn. »Ich habe einen Termin mit Jean Leroux.«

»Und wie heißen Sie?«

»Alain Olivier.«

Der Wachmann ging einmal um das Fahrzeug herum und schaute ins Innere. »Was haben Sie hinter dem Fahrersitz?«

»Einen Computer. Hat aber nichts mit meinem Termin zu tun.«

Der Sicherheitsmann wandte sich kurz ab, betätigte das Funkgerät an seiner Schulter und sprach ins Mikro. Keine zehn Sekunden später versanken die Poller in der Erde, und die Durchfahrt war frei.

»Sie finden Monsieur Leroux in Gebäude vier. Nehmen Sie einen der Besucherparkplätze.«

»Merci.« Alain legte den ersten Gang ein und fuhr aufs Gelände, während er das Fenster wieder schloss.

Gebäude Nummer vier war ausgeschildert. Alain hielt direkt neben dem Haupteingang und stieg aus. Die Fassade der Hauptverwaltung war komplett mit spiegelndem Glas bedeckt. Er ging hinein, wurde auf dem Weg zum Fahrstuhl allerdings von einem weiteren Pförtner angehalten, der den Besucher erneut anmeldete und um noch etwas Geduld bat.

Schließlich ertönte ein Ping vom Aufzug, die Türen öffneten sich, und eine Hostess kam heraus. Ihre dunkelblaue Uniform erinnerte an eine Stewardess. Sie selbst oder ihre Vorfahren mussten aus Schwarzafrika stammen, so dunkel war ihre Haut, die ihre weißen Zähne noch strahlender wirken ließ.

Sie lächelte sehr freundlich. Ein wahrer Kontrast zu den Sicherheitsleuten. »Guten Tag, Monsieur Olivier. Monsieur Leroux erwartet Sie bereits. Wenn Sie mir bitte folgen wollen.«

Sie betraten den Fahrstuhl und fuhren in die oberste Etage, wo sie im Korridor nach links gingen. Die Hostess war einen Kopf kleiner als er, zierlich und sehr sexy. Alain ertappte sich dabei, wie er der jungen Frau auf den Rock schaute. Das war normalerweise nicht seine Art.

»Möchten Sie etwas trinken, einen Kaffee vielleicht?«

»Einen Pastis, bitte.«

Die Hostess drehte sich um und lächelte. »Einen Pastis?«

»Ja. Wieso nicht?«

»Sehr gerne.« Sie blieb vor einer Bürotür stehen und öffnete diese.

Alain betrat das Vorzimmer. Hinter einem wuchtigen Designerschreibtisch aus Glas und Metall erhob sich eine Frau Anfang fünfzig aus ihrem Bürostuhl und musterte den Eindringling. Ihr Gesicht war blass, die grauen Haare hatte sie nach hinten gekämmt, und eine schwarz umrandete Brille unterstrich ihre strengen Gesichtszüge.

»Monsieur Olivier?«

Alain erkannte sie an ihrer rauen Stimme. Mit der Sekretärin hatte er den Termin vereinbart, nachdem sie versucht hatte, ihn abzuwimmeln.

»Sie können sich glücklich schätzen, dass Monsieur Leroux so kurzfristig Zeit für Sie hat.«

»Vielleicht kann er sich ja glücklich schätzen, dass ich hier bin«, entgegnete Alain mit einem entwaffnenden Lächeln.

Sie ging nicht darauf ein, kam um den Schreibtisch herum, klopfte an die Bürotür und öffnete, ohne eine Reaktion abzuwarten.

»Monsieur Olivier ist hier.«

»Herein mit ihm«, es war die Stimme von Jean Leroux.

Die Sekretärin, die sich nicht mal mit Namen vorgestellt hatte, machte einen Schritt zur Seite und ließ Alain eintreten. Erst jetzt fiel ihm auf, dass die Hostess klammheimlich verschwunden war.

Das Büro befand sich an der Ecke des Gebäudes, hatte daher zwei Fensterfronten im rechten Winkel. Jean Leroux stand mit dem Rücken zu der kleineren Front, die größere ermöglichte einen Blick bis zum Flughafen. Weil die Sonne schon sehr tief stand, war die Umgebung in orangerotes Licht getaucht. Das Farbenspektakel erinnerte Alain an seinen Besuch der Châteaux de Lastours, nur dass hier keine Ruinen, sondern eine hochmoderne Industrielandschaft zu bewundern war. Ein Passagierjet erhob sich in der Ferne von der Startbahn.

Leroux kam um seinen Schreibtisch herum und streckte ihm zur Begrüßung die Hand entgegen.

»Ich habe Ihren Besuch erwartet.«

Sie sahen sich in die Augen, während sie wortlos die Hände schüttelten. Es bedurfte keiner Erklärung, warum Alain hier war.

Sie gingen zu einer Sitzecke im Design von Le Corbusier. Mehrere Zweisitzer-Ledersofas standen um einen Glastisch herum. Leroux und Alain nahmen gegenüber voneinander Platz, das Leder knirschte, als sie sich hinsetzten.

»Ich habe es gestern erfahren«, begann Leroux das Gespräch. Er wirkte gefasst. »Ich weiß immer noch nicht, was ich sagen soll.«

»Wer hat Sie informiert?«

»Ein gemeinsamer Bekannter.«

»Wer?«

»Was tut das jetzt zur Sache?« Er zögerte. »Ein gemeinsamer Bekannter aus dem Bon Voyage. Reicht das?«

»Waren Sie noch mit Chloé zusammen?«

»Ja, natürlich«, antwortete er sofort. »Denken Sie etwa, Ihr Auftritt in Narbonne hätte ausgereicht, uns auseinanderzubringen?«

»Das wäre auch nicht meine Absicht gewesen.«

»Ob ich Ihnen das glauben kann?« Er verzog die Mundwinkel. »Lassen wir es einfach darauf beruhen.«

Es klopfte an der Tür. Das musste Alains Bestellung sein. Doch leider wurde er nicht von der hübschen Hostess serviert, sondern die Sekretärin trat ein. »Sie hatten einen Pastis gewünscht?«

»Ja.« Alain nickte. »Vielen Dank.«

Sie stellte das Tablett auf dem Tisch zwischen ihnen. Der Pastis befand sich zwei Fingerbreit in einem hohen Glas, daneben stand eine Schüssel mit Eiswürfeln und eine Karaffe mit Wasser.

»Das ist ja mal eine gute Idee«, fand Leroux. »Bringen Sie mir bitte auch ein Glas und gleich die ganze Flasche.«

Dem Gesichtsausdruck der Sekretärin nach kam es wohl nicht oft vor, dass Leroux Alkohol mit seinen Gästen trank.

»Wie Sie wünschen.« Die Sekretärin entfernte sich.

»Fangen Sie ruhig schon mal an«, deutete Leroux auf das Glas, das vor Alain stand.

»Nein, ich warte, bis wir anstoßen können.«

Leroux nickte kaum merklich. »Warum möchten Sie mich sprechen?«

»Ich habe da ein paar Fragen. Wann haben Sie Chloé zum letzten Mal gesehen?«

»Bei unserer Aussprache am Montagabend. Danach hatte ich leider sehr viele Termine.«

»Waren Sie zusammen an den Châteaux de Lastours?«

»Ja«, antwortete Leroux. »Vor einigen Wochen. Aber nicht, als es passiert ist. Nur um das klarzustellen: Ja, wir hatten uns in Narbonne gestritten, aber am Abend wieder versöhnt. Chloé wollte mich sogar ihrem Vater vorstellen. So, wie wir es verabredet hatten, ein Abendessen in Ihrem Restaurant, dem Chez Isabelle.«

»Haben die Châteaux de Lastours eine besondere Bedeutung für Sie und Chloé gehabt?«

Leroux drehte den Kopf und sah zum Fenster hinaus, wo die Sonne als orangerote Kugel sich langsam dem Horizont näherte. »Ich denke, für jeden romantisch veranlagten Menschen ist das ein magischer Ort. Waren Sie schon mal dort?«

»Erst gestern.«

Leroux sah wieder zu ihm. »Dann werden Sie verstehen, warum verliebte Pärchen sich dort hineinschleichen. Wir haben mal in den Châteaux übernachtet. Wobei, viel geschlafen haben wir nicht.«

»Fahren Sie mit jeder neuen Freundin dorthin, um die romantische Stimmung zu genießen?«

»Nein«, erwiderte er prompt. »Und ich frage mich, was Sie das angeht?«

Alain hatte auf dem Weg darüber nachgedacht, was Chloés Beweggründe gewesen sein könnten, überhaupt nach Lastours zu fahren. Die einfachste Erklärung war die, dass, falls sie nicht gemeinsam mit Jean Leroux dort gewesen war, ihm nachspioniert haben könnte, weil sie vermutete, dass er sich mit einer anderen Frau dort traf. Wenn dem so wäre, gäbe es eine Zeugin, und es würde auch erklären, wie Chloé nach Lastours gekommen war. Mit einem Auto, das Jean oder die andere Frau zurückgebracht hatten.

Wieder ging die Bürotür auf, und die Sekretärin trat erneut mit einem Tablett ein. Das Glas und die Flasche Pastis, die sich darauf befanden, stellte sie auf dem Tisch ab.

»Danke«, sagte ihr Chef. »Den Rest machen wir selbst.«

Sie entfernte sich und schloss die Tür wieder. Leroux schenkte sich ebenfalls zwei Fingerbreit von dem Pastis ein, dann füllten die beiden Männer ihre Gläser nach eigenem Ermessen mit Eiswürfeln und gaben Wasser hinzu. Die vorher klare Flüssigkeit verwandelte sich schlagartig in eine leicht gelbe, milchige Emulsion. Klirrend stießen sie an und nahmen jeder einen Schluck.

Leroux brach das Schweigen. »Vielleicht erklären Sie mir, worauf Sie hinauswollen. Die Polizei sagte am Telefon, dass es ein Unfall war.«

»Ich glaube das nicht.«

Leroux sah ihn erstaunt an. »Wieso nicht?«

»Wegen einiger Ungereimtheiten und Fragen, auf die es bislang keine plausiblen Antworten gibt.«

Er wirkte irritiert. »Die da wären?«

»Warum war Chloé dort? Wie ist sie hingekommen? Hatte sie Drogen genommen?«

»Das wurde nicht überprüft?« Jean war sichtlich erstaunt.

»Doch. Ihr Blut hat man auf Alkohol untersucht, aber mehr nicht. Wir wissen beide, dass Chloé auch andere Dinge konsumiert hat, Kokain und MDMA.«

»Nein. Chloé hat nie Pillen genommen. Höchstens mal eine Line, sonst nichts.«

»Haben Sie das auch der Polizei gesagt?«

Er schüttelte den Kopf. »Warum hätte ich das tun sollen? Bei denen gibt es genug undichte Stellen, die das der Presse stecken, und mein Vater wäre über so eine Schlagzeile nicht gerade erfreut.«

»Haben Sie Chloé Ihren Eltern vorgestellt?«

»Sie meinen: meinem Vater? Meine Mutter ist schon lange tot. Die Antwort: Nein, habe ich nicht.«

»Und warum nicht?«

»Weil Chloé noch nicht so weit war.«

Alain verstand nicht. »Wie meinen Sie das?«

Leroux leerte sein Glas und füllte sich noch mal zwei Fingerbreit

Pastis nach, die er anschließend wieder mit Eiswürfeln und Wasser aufgoss. Alain ließ ihm währenddessen Zeit, sich eine passende Antwort zu überlegen.

»Meine Familie ist etwas speziell.« Er zeigte zum Fenster hinaus auf die Industrielandschaft. »So etwas aus dem Nichts aufzubauen, wie es mein Vater geschafft hat, erfordert gewisse Charaktereigenschaften, mit denen nicht jeder gut umzugehen weiß. Die Leute sehen immer nur unseren Reichtum und all die damit verbundenen Privilegien. Was es bedeutet, reich zu sein, können sich die meisten nicht im Entferntesten vorstellen. Jeder rennt dir hinterher wegen irgendwas, möchte dein Freund sein, deine Liebschaft, was auch immer. Deshalb schotten wir uns ab, haben Sicherheitspersonal um uns herum, dessen Aufgabe es nicht nur ist, uns zu beschützen, sondern auch ein weitestgehend privates, freies Leben zu ermöglichen. Und dann heißt es aber, wir seien arrogant, unnahbar. Wenn ich meinem Vater früher von einer neuen Freundin erzählt habe, war die erste Frage: ob er sich ihren Namen merken müsse. Erst wenn es etwas verbindlicher wurde, wollte er sie kennenlernen.«

»Und es war nichts Ernstes mit Chloé?«

»Doch. Wir waren auf dem besten Weg. Deshalb schockt mich ihr Tod sehr.«

Von einem Schock war nicht viel zu merken, fand Alain. Aber er wusste, dass jeder Mensch auf eine andere Art trauerte und man niemandem zum Vorwurf machen konnte, wenn er nicht in Tränen ausbrach.

»War Chloé eifersüchtig?«

»Ja. So, wie die meisten Frauen. Es kam schnell zum Streit, wenn ich mit anderen ... na, sagen wir geflirtet habe.«

Zwar klang alles, was er sagte, aufrichtig und ehrlich, doch glaubte Alain dennoch nicht, dass Leroux in allem die ganze Wahrheit sagte. Vielleicht konnte er andere so abspeisen, Alain aber ließ sich nicht so leicht täuschen.

Er nahm das Sofortbild aus der Innentasche seines Jacketts und zeigte es ihm. »Kennen Sie das Foto?«

Leroux sah es sich an. »Das sind Chloé und ich.«

»Wissen Sie, wo es aufgenommen wurde?«

»Nein.«

»Im Bon Voyage vielleicht?«

»Vielleicht. Warum fragen Sie?«

»Da haben Sie sich kennengelernt, oder?«

»Hat Chloé Ihnen das erzählt?«

Alain nickte. Er sah keinen Grund, ihren Mitbewohner René mit hineinzuziehen. »Was ist das für ein Club?«

»Ein Club eben. Leute wie Sie sind da eher fehl am Platz, man würde Sie wahrscheinlich gar nicht reinlassen.«

»Warum?«

»Verstehen Sie mich bitte nicht falsch, aber: Es ist nicht nur das Alter, sondern ... schauen Sie in den Spiegel. Sie sind, wenn ich das so sagen darf: old school. Im Bon Voyage achtet man sehr aufs Publikum. Das ist was für junge Leute, die andere Musik hören und Spaß haben wollen.«

»Und Drogen nehmen?«

Leroux schüttete sich zum zweiten Mal nach. Alain hatte kaum mitbekommen, dass er bereits das nächste Glas geleert hatte.

»Sie kennen Chloé schon lange?«, fragte Leroux.

Alain nickte. »Seit ihrer Kindheit.«

»Und Sie glauben deshalb, viel über sie zu wissen? Die junge Frau, die in einem Kaff wie Carcassonne aufgewachsen ist, wohlbehütet von ihren Eltern? Nein, Sie wissen gar nichts.« Er machte eine rhetorische Pause und trank einen Schluck. »In Toulouse ist Chloé richtig aufgeblüht, hat sich von einer Raupe zu einem Schmetterling entwickelt. Ein Schmetterling, der seinen Eltern bestimmt nicht gefallen hätte. Zu bunt, zu wild. Zu aufmüpfig. Das war der Grund, warum sie den Kontakt zu ihrem Vater abgebrochen hat. Sie hatte die Schnauze voll von dem Spießertum, der Besserwisserei, von Leuten, die ihr sagen wollten, wie sie zu leben hatte. Chloés Vater hat gedroht, ihr den Geldhahn zuzudrehen. Na und? Dann hätte ich die Miete bezahlt. Selbst wenn es mit uns auseinandergegangen wäre, hätte ich sie unterstützt, weil Chloé ein besseres Leben verdient hätte.«

»Ein besseres Leben?«

»Frei zu sein. Sich entfalten zu können, eben wie ein Schmetterling.«

Alain war gleichermaßen erstaunt wie gerührt von der Zuneigung, die nun in Leroux' Stimme lag, und musste sich eingestehen, dass er in ein paar Dingen bestimmt recht hatte. Als Ermittler musste Alain sich frei machen von dem Bild, das er von Chloé hatte. Sie war nicht mehr das Kind gewesen, die Jugendliche, von der er meinte, sie gut zu kennen.

»Was Sie sagen, mag stimmen. Ich würde deshalb gerne mehr über Chloé erfahren.« Er dachte kurz nach. »Könnten Sie den Türstehern im Bon Voyage Bescheid sagen, dass die mich reinlassen?«

»Und dann? Fangen Sie wieder Streit an? Und ich kriege Ärger Ihretwegen?«

»Ich verspreche Ihnen, mich zu benehmen.«

»Warum wollen Sie dahin?«

»Um zu verstehen, was Sie mir gerade über Chloé erzählt haben. Ich möchte mir ein eigenes Bild machen.«

Leroux stand auf, ging zum Schreibtisch und kam mit einer Visitenkarte zurück, reichte sie Alain. Vorne stand die Adresse, auf der Rückseite nur zwei Worte: *mon ami(e)*: mein Freund – (Freundin).

»Sagen Sie bitte nicht, von wem Sie die Karte haben.«

»Und was soll ich sagen, wenn ich gefragt werde?«

»Es fragt niemand.«

Alain erhob sich von der Couch. Die beiden Männer sahen sich in die Augen.

»Wissen Sie, über was Chloé und ich geredet haben auf der Rückfahrt von Narbonne?«

Leroux schüttelte den Kopf.

»Über Geheimnisse. Chloé sagte, Sie hätten ihr eines anvertraut.«

Seine Augäpfel zuckten kurz. Ein verräterisches Signal, kein Mensch war in der Lage, diese Reflexe zu steuern.

»Und was für ein Geheimnis sollte das sein?« Leroux zwang sich zu einem Lächeln, aber seine Unsicherheit spiegelte sich in seiner Stimme wider. Alain hatte schon unzählige solcher Gespräche geführt und nahm jeden noch so leisen Zwischenton wahr.

»Geheimnisse verrät man nicht«, antwortete er.

»Sie wollen es mir also nicht sagen?«

»Nein. Chloé hat es mir nicht verraten.« Alain sah ihm in die Augen. Wie auf Kommando lief Leroux eine Träne über die Wange, die er schnell mit der Hand wegwischte, als sei ihm die Gefühlsregung peinlich. Die Perfomance und das Timing waren perfekt, fand Alain. Er stufte sein Gegenüber mindestens als einen krankhaften Narzissten ein. Solche Leute waren manipulativ, und je mehr Macht sie besaßen, desto gefährlicher waren sie. Denn nichts korrumpierte mehr als Macht. Nichts hatte eine stärkere Anziehungskraft. Geld konnte man verdienen und ausgeben, Macht musste man erlangen. Und wenn man sie hatte, wollte man sie nie wieder verlieren.

»Was wollen Sie mir mit alldem sagen?«, durchbrach Leroux die Stille, die sich kurzzeitig breitgemacht hatte.

»Wenn Chloé etwas gewusst hat, was sie eigentlich nicht hätte wissen sollen, und sie auf tragische Weise ums Leben kam, macht mich das stutzig.«

Nach seinem kurzen Gefühlsausbruch wirkte Leroux äußerlich nun wieder komplett ruhig. Doch in ihm brodelte es, das spürte Alain.

»Wollen Sie mir etwa unterstellen, ich hätte Chloé etwas angetan?«

Alain schüttelte den Kopf. »Nein. Sie haben bestimmt ein wasserdichtes Alibi. Apropos wasserdicht. Was ist mit dem Bodyguard, der im Hafenbecken gelandet ist? Ist er wieder trocken?«

Ein anerkennendes Schmunzeln huschte über Leroux' Lippen. »Ich mag Ihren Humor. Wirklich. Sie schaffen es, ohne direkt auf Angriff zu gehen, eine Ohrfeige nach der anderen auszuteilen. Chapeau! Sie wären bestimmt auch ein guter Verhandler.«

»Das war mal mein Job.«

»Was genau?«

»Ich war Verbindungsbeamter beim BKA in Deutschland. Wir hatten viel mit ausländischen Regierungen zu tun. Die Leute, nach denen ich gefahndet habe, waren sehr gerissen, aber ich habe mich nie einschüchtern lassen. Am Ende haben wir sie alle zur Strecke gebracht.«

Die implizite Drohung zeigte Wirkung. Leroux' Blick versteinerte sich, bevor er demonstrativ auf seine Armbanduhr sah. Alain schätzte, dass sie den Wert eines Mittelklassewagens hatte.

»Ich muss an dieser Stelle unser Gespräch leider beenden. Seit zehn Minuten müsste ich bereits in einer Videokonferenz sein.« Er machte eine Geste in Richtung Tür.

»Kein Problem. Wenn weitere Fragen auftreten, werde ich mich melden«, erwiderte Alain freundlich.

»Ja, bitte«, entgegnete Leroux. »Tun Sie das. Meine Sekretärin wird Sie jederzeit zu mir durchstellen.«

Daran zweifelte Alain schon jetzt. Sie gaben sich die Hand zum Abschied und drückten beide fest zu.

Kapitel 22

Houssein hatte sein Prepaid-Handy zwar zwischenzeitlich mal einge-schaltet gehabt, aber nur um ein kurzes Telefonat zu führen. Bevor es möglich war, das Gerät zu orten und jemanden dorthin zu schicken, war die Verbindung schon wieder gekappt worden. Dieses Verhalten deu-tete darauf hin, dass er untergetaucht war und das auch bleiben wollte, schätzte Julie. Sie wollte die Hoffnung noch nicht aufgeben, ihn zu fin-den.

»Was glaubst du, von ihm zu erfahren?«, fragte Benoit, der aus-nahmsweise mal an seinem Schreibtisch saß.

»Ich möchte das Boot finden, das wahrscheinlich der Tatort war.«

»Wie wahrscheinlich? Gibt es dafür einen konkreten Anhaltspunkt? Und selbst wenn Brahim Abbas auf einem Boot ermordet wurde, dann hatten die Täter inzwischen Zeit genug, alle Spuren zu beseitigen.«

Es war nicht unüblich unter Ermittlern, dass einer den Advocatus Diaboli spielte, um eine Theorie abzuklopfen und wasserdicht zu ma-chen. Benoit aber klang so, als würde er aus Prinzip jede Idee Julies tor-pedieren. Sie spekulierte über sein Verhalten. War er so, weil er den Fall nicht mochte und ihn am liebsten an die Drogenfahndung abge-geben hätte? Oder hatte es mit einer Abneigung ihr gegenüber zu tun? Wenn, dann konnte sich diese aber fast nur darauf beschränken, dass er sie als Kollegin nicht leiden konnte. Denn gingen sie zusammen essen und redeten über Privates, verstanden die beiden sich ganz gut, trotz unterschiedlicher Ansichten. Benoit war nicht leicht zu durchschauen. Mitunter entpuppte er sich als guter Zuhörer, und es gab Momente, da schaute sie sogar zu ihm auf, wenn er über seine Erfolge in der Vergangenheit berichtete. Aber im nächsten Augenblick konnte es passieren, dass sie wieder den Kopf über ihn schüttelte. Das mochte auch an seiner Ungeduld liegen und der daraus resultierenden extrem kurzen Zündschnur.

Julie setzte die Diskussion fort. »Ein Boot hat einen Namen und einen Besitzer.«

»Der Name eines Bootes ist nicht vergleichbar mit einem Autokennzeichen«, hielt er dagegen. »Und der Besitzer könnte ein Strohmann sein, ist sogar wahrscheinlich. Und was dann?«

Sie wurde allmählich etwas ungehalten, er ließ sie wie eine Anfängerin dastehen. Es gab bis jetzt keine einzige heiße Spur, keinen einzigen potenziellen Zeugen, abgesehen von Houssein, dem besten Freund des Opfers. Und der war unauffindbar. Über den Grund, weshalb er abgetaucht war, konnte Julie nur spekulieren. War Houssein vielleicht sogar an der Tat beteiligt gewesen? Oder hatte er Angst, selbst zum Opfer zu werden?

»Du hast diesen Tipp von Brahims Mutter bekommen, richtig? Sie scheint ja wirklich Vertrauen zu dir gefasst zu haben.«

»Weil ich ihr die Möglichkeit gegeben habe, Ihren Sohn noch mal zu sehen.«

Benoit grinste kurz. »Valérie hat mir erzählt, dass sie den Kopf wieder irgendwie drangeschraubt hätte.«

»Dafür bin ich ihr sehr dankbar.«

»Und was, wenn Brahims Mutter versucht, dich auf eine falsche Spur zu lenken?«

»Das glaube ich nicht.«

»Glauben heißt: nicht wissen. Wir sind hier nicht in der Kirche oder bei einer Quizshow. Hat sie nicht gesagt, dass jemand bei ihr vorbeigekommen sei und die Miete bezahlt hat?«

Julie nickte.

»Aber sie hat dir nicht den Namen des edlen Spenders genannt, oder?«

»Worauf willst du hinaus?«

»Vielleicht hat derjenige ihr auch die Prepaid-Nummer gegeben, und du jagst einem Phantom nach.«

»Es ist ein *Jeton sur la table*.«

«Ein was?«

«Ein Jeton beim Roulette. Mal gewinnt man, mal verliert man. Die schlimmste Art des Scheiterns ist wohl die, es nie versucht zu haben.«

Benoit erhob sich von seinem Schreibtischstuhl. Es war Punkt sechs und damit für ihn Feierabend, den er nur selten verpasste. »Dann wünsche ich dir noch viel Glück beim Roulette.« Er nahm seine Jacke vom Stuhl und zog sie im Gehen an, blieb jedoch an der Tür nochmals stehen und drehte sich um. »Die allerschlimmste Art zu scheitern ist die, sich in eine Idee zu verrennen und die Realität aus den Augen zu verlieren.«

»Und die Realität ist?«

»Dass es sich um eine Drogengeschichte handelt. In diesen Kreisen lebt man gefährlich, dafür verdienen die Jungs für wenig Arbeit sehr viel Geld.«

»Jedes Opfer zählt oder keins«, erwiderte Julie.

Benoit lächelte herablassend. »Siehst du, genau das meine ich. Dir fehlt die professionelle Distanz zu dem Fall. Wir hätten ihn abgeben können, aber nein, Kommissarin Julie Saidi weiß es besser. Schönen Feierabend.«

»Ich habe Bereitschaft«, sagte sie.

»Schon wieder?«

»Ich habe eine Schicht von Maddy übernommen, weil sie ein freies Wochenende hat. Ohne Kinder.«

»Dann wünsche ich dir eine ruhige Nacht.«

»Soll ich dir Bescheid geben, wenn etwas passiert?«

Er schüttelte den Kopf und legte ein frivoles Grinsen auf. »Nur wenn du mich unbedingt brauchst. Ich habe heute auch ein freies Wochenende ohne Kinder.«

Julie verstand sofort. Benoit hatte keinen Nachwuchs, dafür aber anscheinend eine Verabredung. Sie hoffte, dass sich sein Gemütszustand etwas besserte, wenn er sich mit einer Liebschaft vergnügte.

»Bis Montag.«

»Au revoir.«

Er verließ das Büro.

Julie sah auf die Uhr. Bereitschaftsdienst bedeutete nicht, dass sie die ganze Nacht im Büro sein musste, aber wenn etwas passierte, das in ihren Bereich fiel, wurde sie sofort telefonisch informiert und musste in kürzester Zeit am Einsatzort sein. Nüchtern, verstand sich.

Sie nahm ihr Handy und rief Nicolas an. Nach dem zweiten Freizeichen war er in der Leitung.

»Hallo, mein Schatz«, begrüßte er sie.

»Hi. Ich wollte nur Bescheid sagen, dass ich noch ein wenig im Büro bleibe.«

»Heißt das, ich muss mich selbst ums Abendessen kümmern?«

»Es ist noch was im Kühlschrank von gestern.«

»Ah ja. Okay.«

»Bestell dir bitte keine Pizza«, ermahnte sie ihn. »Es sind noch genug anständige Sachen da.«

»Keine Sorge. Ich werde mich gesund ernähren.«

»Dann bis später«, verabschiedete sie sich.

»Ich liebe dich«, sagte er.

Das Festnetztelefon piepte.

»Du, da kommt gerade ein Anruf rein. Bis nachher.«

Noch während sie auflegte, wurde ihr bewusst, dass sie seine letzten Worte nicht erwidert hatte. Julie sprach die magischen drei Worte nur aus, wenn sie wirklich von Herzen kamen, und im Moment war ihr nicht danach. Sie legte ihr Handy weg, nahm den Anruf am Festnetztelefon entgegen. An der Nummer erkannte sie, dass er aus der Abteilung für Kriminaltechnische Untersuchung kam.

»Herr Doktor, schönen Abend«, sagte Julie in den Hörer.

»Ihnen auch einen schönen Abend, Tochter eines Herrn Doktor.«

Eigentlich waren sie und Dr. Georges Albert per Du, und er bestand keineswegs auf seinen Titel, aber sie machten sich gerne einen Spaß mit dieser Begrüßung.

Er leitete das chemische Labor in der Abteilung für Kriminaltechnik, und da er immer sehr viele Fälle auf dem Tisch hatte, dauerten seine Expertisen meist länger. Mordfälle wurden allerdings bevorzugt. Weshalb er anrief, wusste Julie trotzdem nicht.

»Tut mir leid, dass ich mich jetzt erst melde, aber du weißt ja, was los ist.«

»Ja, das sagst du immer. Und ich dachte, ich bin deine Lieblingskommissarin.«

»Bist du auch. Deshalb freut es mich, dir eine gute Nachricht mitteilen zu können. Wir wissen jetzt, woher der Fleck auf der Kleidung des Toten kommt.«

»Was für ein Fleck?«

»Hat dir dein Kollege nichts gesagt? Ich habe mit Benoit deswegen telefoniert.«

»Nein, hat er nicht.« Julie war bemüht, ein wütendes Schnauben zu unterdrücken. »Erzähl mal.«

»Brahim Abbas hatte einen weißen Fleck auf seiner Jeans, Herkunft unbekannt, es sah zuerst aus wie herkömmliche Farbe. Aber es ist Gelcoat.«

»Was ist das?«

»Ein Hartlack, bestehend aus Kieselsäure und meist ungesättigtem Polyester oder Epoxidharz und damit eindeutig von normaler Farbe zu unterscheiden.«

»Hat Gelcoat etwas mit Booten zu tun?«, fragte sie aufgeregt.

»Du kennst dich ja aus. Es wird als Schutzschicht für faserverstärkte Kunststoffe verwendet. Die meisten Leute denken, ein Bootsrumpf sei aus einem Stück Plastik gebaut. Aber das kommt nicht ganz hin. Die Grundsubstanz sind Fiebermatten, also faserverstärkter Kunststoff, und spezielles Harz. Darüber kommt eine Schicht aus Gelcoat.«

»Und das geht nur schwer aus der Kleidung heraus?«

»Schwer? Ich würde sagen, da helfen noch nicht mal die Hausmittelchen deiner Großmutter. Unmöglich. Egal wie lang die Leiche im Wasser schwamm, der Fleck wäre niemals rausgegangen«, erklärte Dr. Albert.

»Und wie könnte er mit dem Gelcoat in Berührung gekommen sein?«

»Ganz einfach. Er hat irgendwas ausgebessert, am Rumpf eines Bootes oder an Deck. Irgendeinen Kratzer, eine Macke.«

Julie dachte kurz nach. »Wenn man den Namen eines Bootes ändert und eine neue Schrift anbringt, braucht man dann auch Gelcoat?«

»Mit Sicherheit. Je nachdem wie lange der Name auf dem Rumpf war, kriegt man den nur weggeschmirgelt, und dann muss man die Stelle danach bestimmt noch einmal mit Gelcoat bearbeiten, bevor man den neuen Namen draufsetzen kann. Aber wenn du es genau wissen willst, musst du mal bei einer Werft nachfragen.«

Julies Aufregung stieg. »Ist es bei Gelcoat wie mit Autolacken, dass ihr im Labor herausfinden könnt, von welchem Boot das stammt?«

»Nicht ganz«, nahm ihr Dr. Albert kurzzeitig den Wind aus den Segeln. »Da es nicht so viele Hersteller gibt wie bei Autolacken, haben wir keine Dateien darüber. Aber wenn du mir das Boot lieferst und ich eine Probe nehmen kann, kann ich dir auch sagen, ob es dasselbe Gelcoat war.«

Das reichte Julie an Infos. Endlich konnte sie die Suche eingrenzen. Auch wenn die Daten nicht so streng erfasst wurden wie im Straßenverkehr, gab es dennoch Listen über alle Boote, die auf dem Canal du Midi herumschipperten. Was allerdings nicht wenige waren. Doch es war ein Anfang.

»Vielen Dank, dass du so schnell angerufen hast«, läutete Julie das Ende des Telefonats ein.

»Gerne. Der Bericht mit allen Details ist auf dem Weg zu euch. Schönen Feierabend und schönes Wochenende wünsche ich dir«, kam es aus dem Hörer zurück.

»Leider habe ich Bereitschaft.«

»Dann hoffen wir mal, dass die bösen Jungs heute etwas faul sind und früh schlafen gehen«, scherzte Dr. Albert.

Julie musste lachen. »Ja, hoffen wir mal. Au revoir.«

Erfreut über die neue Erkenntnis, legte sie auf. Das einzige Ärgernis war, dass Benoit ihr kein Wort von dem Fleck auf der Kleidung gesagt hatte. Womöglich nur aus Schusseligkeit und weil er wieder mit den Gedanken bei seiner Scheidung war. Oder fing er tatsächlich an, gegen Julie zu arbeiten? Das würde sie bei nächster Gelegenheit herausfinden wollen. Jetzt aber gab es etwas anderes zu tun. Sie würde sich die Kartei der Boote vornehmen und die herausfiltern, deren Namen erst kürzlich geändert worden waren.

Kapitel 23

Unweit des *Bon Voyage* gab es ein Parkhaus, das rund um die Uhr geöffnet hatte. Die Anzahl von Luxuskarossen war auffällig hoch, vor allem deutsche Fabrikate und sogar ein paar rote und gelbe italienische Sportwagen standen dort. Alain machte sich daher wenig Sorgen, dass jemand ausgerechnet seinen alten Renault aufbrechen würde. Er nahm den Mantel von der Rückbank. Auf der Fahrt hatte er mehrfach den Scheibenwischer anmachen müssen, da es nieselte, und er wusste nicht, wie lange die Türsteher ihn im Regen stehen lassen würden. Er ging in Richtung Ausgang, betrat das Treppenhaus, nahm die Stufen nach unten und gelangte auf die Straße. Der Club war hell erleuchtet, rotes und blaues Licht spiegelte sich auf dem nassen Asphalt. Vor dem Eingang hatte sich eine etwa dreißig Meter lange Schlange von Gästen gebildet. Sollte er sich anstellen oder einen auf VIP machen? Er entschied sich für die bequemere Lösung, ging selbstbewusst an allen vorbei und musterte das Publikum. Die meisten hatten sich ordentlich zurechtgemacht für den Abend, trugen die Topmarken der Modedesigner.

Die Uniform der Türsteher bestand aus schwarzen Anzügen, dunkelroten Hemden und schwarzen Krawatten. Als er die drei Männer erreichte, erkannte Alain einen davon aus Narbonne wieder. Ausgerechnet den, den er ins Wasser befördert hatte. Er hielt ihm die Visitenkarte hin. Der Türsteher ließ sich nichts anmerken, behandelte ihn wie einen Unbekannten, schaute auf die Rückseite der Karte und trat zur Seite. »Ich wünsche Ihnen einen schönen Abend.«

Niemand in der Warteschlange protestierte.

Gleich hinter dem Eingang befand sich rechter Hand eine Garderobe, die von zwei attraktiven Damen in engen Kostümen geführt wurde. Alain gab seinen Mantel ab, der im Nieselregen etwas feucht geworden war. Im Gegenzug erhielt er eine Marke, die er in der Innentasche seines Jacketts verschwinden ließ. Dann folgte er den Klängen der Technomusik. Die Tanzfläche erschien wie ein wabernder, lebender Organismus. Im Flackern des Stroboskoplichts und farbiger Scheinwerfer, von denen manche laserähnliche Streifen in den Disconebel zeichneten, bewegte sich die tanzende Menge, angetrieben von wummernden Bässen und schrillen Tönen. Er hasste diese Art von Musik, die seiner Meinung nach an Körperverletzung grenzte.

Die Gäste hatten durchaus Niveau, zumindest wenn man sie anhand ihrer Outfits bewertete. Kaum einer trug Turnschuhe und wenn, waren sie bestimmt sündhaft teuer. Rechts und links der Tanzfläche befanden sich je eine große Bar und auf den anderen Seiten des quadratischen Raumes jeweils eine Empore mit Sitzgelegenheiten in kreisrunder Form. Die Einrichtung war komplett in Schwarz und Dunkelrot gehalten wie die Uniformen der Türsteher. Pulsierende Scheinwerfer wurden von zahlreichen Spiegeln reflektiert, und Alain kam sich vor wie in einem Feuergefecht mit den Sturmtruppen aus Star Wars. Obwohl draußen noch viele Leute in der Schlange gestanden hatten, erschien der Club nicht übermäßig voll. Ein gutes Geschäftsmodell, stellte Alain anerkennend fest. Exklusivität steigerte die Nachfrage. Man musste jemand sein oder etwas darstellen, um hier sein zu dürfen. Oder man sollte die richtigen Leute kennen. Leroux behielt mit seiner Einschätzung also recht, dass Alain nicht in diesen Club passte. Er ging zu einer der Bars und leistete sich ein Bier für acht Euro das Glas. Eigentlich hatte er keinen Durst, wollte aber etwas in der Hand halten. Lange würde er es nicht aushalten, weil die Musik unerträglich laut war, zu schrill, und extreme Bässe schlugen ihm auf den Magen. Sein Blick schweifte umher und blieb an einem Mann an der Theke hängen, der als Einziger einen dunklen Hoodie trug. Hatte Alain ihn nicht auch auf der Jacht in Narbonne-Plage gesehen? Sicher war er sich nicht, aber das ließe sich leicht herausfinden. Er schob sich durch die Menge auf ihn zu. Der Mann hatte schwarze Hautfarbe, dicke, silberne Ringe an den Fingern und redete mit einer jungen Frau, die ein eng anliegendes Paillettenkleid trug. An Hals, Armen und wahrscheinlich noch an anderen Stellen war sie tätowiert. Als er bemerkte, dass die Aufmerksamkeit seiner Gesprächspartnerin nicht mehr allein ihm galt, folgte er ihrem Blick, der inzwischen auf Alain gerichtet war.

»Ist was?«, fragte er.

»Ich meine, wir kennen uns.«

»Selbst wenn, ich rede gerade mit einer hübschen Frau«, erwiderte der Mann sichtlich genervt.

»Vielleicht will er uns was ausgeben«, warf die Frau mit einem Augenzwinkern in Alains Richtung ein.

Ein süffisantes Lächeln machte sich im Gesicht des Fremden breit, und sein strahlend weißes Gebiss leuchtete im Schwarzlicht. »Ja, vielleicht will er das.«

Alain nickte. »Okay.«

Die Frau gab dem Barkeeper ein Zeichen, der sofort wusste, was zu tun war, eine Flasche Champagner aus einem Eiskübel nahm und ein Glas damit füllte. Danach mixte er noch einen Cuba Libre, reichte beide Gläser über die Theke. Wenn ein kleines Bier schon acht Euro kostete, wollte Alain gar nicht wissen, wie der Preis für Champagner und Cuba Libre war. Aber darum musste er sich eigentlich keine Gedanken machen. Émil würde es bezahlen.

Anders also noch zuvor, verlangte der Barkeeper diesmal nicht sofort sein Geld.

»Danke sehr«, sagte die Frau, während sie ihr Glas erhob, um mit Alain und ihrer Begleitung anzustoßen.

»Hast du auch einen Namen?«, fragte der Mann.

»Alain. Und du?«

»Boney M.«

Alain fand den Künstlernamen originell. Als Kind hatte er die Lieder dieser Gruppe gehört.

»Singst du auch Playback?«

»Playback?«

»Boney M. – so hieß eine Band in den Siebzigern, der man nachgesagt hat, nur Playback zu singen.«

Der Kerl geriet sofort auf hundertachtzig. »Willst du mich verarschen? Du kennst mich also gar nicht. Woher sollten wir beide uns auch kennen, häh?«

»Aus Narbonne-Plage. Jean Leroux«, erwiderte Alain ruhig.

Boney M. überlegte kurz, sein Puls schien sich wieder zu regulieren. Dann grinste er. »Hey, ja. Jetzt weiß ich wieder. Du hast den einen von den Bodyguards ins Wasser geschmissen.« Er lachte und schaute zu der Frau. »Er hat den Türsteher über Bord geworfen. Platsch, ins Wasser.«

Mit großen Augen blickte sie ihn an. »Echt jetzt?«

Er nickte knapp.

Auch Boney M. wandte sich wieder Alain zu. »Und wie bist du hier reingekommen? Der Typ steht heute an der Tür.«

»Ich habe mich bei ihm entschuldigt.«

»Das ist nobel. Echt nobel.« Er klopfte ihm auf die Schulter, bevor er hinzufügte: »Dann entschuldigst du jetzt uns bitte.« Mit diesen Worten kehrte Boney M. ihm den Rücken und konzentrierte sich wieder auf seine Begleiterin. Das Gespräch war offensichtlich beendet.

Alain entfernte sich von den beiden, ging ein paar Schritte von der Bar weg, als er plötzlich eine Hand an seiner Schulter spürte. Ein Mann, gekleidet wie die Türsteher, hielt ihn zurück. »Du hast deine Getränke noch nicht bezahlt.«

Nachdem sich Alain inklusive Trinkgeld um fünfzig Euro erleichtert hatte, ließ er seinen Blick erneut umherschweifen, bis er an der Empore hängen blieb. Dort saß ein Mann in einer weißen Hose mit goldenem Hemd, das im Licht der Strahler aufleuchtete. Den Kopf hatte er glatt rasiert, und er trug einen dunklen Kinnbart. Ihre Blicke trafen sich. Der Fremde musterte ihn aufmerksam. Dann machte er eine Handbewegung, die Alain als Aufforderung verstand, zu ihm zu kommen.

Noch immer mit seinem Bier in der Hand zwängte er sich an den

Leuten am Rande der Tanzfläche vorbei, nahm die vier Stufen zur Empore hinauf und stand schließlich vor der kreisrunden Couch. Die Musik hier oben war wesentlich leiser, nur noch die Bässe wummerten, aber man konnte sich unterhalten. Um den Mann mit dem goldenen Hemd saßen vier Frauen, von denen die Älteste wohl höchstens Mitte zwanzig war. Genau wie auf der Jacht in Narbonne. Er hatte den rechten Fuß auf seinem Knie liegen und präsentierte seine hellen Schlangenlederstiefel. Man brauchte schon einen etwas abartigen Geschmack, fand Alain, um solche Schuhe zu tragen.

»Was machst du hier?«, fragte der Mann mit Glatze ohne Umschweife.

»Mich amüsieren.«

»So siehst du aber nicht aus. Wer hat dich reingelassen?«

Gemächlich fasste Alain in seine Jacketttasche, holte die Visitenkarte hervor, die Leroux ihm gegeben hatte, und zeigte seinem Gegenüber die Rückseite.

Als der Mann sah, was darauf stand, wandte er sich den Mädchen zu. »Verzieht euch. Los.«

Zwei erhoben sich sofort, die zwei anderen zögerten noch. »Hey, braucht ihr Fotzen erst einen Tritt in euren süßen Arsch, oder was?« Sein Tonfall duldete keinen Ungehorsam.

Alain trank sein Bierglas leer, in dem sich ohnehin nur noch ein Schluck befand, und reichte es einer der Frauen. »Hier. Darfst du wegbringen.«

Der Mann mit den Schlangenlederstiefeln lachte. Es gefiel ihm, wie Alain mit ihr umsprang. Neugierig musterte er ihn, bis seine Entourage außer Hörweite war. Dann begann er zu sprechen. »Wessen Freund bist du denn?«

»Jean Leroux.« Alain sah keinen Grund zu lügen.

Der Name schien seinem Gegenüber nicht fremd zu sein.

»Und wie heißt du?«

»Alain. Hast du auch einen Namen?«

»Dass du den nicht kennst, beweist eigentlich, dass du nicht hierhergehörst.« Der Glatzkopf rieb sich die Nase, womöglich um sicherzugehen, dass kein weißes Pulver mehr daran war. »Serge«, gab er Alain schließlich doch noch eine Antwort auf seine Frage. »Wie kommt Leroux, dieser Wichser, dazu, dir die Karte zu geben?«

»Ich bin ein Freund von Chloé.«

»Chloé?« Serges Blick wurde aufmerksam. »Die Chloé?«

Alain nickte.

»Oh, Mann. Das tut mir echt leid. Ich habe gehört, was mit ihr passiert ist. Echt Scheiße.« Serge deutete auf den freien Platz zu seiner Linken. »Komm. Setz dich. Los.«

Alain nahm neben ihm auf der Couch Platz, achtete dabei aber auf genügend Abstand zu ihm.

Vor ihnen stand ein Eiskübel, gefüllt mit Champagnerflaschen. Serge nahm eine heraus und schenkte seinem Gast ungefragt ein, wobei die Kohlensäure übersprudelte.

»Woher kennst du Chloé?«

»Sie ist die Tochter eines guten Freundes. Ihr kanntet euch?«

Mit der einen Hand reichte er Alain das tropfende Glas, während er mit der anderen nach seinem eigenen griff. »Wann kennt man einen Menschen? Chloé war oft hier. Sie war sehr umtriebig, wenn du verstehst, was ich meine. Bis sie Jean kennengelernt hat. Er hat sie gebändigt, dieser Wichser.«

»Wie soll ich das verstehen?«, hakte Alain nach.

»Na, so wie es war.« Serge hob sein Glas und stieß es gegen das seines Gesprächspartners.

Dann fuhr er fort. »Um eins klarzustellen. Ich kann diesen Penner, von dem du die Karte hast, nicht leiden. Aber er hat Geld, verstehst du? Und er lässt einiges davon in diesem Laden.«

»Das heißt, du bist der Besitzer?«, schlussfolgerte Alain.

»Nennen wir es Teilhaber. Ich verdiene mit. Jean Leroux ist der Meinung, weil er zum französischen Geldadel gehört, wäre er etwas Besseres, aber da pfeif ich drauf. Ich scheiß auf diesen Wichser. Die Frauen allerdings stehen auf ihn. So funktionieren diese Fotzen nun mal: Wedele mit ein paar Scheinen, und sie tun alles für dich. Na ja, und als Chloé mit Jean zusammenkam, war sie für alle anderen tabu. Vorher hatte sie mit so ziemlich jedem rumgemacht.«

Einen Mann, der alle Frauen über einen Kamm scherte und als Fotzen bezeichnete, konnte Alain grundsätzlich nicht ernst nehmen, und es widerstrebte ihm, seinen Worten Glauben zu schenken. Aber um die Wahrheit herauszufinden, durfte er sich nicht von Gefühlen leiten lassen oder an dem Bild von Chloé festhalten, das er bislang von ihr gehabt hatte. Vielleicht war sie wirklich zu einem Schmetterling mutiert, der ihrem Vater nicht gefallen hätte.

»Saß Chloé auch manchmal hier auf deiner Couch?«, fragte er weiter.

Serge nickte. »Am Anfang, ja. Aber ich hatte nie was mit ihr. Schwöre. Sie war absolut nicht mein Fall.«

»Warum nicht?«

»Zickig. Arrogant. Und viel zu intelligent.« Er lachte. »Sie hatte so was wie eine eigene Meinung.« Serge lachte noch lauter, fand sich unheimlich witzig.

»Kannst du mir sagen, mit wem sie … rumgemacht hat?«

»Warum?« Er hörte auf zu lachen und sah Alain skeptisch an.

Der zögerte. »Ist das wichtig?«

»Was ich dir über Chloé sagen könnte, willst du nicht hören. Und ich quatsche auch nicht über andere. Es geht niemanden was an, mit wem sie was hatte. Chloé war erwachsen und außerdem: Wen interessiert das noch?«

»Mich«, sagte Alain nüchtern.

Serge sah ihn scharf an. »Dann bist du hier falsch. Wir leben nicht in der Vergangenheit, schauen nur in die Zukunft.« Er trank sein Glas in einem Zug leer.

Alain stellte seines ab, obwohl er nur einmal dran genippt hatte.

»Wenn du diesen Wichser Leroux noch mal siehst, bestelle ihm einen schönen Gruß von mir. Er soll solche Karten an Typen wie dich nicht mehr verteilen. Sonst kriegt er Hausverbot.« Bei den letzten Worten umspielte seine Lippen ein herablassendes Grinsen.

Der Rausschmiss hätte nicht deutlicher sein können, aber Alain blieb sitzen.

»Was willst du noch?«, blaffte Serge ihn an.

»Hatte Chloé mit irgendwem ein Problem?«

»Was meinst du damit?«

Alain hatte weder Lust noch sah er einen Sinn darin, sich irgendeine Ausrede zu überlegen, die ihm sein Gegenüber ohnehin nicht glauben würde. Also entschied er sich für die Wahrheit. »Ich glaube nicht, dass sie einen Unfall hatte.«

Serge begriff allmählich. »Bist du ein Scheißbulle?«

»Sehe ich so aus?«

»Ja.«

»Ich bin kein Bulle«, stellte Alain freundlich klar. »Nur ein Freund der Familie, der wissen will, was mit ihr passiert ist.«

Serge rückte näher an ihn heran, sprach bedrohlich leise, aber laut genug, dass Alain ihn noch verstehen konnte. »Mon ami. Hör mir jetzt gut zu. Du begibst dich gerade auf dünnes Eis, und solltest besser ganz schnell verschwinden.«

Er schüttelte kurz seine linke Hand und prompt bewegten sich drei gut gekleidete Männer von der Bar zur Empore, gingen die Stufen hoch und machten erst unmittelbar vor der Couch halt.

»Ich gebe dir noch ein Bonbon mit zum Abschied.« Serge lächelte feist. »Und einen guten Ratschlag. Die Chloé, die du kanntest, die gab es schon lange nicht mehr. Wenn sie herkam, hat sie Anstand und Moral an der Garderobe abgegeben. So wie all die anderen Fotzen. Sie hat perfekt in diesen Laden und auch auf diese Couch gepasst. Sie hatte die Schnauze voll von Typen wie dir. Sie war eine echte Bitch. Eine dumme Fotze.« Sein Tonfall war inzwischen zu einem Grölen angewachsen. »Sie hat bekommen, was sie verdient hat, die Schlampe.«

Alain hätte aufstehen und gehen können, das wäre wohl das Beste gewesen. Ein Typ wie Serge war es nicht wert, sich Ärger einzuhandeln.

Doch spätestens die letzten Worte, gepaart mit Serges dreckiger Lache, lösten den Impuls aus. Er nahm sein Glas, als ob er trinken wollte, und schüttete ihm den Inhalt geradewegs in den Schritt.

Das Lachen endete abrupt. Serge sprang auf, ballte die Fäuste. War kurz davor, zuzuschlagen, besann sich im letzten Moment.

Ganz langsam erhob sich Alain nun ebenfalls. Er hatte keine Angst vor seinem Gegenüber, und das zeigte er auch. Serge war einen Kopf größer und gut trainiert, na und?

»Du siehst aus, als hättest du dir in die Hose gemacht«, stellte er unschuldig fest.

Doch zu Alains Überraschung ließ Serge sich nicht weiter provozieren und die Faust sinken, fing sogar wieder an zu lachen. »Ja, das tut weh. Das tut weh. Wenn das Bild von einem lieben Kind zerbricht und nur ein Scherbenhaufen übrig bleibt. Egal, wie viel von dem guten Champagner du verschüttest, es wird sich nichts ändern. Chloé – war – eine – Bitch.« Genüsslich betonte er ein jedes seiner Worte, während seine Männer immer näher an Alain herantraten. Eine falsche Bewegung, und sie würden ihm den Arm oder noch mehr brechen. Als einer ihn an der Schulter fasste, schob Alain die Hand dennoch weg.

»Ganz ruhig. Ich gehe allein.«

Der Chef der Truppe machte den Weg durch die Menge frei, seine Kollegen folgten ihm mit Alain in ihrer Mitte. Zumindest so lange, bis Alain ein Schild erblickte, das den Weg zu den Toiletten anzeigte, und abrupt stehen blieb.

»Ich muss noch mal eben kurz.«

Jetzt packten die zwei Männer ihn rechts und links an den Armen, beförderten ihn zielstrebig durch den Korridor an den Garderoben vorbei und hinaus auf die Straße, wo sie ihm schließlich einen solchen Stoß verpassten, dass er stolperte und sein Gleichgewicht verlor. Alain fiel auf den nassen Bürgersteig, kam aber sofort wieder auf die Beine. Die drei Männer postierten sich kampfbereit um ihn herum, während die Gäste in der Warteschlange neugierig auf eine Show warteten.

»Ich habe noch meinen Mantel dadrin«, entschärfte Alain die Situation und kramte die Garderobenmarke aus seinem Jackett hervor.

Einer der Männer schnappte sich die Marke und ging nach drinnen. Der Türsteher, der ihn reingelassen hatte und den er aus Narbonne kannte, kam näher. »Hier gibt es kein tiefes Wasser, nur Asphalt. Wenn du hier über die Reling gehst, wirst du höchstens nass von deinem eigenen Blut.«

Bevor Alain etwas erwidern konnte, kam das andere Muskelpaket mit dem Mantel wieder heraus und warf ihn auf den Bürgersteig, wobei ein paar Utensilien aus den Taschen fielen. Alain hob sie in aller Ruhe auf und verabschiedete sich höflich. »Au revoir.«

Er ging über die Straße. Neben dem Eingang zum Parkhaus gab es eine öffentliche Toilette, Alain musste wirklich. Er wusch sich die Hände, ging zum Kassenautomaten und bezahlte sein Ticket. Dann schritt er die Stufen hinauf zur dritten Ebene, die wesentlich schlechter beleuchtet war als das Treppenhaus. In gemächlichem Tempo näherte er sich seinem Renault, als er hinter sich zwei Autotüren zuschlagen hörte. Er drehte sich um.

Zwei Männer waren ausgestiegen, verharrten aber an ihrem Wagen. Alain betätigte den Schlüssel, und die Blinker seines Renault leuchteten auf. Da er die beiden Männer weiterhin nicht aus den Augen ließ, hörte er zuerst das Knirschen der Scherben unter seinen Schuhen, bevor er sie sah. Er blickte zu seinem Auto und trat mit einem mulmigen Gefühl näher. Das hintere Seitenfenster war eingeschlagen, die Seitentür zum Aufschieben stand einen Spalt weit offen. Behutsam öffnete er sie ganz. Und musste zu seiner Bestürzung feststellen, dass der Computer, der zwischen Vordersitz und Rückbank gestanden hatte, fehlte.

Entgeistert sah er wieder auf, schnellte herum, suchte nach den beiden Männern, die eben aus dem Auto gestiegen waren. Sie waren verschwunden. Stattdessen bemerkte er eine dunkle Gestalt, die zwischen den parkenden Wagen umherging und langsam in seine Richtung schritt, während sie sich eine Skimaske über den Kopf zog.

In diesem Moment begriff er: Es war eine Falle.

Seine Gedanken rasten. Er hatte nicht mehr genug Zeit, um einzusteigen und davonzufahren. Also blieb ihm nur, zwischen den parkenden Fahrzeugen hervorzukommen, um zumindest Bewegungsfreiheit zu haben. Zu spät. Der Angreifer machte zwei schnelle Schritte auf ihn zu und verpasste ihm einen Schlag in die Magengrube. Alain schnappte nach Luft. Krümmte sich und nahm dabei aus dem Augenwinkel wahr, wie sich zwei weitere maskierte Männer näherten. Das mussten die beiden sein, die ausgestiegen waren.

Schlagartig wurde Alain bewusst, wie tief er in der Scheiße saß: drei gegen einen.

Aber noch bevor er sich etwas einfallen lassen konnte, vernahm er ein lauter werdendes Motorengeräusch. Von wo kam das Auto? Aus einer tieferen Ebene, oder war es auf dem Weg zur Ausfahrt? Suchend blickte er sich um. Der Mann, der ihm den Schlag verpasst hatte, tat es ihm gleich. Seine Komplizen hingegen ließen sich von dem Lärm nicht beirren und hielten weiter auf Alain zu, hatten ihn schon fast erreicht.

Da erhellte ein Scheinwerferpaar die Parkebene. Der Wagen kam von oben, musste also an den Angreifern vorbei, um zur Ausfahrt zu gelangen. Alain nutzte die Chance, die einzige, die er wohl hatte, verpasste seinem Gegner einen heftigen Stoß und rannte los. Direkt auf das Scheinwerferpaar zu. Der Wagen bremste mit quietschenden Reifen. Ein erschrockenes Paar Augen starrte ihn durch die Windschutzscheibe an.

Alain erwartete weder Hilfe von dem Fahrer, noch wollte er jemanden in den Schlamassel mit hineinziehen. Um aber dennoch Unterstützung zu bekommen, blieb ihm also nur eines. Er trat gezielt gegen den Außenspiegel, der polternd auf den Asphalt fiel. Jetzt würde der Fahrer zumindest sicher die Polizei rufen.

Alain rannte weiter, so schnell er konnte, die Auffahrt hinauf zum nächsten Parkdeck. Auf freier Fläche hatte er keine Chance gegen drei Gegner. Also lief er zwischen den parkenden Autos kreuz und quer. Die Männer folgten ihm, ließen sich nicht abhängen. Er musste seine Taktik ändern, stieg über eine Motorhaube hinweg auf ein Dach, sprang auf das nächste, rutschte aus und fiel zwischen zwei Wagen auf den Boden.

Alain wollte aufstehen, doch bevor er sich aufrappeln konnte, hatte ihn bereits eine Hand am Kragen gepackt und unsanft auf die Beine gezogen. Er versuchte, sich aus dem Griff zu lösen. Ohne Erfolg. Vor ihm baute sich schon ein weiterer Angreifer auf.

Der nächste Schlag traf ihn in wieder in die Magengrube. Zum Glück hatte er diesmal seine Bauchmuskeln rechtzeitig angespannt. Adrenalin schoss durch seine Adern.

Als der Mann zum erneuten Schlag ausholte, schnellte Alains rechter Fuß hoch und traf den Gegner zwischen die Beine. Keuchend ging dieser zu Boden, während der andere daraufhin nur noch fester klammerte. In einem neuen Versuch, sich zu befreien, schnellte Alains Kopf nach hinten. Aber es half nichts.

Der Klammeraffe zerrte Alain zwischen den Autos hervor und schleifte ihn in Richtung Fahrbahn, wo sie leichtes Spiel mit ihm hätten. Er musste sich etwas einfallen lassen. Und zwar schnell. Hektisch blickte er sich um, erkannte seine Chance, hob die Beine und stieß sich von dem Kofferraum eines parkenden Wagens ab. Jetzt verlor der Mann, der ihn festhielt, das Gleichgewicht. Sie fielen beide auf den harten Asphalt und der Gegner konnte seinen Griff nicht länger halten. Alain war wieder frei.

Ächzend stemmte er sich gerade auf die Beine, als ihn diesmal ein Faustschlag an den Kopf traf. Er taumelte, schmeckte Blut. Wusste, dass er nicht fallen durfte. Versuchte irgendwie, die Schläge, die auf ihn einprasselten, abzuwehren oder ihnen auszuweichen. Doch die Männer waren gut aufeinander eingespielt. Die Situation verschärfte sich zusehends. Fäuste trafen seine Deckung, seinen Kopf, die Rippen. Blut aus einer Platzwunde lief ihm ins Auge, er konnte kaum noch was sehen.

Aber gerade, als er meinte, nicht länger standhalten zu können, vernahmen seine Ohren die rettende Sirene.

In der Nähe eines Clubs wie dem *Bon Voyage* hatte die Polizei eigentlich immer einen Streifenwagen postiert. Zum Glück, denn so hatten sie es nicht weit zum Parkhaus. Die Sirenen wurden lauter, die Betonwände reflektieren den Schall.

Bis Alain realisierte, dass niemand mehr auf ihn einprügelte, war unbestimmte Zeit vergangen. Ganz langsam ließ er die schmerzenden Arme sinken und seinen Blick umherschweifen. Etwas verschwommen sah er, wie flackerndes Blaulicht auf ihn zuraste. Von den Angreifern keine Spur.

Der Polizeiwagen kam mit quietschenden Reifen zum Stehen, beide Vordertüren sprangen auf und zwei Beamte in dunklen Uniformen liefen auf ihn zu.

»Sind Sie verletzt?«

»Oui, Monsieur.« Dann versagten seine Knie, und Alain plumpste auf den harten Asphalt.

Kapitel 24

Alain öffnete die Augen. Das Licht schien grell, und er musste blinzeln. Sie hatten ihn kurzzeitig sediert gehabt und ihm Schmerzmittel verabreicht, um die Platzwunde über dem Auge zu nähen. Er fühlte sich völlig erschöpft und war sofort eingeschlafen. An die Spritze erinnerte er sich noch, nicht aber, wie er hierhergekommen war. Er lag auf einer Liege in einem kleinen Zimmer, in dem nur wenig technisches Equipment stand. Kein Schockraum, und er hatte auch keine Vollnarkose gehabt. Also konnten die Verletzungen nicht so schlimm gewesen sein. Langsam gewöhnten sich seine Augen an die Helligkeit.

»So schnell sieht man sich wieder«, ertönte eine ihm bekannte Stimme. Er schaute zur Tür, durch die Julie Saidi soeben den Raum betrat.

»Was machen Sie denn hier zu so später Stunde?«

Julie schaute mitleidig auf ihn herab. »Sie sehen nicht gut aus.«

»Haben Sie einen Spiegel zur Hand?«

Sie schüttelte den Kopf. »Besser nicht. Das wollen Sie nicht sehen.« Ihr Parfüm verdrängte den Geruch von Desinfektionsmitteln. Er dachte darüber nach zu fragen, was sie benutzte, aber zuerst wollte er abwarten, in welcher Stimmung sie war.

»Ich habe heute Nacht Bereitschaftsdienst. Normalerweise kümmert sich unsere Abteilung nicht um Schlägereien im Parkhaus, aber als Ihr Name im System auftauchte, bin ich neugierig geworden. Wer hat Sie verprügelt?«

»Drei maskierte Männer.«

»Die wollten aber nicht Ihre Brieftasche klauen. Denn die haben Sie ja noch.«

»Wirklich? Oh, da bin ich aber froh. Man hört ja öfter, dass Wertgegenstände im Krankenhaus verloren gehen.«

Julie blieb ernst. »Sehr witzig. Ihnen scheint es ja wieder gut zu gehen.«

»Den Umständen entsprechend. Können Sie mir bitte doch mal einen Spiegel reichen?«

»Wenn Sie meine Frage beantworten. Was wollten die Männer von Ihnen?«

»Die haben mein Auto aufgebrochen und einen Computer gestohlen.«

»Was für ein Computer?«

»Den von Chloé Voltaire. Ich hatte ihn aus der Wohnung mitgenommen, um mir ihre Daten anzusehen.«

»Und dann sind Sie dem Dieb gefolgt?«

»Nein. Ich wurde überfallen. Ich vermute aber, es sollte nur so aussehen, als wäre es ein Raub. Da wollte mir wohl eher jemand eine Nachricht senden, dass ich mich aus der Sache heraushalten soll.«

»Was für eine Sache?«

»Der Tod von Chloé. Ich bin fest davon überzeugt, dass es kein Unfall war. Und kein Selbstmord. Auch wenn Sie es nicht glauben wollen.«

Julie griff in ihre Handtasche und holte einen kleinen Schminkspiegel heraus. Alain nahm ihn, sah sich sein lädiertes Gesicht an. Unter dem rechten Auge mit der Platzwunde, die mit drei Stichen genäht worden war, würde es zusätzlich noch ein dickes Veilchen geben. Außerdem hatte er noch ein Pflaster auf der Stirn und eine geschwollene Oberlippe. Keine gute Ausbeute für seine Angreifer, bedachte man die Anzahl an Schlägen, die er kassiert hatte. Weder Nase noch Jochbein waren gebrochen. Zum Glück.

»Wem haben Sie auf die Füße getreten, dass er Ihnen so eine Botschaft gesendet hat?«, fragte Julie.

»Ich war im Bon Voyage und habe dort mit einem Typen geredet, der

189

Serge hieß. Ihm gehört der Laden oder zumindest ein Teil davon. Und er kannte Chloé. Er hat sehr üble Dinge über sie gesagt, um mich zu provozieren.«

Julies Tonfall änderte sich schlagartig. »Serge? Und wie weiter?«

»Er hat mir seinen Nachnamen verschwiegen, ebenso Adresse und Geburtsdatum.«

»Wie sah er denn aus?«

»Einen Kopf größer als ich, schlank, muskulös, glatt rasierter Schädel. Weiße Hose, goldenes Hemd. Ich würde sagen Franzose, Migrationshintergrund kann man bei ihm nicht ausschließen. Kennen Sie ihn etwa?«

Julie nahm ihr Handy aus der Handtasche, suchte nach einem Foto und hielt anschließend Alain das Display hin. »Ist er das?«

Sie zeigte ihm ein erkennungsdienstliches Foto von Serge. »Kommt hin. Was hat er angestellt?«

»Nichts. Sein Name ist nur im Rahmen einer laufenden Ermittlung gefallen.«

»Und worum geht es dabei?«

»Darüber darf ich nicht reden.«

Alain gab ihr den Schminkspiegel zurück, sie ließ ihn zusammen mit dem Smartphone in der Handtasche verschwinden. Dann sah sie ihn eindringlich an. »Ich fordere Sie hiermit auf, die Nachricht dieser Leute ernst zu nehmen und sich aus der Sache herauszuhalten. Außerdem weise ich Sie darauf hin, dass wenn Sie laufende Ermittlungen gefährden –«

Er schnitt ihr das Wort ab. »Also ist dieser Serge doch eine Nummer? Ich interessiere mich nur für den Tod von Chloé Voltaire. Und das ist meine Privatangelegenheit.«

»Was hatte Chloé mit diesem Serge zu tun?«, hakte Julie nach.

»Das versuche ich herauszufinden. Vom Typ her würde ich Serge als einen Zuhälter einstufen, oder eine Art Sugardaddy. Er lädt junge Frauen zum Champagner ein, und die, die auf ihn hereinfallen, haben danach ein Problem.«

»Ist Chloé etwa für ihn anschaffen gegangen?«

Alain schüttelte den Kopf. »Das kann ich mir nicht vorstellen. Sie war die Freundin von Jean Leroux, wie ich schon sagte. Daher war sie für andere Männer tabu. Das hat Serge zumindest mehr als deutlich gemacht, und ich glaube, da hat er nicht gelogen. Aber mehr weiß ich nicht. Zumindest im Moment noch nicht.«

»Hat dieser Jean Leroux irgendwas mit Serge zu tun?«

»Die beiden kennen sich zumindest. Er hat nicht sehr nett über Chloés Freund geredet.« Alain überlegte kurz, wie er Julies Neugier für sich nutzen könnte. »Aber womöglich hat Serge auch nur so getan, als ob er Leroux scheiße findet, und in Wahrheit sind die beiden ziemlich beste Freunde. Wer weiß das schon?«

Alain fügte in Gedanken die Ereignisse der letzten Stunden zu einem unvollständigen Mosaik zusammen. Jean Leroux hatte ihm den Zugang ins *Bon Voyage* überhaupt erst ermöglicht. Ohne die Karte wäre er nicht in den Club gekommen. Wusste Serge womöglich Bescheid, dass Alain aufkreuzen würde? Das ganze Gespräch erschien ihm auf einmal in neuem Licht.

»Sind Sie noch bei uns?«, riss Julie ihn aus seinen Gedanken.

»Ja, Verzeihung. Was können Sie mir über diesen Serge sagen?«

»Er ist ein Typ, mit dem man keinen Ärger haben sollte, wie man an Ihrem Gesicht sieht.«

Alain fasste sich an die Nase. »Das war nur eine Warnung. Ich schätze, sonst wäre die gebrochen, und mir würden ein paar Zähne fehlen.«

»Wie meinen Sie das?«

»Die waren zu dritt und gut aufeinander eingespielt. Die hätten mich auseinandernehmen können, aber schauen Sie mich an.«

Julie nickte. »Stimmt. Dafür sehen Sie noch ziemlich gut aus. Was genau haben Sie von Serge gewollt?«

Alain überlegte. Das Gespräch mit ihm war von Anfang an eine Farce gewesen. »Nichts Konkretes. Wollte nur mal das Umfeld von Chloé sondieren.«

Julie ließ nicht locker, schien ihm nicht zu glauben. »Fällt Ihnen nichts ein, oder wollen Sie es mir nicht sagen?«

»Beides.«

»Okay, das reicht.« Sie änderte den Tonfall. »Halten Sie sich aus diesem Fall heraus. Ich wünsche Ihnen gute Besserung.«

Sie wandte sich ab und ging zur Tür.

»Ich könnte Ihnen vielleicht behilflich sein«, rief er ihr hinterher. »Sollten Sie weiterhin Interesse an diesem Serge haben. Vielleicht kann ich Informationen liefern, ohne dass er von Ihren Ermittlungen erfährt.«

Julie blieb im Türrahmen stehen, drehte sich um. »Wie stellen Sie sich das vor? Und was erwarten Sie im Gegenzug?«

»Dass Sie den Tod von Chloé ernst nehmen und nicht zu den Akten legen.«

Sie holte eine Visitenkarte aus der Handtasche, kam zurück und gab sie ihm. »Ich kann nichts versprechen. Aber sollte es eine Verbindung zwischen Chloé Voltaire und meinem Fall geben, würde ich die Akte wieder aufmachen.«

»Es gibt eine Verbindung, und die heißt Serge. Er kannte Chloé. Und sie war die Freundin von Jean Leroux.«

»Das ist mir zu vage. Sie waren selbst mal Polizist und sollten wissen, dass wir uns an Regeln und Fakten halten müssen.«

»Sie schon. Ich nicht«, erwiderte er. »Ich bin kein Polizist. Ich muss mich an keine Regeln halten, außer an das Gesetz. Schon mal darüber nachgedacht?«

»Wie meinen Sie das?«

»Was ich in einem Tag herausgefunden habe, war schon nicht schlecht. Das müssen Sie zugeben, oder?«

Sie lächelte, was Alain als stumme Zustimmung deutete. Also fuhr er fort: »Wenn Sie mit Serge reden wollen, bringt er gleich seinen Anwalt mit. In mir sieht er ganz jemand anderen. Vielleicht bringe ich ihn dazu, dass er einen Fehler macht. Nutzen Sie die Chance oder lassen Sie es.«

Julie schüttelte den Kopf. »Das ist zu gefährlich. Ich möchte Sie nicht noch mal hier besuchen müssen, dann vielleicht mit schlimmeren Verletzungen.«

»Das ist mein Risiko, damit haben Sie nichts zu tun.«

Julie zögerte. »Haben Sie früher gerne mit Zivilisten zusammengearbeitet?«

»Ich bin kein Zivilist. Zumindest keiner, der mal ein bisschen Kommissar spielen möchte. Ich habe das, was Sie machen, früher auch getan. Und ich war ziemlich gut in meinem Job.«

Alain wusste längst, dass er sie am Haken hatte. Julie zeigte viel zu viel Neugier und Interesse an ihm, als dass sein Angebot sie kaltließe. Wobei er auch Verständnis für ihre Zurückhaltung hatte, immerhin kannten sie sich kaum.

»Gute Besserung«, entgegnete sie und startete erneut einen Fluchtversuch.

»Chloé kannte ein Geheimnis«, rief er ihr hinterher.

Julie blieb abermals im Türrahmen stehen, drehte sich um und sah ihn fragend an. »Was für ein Geheimnis?«

»Das weiß ich leider noch nicht. Chloé hat mir das kurz vor ihrem Tod erzählt, auf dem Weg zum Bahnhof nach Narbonne.«

»Und weiter?« Neugier und Ungeduld standen ihr nahezu ins Gesicht geschrieben.

»Ich habe Jean Leroux auch davon erzählt. Er tat so, als wüsste er nicht, wovon ich rede. Hinter diesem Geheimnis könnte sich ein Mordmotiv verbergen.«

»Aber Sie wissen nicht, was für ein Geheimnis?«

Alain seufzte. »Wenn ich es wüsste, wäre es ja keins mehr. Chloé hat nur eine Andeutung gemacht, aber nichts gesagt. Ich werde es herausfinden. Mit Ihnen oder allein. Haben Sie meine Visitenkarte noch?«

»Im Büro.«

»Geben Sie mir mal mein Jackett?«

Es hing über einem Stuhl. Julie nahm es, brachte es ihm. Alain griff in eine Innentasche und holte seine Visitenkarte vom *Chez Isabelle* heraus, reichte sie ihr. »Hier, eine neue. Wenn Sie mal ganz ausgezeichnet essen möchten, kommen Sie vorbei.«

Dieses Mal schaute sie sich Karte genauer an. »Wer ist Isabelle?«

»Meine verstorbene Frau.«

Julie schluckte kurz. »Das tut mir leid.«

»Danke«, erwiderte er mit belegter Stimme und räusperte sich.

»Wie kommen Sie eigentlich nach Hause?«, wechselte Julie das Thema.

»Mit dem Auto?«

Sie schüttelte energisch den Kopf. »Auf keinen Fall. Sie werden nicht selbst fahren. Außerdem wurde Ihr Wagen wegen des Einbruchs sichergestellt und steht auf den Parkplatz der Polizei.«

»Ich fahre nicht selbst«, versuchte er, sie zu beruhigen. »Ich rufe eine Freundin an, die mich abholt.«

Mit hochgezogener Augenbraue warf Julie einen Blick auf ihre Armbanduhr. »Es ist fünf Uhr morgens«

»Sie ist eine sehr gute Freundin«, erklärte Alain mit einem Lächeln.

Julie nickte knapp und ließ die Visitenkarte in ihrer Handtasche verschwinden.

»Da ist noch eine Sache«, sagte er. »Sind Sie in der Lage, den E-Mail-Account von Chloé Voltaire zu knacken? Ihr Computer ist weg, ebenso das Handy, aber über den Provider hätte man Zugang zu ihrem Account.«

Julie zögerte. »Dafür braucht man einen richterlichen Beschluss, und den kriegt man nur, wenn wir es mit einem Mord zu tun hätten.«

»Sie arbeiten doch sicher an einem Mordfall, oder?« Alain zwinkerte ihr zu.

Julie schwieg.

»Hat der Fall was mit Serge zu tun? Dann könnten Sie behaupten, dass Chloé darin involviert ist, und Sie bekämen ohne Probleme einen richterlichen Beschluss.«

»Ich denke darüber nach.« Bevor er noch etwas erwidern konnte, war Julie durch die Tür verschwunden.

Zügig schritt sie durch den Korridor, gelangte zu der Halle, wo die Rettungswagen einfuhren, und ging weiter zu ihrem Dienstwagen, der auf einem Parkplatz für Einsatzkräfte stand. Sie setzte sich ans Steuer, startete den Motor aber nicht sofort. Noch wusste sie nicht viel über Alain Olivier, aber sie spürte, dass er zu den Guten gehörte. Er hatte diesen ehrlichen Blick und war nie ausgewichen, wenn sie ihn angesehen hatte. Julie dachte darüber nach, wie sie mit seinem Angebot umgehen sollte. Fest stand, dass sie ihrem Partner Benoit erst mal nichts von den Ereignissen dieser Nacht erzählen würde.

Kapitel 25

Alain wartete am Eingang der Notaufnahme neben dem Rolltor. Zwei Rettungssanitäter waren gerade damit beschäftigt, den Innenraum eines Krankentransportfahrzeugs zu säubern, als plötzlich eine gelbe Lampe aufflackerte. Sie signalisierte, dass ein neuer Rettungswagen auf dem Weg hierher war und bald eintreffen würde. Einer der Sanitäter setzte sich ans Steuer und fuhr den Krankenwagen aus der Garage heraus, als Sirenen die Ruhe der Nacht zerrissen und schnell lauter wurden. Dem eintreffenden Rettungswagen mit Blaulicht folgte ein Pkw für Notärzte, in dem aber nur der Fahrer am Steuer saß. Es musste sich also um etwas Schlimmeres handeln. Die Türen flogen auf, und ein bewusstloser Patient auf einer Trage wurde eilig herausgeschoben, bevor wohl bereits zum wiederholten Mal der Versuch unternommen wurde, ihn zu reanimieren. Ein Sanitäter warf sich mit aller Kraft auf den Brustkorb, während der Notarzt die angeschlossenen Geräte bediente. Aus dem Krankenhaus kamen mehrere Schwestern und Pfleger im Laufschritt hinzu. Es ging im wahrsten Sinne des Wortes um Leben und Tod. Der Tross verschwand durch die Schiebetür in die Notaufnahme.

Früher hatten Alain solche Bilder nichts ausgemacht, er hatte sie irgendwo in einer Windung seines Gehirns versteckt oder sofort vergessen. Aber seit Isabelles Tod ließ ihn der Anblick eines Sterbenden alles andere als kalt. Es erinnerte ihn zu sehr daran, wie schnell alles vorbei sein konnte. Von jetzt auf gleich, von heute auf morgen. Genau wie bei Chloé. Anfang der Woche hatten sie noch zusammen im Auto gesessen, und nun war sie tot. Und vielleicht hatte die Kommissarin recht.

Wenn er beim nächsten Mal auf Serges Schläger traf, vielleicht würde man Alain dann auch unter Reanimation einliefern müssen. Ein verirrter Schlag gegen den Kehlkopf, die Hauptschlagader, den Schädel, und es könnte vorbei sein. War es das wert? Sich wissentlich mit einem Kriminellen wie Serge anzulegen?

Ein Scheinwerferpaar, das direkt auf ihn zuraste, riss ihn aus seinen Gedanken und bescherte ihm kurzzeitig ein Déjà-vu an das Polizeiauto in der Tiefgarage. Alain erkannte das Fahrzeug sofort, ein Mazda-Zweisitzer in Dunkelgrün. Der Wagen hielt auf einem Parkplatz für Ärzte, und Michelle stieg aus, kam auf ihn zu. Sie standen unter einem Strahler, der die gesamte Einfahrt der Notaufnahme beleuchtete.

Schockiert starrte sie ihn an. »Was ist mit dir passiert?«

»Du müsstest mal den anderen sehen«, witzelte Alain, fand aber mit seinem Humor keinen Anklang.

Sie inspizierte die Verletzungen genauer. »Nun sag schon.«

»Nichts Weltbewegendes«, versuchte er sie mit einer Lüge zu beruhigen. »Ich hätte besser mal die Klappe gehalten, als mich ein paar Jugendliche angepöbelt haben. Zugegeben, ich bin älter geworden. Früher hätte ich die eingetütet.«

Er sah Michelle an. Da stand sie, vor ihm, in ihrer bezaubernden Art. Ungeschminkt, die Haare durcheinander, wahllos ein paar Klamotten übergeworfen, damit sie schnellstmöglich bei ihm war. Roch nicht nach irgendeinem Parfüm oder einer ausgefallenen Creme, sondern einfach nach Michelle. Ihr Blick allerdings sprach Bände und ihr Tonfall noch mehr.

»Hör mir jetzt gut zu«, ermahnte sie ihn und bohrte ihm ihren Zeigefinger in die Brust. »Ich habe kein Problem, um fünf morgens geweckt zu werden und dich abzuholen. Aber ich lasse mich nicht veräppeln. Entweder sagst du mir, was passiert ist, oder du kannst den Zug nach Carcassonne nehmen.«

»Okay, okay«, gab sich Alain geschlagen. »Lass uns fahren. Ich erzähle es dir auf dem Weg.«

Sie stiegen ein. Michelle fuhr rasant von dem Parkplatz herunter, und nach kurzer Zeit gelangten sie auf die Autobahn. Alain begann währenddessen zu erzählen. Davon, dass er im Auftrag von Émil Nachforschungen bezüglich Chloés Tod anstellte, sich gestern bei den Châteaux de Lastours umgeschaut hatte und heute in Toulouse bei der Polizei gewesen war. Er ließ kaum ein Detail aus.

Der Mazda wurde langsamer, als sie die Mautstation erreichten und durch die Schranke von *Télépéage* fuhren.

»Du warst also bei Chloés Freund? Oder Ex-Freund?«

Er nickte. »Jean Leroux behauptete, sie hätten sich wieder vertragen und wären noch ein Paar gewesen.«

»Und was glaubst du?«

»Ich halte ihn für einen notorischen Lügner und einen Narzissten. Aber du kennst ja meine Einstellung, was Lügner betrifft.«

»Ist mir gerade entfallen.« Sie sah ihn fragend an.

»*Wer einmal lügt, dem glaubt man nicht, auch wenn er mal die Wahrheit spricht.* Dieses Sprichwort ist Unsinn, darf nicht gelten, vor allem nicht für einen Ermittler. Die beste Lüge ist die, die sich ganz nah an der Wahrheit bewegt. Und die Kunst besteht darin, den Moment abzupassen, wann ein Lügner tatsächlich mal die Wahrheit sagt. Dazu muss man sich frei machen von den eigenen Vorurteilen. Deshalb war ich im Bon Voyage. Um meine Sichtweise der Dinge zu überprüfen und mehr über Chloés aktuelles Leben zu erfahren.«

»Aber die haben dich nur in den Club gelassen, weil Jean Leroux es möglich gemacht hat, oder?«

Alain nickte. Leroux hätte verhindern können, dass er ins *Bon Voyage* kam. Dann wäre er Serge nicht begegnet und wahrscheinlich auch nicht verprügelt worden. Chloés Computer hätte er auch noch. Aber war Leroux wirklich so berechnend? Oder hatte er Alain tatsächlich nur einen Gefallen tun wollen?

»Haben die beiden etwas miteinander zu tun, dieser Serge und Jean Leroux?«

»Sie kennen sich zumindest. Serge hat sich sehr unflätig über Leroux geäußert, aber das kann natürlich Show gewesen sein.«

»Was hast du über Chloé herausgefunden?«

»Nicht viel. Ich kann noch nicht sagen, was stimmt und was nicht, wer die Wahrheit sagt und wer lügt. Aber ich will mir nicht vorstellen, dass Chloé mit so einem Idioten wie Serge etwas zu tun hatte. Sie war nicht so naiv. Sie war nicht wie die anderen Frauen, die neben ihm auf der Couch gesessen haben.«

Sie fuhren von der Autobahn ab, passierten die Mautstelle von Carcassonne, und Michelle machte keine Anstalten, ihn nach Sainte-Eulalie zu bringen. Dann würde er eben auf dem Hausboot übernachten.

Sie schaute zu ihm, und ihr Blick wurde besorgt. »Soll das so sein, dass dein Pflaster auf der Stirn blutrot ist?«

Er klappte die Sonnenblende herunter und schaute in den Spiegel. Die Wunde schien zu bluten. Der Arzt hatte ihm gesagt, dass das passieren könne und er den Verband erneuern müsse. Ein paar sterile Pads hatte man ihm mitgegeben.

»Ist nicht so schlimm«, beschwichtigte er.

Doch das war Michelle egal. »Ich habe Verbandszeug zu Hause. Keine Widerrede. Du schläfst bei mir.«

Sie fuhr den Berg hinauf nach La Cité, stellte den Wagen vor den Toren der Mauer ab und düste von dort aus mit Alain hinter sich auf der Vespa zu ihrer Wohnung. Zwar durfte man als Geschäftsinhaber auch mit dem Auto in die Altstadt fahren, aber viele Straßen waren nicht breit genug, weswegen man mit einem Roller besser dran war.

Um die Uhrzeit am frühen Morgen hatte La Cité etwas Gespenstisches. Die Gassen waren menschenleer und sahen aus wie im Mittelalter, weil die Geschäfte und Restaurants alle zuhatten und keine Reklameschilder, Tische oder Verkaufsstände draußen standen. Der Himmel wurde schon langsam tiefblau, und nur noch die hellsten Sterne waren am Firmament zu erkennen. Nur der Mond stach nach wie vor leuchtend hervor und bildete eine Sichel über Carcassonne. Die Sonne hatte die Horizontlinie noch nicht überschritten.

Michelle stellte die Vespa unweit von ihrer Haustür ab. Schweigend gingen sie hoch in ihre Wohnung im zweiten Stock. Mit schweren Armen schälte sich Alain aus seinem Mantel und dem Jackett, bevor er sich ins Badezimmer begab, wo Michelle bereits auf ihn wartete. Der kleine Verbandskasten war aufgeklappt, und er reichte ihr die sterilen Pads aus dem Krankenhaus.

»Ausziehen«, befahl sie.

Er zerrte das blutverschmierte T-Shirt über den Kopf, das Michelle ohne Umschweife in den Wäschekorb warf. Erst jetzt bemerkte er die vielen blauen Flecken auf seinem Oberkörper.

»Setz dich.«

Er nahm auf dem runtergeklappten Klodeckel Platz, während sie noch nach den richtigen Utensilien im Verbandskasten suchte.

»Das tut jetzt kurz weh.« Und schon war der Verband von seiner Stirn abgerissen.

»Aaaahhhh«, schrie er.

Amüsiert sah Michelle ihn an. »Stell dich nicht so an. Ich wette, die Schläge haben mehr wehgetan.«

»Du wirst es nicht glauben, nein. Denn wenn man unter Adrenalin steht, spürt man nichts.«

Sie zuckte mit den Schultern. »Adrenalin habe ich nicht da, pardon.« Und begann nun, anstatt mit sauberem Wasser die Wunde zu säubern, mehrere Ladungen Desinfektionsspray daraufzusprühen.

»Aaaaaaahhhhhh, das brennt wie Feuer«, beschwerte sich Alain erneut.

»Muss so sein, sonst hilft es nicht.«

Er versuchte stillzuhalten und tief durchzuatmen. Dabei stieg ihm wieder ihr unverkennbarer Michelle-Duft in die Nase, während seine Augen auf ihre Hüften blickten. Alain konnte sich nicht erinnern, dass er ihr jemals so nahe gekommen war. Die Situation kam ihm plötzlich sehr intim vor. Zu intim. Er wurde unruhig.

»Halt still und bleib sitzen, du Memme.«

Sie war sich ihrer Wirkung auf ihn nicht bewusst, sondern ganz und gar damit beschäftigt, mehrere Streifen Leukoplast abzureißen und damit den Verband auf seiner Stirn zu fixieren.

»So, der Herr. Das dürfte fürs Erste reichen.« Sie lächelte ihn an. »Nächster Verbandwechsel nach dem Aufstehen.«

Alain erhob sich vom Klodeckel, nun waren sie endlich wieder auf Augenhöhe.

»Ich habe auch noch eine Zahnbürste.« Sie öffnete eine Schublade und reichte sie ihm. »Jetzt mach ich dir die Couch fertig, und dann würde ich gerne noch zwei Stündchen schlafen. Fabienne schließt zwar morgen den Laden auf, aber den ganzen Tag schlafen kann ich ja trotzdem nicht.«

Sie verließ das Bad und machte die Tür von außen zu.

Kapitel 26

Alain trat auf den Balkon und hatte nur seine Shorts an. Die Sonne stand im Südosten und sorgte für wohlige Wärme, er hörte Vögel singen und Menschen lachen. Er schloss die Augen und genoss den Moment. Bis ihm schlagartig bewusst wurde, dass er in diesem Aufzug besser nicht hier stehen bleiben sollte. Denn auf der inneren Burgmauer, die zu dem Museum gehörte, waren schon Touristen unterwegs, und wenn er sie sehen konnte, konnten sie ihn auch erblicken. Alain hatte keine Lust, auf irgendwelchen Urlaubsfotos abgelichtet zu werden. Also verschwand er wieder nach drinnen.

Die Couch war zerwühlt und ein Sinnbild für den unruhigen Schlaf, den er gehabt hatte. Verständlich, nach dem, was letzte Nacht so passiert war.

Michelle kam aus dem Badezimmer, trug nur ihre schwarze Unterwäsche: BH und Schlüpfer. Die Haare waren noch nass vom Duschen.

Ihr Gesichtsausdruck sprach Bände, als sie ihn ansah. »Oje.«

Alain ging ins Bad. Sein Spiegelbild sah wesentlich schlimmer aus als noch im Krankenhaus. Die Hämatome erzeugten ein wunderbares Farbenspiel von Dunkelblau bis Hellgelb. Unter dem rechten Auge zeichnete sich eine deutliche Schwellung ab.

Michelle hatte sich in der Zwischenzeit Shirt und Hose angezogen, sie roch angenehm nach ihrem Lieblingsshampoo und stellte sich hinter ihn. Die beiden nahmen durch den Spiegel Blickkontakt auf, und sie musste lachen.

»Sag jetzt nichts.«

»Oh doch. Was für eine Geschichte erzählst du deinen Gästen heute Abend? Dass du vor einen Schrank gelaufen bist?«

»Ich werde einfach Philippe in der Küche unterstützen.«

»Oder ein wenig Buchhaltung machen«, grinste sie.

»Zuerst muss ich meinen Wagen aus Toulouse holen und in eine Werkstatt fahren. Das Seitenfenster wurde eingeschlagen.«

»Setz dich. Ich habe eine Idee.«

Er nahm wieder auf dem Klodeckel Platz. Zuerst wechselte sie den von Blut durchnässten Verband oberhalb des linken Auges, dann holte sie Pinsel, Puder und Schwämmchen aus dem Badezimmerschrank. Wie eine Malerin hielt sie die Utensilien in der einen, Pinsel und Schwämmchen abwechselnd in der anderen Hand und benutzte sein Gesicht als Leinwand.

»Na ja«, sagte sie mit selbstkritischem Unterton. »Viel besser kriege ich es nicht hin. Ich bin keine Maskenbildnerin. Schau es dir selbst an.«

Er stand vom Klodeckel auf und schaute in den Spiegel. »Wow. Man sieht kaum noch was.«

»Aber auch nur, wenn man es nicht sehen will.« Sie grinste erneut. Dann wurde sie wieder ernst. »Du bist verprügelt worden, daran ändert sich nichts, und du solltest darauf achten, dass das nicht noch mal passiert. Deine besten Jahre sind vorbei, du bist nicht mehr bei dieser Spezialeinsatztruppe. Sieh es ein.«

Alain nickte. »Ich werde besser auf mich achtgeben.«

»Gut. Und jetzt raus hier«, befahl sie.

Alain verließ das Bad und ging in die Küche, wo bereits ein Tasse Kaffee stand, die Michelle gemacht hatte. Leider war die braune Brühe schon etwas kalt geworden, und was das Kaffeekochen anging, war Michelle auch sonst nicht so talentiert wie beim Schminken.

Der Föhn dröhnte aus dem Bad. Eigentlich bräuchte er auch eine Dusche, aber er hatte keine Sachen zum Wechseln dabei, und sein T-Shirt war feucht von der Wäsche. Außerdem hasste Alain kaum etwas mehr, als frisch geduscht in eine gebrauchte Unterhose zu steigen.

Nach kurzer Zeit kam Michelle aus dem Bad, getöhnt und geschminkt. »Also. Du meintest eben, du musst noch dein Auto aus Toulouse holen?«

»Ja. Ich fahre mit dem Zug.«

»Warst du eigentlich schon bei Christian wegen der erhöhten Rechnungen?«

»Nein.«

»Sollen wir das zusammen machen?«

»Musst du nicht arbeiten?«

Sie schaute zur Uhr an der Wand. Es war kurz nach elf.

»Fabienne arbeitet bis um vier heute, bis dahin werde ich wohl zurück sein. Sie kommt ohne mich klar, die Hauptsaison ist vorbei. Ich kann dich also sowohl nach Toulouse bringen als auch zu Christian begleiten.«

»Das musst du nicht machen.«

Sie lächelte, und ihre weißen Zähne wurden von rotem Lippenstift umrandet. »Ich weiß, dass ich das nicht muss. Und mach es trotzdem. Ich freue mich schon auf Christians Gesichtsausdruck.«

Sie fuhren mit offenem Dach, die Sonne schien ihnen ins Gesicht, und Michelles Haare wehten im Wind. Der Weg von Carcassonne zu dem kleinen Ort Meynière, Isabelles Heimat, wo sie aufgewachsen war, führte an großen Weinfeldern vorbei. Die Reihen der Rebstöcke reichten scheinbar bis zum Horizont oder sogar darüber hinaus, wenn es einen Regenbogen am Himmel gab. All das gehörte der Familie Mollard. Alain hatte nach Isabelles Tod nie danach gefragt, ob ihm als Witwer irgendwann ein Teil davon als Erbe zustehen würde, wenn auch ihr Vater François Mollard das Zeitliche segnete. Eigentlich erhob er gar keinen Anspruch aufs Erbe, und deshalb ärgerte es ihn umso mehr, dass sein Schwager Christian ihm den Rabatt beim Weineinkauf gestrichen hatte. Klammheimlich, kaum dass seine Schwester unter der Erde lag. Was musste in einem Menschen vorgehen, so etwas zu tun? An ein Versehen glaubte Alain nicht.

Kurz vor der Ortschaft Les Pradels trat Michelle energisch auf die

Bremse und wurde schlagartig langsamer. Die kleine Lücke zwischen den Bäumen war im Vorbeifahren leicht zu übersehen und sehr schlecht ausgeschildert. Sie bog ab auf einen asphaltierten Weg, der von Platanen gesäumt war. Die Bäume spendeten jedoch kaum Schatten, weil die Sonne im Zenit stand. Erst als sie den bewaldeten Parkplatz vor dem Anwesen erreichten, wurde es etwas kühler. Michelle platzierte ihren Mazda zwischen zwei Bäumen. Sie stiegen aus. Der Parkplatz war ausnahmsweise nur wenig frequentiert. Bei größerem Andrang konnte man noch hinter einem Tor auf freiem Feld unter praller Sonne parken. Jetzt aber standen außer dem Mazda nur zwei weitere Wagen unter den Bäumen, darunter ein Auto mit deutschem Kennzeichen aus Heidelberg.

Michelle und Alain gingen auf das große Haus zu, folgten dem Weg zum Hintereingang, wo die Degustationsräume waren. Mollard gab sich große Mühe, den Kunden etwas zu bieten, und hatte mehrere Zimmer in dem Haus zu kleinen Probierzimmern hergerichtet. Zum Verkosten wurden etwas Käse, Wurst und Brot aus heimischer Produktion gereicht. Das zahlte sich in der Regel aus, insbesondere Touristen trauten sich nach so einer Bewirtung kaum, ohne einen oder mehrere Kartons vom Gelände zu fahren.

Der Dielenboden knarrte, als Michelle und Alain den Verkaufsraum betraten. Das Haus war beinahe zweihundert Jahre alt, aus Stein gebaut, und an einigen Stellen bröckelte der Putz ab. Doch das sollte so sein. Es verlieh dem Raum mehr Authentizität. Und auch die Fenster, die so aussahen, als seien sie in zweihundert Jahren nie erneuert worden, trugen maßgeblich dazu bei. In den Holzregalen, die genauso alt wirkten wie das Haus, befanden sich die unterschiedlichen Weinflaschen zur Ansicht. Die zum Kauf waren in Sechserkartons verpackt auf dem Boden.

Ein Ehepaar stand am Tresen und wartete darauf, dass Christian die Abrechnung machte. Sie hatten gut eingekauft, Alain zählte acht Kartons auf einem bereiften Bollerwagen. Christian war so sehr ins Rechnen vertieft, dass er Alain und Michelle noch gar nicht wahrgenommen hatte. Schließlich schaute er auf, erblickte sie und lächelte. »Oh, was für eine schöne Überraschung.«

Bei der Begrüßung war Christian immer freundlich. Doch das konnte sich im Laufe eines Gesprächs schnell ändern. »Ich bin gleich für euch da.«

Er zeigte seinen Kunden die Rechnung und versuchte ihnen zu erklären, was er addiert hatte. Er sprach langsam auf Französisch, aber sie hinterließen nicht den Eindruck, als ob sie alles verstanden, nickten aus Höflichkeit jedoch trotzdem. Offenbar mussten das die Besucher sein, denen das Auto mit dem Heidelberger Kennzeichen gehörte. Alains Vermutung bestätigte sich, als die beiden auf Deutsch mit schwäbischem Akzent miteinander diskutierten und versuchten, die Rechnung nachzuvollziehen, wobei diesmal allerdings Christian nichts verstand. Auf die Idee, seinen Schwager um Hilfe zu bitten, kam er dennoch nicht.

Aus Mitleid mit dem armen Ehepaar mischte sich Alain ein.

»Darf ich es Ihnen erklären?«, fragte er in seiner Muttersprache.

Die Gesichter des Ehepaars erhellten sich. »Oh, Sie sind auch Deutscher?«

Alain lächelte. »Manchmal. In Momenten wie diesen.«

Er nahm Christian die Rechnung aus der Hand, sie wechselten ein paar Worte auf Französisch, dann übersetzte er den Kunden die Details. Diesmal nickten sie nicht nur aus Höflichkeit.

»Und ganz am Ende der Rechnung«, sagte Alain auf Deutsch, »wurde der zugesagte Rabatt abgezogen. Zwanzig Prozent«, die letzten Worte betonte Alain besonders deutlich und wiederholte auch auf Französisch, während er zu Christian sah: »Zwanzig Prozent, das ist wirklich anständig.«

Christian rang sich ein Lächeln ab, sein Gesichtsausdruck verriet, dass er schon ahnte, warum Alain hier war.

»Das ist ja großartig, wir sind begeistert«, freute sich der Heidelberger und bezahlte die Rechnung mit Karte.

Dann versuchte er auf Französisch zu sagen, dass Christian unbedingt seinen Vater grüßen sollte, der die wunderbare Degustation geleitet hatte. Das Sprachtalent des Deutschen erschöpfte sich nur leider sehr schnell, und Christian blickte etwas irritiert drein. Bloß Alain wusste, was der Kunde eigentlich hatte sagen wollen, und korrigierte das Missverständnis, woraufhin Michelle und Christian ziemlich lachen mussten.

Die Ehefrau schaute zu Alain. »Danke. Ich weiß ja nicht, was mein Mann sich da zurechtformuliert hat, aber es schien nicht richtig gewesen zu sein.«

»Er hat gesagt, dass er dem Vater hässliche Grüße ausrichten sollte.«

Nun stimmte auch die Ehefrau in das Gelächter mit ein, während ihr Mann peinlich berührt danebenstand und rot anlief.

»Ja, mein Französisch ist etwas eingerostet«, rechtfertigte er sich und war bemüht, der Situation schnellstmöglich zu entfliehen. »Vielen Dank Ihnen allen und auf Wiedersehen.«

Er zog den Bollerwagen hinter sich her, und seine Ehefrau folgte ihm nach draußen.

Nun waren sie allein. Alain wandte sich seinem Schwager zu. »Hast du einen Moment Zeit?«

»Eigentlich nicht. Wir haben Kunden im Haus.« Er interessierte sich noch nicht mal dafür, dass Alain ein blaues Auge hatte.

»Dein Vater kümmert sich um die Kundschaft, oder?«

Christian sah demonstrativ auf die Uhr. »Okay, was willst du?« Die Freundlichkeit, die er bei der Begrüßung noch an den Tag gelegt hatte, war anscheinend mit den Kunden durch die Tür verschwunden.

»Den Deutschen gibst du zwanzig Prozent Rabatt, wie ich gerade erfahren habe, und mir keinen einzigen Cent?«

Er tat so, als ob er nicht verstand. »Wovon redest du?«

Michelle trat ein Schritt näher heran. »Ich habe mir die Bücher angesehen.«

Christian schluckte. »Dann muss da ein Fehler vorliegen. Das kann nicht sein.«

»Ah ja.« Alain sah ihn eindringlich an. »Was würdest du denn dann davon halten, wenn wir auf einen anderen Wein umsteigen? Georges Bertrand zum Beispiel. Ist nur unwesentlich teurer als euer Bester.«

»Tu, was du nicht lassen kannst«, erwiderte sein Schwager trotzig. Er war ein Kindskopf, und so verhielt er sich auch.

Michelle erhob das Wort. »Und wenn dein Vater das nächste Mal ins Chez Isabelle kommt und seinen Wein nicht mehr auf der Karte findet, was glaubst du, was er dazu sagt?«

François Mollard war ein Patriarch, der seinem Sohn zwar die Verantwortung für das Weingut übertragen hatte, aber eigentlich die Zügel nicht loslassen konnte. Und da Christian anscheinend immer noch um die Anerkennung des Vaters buhlte, fiel Michelles Drohung eindeutig auf fruchtbaren Boden.

Es bildeten sich feine Perlen auf Christians Stirn, wie immer, wenn er nervös wurde und nicht mehr wusste, was er sagen sollte.

In die Stille hinein ertönte das Knarren der alten Holztreppe. François Mollard kam in geruhsamem Tempo die Stufen herunter. Auch wenn er noch gut auf den Beinen war, hielt er sich stets am Handlauf fest.

»Na, was ist das denn?«, seine Stimme klang empört. »Endlich lässt du dich auch noch mal blicken«, sagte er zu Alain und schaute dann zu Michelle. »Und du auch. Was macht ihr beiden euch so rar, mmh?«

Er begrüßte erst die Dame, bevor er sich seinem Schwiegersohn zuwandte und ihn leicht verdutzt ansah. »Was ist denn mit dir passiert?«

»Reden wir nicht drüber.«

François grinste. »Gut, erzähl es mir irgendwann mal.«

Sie umarmten sich.

Christian nutzte die Zeit, um ein Tuch aus der Hosentasche zu holen und sich den Schweiß von der Stirn zu tupfen.

François drehte sich zu Michelle um. »Hast du heute geschlossen?«

»Nein«, sagte sie mit einem Lächeln. »Ich habe gute Mitarbeiterinnen.«

»Ach so, ja.« François' Blick wanderte kurz zu seinem Sohn. »Kannst du schnell noch zwei Flaschen von dem Carignan holen, den 2015er und den 18er, und nach oben bringen? Die Kunden möchten noch mehr probieren. Es läuft sehr gut.«

Christian zögerte. Die Sorge, dass Alain und Michelle ihn bei seinem Vater anschwärzen könnten, während er weg wäre, stand ihm ins Gesicht geschrieben. Als Alain das bemerkte, legte er symbolisch den Zeigefinger an seine Lippen. Christian verstand und ging zum Weinregal, nahm die besagten Flaschen und brachte sie nach oben.

Die drei redeten über Belanglosigkeiten, das Wetter und übers Geschäft. Die Probleme, die das *Chez Isabelle* im Moment hatte, verschwieg Alain ebenso wie den Grund für sein lädiertes Gesicht. Dann kehrte Christian zurück.

»Ich glaube, du wirst dort oben verlangt«, sagte er zu seinem Vater.

»Jaja, ich gehe ja schon.« Er sah zu Alain und Michelle. »Seid ihr nachher noch da?«

»Wohl eher nicht«, antwortete sie. »Wir müssen weiter.«

»Dann besucht mich bald mal wieder, wenn ihr mehr Zeit habt. Au revoir.«

François ging die Stufen nach oben. Für seine neunundsiebzig Jahre war er noch recht agil, was auch daran lag, dass er ein Leben lang auf den Feldern gearbeitet hatte. Das Weingut bestand in dritter Generation, Isabelles Großvater hatte es begründet. Vor ungefähr zwanzig Jahren hatte dann das Weinbaugebiet durch den AOC – den Appellation d'Origine Contrôlée, eine Art Schutzsiegel für bestimmte landwirtschaftliche Produkte in Frankreich – einen eigenen Namen als Unterregion verliehen bekommen: Cabardès. Weine aus mehreren Orten, zu denen auch Meynière gehörte, durften diesen Namen auf dem Etikett tragen. Die Zeitspanne von zwei Jahrzehnten reichte noch nicht, um als Weinregion wirklich bekannt zu werden, weshalb es sich beim Mollard um einen echten Geheimtipp handelte.

Alain wartete ab, bis François außer Hörweite war, dann wandte er sich seinem Schwager zu, der hinter dem Verkaufstresen in Stellung gegangen war. Eine Barriere zwischen ihnen schadete nicht.

»Warum tust du so was?« Alain gab sich keine Mühe, seine Wut zu verbergen.

»Was denn? Ist dir noch nie ein Fehler passiert?«, schnauzte Christian ihn an.

»So einer noch nie, nein. Deine Schwester stirbt, und du streichst den Rabatt. Soll ich da an einen Zufall glauben?«

»Glaub doch, was du willst.« Er fühlte sich sichtlich unwohl, konnte die Hände nicht stillhalten, tat so, als ob er unbedingt auf dem Tresen ein paar Sachen umstellen musste. So etwas wie Einsicht war nicht zu erkennen.

»Christian«, sagte nun Michelle mit ernstem Ton. »Ist das wirklich alles, was du dazu zu sagen hast?«

»Was wollt ihr denn hören, hm? Was?« Er wurde ungehalten. »Dass ich versucht habe, Alain über den Tisch zu ziehen?«

»Genauso so sieht es aus«, erwiderte Michelle ruhig. »Zumindest wenn ich mir die Bücher ansehe.«

»Hast du auch mal auf den Namen geschaut? Der hat sich nämlich geändert, richtig? Philippe und Alain sind jetzt die Kunden, nicht mehr meine Schwester. Ich habe einen neuen Kunden im System angelegt und muss dabei wohl vergessen haben, den vereinbarten Rabatt zu übertragen. Das tut mir sehr leid. Es war ein unglücklicher Fehler, mehr nicht.«

Alain sah fragend zu Michelle, deren skeptischer Gesichtsausdruck allerdings nicht so wirkte, als ob sie ihm glaubte.

»Ich schlage fünfzig Prozent vor«, sagte er daraufhin wieder zu seinem Schwager gewandt.

»Fünfzig Prozent?«, wiederholte Christian entgeistert und hielt sich mit beiden Händen am Tresen fest.

Alain nickte bestimmt. »Ab sofort. Auf unbestimmte Zeit. Dann musst du nicht die ganzen Rechnungen durchgehen und neu schreiben. Wir sagen einfach fünfzig Prozent anstatt bisher dreißig.«

Christian zögerte. »Unter einer Bedingung.«

»Die da wäre?«

»Du akzeptierst, dass es ein Versehen war.« Er streckte ihm die Hand entgegen.

Da Alain keine Lust hatte, deshalb zu diskutieren, schlug er ein. Damit war das Problem aus der Welt. Ihre beiderseitige Ablehnung würde allerdings bleiben. Alain war aber auch nicht hergekommen, um einen neuen Freund zu finden.

»Au revoir«, sagte er zu Christian, der die Verabschiedung erwiderte. Michelle dagegen schwieg. Sie konnte viel nachtragender sein als Alain.

Die beiden verließen den Verkaufsraum und gingen zum Auto.

»Das wäre geschafft.« Erleichtert atmete Alain aus.

»Ich hätte ihm das nicht durchgehen lassen.« Michelles Stimme klang erbost. »Er hat das mit Absicht gemacht. Das war kein Versehen.«

Er sah sie an. »Du weißt das, ich weiß das und er weiß, dass wir es wissen. Was willst du mehr? Die Hauptsache ist doch, dass ich den Wein möglichst preiswert kriege und ihn teuer verkaufen kann.«

»Dann tu das gefälligst auch.« In ihrem Blick lag immer noch Wut.

Schweigend stiegen die beiden in den Mazda und fuhren los. Als Alain sich noch einmal umdrehte, sah er seinen Schwager im Türrahmen des Hauses stehen, als wolle er sich vergewissern, dass die beiden auch wirklich verschwunden waren.

Kapitel 27

Nicolas pfefferte den Tennisschläger auf den Boden, ballte die Fäuste vor Wut. Julie hatte ihn eiskalt ausgetrickst, zuerst angetäuscht, dass sie schmettern wollte, dann aber den Ball doch nur leicht angetippt, sodass er fast senkrecht kurz hinter dem Netz auf den Boden gefallen war. Jubelnd umarmte Julie ihren Spielpartner Roger, der ihr überschwänglich gratulierte. An Nicolas' Seite spielte Amelie beim gemischten Doppel. Sie war von den vieren die Schwächste, was Nicolas normalerweise aber ganz gut ausgleichen konnte. Er spielte seit seinem zehnten Lebensjahr und hatte in seiner Jugend sogar kurz davorgestanden, sein Hobby zum Beruf zu machen, sich dann aber für das Jurastudium entschieden. Er hob seinen Schläger wieder vom Boden auf, ging zu seiner Tasche und holte sich einen anderen, der etwas fester bespannt war, wie Julie wusste.

»Tut mir leid«, murmelte Amelie, als er zurück aufs Spielfeld kam.

»Was?«, fragte er knapp.

»Na, dass ich Julie den Ball so hingelegt habe.«

»Nein, nein, nein. Das war ich. Meine Dummheit. Machen wir einfach weiter«, entgegnete Nicolas sichtlich bemüht, nicht allzu gereizt zu klingen.

Auf der anderen Seite des Netzes standen Roger und Julie zusammen und redeten.

»Ist er nicht gut drauf?«, fragte Roger und warf einen Blick in Richtung Nicolas.

»Du kennst ihn doch«, antwortete Julie nur.

»Ja, das schon«, erwiderte er, bevor er vorsichtig hinzufügte: »Aber ist sonst alles gut bei euch?«

Julie hob den Daumen.

»Hey. Was ist?«, rief Nicolas herüber. »Es steht dreißig : null. Können wir vielleicht?«

Das ließ sich Roger nicht zweimal sagen und begab sich zur Grundlinie, von wo aus er gleich den ersten Aufschlag aufs Feld hämmerte, der zu einem Ass wurde. Den zweiten bekam Nicolas zwar, schlug den Ball aber ins Aus.

Julie riss beide Arme hoch. »Gewonnen.«

Erneut hinterließ Nicolas' Schläger eine deutliche Spur im Sand.

»Das wär's«, rief Roger den Gegnern mit einem Siegerlächeln zu. »Kommen wir nun zum angenehmen Teil des Tages.«

Sie gingen alle zusammen vom Platz. Julie überlegte, ihren Verlobten zu trösten, aber Nicolas würde erst etwas später wieder ansprechbar sein.

Nach dem für Julie und Roger erfreulichen Spiel zog es sie ins *Chez Yvonne*, ein Restaurant in der Rue Denfert Rouchereau, in dem Roger immer einen Platz bekam, weil er den Chef des Ladens mal erfolgreich vor Gericht verteidigt hatte. Bei dem Namen, der auf der Speisekarte prangte, musste Julie unweigerlich an Alain denken, dessen Restaurant so ähnlich hieß.

Roger und Amelie hatten vor zwei Jahren geheiratet, sie kannten sich bereits aus der Schule und waren insgesamt seit zwölf Jahren ein Paar. Sie hatte Ingenieurwesen studiert und arbeitete im Management einer Tiefbaufirma. In ihrer Freizeit trieb sie viel Sport und achtete sehr auf ihre Figur. Während die anderen sich die Bäuche vollschlugen, nahm sie kaum etwas zu sich und trank nur Wasser anstatt Wein. Die Männer kannten sich aus der Zeit ihres Studiums.

Als Roger nach dem Essen zum Rauchen nach draußen ging, begleitete Nicolas ihn aus Solidarität vor die Tür.

Die Frauen blieben allein zurück.

»Alles in Ordnung?«

»Wieso fragt ihr das alle?«, antwortete Julie mit einer Gegenfrage. »Roger auch eben. Sehe ich so bedrückt aus?«

»Ein wenig, ja.«

Julie zögerte kurz. »Im Großen und Ganzen ist alles in Ordnung. Ich darf mich nicht beschweren.«

»Aber?«

»Ich habe mich noch nicht wirklich hier eingelebt. Toulouse ist irgendwie anders als Paris.«

»Das kannst du wohl laut sagen. Mir gefällt dagegen die Hauptstadt nicht so gut.« Amelie schwieg einen Moment. »Würdest du gerne zurück?«

Anstatt zu antworten, trank Julie einen großen Schluck Wein.

Diese Reaktion veranlasste Amelie, ihre Hand zu heben, als stünde sie im Zeugenstand vor Gericht. »Ich schwöre dir, ich sage nichts.«

Eine Träne kullerte aus Julies Auge, sie wischte sie sofort weg.

»So schlimm?« Nun wirkte Amelie ernsthaft besorgt.

»Nein«, erwiderte Julie sofort. »Es ist nur, ich weiß nicht, wie ich es sagen soll. Es ist – vielleicht hätte ich noch etwas warten sollen, bevor ich mich versetzen lasse.« Nervös fuhr sie mit ihren Fingern am Stiel ihres Weinglases entlang.

»Warum? Wegen Nicolas?«

»Nein, nein. Wegen der Arbeit«, antwortete Julie. Sie wollte ihre Freundin nicht zu sehr an ihrem Gefühlsleben teilhaben lassen und nur Dinge sagen, die Amelie nicht missverstehen konnte. »Ich habe das Gefühl, die respektieren mich nicht wirklich. Behandeln mich wie eine Anfängerin.«

»Männer.« Amelie schnaubte. Am Anfang ihrer Karriere hatte man sie auch nicht ernst genommen, sie auf ihr gutes Aussehen reduziert und ihr nicht zugetraut, einen guten Job als Ingenieurin zu machen. Doch sie hatte es dennoch geschafft, sich zu beweisen und gegenüber den testosterongesteuerten Kollegen durchzusetzen.

Bevor sie noch etwas anderes hinzufügen konnte, schwang die Tür wieder auf.

»Sie kommen zurück«, murmelte sie kaum hörbar, woraufhin Julie aufstand und in Richtung Toilette verschwand. Nicolas sah immer sofort, wenn sie eine Träne vergossen hatte.

»Warte, ich muss auch mal«, rief Amelie ihr hinterher und sprang ebenfalls auf.

»Kannst du mir sagen, warum Frauen so gerne zusammen auf Toilette gehen?«, fragte Roger an Nicolas gewandt, als sie sich wieder setzten.

»Ein unerklärliches Phänomen.«

Die beiden lachten.

Es hatte gutgetan, sich ihrer Freundin – zumindest ein wenig – zu öffnen. Nachdem die Frauen von der Toilette zurückgekommen waren, hatte Amelie außerdem einen Vorschlag unterbreitet, mit dem sie die Männer losgeworden waren, um noch etwas mehr über das Thema reden zu können. Ihre Idee, in ein Museum zu gehen, stieß nämlich, wie erwartet, auf wenig Begeisterung bei Nicolas und Roger. Sie bevorzugten es, in einer Sportsbar Fernsehen zu gucken, weil Toulouse heute spielte, und so trennten sie sich für ein paar Stündchen.

Anstatt sich Kunstwerke anzusehen, nahmen die beiden Frauen kurz darauf in einem der großen Museumssäle auf einer Bank Platz und führten ihr Gespräch fort.

Julie schob ihre momentane Verfassung darauf, dass sie Heimweh hatte und sie gleichzeitig von ihrem Kollegen Benoit genervt war, wobei ihr der Beruf an sich nach wie vor Spaß machte.

»Hast du gerade einen interessanten Fall?«, fragte Amelie daraufhin, um das Gespräch in eine weniger emotionale Richtung zu lenken. Sie wollte nicht, dass Julie sich zu sehr in ihre Probleme hineinsteigerte.

»Eine Leiche ohne Kopf«, entgegnete Julie mit gedämpfter Stimme. »Der Tote war ein junger Mann und ich trete etwas auf der Stelle.«

Amelie antwortete nicht, sah Julie nur mit großen Augen an. In dem Museum herrschte eine eigentümliche Stille. Mal ein Husten, mal das Klackern von Ledersohlen, sonst kaum ein Laut.

Julie brach das Schweigen mit einem Flüstern. »Ich bin einem Mann begegnet.«

»Oh Gott«, platzte es aus Amelie heraus und hielt sich die Hand vor den Mund, wobei sich ihre Augen noch mehr weiteten.

Bei dem Anblick des entsetzten Gesichtsausdrucks ihrer Freundin musste Julie unwillkürlich lachen. »Nein. Nicht so. Nicht, was du jetzt denkst«, beschwichtigte sie Amelie.

Erleichtert atmete die Freundin auf. »Was für einem Mann denn?« Ihr Blick wurde neugierig.

»Einem ehemaligen Kommissar aus Deutschland. Er hat mich beeindruckt, weil er mich daran erinnert, warum ich das alles überhaupt mache.«

»Du meinst deinen Job? Inwiefern erinnert er dich daran?«

»Alle in meiner Familie waren dagegen, dass ich zur Polizei gehe. Außer mein jüngerer Bruder Kareem, der fand das okay. Von allen anderen musste ich mir hundertmal anhören: Wieso? Wieso willst du unbedingt zur Polizei? Und wieso studierst du nicht? Dann könntest du zumindest Polizeipräsidentin werden. Und irgendwann hat das dazu geführt, dass ich mich sogar selbst gefragt habe: Ja, wieso eigentlich?«

»Und? Weißt du es inzwischen?«

Julie nickte. »So richtig seit gestern.«

»Wie jetzt?«

»Weil er mich gestern daran erinnert hat. Er heißt Alain, dieser ehemalige Kommissar aus Deutschland, und will herausfinden, warum die Tochter eines Freundes gestorben ist, eine Studentin. Obwohl alle sagen, dass es ein Unfall war. Ich habe mit ihm geredet und dabei mich selbst gesehen, mich in ihm wiedergefunden. Er lässt sich nicht unterkriegen und nicht von seinem Weg abbringen, hinterfragt Dinge und ist bereit, alles zu tun, um die Wahrheit ans Licht zu bringen. Und ich glaube, das ist es, warum ich Polizistin werden wollte. Das ist mein Weg, den ich gehe. Mein Leben.«

Amelies Gesichtsausdruck wirkte auf einmal misstrauisch. »Und welche Konsequenz ziehst du daraus?«

»Ich lasse mich auch nicht unterkriegen. Ich werde mich behaupten, mich durchsetzen, so arbeiten, wie ich es für richtig halte, und mich nicht einschüchtern lassen. Egal, was andere sagen oder über mich denken.«

Amelie atmete erleichtert auf. Sie hatte sich anscheinend Sorgen gemacht, dass Julie daran dachte, die Zelte abzubrechen. Sie nahm ihre Freundin in den Arm. »Toulouse ist schön, und irgendwann wirst du es merken. Aber das Wichtigste ist, du hast hier Freunde und einen tollen Mann. Wann heiratet ihr eigentlich?«

»Dazu muss Nicolas erst meinen Vater um Erlaubnis fragen. So ist das in meiner Familie, ich bin immerhin die einzige Tochter.«

Sie lachten beide, und die Welt schien wieder in Ordnung. Zumindest für den Moment.

Kapitel 28

Alain arbeitete in der Küche und kümmerte sich mal wieder um das *Mise en place*, das im Laufe des Abends je nach Bedarf mehrmals erneuert werden musste.

Jamal, Marie, Hi Jong und Philippe waren schockiert gewesen, als sie ihren Chef zum ersten Mal seit Freitag gegenüberstanden. Sein Gesicht sah immer noch aus wie das farbenfrohe Kunstwerk eines Dilettanten. Um die Gäste nicht zu verschrecken, blieb er heute in der Küche, während Marie und Jamal den Service alleine stemmten. Außerdem machte es ihm Spaß, Philippe zuzusehen, wie er zauberte. Jeder Handgriff saß, er überließ scheinbar nichts dem Zufall. Auch wenn Alain wusste, dass dem nicht so war. Philippe hatte ihm einmal erklärt, dass jeder lernen könne, ein Gericht nach Rezept zu kochen, so wie jeder ein Instrument wie Klavier erlernen könne. Zumindest was das Herunterdrücken der Tasten betraf. Aber bis aus dem Erklingen von Tönen eine Melodie und schließlich Musik wurde, bedurfte es dann doch noch etwas mehr. Das Talent eines Kochs, wie das eines Künstlers, bestand vor allem darin, zu erkennen, wann etwas gelungen und vollendet war. Oder ob man noch weiter daran arbeiten musste, wobei auf dem Weg dahin stets unvorhergesehene Dinge geschehen konnten. Und das war auch gut so. Handwerkliche Fähigkeiten, Geschmackssinn und eine Prise Intuition bildeten die Heilige Dreifaltigkeit eines guten Koches, so lautete Philippes Credo. Diese Stufe erreichte aber nicht jeder. Sogar sich selbst sah er noch immer in einem Lernprozess, auch wenn er schon recht weit gekommen war.

»Wenn du glaubst, du kannst es nicht mehr besser machen, hast du verloren.« Das war auch ein Grund, weshalb Philippe und Jamal in der Küche nicht miteinander zurechtgekommen waren. Nur hatte Alain das leider erst spät begriffen. Jamal brauchte Lob und Anerkennung wie andere Luft zum Atmen. Er war ein feiner Kerl, aber immer noch ein wenig Kind geblieben. Im Service war er deshalb gut aufgehoben, erntete viel Lob, ein Dankeschön hier, anerkennende Worte dort. Die Gäste mochten ihn.

Bei den Glaubenssätzen seines Kochs musste Alain an seine berufliche Zeit in Afrika denken. Dort waren auch besondere Fähigkeiten und Intuition gefragt. Viele Beamte aus Europa oder den USA, die dorthin entsandt worden waren, hatten die falsche Einstellung gehabt. Sie führten sich auf, als wüssten sie alles besser und wären den Einheimischen weit überlegen. Diese Arroganz hatte Alain immer gestört. Er war allen Menschen mit einer gesunden Portion Demut entgegengetreten. Auf diese Weise hatte er ihr Vertrauen gewonnen, sie zum Reden gebracht. Und er hatte mehrmals die Erfahrung machen dürfen, dass sich eine scheinbare Lüge als Wahrheit entpuppte, während die Wahrheit zur Lüge mutierte. Es war oftmals nur die eigene Sichtweise der Dinge, die trügerisch sein konnte. Aus diesem Grund löste Alain sich bei seiner Suche mehr und mehr von dem Bild, das er von Chloé hatte, als sie noch eine Jugendliche aus Carcassonne war. Gut möglich, dass aus der Raupe tatsächlich ein Schmetterling geworden war, wie es Jean Leroux behauptet hatte. Ein Schmetterling, der Alain vielleicht nicht gefallen hätte.

Er sah auf die Uhr und wandte sich seinem Koch zu. »Ich werde mal zum Boot gehen und noch ein wenig Buchhaltung machen. Wenn du mich brauchst, ruf an.«

Philippe erhob die flache Hand, bewegte sie an die Stirn wie bei einem militärischen Gruß. »Ey, mon capitain.«

In der Kajüte bereitete Alain sich einen Kaffee zu. Seinen Renault hatte er gestern in die Werkstatt gebracht und würde ihn morgen früh wieder abholen können.

Er fing an, die Ordner durchzugehen, und blätterte durch die Seiten. Von Zeit zu Zeit schaute er zur Tür. Er hatte die Hoffnung, dass Michelle wie beim letzten Mal unerwartet erscheinen könnte. Aber nichts passierte. So arbeitete er, bis es dunkel wurde und ihm irgendwann die Augen wehtaten.

Er sah auf sein Handy, das neben den Ordnern auf dem Tisch lag und nicht ein einziges Mal geklingelt hatte.

Sollte er sie anrufen?

Er tippte aufs Display und nahm das Telefon ans Ohr. Das Freizeichen tutete mehrere Male, bis schließlich Michelles Stimme von der Mailbox erklang. Alain legte auf. Sie würde sehen, dass er angerufen hatte. Das musste reichen.

Er stand auf und verließ das Boot, um wieder ins Restaurant zu gehen. Dann würde er den Sonntagabend eben in der Küche ausklingen lassen.

Kapitel 29

Benoit Tessier schaute von dem Brief seines Anwaltes auf, den er gerade las. Im Türrahmen stand ein Mann, den er schon einmal kurz gesehen hatte, aber er konnte sich nicht erinnern, wo und wann das war. Das Gesicht des Fremden sah irgendwie komisch deformiert aus und ein wenig so, als sei er geschminkt. Erst jetzt erkannte Benoit, woran das lag.

»Was ist denn mit Ihnen passiert?«

»Nicht der Rede wert«, antwortete Alain knapp und deutete zu dem Schreibtisch, an dem keiner saß. »Ist Kommissarin Saidi nicht da?«

»Doch. Mal kurz für kleine Mädchen.« Benoit zog die Augenbrauen skeptisch zusammen. »Wer hat sie hier raufgelassen?«

»Ihr Kollege Gustav Lierman.«

»Und was wollen Sie?«

Julie hatte ihrem Kollegen anscheinend nichts von vorletzter Nacht erzählt. Das sagte einiges über die Partnerschaft der beiden aus. Alain wollte gerade ansetzen zu einer Ausrede, als er sich nähernde Schritte im Korridor hörte und die Kommissarin erblickte.

»Ach, da ist sie ja«, meinte er lächelnd.

»Sie haben meine Frage noch nicht beantwortet.« Benoit Tessier starrte ihn herausfordernd an. »Weswegen sind Sie hier?«

»Er ist ein Bekannter«, sprang Julie Alain zur Seite, als sie das Büro betrat und hinter ihrem Schreibtisch Platz nahm. »Aus Paris.« Sie versuchte, sich ihren Ärger darüber, dass Alain unangemeldet vorbeikam und sie ihn deshalb nicht hatte abfangen können, nicht anmerken zu lassen.

»Sie sind auch Polizist?«, hakte Benoit nach.

Alain nickte. »In Paris. Früher, jetzt nicht mehr.« Das war nicht mal gelogen. Er schaute zu Julie. »Können wir kurz reden?«

»Nein«, grätschte Tessier dazwischen. »Würden Sie bitte am Ende des Korridors Platz nehmen und dort warten? Da stehen ein paar Stühle.«

Alain konnte die dicke Luft zwischen den beiden förmlich riechen und verschwand besser.

Julie erhob sich von ihrem Stuhl und schloss die Tür, setzte sich wieder, während Benoit sie mit durchdringendem Blick ansah. »Wer ist das? Ich habe ihn vor Kurzem gesehen, wann war das noch? Hier im Büro. Heute taucht er mit zerschlagener Fresse auf. Was läuft zwischen euch?«

Julie hatte eigentlich nicht vorgehabt, den Kollegen einzuweihen, aber jetzt musste sie es. »Er war hier wegen eines Selbstmordes. Eine Studentin aus Toulouse, die Tochter seines Freundes. Und ich hatte am Freitag Bereitschaft, wie du ja weißt. Da kam ein Anruf wegen eines Überfalls vor dem Bon Voyage. Er war das Opfer.«

Benoit lehnte sich in seinem Stuhl zurück, verschränkte die Arme vor seiner Brust. »Und wann genau wolltest du mir davon erzählen? Beim Mittagessen oder morgen zum Frühstück?«

»Du warst bis jetzt zu sehr beschäftigt mit deinem Anwaltskram.«

»Vorsicht.« Er hob drohend den Zeigefinger. »Treibe es nicht zu weit. Wir sind immer noch Partner, und ich – ich bin genau genommen sogar dein Vorgesetzter.«

Langsam wurde Julie wütend. »Und wann wolltest du mir von dem Fleck auf der Hose des Opfers erzählen?«, konterte sie.

»Was für ein Fleck?« Benoit sah sie irritiert an.

Julie musste sich ein Stöhnen verkneifen. Er hatte es anscheinend tatsächlich schon wieder vergessen.

»Die Kriminaltechnik hat angerufen«, half sie ihm auf die Sprünge. »Dr. Georges Albert hat mir von dem Fleck auf der Hose erzählt, und er sagte auch, dass er mit dir telefoniert habe.«

»Ach, ja. Ich dachte, es sei nicht so wichtig, und ... ich habe es vergessen, okay? Mea culpa. Aber lenk jetzt nicht vom Thema ab. Erzähl mir von dem Kerl da draußen. Du hast ihn also am Freitag in der Nacht gesehen? Seit wann kümmern wir uns um Prügeleien?«

»Sie hatte mit Serge Pujol zu tun.«

Benoit ließ die Arme sinken, in seinem Blick flackerte nun doch Neugierde auf. »Der, für den unser Brahim Abbas gearbeitet hat?«

Julie nickte.

»Und unser Serge hat diesen Kerl verprügelt. Warum?«

»Die beiden sind im Bon Voyage aneinandergeraten«, begann Julie zu erklären. »Serge hat nicht selbst zugeschlagen, sonst hätte ich ihn längst wegen Körperverletzung einkassiert. Er hat ihm ein paar Schläger auf den Hals gehetzt. Zumindest sieht es so aus, einen Beweis haben wir dafür nicht.«

Benoit beäugte Julie misstrauisch. »Wie und warum sind die aneinandergeraten? Wegen was?«

»Stell dir vor«, sagte sie schnippisch. »Das versuche ich gerade herauszufinden. Deshalb habe ich ihn heute noch mal herbestellt«, log sie.

Zu ihrem Glück schien Benoit die Geschichte zu glauben und erhob sich von seinem Stuhl. »Na, da bin ich jetzt mal gespannt.«

Er trat hinaus auf den Korridor und ging auf Alain zu. Julie folgte ihrem Kollegen.

»Kommen Sie mit«, befahl Tessier und deutete mit einer Geste an, dass Alain vorgehen sollte, während er selbst ihm dicht auf den Fersen blieb. Eine Möglichkeit, sich auf dem Weg noch einmal kurz abzusprechen, blieb Julie und Alain somit verwehrt.

»Die Tür rechts«, hörte Alain bereits nach ein paar Schritten den Polizeibeamten hinter sich sagen.

Sie betraten einen Konferenzraum, dessen Jalousien heruntergelassen waren, wodurch man vom Korridor nicht hineinsehen konnte.

»Sie haben heute die freie Wahl«, sagte Tessier. »Suchen Sie sich einen Platz aus.«

Alain setzte sich auf einen Stuhl mit dem Rücken zum Fenster, Julie und ihr Partner nahmen auf der anderen Seite des Tisches Platz.

»Ich bin Kommissar Benoit Tessier. Der Kollege und Vorgesetzte von Julie Saidi.« Seine Stimme triefte vor Überheblichkeit. »Schön, dass wir uns mal kennenlernen.«

»Warum sollten wir uns kennenlernen?«, erwiderte Alain ähnlich herablassend.

Die Replik brachte Tessier aus dem Konzept, wohingegen Julie sich ein Grinsen verkneifen musste.

»Wer hat Sie verprügelt?« Tessiers Tonfall leitete eher ein Verhör als eine Befragung ein.

»Drei Männer in einem Parkhaus. Steht alles in dem Polizeibericht.«

»Und was haben Sie mit Serge Pujol zu tun?«

Alain grinste innerlich. Jetzt hatte er endlich auch den Nachnamen, den Julie ihm bisher verschwiegen hatte. »Ich kennen ihn nur als Serge, denke aber, dass wir von demselben reden. Er hat mich im Bon Voyage zuerst auf einen Champagner eingeladen und mir dann gesagt, dass ich nicht willkommen sei.«

»Wie sind Sie in den Laden reingekommen?«, hakte Benoit nach. »Ein Typ wie Sie wird in der Regel von den Türstehern abgewiesen.«

»Woher wollen Sie das wissen?«

»Lassen wir das«, winkte Tessier ab, woraus Alain schloss, dass der Kommissar wohl selbst schon einschlägige Erfahrungen gemacht hatte.

»Ich habe den Laden durch die Eingangstür betreten«, antwortete er. »Ganz normal wie jeder andere Gast.«

»Sehr witzig.« Tessier ließ nicht locker. »Weshalb hat Serge Sie verprügeln lassen? Und kommen Sie mir nicht mit irgendwelchen Ausreden.«

Alain steckte ein wenig in der Zwickmühle. Er wusste nicht, wie viel Julie ihrem Partner zuvor erzählt hatte, und wollte ihr keine Schwierigkeiten bereiten. Deshalb tastete er sich langsam vor. »Ich nehme an, dass es Serges Männer waren, sicher bin ich mir aber nicht. Vielleicht wollten die auch nur meinen Computer stehlen, der im Auto war, und ich habe sie auf frischer Tat ertappt.«

»Das klingt auf einmal ganz anders als vorher«, erwiderte Tessier mit strengem Blick in Richtung Julie.

Alain nickte. »Weil ich mir nicht sicher bin. Genau das wollte ich auch Ihrer Kollegin noch sagen.«

Benoit schaute zu ihr. »Hat er Serge identifiziert?«

Sie nickte. »Anhand eines Fotos.«

Tessier sah wieder zu Alain. »Was können Sie uns über Pujol sagen?«

»Ich glaube, dass er Mädels für sich anschaffen lässt.«

»Sie glauben? Und was ist mit der Frau, die sich angeblich umgebracht hat? Gehörte die auch zu ihm?«

Alain schüttelte den Kopf. »Nein, glaube ich nicht.«

»Sie glauben, Sie glauben ... wissen Sie auch irgendwas?«

»Nein.«

»Warum sind Sie dann hier?«

»Um meine Aussage zu unterschreiben.« Er blickte zu Julie. »Das haben wir am Samstagmorgen vergessen und da ich heute ohnehin wieder in Toulouse bin, um für mein Restaurant einzukaufen, ließ sich das gut verbinden.«

Mit dieser banalen Antwort brachte er Tessier nun endgültig aus dem Konzept. Er schlug mit der flachen Hand auf den Tisch. »Warum sagen Sie das nicht gleich?«

»Sie haben mich nicht danach gefragt. Wir hätten das in Ihrem Büro klären können, aber sie haben mich sofort weggeschickt, und jetzt sitzen wir hier.«

Das Gespräch kam zum Erliegen.

Benoit schaute wieder zu seiner Kollegin. »Hast du das Protokoll fertig?«

»Ich muss es nur noch ausdrucken.« Sie nahm ihr Handy hervor, von dem aus sie wohl den Drucker in ihrem Büro ansteuern konnte.

»Du hattest übrigens recht«, sagte Benoit zu ihr, während er mit herablassendem Blick Alain fixierte.

»Womit?«

»Der Kerl ist ein Niemand. So hast du ihn ja nach seinem ersten Besuch bezeichnet. Und mit einem Niemand verschwenden wir nicht unsere Zeit. Lass ihn die Aussage unterschreiben, und dann soll er verschwinden. Sollte ich ihn noch einmal hier sehen, wird er das nächste Mal etwas länger bleiben. Das verspreche ich.« Mit diesen Worten erhob er sich von seinem Stuhl, riss die Tür auf und verschwand.

Julie steckte ihr Handy wieder ein und sah Alain strafend an. »Das war nicht klug, hier unangemeldet aufzukreuzen.«

»Stimmt«, stellte er nüchtern fest. »Haben Sie über meinen Vorschlag nachgedacht?«

Sie ging zur Tür, durch die Benoit soeben davongerauscht war und schloss sie, bevor sie sich wieder setzte und ihm eine Antwort gab.

»Ja. Durchaus. Aber jetzt hat sich das wohl erledigt. Ich komme in Teufels Küche, wenn ich Sie in unseren Fall einweihe oder Sie mir Informationen zweifelhaften Ursprungs liefern. Das hat nicht nur mit Gesetzen zu tun, sondern mit Regeln, die hier im Präsidium gelten.«

»Ihr Kollege ist ein Schwachkopf. So Typen wie ihn kenne ich zur Genüge.«

»Nein, ist er nicht.« Obwohl sie Alain nach Benoits Auftritt gerade nicht ganz unrecht geben konnte, hatte sie dennoch das Gefühl, ihn verteidigen zu müssen. »Er macht gerade eine schwierige Phase durch und hat manchmal eben andere Ansichten als ich. Deshalb ist er noch lange kein Schwachkopf. Außerdem läuft es hier einfach anders als in Paris. Das musste ich auch erst lernen.«

»Und deshalb geben Sie auf? Werfen Sie immer so schnell die Flinte ins Korn?«

»Hören Sie auf«, blaffte Julie ihn an. Er hatte einen wunden Punkt bei ihr getroffen. »Wir kennen uns nicht. Und das Bild, das Sie eben abgegeben haben, schafft kein Vertrauen. Nicht bei mir. Wer sind Sie, dass Sie glauben, mir so etwas sagen zu können?«

»Pardon.« Er hob beschwichtigend die Hände. »Sie haben recht. Ich bitte um Entschuldigung.«

Doch sie war noch nicht fertig. »Das Letzte, was ich brauche, ist ein arroganter Querkopf aus Deutschland, der früher mal Polizist war und jetzt meint, mir meinen Job erklären zu müssen.«

Alain schwieg, verteidigte sich nicht, sah ihr lediglich in die Augen. So lange, bis sie nicht mehr so aufgebracht wirkte. Erst dann durchbrach er die Stille. »Lassen Sie mich etwas erklären. Damals, als ich für das Bundeskriminalamt im Ausland tätig war, hatte ich auch keine Hoheitsrechte in dem jeweiligen Land. Ich war nur ein Verbindungsbeamter und musste mich durchlavieren. Ohne Polizeimarke, ohne Sonderrechte. Und ich war echt gut darin, das können Sie mir glauben. Ich verstehe genau, wo das Problem liegt. Und deshalb bin ich der Richtige, Sie zu unterstützen.«

In Julies Blick spiegelten sich sowohl Zweifel als auch Neugier wider, wobei zweiteres schlussendlich überwog. »Wie denn?«

»Mich interessiert, warum Chloé gestorben ist. Welche Rolle dieser Serge dabei spielt. Auch wenn ich mir nur schwer vorstellen kann, dass so ein Typ wie er sich die Mühe machen würde, selbst mit Chloé nach Lastours zu fahren, um sie von einer Burgruine zu stürzen.« Fast beiläufig fügte er noch hinzu: »Wenn er Chloés Mörder wäre, hätte man ihre Leiche vermutlich eher im Kanal gefunden –«

Julie fuhr aus ihrem Sitz hoch. »Wie meinen Sie das?«

Alain schrak zusammen, so sehr hatte sie ihn angefahren. »Was denn?«

»Der Kanal. Wie kommen Sie darauf, dass man Chloé dort gefunden hätte?«

Alain begriff und lächelte. »Verstehe. Sie bearbeiten den Fall mit der kopflosen Leiche in Carcassonne?«

»Was wissen Sie darüber?«

»Nicht mehr als das, was in der Zeitung stand. Stimmt es denn, habe ich recht? Sie verdächtigen diesen Serge, dass er etwas mit dem Mord zu tun hat?«

»Nein«, erwiderte sie schnell. »Es reicht jetzt. Gehen Sie bitte.«

Alain blieb demonstrativ sitzen und schaute zu ihr auf. »Chloés Vater ist ein Freund von mir. Ich bin Privatmann, kein Polizist. Bedeutet, dass ich mich auch nicht an Ihre Regeln halten muss, zumindest nicht an die, die hier im Präsidium gelten. Ich darf nur nicht gegen Gesetze verstoßen, und das werde ich nicht.«

»Ich wiederhole, was ich Ihnen am Samstagmorgen schon gesagt habe. Sie wissen nicht, worauf Sie sich einlassen. Was das für Typen sind. Und ich möchte Sie nicht noch mal im Krankenhaus besuchen müssen.«

»Ich bin mir inzwischen fast sicher, dass ich ins Bon Voyage gelockt wurde. Dieser Serge hat mich erwartet.«

»Und wer hat Sie dorthin gelockt?«

»Jean Leroux. Chloés Freund. Denken wir das mal weiter. Wenn Leroux mir Zutritt zum Bon Voyage verschafft und Serge dort auf mich gewartet hat, könnte das bedeuten, dass die beiden sich näherstehen, als wir annehmen sollen.«

Julie setzte sich wieder. »Was haben die beiden miteinander zu tun?«

Alain zuckte mit den Schultern. »Fragen Sie Jean Leroux. Aber ich glaube nicht, dass er mit Ihnen reden wird. Wenn Sie an ihn herankommen wollen, brauchen Sie mich. Oder Sie bekämen zuerst Ärger mit Ihrem Kollegen, dann mit Ihren Vorgesetzten und schließlich mit der einflussreichen Familie Leroux, weil Sie einen Skandal verursachen könnten.«

Als er geendet hatte, stand Alain von seinem Stuhl auf und schloss den obersten Knopf seines Jacketts, was er sonst nie machte. Körpersprache konnte manchmal mehr ausdrücken als viele Worte. Er war bereit zu gehen. »Holen Sie das Protokoll, und ich unterschreibe.«

Julie wollte genau wie er Gewissheit darüber, ob eine Verbindung zwischen dem einflussreichen Industriellensohn und einem Kriminellen wie Serge Pujol bestand, das konnte Alain in ihren Augen sehen. Sie erhob sich ebenfalls. »Das Restaurant, das Ihnen gehört. Lohnt es sich, dafür extra nach Carcassonne zu fahren?«

Er nickte lächelnd. »Auf jeden Fall. Wir sind meist restlos ausgebucht. Aber wenn Sie allein kommen, für eine Person haben wir immer einen Tisch frei.«

Julie hatte verstanden, sie deutete zur Tür. »Gehen wir das Protokoll unterschreiben.«

Kapitel 30

Alain hatte Position bezogen, seinen Wagen an der Straße geparkt und darauf achtgegeben, dass ihn die Kameras am Zaun der Leroux Aerospace nicht erfassten. Nun wollte er den Fuchs aus dem Bau locken. Jean Leroux hatte ihm Zugang zum Bon Voyage verschafft. Alain sollte den Eindruck gewinnen, dass Chloé sich vor ihrem Tod mit einem Haufen seltsamer Typen rumgetrieben hat, die alle als potenzielle Täter in Frage kämen, da war er sich inzwischen sicher. Und Serge hatte diesen Eindruck noch verstärkt. Ein Ablenkungsmanöver?

Alain dachte über die Typen auf der Jacht in Narbonne und unter anderem Boney M. nach. Angeblich, so hatte Chloé gesagt, seien es Musiker gewesen. Aber in der Rap-Szene gehörten Drogen und Gewalttaten mitunter dazu, und so mancher dieser Musiker pflegte ein Gangster-Image. Im Laufe seines Berufslebens war Alain jedoch einigen echten Kriminellen begegnet. Und die hatten nicht nur anders ausgesehen, sondern auch ihr Verhalten und das Auftreten waren bedrohlicher. Für solche Verbrecher gehörten Gewalt, Skrupellosigkeit und nackte Brutalität zum Alltagsgeschäft. Etliche Male hatte er während Verhören in diese kalten Haifischaugen gestarrt, die keine Reaktion zeigten, kein bisschen Mitgefühl, egal mit welchen menschlichen Abgründen man sie konfrontierte. Alain hatte die Erfahrung gemacht, dass solche echten Gangster die genormten Verhaltensweisen der Gesellschaft nur imitierten, wie das ein Schauspieler auf der Bühne tat. Sie lernten ihre Rolle, wussten, wie man sich zu benehmen hatte, vor allem auch in gehobenen Kreisen. Das aber erforderte Kraft und Konzentration, und irgendwann ließ diese immer mehr nach. Dann verloren sie die Kontrolle über sich, und ihr wahres Gesicht kam zum Vorschein.

Jean Leroux war kein Verbrecher, Boney M. wohl eher auch nicht. Bei Serge konnte er sich nicht sicher sein, ihm traute Alain einiges zu. Warum umgab sich Leroux mit kriminellen Typen? Wahrscheinlich kam er sich dann vor wie ein König unter Eingeborenen, und sie schätzten ihn wegen seines Geldes. Aber eine ernsthafte oder geschäftliche Verbindung zwischen Jean Leroux und Drogendealern oder einem Typen wie Serge konnte sich Alain nur schwer vorstellen. Und wenn, dann dürfte zumindest niemand davon wissen. Leroux würde das wie ein Geheimnis hüten.

Wusste Chloé davon? Hatte sie etwas erfahren? Hatte sich deshalb irgendwer durch sie bedroht gefühlt?

Alain wählte die Nummer, die er inzwischen in seinem Smartphone gespeichert hatte, und stellte auf Lautsprecher. Nach wenigen Freizeichen ertönte die schroffe Stimme der Sekretärin. »Leroux Aerospace, Vorzimmer Jean Leroux.«

Sie hielt es noch immer nicht für nötig, ihren eigenen Namen zu nennen, so unwichtig empfand sie anscheinend ihre eigene Person.

»Alain Olivier, guten Tag. Ich war am Freitag zu Gast bei Monsieur Leroux, vielleicht erinnern Sie sich.«

»Der mit dem Pastis«, erwiderte sie.

»Genau der.« Alain grinste. So blieb man also im Gedächtnis gewisser Leute haften. »Ich müsste noch mal dringend mit ihm sprechen.«

»Das geht nicht«, schallte es aus dem Lautsprecher. »Unmöglich. Er ist in einer wichtigen Besprechung. Sie brauchen einen Termin, sonst geht gar nichts.«

»Dann richten Sie ihm bitte aus, es ginge um Serge Pujol.«

»Um wen?«

»Monsieur Pujol, Vorname: Serge. Ohne Doktortitel oder irgendwas anderes in der Art. Ich muss dringend mit Jean Leroux über ihn reden, sonst könnten gewisse Dinge außer Kontrolle geraten.«

»Serge Pujol?«, wiederholte sie den Namen.

»Genau. Meine Nummer haben Sie ja, er soll mich zurückrufen.«

Alain beendete das Gespräch und schaute auf die Uhr am Armaturenbrett. Er wollte nicht in einer Warteschleife versauern. Sollte Leroux sich nicht in den nächsten dreißig Minuten melden, würde Alain die Sekretärin erneut anrufen und ihr auf die Nerven gehen.

Während er durch die Windschutzscheibe starrte und wartete, dachte er über das Gespräch mit Julie nach. Sie war eine gute Polizistin, das hatte er vom ersten Moment an gespürt. Engagiert, der Wahrheit verpflichtet, womöglich sogar auf der Suche nach so etwas wie Gerechtigkeit. Nur was sie von Paris nach Toulouse verschlagen hatte, wusste er noch nicht. Was er allerdings mit ziemlicher Sicherheit festgestellt hatte, war, dass sie wohl aus der Familie des bekannten Orthopäden und Sachbuchautors Dr. Amar Saidi stammte. Von ihm gab es viele Bilder im Internet, und die Ähnlichkeit mit seiner Tochter war unverkennbar.

Das Piepen seines Telefons riss ihn aus den Gedanken. Es waren gerade mal zehn Minuten seit seinem Anruf vergangen, und schon ertönte wieder die unfreundliche Stimme der Sekretärin aus dem Lautsprecher. »Hören Sie, Sie können sich glücklich schätzen, dass Monsieur Leroux sich Zeit für Sie nimmt. Ich stelle Sie jetzt durch.«

»Vielen Dank.«

Die Verbindung wurde kurz unterbrochen, dann ertönte die Stimme von Jean Leroux.

»Monsieur Olivier? Was kann ich heute für Sie tun? Brauchen Sie wieder eine Karte fürs Bon Voyage?«

»Nein, danke. Ein Besuch hat mir gereicht.«

»Das kann ich mir vorstellen«, entgegnete Leroux trocken. »So wie ich Sie einschätze, ist das nicht Ihr Laden.«

»Es war nicht nur die Musik. Auch wen ich dort kennengelernt habe.« Alain legte eine kurze Pause ein, bevor er weitersprach. »Ihren Freund Serge Pujol.«

»Er ist nicht mein Freund«, erwiderte Jean sofort.

»Das klang aus seinem Mund aber ganz anders«, log Alain.

So leicht ließ sich Jean jedoch nicht aus der Ruhe bringen. »Ich hatte Ihnen schon gesagt, es ist manchmal schwierig, reich zu sein. Leider gibt es viele Leute, die gerne mit mir bekannt wären und deshalb so tun, als ob. Aber Sie können sich sicher sein, dass dieser Serge Pujol nicht zu denen gehört, mit denen ich meine Zeit verschwenden würde.«

»Er hat gesagt, dass Sie Chloé quasi gerettet haben.«

Am anderen Ende der Leitung trat einen Moment lang Stille ein. Dann räusperte sich Leroux.

»Wie soll das jetzt gemeint sein?«

»Chloé war eine Bitch, hat er gesagt. Sie hat mit jedem rumgemacht, bis sie beide zusammenkamen. Dann war sie für alle tabu.«

Wieder ließ die Antwort etwas zu lange auf sich warten. »Sie war keine Bitch. Der Typ ist ein völliger Idiot, ein Spinner. Vielleicht sogar ein Psychopath. Aber es stimmt, dass Chloé mit ein bisschen zwielichtigen Typen rumhing, bevor wir uns kennengelernt haben.«

»Auch mit Serge Pujol?«

»Nein. So tief wäre sie nie gesunken.«

»Freut mich zu hören. Was ist mit Boney M.? Den habe ich auch getroffen. Kennen Sie ihn?«

»Ja. Ich unterstütze sein Plattenlabel, weil er ein guter Musiker ist.«

»Er hat aber ebenfalls behauptet, dass Sie und Serge Pujol Freunde seien«, log Alain schon wieder.

Erneut trat Stille am anderen Ende der Leitung ein.

»Sie sind ein Lügner«, brach Leroux das Schweigen. »Und ich kann leider nicht nachvollziehen, warum Sie das machen. Boney M. würde niemals so einen Unsinn über mich erzählen. Er kennt mich, und er kennt Serge, und deshalb weiß er auch, dass wir nichts miteinander zu tun haben.«

Alain wurde bewusst, dass er einen Gang höher schalten musste, sonst würde sein Plan wie ein Kartenhaus in sich zusammenfallen.

»Wollen Sie wissen, warum ich lüge?«, fragte er.

»Sie geben es also zu?« Nun klang Leroux restlos verwirrt.

»Ja. Ich glaube nämlich, dass Sie mich ebenfalls anlügen. Was Chloé betrifft. Und der Fall ist für mich zu einer persönlichen Angelegenheit geworden.«

»War er das nicht schon von Anfang an?«

»Nicht in dem Maße. Durch Sie bin ich ins Bon Voyage gekommen. Und als Serge mich rausgeschmissen hat, haben im Parkhaus drei Männer auf mich gewartet.« Alain machte eine rhetorische Pause. »Dieser Warnschuss war ein Rohrkrepierer. Jetzt werden Sie mich nicht mehr los, bis ich weiß, was zwischen Narbonne-Plage, den Burgruinen in Lastours und Toulouse vor sich geht.«

»Sind Sie verletzt worden?« In Jeans Stimme lag Bestürzung. Ob nur gespielt oder echt, konnte Alain durch den Lautsprecher nicht wirklich einschätzen.

»Vor allem in meiner Ehre«, erwiderte er.

»Ich kann Ihnen versichern, dass ich mit solchen Methoden nichts zu tun habe. Ich wollte Ihnen lediglich die Möglichkeit bieten, sich im Bon Voyage umzusehen, weil Sie das wollten. Mit dem Überfall auf Sie habe ich nichts zu tun.«

»Wir werden ja sehen.« Alain beendete das Telefonat.

Der Köder war ausgelegt, nun hieß es warten. Jean Leroux musste auf diesen Anruf in irgendeiner Weise reagieren, und wenn er dumm war, würde er jetzt anfangen rumzutelefonieren, was ihm später vielleicht nachzuweisen wäre. Aber Alain glaubte nicht, dass Jean Leroux so einen Fehler machte. Also würde er sich in Bewegung setzen.

Die mitunter wichtigste Tugend, die man bei einer Spezialeinheit erlernte, war Geduld. Observationen erstreckten sich manchmal über Tage, in denen nichts geschah. Von seinen Einsätzen war es Alain also gewohnt abzuwarten, und er hatte eine Methode entwickelt, die Zeit zu überbrücken, bis er in Aktion treten musste. Wenn die Polizei ein Fußballteam wäre, hätte Alain im Tor gestanden. Denn auch ein Torwart musste so lange ausharren, bis der Ball in seine Nähe kam, um dann von einem Moment auf den anderen hundert Prozent oder mehr Leistung zu bringen. Aber bis dieser Fall eintrat, nutzte Alain gerne die Zeit, um nachzudenken, führte innerlich Selbstgespräche.

Was könnte einen Typ wie Jean Leroux dazu bewegen, sich mit einem Serge Pujol abzugeben? Er war steinreich zur Welt gekommen, hatte die beste Erziehung genossen, die besten Schulen besucht. Lediglich seine Mutter hatte er im Alter von sieben Jahren verloren, das wusste Alain aus dem Internet. Ansonsten gab es nur sehr wenig Informationen über die Familie. Lediglich Jean hatte zweimal für Zeitungsschlagzeilen gesorgt. Einmal, weil er einen Ferrari auf der Autobahn geschrottet hatte und bei dem Unfall zwei junge Frauen verletzt wurden. Angeblich sei aber kein Alkohol im Spiel gewesen, und die Frauen wurden wegen ihrer Verletzungen fürstlich entschädigt. Das zweite Mal hatte Jean Leroux sich mit einem Plagiatsvorwurf auseinandersetzen müssen, weil es hieß, dass seine Abschlussarbeit an einer Hochschule von einem Ghostwriter stammte. Aber auch diese Sache war irgendwann im Sand verlaufen und der Juniorchef rehabilitiert worden.

Alain überlegte weiter. Sich mit Künstlern, Prominenten und Musikern zu umgeben bedurfte keiner Erklärung. Serge Pujol war allerdings nichts davon. Wurde Jean Leroux womöglich erpresst? Hatte Serge etwas gegen ihn in der Hand? Oder war es doch ganz anders? Eine weitere Möglichkeit wäre sein Ego. Auf gewisse Leute hatte ein Typ wie Serge durchaus eine Anziehungskraft. Und wenn man alles hatte – Reichtum, Einfluss und Frauen –, wie sollte einem das Leben da noch etwas Neues bieten? Leroux wäre nicht der Erste, der dieser Hybris verfallen wäre und sich der Lust hingegeben hätte, gegen das Gesetz zu verstoßen, einfach weil er glaubte, es zu können.

Alain sah auf die Uhr. Eine halbe Stunde war vergangen. Er ließ seinen Blick wieder umherschweifen, bis er an einem Zaun hängen blieb, hinter dem sich etwas bewegte. Er nahm ein Fernglas vor die Augen und sah, wie Jean Leroux aus dem Gebäude Nummer vier herauskam und zu seinem Wagen ging. Ein Porsche Carrera in Knallrot. Sehr auffällig und daher leicht im Straßenverkehr auszumachen. Nur leider hatte der Wagen viel mehr Pferdestärken als ein Renault. Alain konnte nur hoffen, dass Jean Leroux sich an Verkehrsregeln hielt. Das Tor öffnete sich langsam, der Porsche fuhr auf die Straße und beschleunigte. Gerade noch rechtzeitig duckte sich Alain hinter dem Steuer, als der Wagen mit lautem Röhren vorbeiraste.

Kapitel 31

Serge Pujol kam aus dem Haus und ging gerade auf sein silbernes Mercedes Coupé zu, als ihm eine Frau den Weg abschnitt. Sie trug eine kugelsichere Weste mit der Aufschrift »Police«.

»Serge Pujol?«

»Och nee, nicht jetzt.« Er verdrehte die Augen. »Was wollen Sie?«

»Julie Saidi, Police nationale. Mein Kollege Benoit Tessier.«

Der Kollege, der neben sie getreten war, trug ebenfalls eine Weste, seine Hand ruhte demonstrativ an der Schusswaffe.

»Wir möchten mit Ihnen reden«, sagte Julie. »Würden Sie uns bitte aufs Präsidium begleiten?«

»Und wenn ich was Besseres vorhabe?«

Nun schaltete sich Tessier ein. »Wollen Sie gar nicht wissen, worüber wir mit Ihnen reden möchten?«

»Nee. Ist doch sowieso immer dasselbe. Ihr werft mir irgendwas vor, und mein Anwalt erklärt euch dann, dass das alles Quatsch ist. Also? Was, wenn ich nicht mitkomme?«

»Dann nehmen wir Sie vorläufig fest.« Julie unterstrich die Androhung, indem sie zu ihren Handschellen am Gürtel griff.

Serge erkannte den Ernst der Lage. »Ach? Weswegen denn? Warum? Häh?!«

»Schwere Körperverletzung«, antwortete Tessier. »Ein Mann wurde vorgestern Nacht im Parkhaus vor dem Bon Voyage zusammengeschlagen, nachdem Sie ihn vor die Tür gesetzt haben.«

Er schüttelte gelangweilt den Kopf und nahm sein Handy aus der Tasche. »Dann rufe ich jetzt mal meinen Anwalt an. Der freut sich.«

»Stopp.« Julie nahm ihm das Telefon aus der Hand, und Tessier zauberte eine Beweismitteltüte hervor, in die seine Partnerin mit behandschuhten Fingern das Handy beförderte.

»Wir rufen Ihren Anwalt an, dass er kommen soll. Das Telefon kriegen Sie später wieder.«

»Sud! – Fuck! Was soll die Scheiße, verdammt?«

Julie ließ sich nicht aus der Ruhe bringen. »Bitte. Machen Sie es nicht komplizierter.«

»Sonst verbringen Sie die Nacht am Ende noch in Gewahrsam«, fügte Tessier um einiges weniger freundlich hinzu.

»Kommen Sie freiwillig mit?«, fragte Julie.

Pujol atmete einmal tief durch und gab sich geschlagen. Mit grimmigem Gesichtsausdruck folgte er ihnen und stieg hinten in den Dienstwagen ein, Benoit setzte sich neben ihn. Heute durfte Julie mal ans Steuer.

Alain hatte den Blickkontakt zu dem knallroten Porsche verloren. An der Mautstation der Ausfahrt von Castelnaudary war ein Idiot vor ihm an die Schranke für *Télépéage* gefahren und hatte zurücksetzen müssen. Zwar war er jetzt wieder in Bewegung, erblickte den Porsche aber nicht mehr. Alain näherte sich dem Stadtzentrum und ließ seinen Wagen auf den großen Parkplatz direkt neben dem Office de Tourisme rollen. Auch hier keine Spur von dem Porsche. Auf der Hauptstraße war einiges los um diese Uhrzeit, die Geschäfte hatten nach der Mittagspause wieder geöffnet, und vor den Bars und Cafés saßen viele Gäste, die den Tag ausklingen ließen. Alain fuhr weiter, bis hinunter zum Kanal, dort nach links am Ufer entlang, vorbei an den Anlegestellen. Weit und breit kein Porsche. Er war gerade dabei, in die Straße abzubiegen, die es ihm ermöglichte, zurück zum Ausgangspunkt zu kommen, als ihm das Hinweisschild zur *Moulin de Cugarel* ins Auge fiel. Eine der wenigen Sehenswürdigkeiten von Castelnaudary, eine alte Windmühle in exponierter Lage auf einem Hügel. Die Wahrscheinlichkeit, dass Leroux hergekommen war, um Sehenswürdigkeiten zu besichtigen, ging gegen null, trotzdem nahm Alain den Weg durch die Gassen den steilen Berg hinauf.

Seine Verwunderung war groß, als er den roten Porsche tatsächlich in einer der Parktaschen stehen sah. Von Jean Leroux war allerdings weit und breit nichts zu sehen. Alain stellte seinen Renault etwa hundert Meter entfernt unter einem Baum ab, der Schatten spendete, und blieb hinterm Steuer sitzen. Er sah in den Rückspiegel, hinter ihm befanden sich Wohnhäuser. War er in einem von ihnen verschwunden? Besuchte er jemanden? Eine Frau vielleicht? War er mit ihr bei Sonnenuntergang bei den Châteaux gewesen und von Chloé dort in flagranti erwischt worden? Alles nur Gedankenspiele.

Er öffnete die Autotür und stieg aus, immer darauf bedacht, nicht entdeckt zu werden. Im Schatten der Bäume näherte er sich der alten Windmühle und blieb abrupt stehen.

Jean Leroux saß auf einer Mauer und starrte vor sich in die Ebene von Fresquel. Bei schönem Wetter und klarer Luft konnte man bis zu dem schwarzen Gebirge am Horizont blicken. Eine traumhaft schöne Landschaft.

Alain zog sich wieder zurück, versteckte sich hinter einer Schautafel, auf der die Sehenswürdigkeiten beschrieben waren. Da sah er, wie Jean Leroux sein Telefon ans Ohr nahm.

Pujols Smartphone in der Beweismitteltüte brummte. Julie konnte kurz einen Blick auf das Display erhaschen und sah, dass es ein anonymer Anruf war. Der Anwalt, Paul Favre, der neben Serge saß, nahm das Handy und drehte es um. Dann sprach er weiter. »Schwere Körperverletzung setzt voraus, dass mein Mandant wenigstens anwesend war.«

»Das ist nicht zwingend notwendig«, hielt die Kommissarin dagegen. »Er könnte die Männer auch beauftragt haben.«

»Könnte?« Favre wurde zynisch. »Er könnte auch den Heiligen Geist beschworen haben.«

Serge lachte arrogant, bevor er hinzufügte: »Und warum hätte ich das tun sollen? Ich habe mich gut mit diesem Kerl unterhalten, bevor er den Club verlassen hat.«

»Alain Olivier wurde von Ihren Männern rausgeschmissen«, erwiderte Julie. »Dafür gibt es mehrere Zeugen.«

»Ja. Weil er sich am Schluss doch noch danebenbenommen hat. Es fliegen jeden Tag ein paar Gäste raus. Deswegen schicke ich doch niemandem ein paar Jungs hinterher.«

»Das reicht jetzt«, fiel Favre seinem Mandanten ins Wort und schaute zu Julie. »Haben Sie noch mehr? Irgendwelche handfesten Beweise oder Zeugenaussagen? Andernfalls beenden wir das Gespräch an dieser Stelle.«

»Moment.« Die Körperverletzung war eigentlich nur ein vorgeschobener Grund, mit dem sie Serge einkassieren wollten. Nun kamen sie zum eigentlichen Thema. »Da wäre noch die Sache mit dem Boot.«

»Was für ein Boot?« Der Anwalt schaute fragend zu seinem Mandanten. Serge zuckte mit den Schultern und mimte den Ahnungslosen.

»Was für ein Boot?«, wiederholte der Anwalt die Frage in Richtung der Kommissare.

Julie übernahm das Reden. »Wir haben ein Mordopfer, Brahim Abbas. Er wurde in Carcassonne in einer Schleuse des Canal du Midi gefunden. Abbas hatte einen Bootsführerschein. Und diesen hat er von Serge Pujol bezahlt bekommen.«

»Wer behauptet so was?« Pujol war sofort aufgebracht.

Um ihm zu signalisieren, dass er still sein sollte, legte sein Anwalt ihm seine Hand auf den Arm und schaute wieder zu den Kommissaren. »Fahren Sie fort.«

»Einen Führerschein braucht man nur, wenn man ein Boot besitzt, nicht wenn man sich eins leiht.«

»Ich besitze kein Boot«, grätschte Pujol dazwischen.

Der Anwalt sah ihn mit einem vielsagenden Blick an. »Bitte. Hören wir doch erst mal, was die zu sagen haben. Und dann lassen Sie mich antworten.«

Julie schaute zu Serge. »Wenn Sie kein Boot haben, warum haben Sie Brahim Abbas dann einen Führerschein bezahlt?«

Wieder hielt sich Pujol nicht an das, was Favre ihm geraten hatte. »Nächstenliebe.« Er lachte höhnisch. »So bin ich nun mal.«

Diesmal beugte sich der Anwalt zu seinem Mandanten herüber und flüsterte ihm etwas zu.

Nach einem kurzen Nicken setzte Pujol seine Aussage fort. »Ich besitze kein Boot, aber ich verbringe manchmal ganz gerne Zeit auf dem Kanal. Dann leihe ich mir eins, habe aber keine Lust, selbst zu fahren.«

»Wenn Sie sich eins leihen, brauchen Sie keinen Bootsführerschein«, hielt Julie dagegen.

»Aber ich möchte, dass der am Steuer etwas davon versteht. Ein Boot steuern kann. Deshalb habe ich Brahim einen Führerschein machen lassen. Er war so etwas wie mein Chauffeur, mein Kapitän auf dem Canal du Midi.«

»Was hat er sonst noch so für Sie gemacht?«

»Brahim? Nichts. Er hat sonst nichts gemacht. Nicht für mich.«

Erneut brummte das Handy vor ihm auf dem Tisch und hörte nach einiger Zeit wieder auf.

Tessier ergriff das Wort. »Kennen Sie einen Houssein Tifur?«

Julie schluckte, sie hätte den Namen lieber nicht erwähnt.

Pujol nickte. »Klar kenne ich den. Houssein hat auch einen Führerschein gemacht, weil Brahim zuerst zu doof war und bei der ersten Prüfung durchgefallen ist. Dann hat er es doch noch geschafft, und ich hatte zwei Kapitäne.«

»Wann haben Sie Houssein das letzte Mal gesehen?«, fragte Tessier weiter.

»Keine Ahnung. Ich sehe die nur, wenn wir Boot fahren. Das letzte Mal ist schon was her.«

»Dürfte ich mich kurz mit meinem Mandanten besprechen?« Der Tonfall des Anwalts gab unmissverständlich zu verstehen, dass es sich dabei keineswegs um eine Bitte handelte. Es war ein Befehl.

Julie und Benoît erhoben sich von ihren Stühlen. Im selben Moment brummte das Handy zum dritten Mal. Um zu verhindern, dass Pujol das Gespräch entgegennahm, blieben sie noch einen Moment lang im Raum, bis es aufhörte.

Alain sah, wie Jean Leroux das Telefon erneut vom Ohr nahm und in der Hosentasche verschwinden ließ. Dann erhob er sich. Schnell versteckte sich Alain im Schutz der Bäume, von wo aus er beobachtete, wie Jean Leroux sich schnellen Schrittes seinem Porsche näherte, einstieg und den Motor aufheulen ließ. Jetzt musste Alain sich beeilen. Eilig lief er zu seinem Renault, setzte sich hinters Steuer und konnte gerade noch sehen, wie der Porsche um eine Kurve verschwand. Er startete den Motor und rollte rückwärts aus der Parklücke, als ihm plötzlich ein Pkw den Weg versperrte. Alain hupte wütend. Aber nichts geschah. Der Wagen blieb stehen, und zwei Männer stiegen aus.

Nicht schon wieder, dachte Alain, machte die Tür auf und bewegte sich schnell aus dem Fahrersitz. Ein schwarzer VW Golf stand hinter seinem Renault und davor die beiden Männer. Der eine von ihnen war vermutlich um die fünfzig, den anderen schätzte Alain auf höchstens dreißig. Beide sahen sportlich und gepflegt aus. Und machten zu Alains Beruhigung keine Anstalten, ihn anzugreifen.

Stattdessen zog der Ältere, der einen grauen Schnäuzer hatte, einen Ausweis hervor und hielt ihn hoch. Darauf war das Firmenlogo von *Leroux Aerospace* zu sehen.

»Guten Tag. Ich bin Eduard Tuco. Sicherheitsdienst von Leroux Aerospace.«

»Um was geht es denn?«

»Das möchten wir von Ihnen wissen«, erwiderte Tuco.

»Was meinen Sie?«

»Ihr Fahrzeug ist uns aufgefallen, weil Sie eine Stunde lang vor unserer Firma gestanden haben. Dann sind Sie unserem Chef gefolgt. Warum?«

Alain wusste, dass Sicherheitsdienste auf höchstem Niveau so arbeiteten. Beim Personenschutz ging es nicht nur um die körperliche

Unversehrtheit, sondern vor allem auch darum, dass der Schutzperson so viele Freiheiten wie möglich gewährt wurden. Nur bei einer konkreten Gefahrenlage stand jemand rund um die Uhr komplett unter Beobachtung und hatte Bodyguards unmittelbar an seiner Seite. Jemand wie Jean Leroux war grundsätzlich einer abstrakten Bedrohung ausgesetzt. Diesen Unterscheid zu erkennen, wann eine abstrakte Bedrohungslage in eine konkrete umschlug, dazu waren Leute wie Eduard Tuco da, um dann einzugreifen.

Alain versuchte, sich herauszureden. »Jean Leroux kennt mich. Wir hatten heute erst telefoniert.«

»Das macht die Sache nicht besser«, erwiderte Tuco. »Wenn Sie Monsieur Leroux kennen, wieso verstecken Sie sich dann hinter Bäumen, anstatt sich zu ihm zu setzen und den schönen Ausblick zu genießen?«

Alain musste recht schnell einsehen, dass es wenig Sinn hatte, sich erklären zu wollen. Das erweiterte Umfeld einer Schutzperson im Auge zu behalten und zu analysieren, gehörte zum täglichen Brot der beiden Sicherheitsleute.

»Ich darf hinfahren, wo ich will«, sagte Alain deshalb nur trotzig.

»Natürlich dürfen Sie das«, erwiderte Tuco mit einem Lächeln und strich sich mit der Hand durch den Bart. »Sie sollten sich nur von Leroux Aerospace, dem Firmengelände und den Mitarbeitern fernhalten. Andernfalls gibt es juristische Möglichkeiten, Sie daran zu hindern.«

»Aber das müssen wir Ihnen ja nicht erläutern«, sagte der Jüngere, der auf der Fahrerseite stand und eine Baseballkappe trug. »Sie waren beim BKA in Deutschland, haben in der Auslandsabteilung gearbeitet. In Paris, der Elfenbeinküste, Tschad.«

Man wollte ihm also mitteilen, dass sie alles über ihn wussten.

Alain sah nur noch eine letzte Chance, die Situation zu retten, und änderte den Tonfall. »Chloé ist tot.«

Die beiden schienen den Namen zu kennen, mit dem plötzlichen Themenwechsel wussten sie aber nicht gut umzugehen.

»Was hat das hiermit zu tun?«, fragte Tuco.

»Das wissen Sie nicht?« Er ließ die beiden noch einen Moment lang zappeln. »Chloé Voltaire war die Freundin von Jean Leroux. Wenn Sie Ihren Job richtig machen würden, müssten Sie sie kennen.«

Tuco nickte. »Ja. Ich weiß, wen Sie meinen. Dass sie tot ist, tut uns sehr leid.«

Alain wurde sarkastisch. »Danke für die Anteilnahme.«

Sein Gegenüber reagierte sauer. »Wenn Sie etwas von Jean Leroux wollen, rufen Sie ihn an. Sie haben ja seine Nummer. Aber hören Sie auf, ihm nachzustellen. Ich wünsche Ihnen einen schönen Abend.«

Mit diesen Worten stiegen die beiden wieder in ihren Golf ein und fuhren davon.

Alain hatte es nun nicht mehr eilig und schlenderte zu der alten, steinernen Windmühle. Zu der Stelle, wo Jean Leroux gesessen hatte.

Im Westen näherte sich die Sonne dem Horizont und tauchte die Landschaft in gelbes Licht, das sich allmählich in Richtung Orange färbte. Die schönste Stunde des Tages brach an. Felder und grüne Wiesen erstreckten sich scheinbar endlos weit bis zum *Montagne Noire*, dem Schwarzen Gebirge. Es gehörte zum südlichen Ausläufer des französischen Zentralmassivs. Das Wasser der nach Süden und Westen fließenden Bäche wurde zur Scheitelhaltung des Canal du Midi benötigt. Ohne dieses Wasser wäre der Betrieb gar nicht möglich gewesen.

So schön der Ausblick auch war, Alain konnte ihn nicht genießen. Der Punkt ging eindeutig an Leroux. Und vielleicht hatte er ja tatsächlich nichts mit Chloés Tod zu tun. Aber ein Verdachtsmoment blieb dennoch: Egal wie man es drehte oder wendete, das Gespräch auf der Rückfahrt von Narbonne-Plage, als Chloé gegenüber Alain ein Geheimnis erwähnt hatte und nicht sagen wollte, worum es ging, stand immer noch als ein mögliches Tatmotiv im Raum. Jean Leroux, der aus einer einflussreichen und sehr wohlhabenden Familie stammte und mit dem sprichwörtlichen ›goldenen Löffel‹ im Mund geboren worden war, konnte sich keinen dritten wie auch immer gearteten Skandal leisten.

Wenn Jean zusammen mit Chloé in Lastours gewesen war, gab es dafür womöglich Zeugen. Die Sicherheitsleute. Sie aber zeichneten sich durch eine extreme Form von Loyalität aus, denn zu ihrem Job gehörte es auch, dass sie nicht nur das Leben der jeweiligen Person schützten, sondern auch deren Ruf.

Alain grübelte. Was, wenn Jean seiner Freundin ein Geheimnis in einem schwachen Moment anvertraut und es danach bereut hatte? Wenn sie ihn oder er sie danach verlassen und er somit die Kontrolle über sie verloren hätte? Wollte Jean einfach nur sein Geheimnis schützen? Hatte Chloé ihn womöglich sogar erpresst?

Kapitel 32

Alain wachte am Morgen nach einer unruhigen Nacht in Sainte-Eulalie auf. Obwohl der Platz neben ihm wie immer leer war, war das Bett bezogen. Nicht für den Fall, dass er mal eine Frau mit nach Hause bringen würde, sondern um die Lücke in seinem Leben nicht noch größer werden zu lassen. Ein leeres, nicht bezogenes Bett kam für ihn nicht infrage.

Wirre Träume, an die er sich nicht mehr erinnern konnte, dürften der Grund sein, weshalb sein Bettlaken so zerwühlt aussah. Alain erhob sich langsam, weil er dringend ins Bad musste. Früher war es ein Tabu gewesen, sich im Stehen zu erleichtern, aber seit Isabelle nicht mehr bei ihm war, gönnte er sich diesen Luxus. Er kam immerhin in das Alter, wo es im Stehen besser klappte. Alain betätigte die Klospülung, ging zum Spiegel. Die Schwellungen im Gesicht waren kaum noch vorhanden, nur noch leichte Verfärbungen unterhalb seines rechten Auges zeugten von dem Angriff in der Parkgarage. Heute hatten sie noch Ruhetag, morgen würde er wieder seinen Gästen gegenübertreten können.

Er ging in die Küche, setzte Wasser auf und brühte sich einen Kaffee mit grob gemahlenem Pulver. Den Filter stellte er auf die Thermoskanne. Es gab keine Maschine in seinem Haushalt, und Alain wollte auch keine. Vor allem nicht eine, die mehr Müll produzierte als Kaffee. Der erste Schluck am Morgen war eine Wohltat. Er genoss das Gefühl, wie die Wärme sich in seinem Hals ausbreitete, begleitet von dem Geschmack der Gerbstoffe.

Er sinnierte, während er aus dem Fenster in den Garten schaute. Die

Suche nach Chloés Mörder würde heute ruhen müssen, denn ihm fehlte so etwas wie ein Plan, was er als Nächstes unternehmen sollte. Es gab aber etwas anderes Wichtiges zu tun. Die grüne Hecke, die sein Grundstück von der schmalen Straße dahinter abgrenzte. Sie musste dringend geschnitten werden. Den sonnigen Tag mit harter, körperlicher Arbeit zu beginnen, erschien ihm als eine gute Idee und brachte ihn vielleicht auf neue Gedanken. Er stellte die leere Tasse ab und schritt zur Tat.

Die Elektroschere war ein Billigmodell aus dem Baumarkt und machte ordentlich Lärm bei geringer Leistung. Er hatte etwas mehr als die Hälfte der Hecke geschnitten, als sein Nachbarn Xavier Roland auf den Plan trat. Ihre Gärten waren durch einen von Pflanzen bewachsenen Maschendrahtzaun voneinander getrennt, aber es gab vorsorglich einen Durchgang, in dem Xavier nun stand und ihm zuschaute.

Alain machte die Elektroschere aus. »Bin ich zu laut?«

»Ach was.« Sein Nachbar machte eine wegwerfende Handbewegung. »Brauchst du noch lange?«

Alain deutete auf die Hecke. »Siehst du ja. Bin gerade erst eine halbe Stunde dran.«

Xavier lächelte verschmitzt. »Valentine ist nicht da. Lust auf ein Bier?«

»Wie spät haben wir es denn?«

»Irgendwo auf der Welt ist schon Abend. Komm.«

Ohne eine Antwort abzuwarten, wandte er sich um und ging in Richtung Haus. Alain warf einen Blick auf die Uhr. Was sollte es? Es war kurz nach elf. Er folgte seinem Nachbarn durch seinen sehr gepflegten Garten auf die Terrasse, wo mehrere bequeme, gelb gepolsterte Stühle um einen Tisch standen. Zwischen zwei Stühlen befand sich eine Kühltasche. Sie setzten sich, und Xavier holte zwei Fläschchen 1664 heraus, befreite sie von den lästigen Kronkorken und reichte eines Alain. Mit seinem ersten Bier des Tages stieß Alain an und wusste genau, dass noch weitere folgen würden. Ein Sonnenschirm spendete ihnen Schatten, und das war auch nötig. In der Mittagszeit erreichten die Temperaturen schnell dreißig Grad und mehr, auch im beginnenden Herbst.

»Wo ist deine Frau?«, fragte Alain nach einer Weile.

»Einkaufen.« Xavier überlegte. »Glaube ich zumindest. Sie hat gesagt, wo sie hinwollte, aber du kennst sie ja. Viele Worte, kann ich mir nicht alles merken.«

Die beiden lachten. Alain kannte Valentine nur zu gut. Sie hatte sich einen Mann ausgesucht, der nicht so viel redete. Xavier konnte man durchaus als wortkarg bezeichnen, und Valentine war das genaue Gegenteil. Sie verstand es nicht gut, Wichtiges von Unwichtigem zu unterscheiden, wodurch so manche Information in dem Redeschwall einfach unterging. Wenn Xavier sich in einer Runde von Männern aufhielt, sprach er schon etwas mehr, zeichnete sich aber definitiv als besserer Zuhörer aus.

Er griff erneut in die Kühltasche, holte zwei kleine Fläschchen hervor und öffnete sie. Eigentlich wollte Alain etwas langsamer trinken, weil er plante, am Nachmittag nach La Cité zu fahren und bei Michelle vorbeizuschauen. Sie hatte ihm gestern eine Nachricht geschrieben, um sich nach seinem Wohlbefinden zu erkundigen. Als Antwort hatte er ihr ein Selfie geschickt, womit sie sich aber nicht zufriedengab. Bevor er wieder unter Leute ginge, wollte sie ihn noch etwas schminken.

Xavier und seine Frau Valentine waren beide Ende sechzig und wohnten bereits ihr halbes Leben in Sainte-Eulalie. Die gute Nachbarschaft hatte sich nicht automatisch ergeben, was Isabelles Krankheit geschuldet war. Gerade als die ersten Gespräche auf der Straße oder im Garten aufkamen, erhielt Isabelle die Diagnose Krebs. In dem Moment hatten sie an vieles gedacht, nur nicht daran, Energie in neue Kontakte zu intensivieren. Xavier und Valentine schienen das zuerst falsch gedeutet zu haben und glaubten, dass Alain und Isabelle lieber unter sich bleiben wollten. Aber dann war es irgendwann zu dem entscheidenden Gespräch gekommen. Die Nachbarin hatte früher einmal als Krankenschwester gearbeitet und mit einem Blick erkannt, dass Isabelle schwer krank war.

Valentine ertrug es nur sehr schwer, wenn in Gegenwart anderer Stille herrschte, weil sie meinte, dass man sich dann nichts mehr zu sagen hätte. Alain erinnerte sich, als wäre es gestern gewesen, wie er an diesem Abend nach Hause gekommen war und die beiden Frauen auf der Terrasse gesessen hatten. Die Stille war gespenstisch gewesen, Valentine und Isabell sahen beinahe wie Wachsfiguren aus, redeten kein Wort, tranken keinen Schluck, hatten noch nicht mal ein Glas in der Hand gehabt. Isabelle war das beinahe Unmögliche gelungen: Valentine zum Schweigen zu bringen. In dem Moment hatte Alain begriffen, dass etwas ganz Schlimmes bevorstehen würde. Und dem war auch so. Denn an diesem Abend hatte ihm Isabelle mitgeteilt, dass sie nichts mehr gegen den Krebs unternehmen würde. Keine Chemotherapie, keine Bestrahlung. Und auch sonst nichts, was die Ärzte in ihrem Repertoire hatten, abgesehen von Schmerzmitteln. An genau diesem Tag war Isabelle in die Zielgerade ihres Lebens eingebogen, und Valentine hatte es als Erste erfahren und ihr beigestanden.

Nach der Beerdigung folgte für Alain eine Phase der Abgeschiedenheit und Besinnung. Er hatte sich zurückgezogen, bis er sich wieder in der Lage fühlte, die Freundschaft zu den Nachbarn neu aufzubauen. Kurz vor ihrem Tod hatte Isabelle den Wunsch geäußert, dass er sein Leben weiterleben sollte, wie er es für richtig hielt. Ganz egal, was andere über ihn sagten oder dachten. Indirekt hatte sie ihm damit auch mitteilen wollen, dass er sich eine neue Frau suchen sollte. Denn so gut kannte sie ihn, Alleinsein war nicht das Richtige für ihn. Nicht mehr. Als er noch wegen seines Berufs durch die Welt gereist war, gehörte Alleinsein zu seinem Alltag, aber er hatte sich nie wirklich einsam gefühlt. Dann aber war Isabelle in sein Leben getreten und hatte alles verändert, eine neue Sehnsucht in ihm zutage gefördert. Es war ihm darum nicht schwergefallen, seine Karriere für ein Leben mit ihr zu opfern. Nun aber war er wieder allein und fühlte sich öfter einsam, als ihm lieb war.

Er genoss die Gesellschaft von Xavier. Sie saßen auf der Terrasse und tranken 1664 aus kleinen Fläschchen, wie es sie in Deutschland gar nicht gab. Alain hielt sich das eiskalte Glas, an dem sich Kondenswasser bildete, an die Schläfe.

»Was ist eigentlich mit deinem Gesicht passiert?«, fragte Xavier. »Musstest du ein paar Gäste rausschmeißen?«

»Nein«, entgegnete Alain. »Ich arbeite im Moment wieder in meinem alten Beruf.«

Xavier sah ihn erstaunt an. »Dein alter Beruf? Heißt das, du verlässt uns bald?«

»Nein, nein«, stellte er hastig richtig. »Ich spiele nur Detektiv. Für einen Freund.«

»Ah so.« Xavier schien beruhigt.

Das Gezwitscher der Vögel erfüllte den Garten, hinter der Hecke knatterte eine Vespa vorbei.

›Ah so‹, mehr hatte er nicht zu Alains Aktivitäten zu sagen. Manchmal fehlte es Xavier an der nötigen Neugier, die eine Konversation am Laufen hielt. Wobei er bei manch anderen Themen durchaus Interesse zeigte.

»Wie geht es Michelle?«, erkundigte er sich nun.

»Gut. Sie hat immer noch ihren Laden in La Cité. Ich werde sie heute Nachmittag mal besuchen gehen.«

»Tu das. Unbedingt.« Seine Worte klangen beinahe wie eine Aufforderung.

»Wie habe ich das jetzt zu verstehen?«, hakte Alain mit hochgezogener Augenbraue nach.

Xavier schaute ihn an. »Das Leben ist zu kurz, um Zeit zu verplempern. Genau das solltest du aus Isabelles Schicksal gelernt haben.«

Mehr musste er nicht sagen. Er hatte den Nagel auf den Kopf getroffen.

Xavier hatte ein gutes Gespür für Menschen. Nach seinem Maschinenbaustudium war er für kurze Zeit als Angestellter in einem Unternehmen tätig gewesen, bevor er eine eigene Firma gegründet hatte, in der am Ende zwanzig Angestellte arbeiteten. An seinem sechzigsten Geburtstag hatte er dann völlig überraschend mitgeteilt, dass er die Firma verkaufen würde. Drei Monate später war er Privatier. Noch nicht mal seine Frau hatte er in diese Entscheidung miteinbezogen, was zu einem heftigen Ehekrach geführt hatte. Das aber war alles vor der Zeit, als Alain und Isabelle zu Nachbarn wurden.

»Sag mal«, fiel es Alain ein. »Hast du nicht mal gesagt, ihr hättet auch Teile für Leroux Aerospace gefertigt?«

Er nickte. »Ja, aber das ist ewig her. Ganz am Anfang.«

»Und warum dann nicht mehr?«, bohrte Alain nach.

»Die sind zu schnell gewachsen, da konnten wir nicht mehr mithalten. Mein Betrieb war zu klein. Leroux hat mir damals angeboten, bei mir einzusteigen, aber dann hätte die Firma nicht mehr mir gehört –«

»Moment mal«, schnitt Alain ihm das Wort ab. »Du kennst den Chef?«

»Armand Leroux?« Xavier verzog das Gesicht. »Kennen wäre zu viel gesagt. Ich habe ihn zwei, vielleicht drei Mal getroffen. Er war schon damals nicht mehr im produzierenden Bereich tätig, ich hatte mehr mit seinen Ingenieuren zu tun. Nur als es darum ging, ob wir mehr liefern könnten, da haben wir mal miteinander verhandelt.«

»Und was ist das für ein Typ?« Neugierig sah Alain ihn an.

»Ein Geschäftsmann durch und durch. Absolut pragmatisch und natürlich auch knallhart in seinen Entscheidungen. Als ich ihm sagte, was wir liefern können und was nicht, sagte er nur: ›schade‹, stand auf, gab mir die Hand, und das war's. Wieso fragst du?«

Alain zögerte. Er wollte ihm nicht sagen, dass er Jean Leroux wegen einer Straftat verdächtigte. Aber Xavier war nicht dumm.

»Hat das was mit deiner Nebenbeschäftigung zu tun?«

»Ein wenig. Vielleicht.« Alain suchte nach den richtigen Worten. »Ich habe seinen Sohn kennengelernt«, sagte er schließlich.

»Dem bin ich nie begegnet. Habe nur über ihn gelesen, in der Zeitung. Das ist das Problem vieler erfolgreicher Unternehmer«, seufzte Xavier. »Wenn der Firmenchef, der ein Imperium aufgebaut hat, geht, was kommt danach? Ist die nächste Generation in der Lage, das Unternehmen weiterzuführen?«

»Ich würde sagen, das hängt sehr stark von Armand Leroux ab. Hat er seine Kinder darauf vorbereitet? Oder ist er ein Patriarch, der nicht loslassen kann?«

»Ich würde eher das Zweite vermuten. Auch wenn es sich um ein börsennotiertes Unternehmen handelt, ist die Familie immer noch Haupteigner. Ein positives Beispiel ist BMW. Die Familie Quandt entspringt einer Unternehmerdynastie, und die haben es geschafft, dieses Gen an ihre Nachkommen weiterzureichen. So etwas ist eher selten.«

Alain wollte das Thema nicht weiter vertiefen, war mit dem Kopf schon wieder woanders. Hatte Chloés Geheimnis womöglich mit der Firma zu tun? Hatte Jean etwas ausgeplaudert, das niemand wissen durfte? Alain kam ein schlimmer Gedanke in den Sinn. Die Männer, die ihm gestern nach Castelnaudary gefolgt waren, gehörten zu einem Schlag von Leuten, denen Alain alles zutrauen würde. Auch einen Mord, der nach einem Unfall aussehen sollte.

Ein lautes Organ ertönte im Haus, brachte Alain zurück ins Hier und Jetzt. Valentine war vom Einkaufen zurück, und das erschien ihm als willkommener Anlass, die Hecke weiter zu schneiden und den Alkohol abzubauen, bevor er nach Carcassonne fahren würde. Etwas zu schnell stand er von dem gepolsterten Gartenstuhl auf und fand nicht sofort sein Gleichgewicht. Bier in der Mittagshitze zu trinken, war etwas anderes als am Abend. Valentine erschien auf der Terrasse und lachte herzhaft, als sie sah, wie Alain sich wackelig aus dem Stuhl erhoben hatte.

»Männer«, schüttelte sie den Kopf. »Am frühen Morgen schon Bier trinken.«

»Es ist fast Mittag«, erwiderte ihr Mann.

»Aber eben nur fast. Willst du schon gehen?«, fragte sie Alain.

Er deutete hinüber zu seinem Garten. »Ich muss noch etwas arbeiten, die Hecke schneiden.«

»Du hast ihn wieder davon abgehalten, du Faulpelz«, maulte sie ihren Mann an. »Immer dasselbe. Seitdem du Rentner bist.« Sie schaute zu Alain. »Geh du jetzt deine Hecke schneiden, und danach gibt es Mittagessen. Keine Widerrede.«

Sie verschwand im Haus. Valentine hatte eine ungewöhnliche Figur, und Alain wusste, dass es für sie nicht leicht war, hübsche Kleider in ihrer Größe zu bekommen. Ihr Po war sehr breit und voluminös, die Beine dagegen schlank und die Füße zu klein für so eine wuchtige Person. Valentine liebte enge weiße Jeans, die diese ungleichen Proportionen auch noch betonten. Ihr Oberkörper war ebenfalls nicht zierlich, aber die Brüste kaschierten zumindest ihren Bauchansatz. Sie trug gerne bunte Blusen, heute hatte sie sich für ein wirres, buntes Urwaldmuster entschieden.

Alain schritt wieder zur Tat, und gerade als er die Heckenschere nach etwa einer Stunde ausmachte, rief Valentine zum Essen. Das Timing war perfekt. Da er allerdings verschwitzt war, ging er noch schnell ins Haus, um sich abzuwaschen und ein Deo zu benutzen.

Als er sich der Terrasse näherte, stieg ihm der Duft von Knoblauch und frischen Kräutern in die Nase. Valentine hatte für jeden ein Entrecote in die Pfanne gehauen und dazu gebratenes Gemüse gemacht. Auf Sättigungsbeilagen wurde verzichtet, dafür gab es zu dem Fleisch eine selbst gemachte helle Soße mit viel Knoblauch, Salbei und Thymian. Die Fettaugen in der Soße starrten ihn regelrecht an. Valentine war eine ausgezeichnete Köchin, die es verstand, aus allen Zutaten das Maximum herauszuholen. Sie hingegen bewunderte Philippes Kochkünste und hatte ihm auch schon zweimal in der Küche assistieren dürfen.

Sie tranken Weißwein zum Essen, auch wenn roter besser gepasst hätte, aber in der Mittagshitze wollte keiner einen schweren Wein. Während sie so beisammensaßen, unterhielt Valentine die Männer mit ihren Erlebnissen vom Einkaufen. Irgendwann beendete sie den Redefluss und lächelte Alain verschmitzt an. »Hast du dich geprügelt? In deinem Alter?«

»Du müsstest mal den anderen sehen«, entgegnete er, und die drei lachten.

Da jedoch eine ernsthafte Erklärung ausblieb, musste Valentine einsehen, dass er die Wahrheit wohl nicht sagen wollte. Also übernahm wie gewohnt sie wieder das Reden.

Kapitel 33

Am Parkplatz Gustave Nadaud in der gleichnamigen Straße sah man deutlich, dass die Hauptsaison vorbei war. Es gab noch ausreichend Stellflächen. Nur Pkws waren hier erlaubt, wer mit dem Wohnmobil anreiste, musste am Ufer des Flusses Aude parken und den beschwerlichen Weg hinauf zur Festung zu Fuß gehen. Verlockend an diesem Aufstieg waren die zahlreichen Restaurants, an denen man vorbeikam und die wirklich gutes Essen anboten. Isabelle hatte sogar einmal ein Angebot bekommen, hier ein Lokal zu eröffnen. Doch das war noch vor Alains Zeit gewesen. Ihre Entscheidung für den jetzigen Standort hatte vor allem damit zu tun, dass sie nicht zu viel Laufkundschaft haben wollte, sondern die Gäste sollten den Weg zu ihr finden. Deshalb war sie dem großen Trubel ferngeblieben.

Vom Parkplatz ging man nur etwa zweihundert Meter bis zu dem imposanten Tor, Porte Narbonnaise, durch das die meisten Besucher die Festungsanlage betraten. Gleich hinter der ersten Mauer folgte noch eine zweite und dazwischen befand sich eine Art Niemandsland. Die Steine leuchteten hell in der Sonne, und auf dem kargen Streifen zwischen den Mauern gab es keinen Schatten. Alain musste unweigerlich an die Soldaten denken, die im Mittelalter diese Festungsstadt verteidigt oder angegriffen hatten, in ihren schweren Kettenhemden und allerlei Kleidung zum Schutz. Wie viele der Ritter mochten wohl an einem Hitzschlag gestorben sein? Im Hochsommer war es für Touristen nicht ratsam, sich zum Ausruhen kurz auf einen der Steine zu setzten, denn man konnte sich leicht den Hintern verbrennen. Sogar manche Schuhsohle wurde weich in der Hitze. Nachts gaben die Steine ihre Wärme wieder ab, und man konnte noch sehr lange angenehme Temperaturen genießen.

Alain wusste, dass man die äußere Mauer erst nach der inneren errichtet hatte. Die Festungsstadt war in mehreren Epochen gebaut worden, und die Entstehungsgeschichte reichte bis in die Zeit der Römer zurück. Berühmt wurde Carcassonne durch eine Frau, die Madame Carcas hieß und der die Stadt auch ihren Namen verdankte. Der Legende nach war sie die Frau eines muslimischen Herrschers gewesen, der in der Schlacht gegen Karl den Großen getötet wurde. Danach, so hieß es, habe sie die Verteidigung der Festung, die unter Belagerung stand, gegen das fränkische Heer übernommen. Dame Carcas bediente sich einer Kriegslist. In der Festung waren die Vorräte ausgegangen, und lange hätte man der Belagerung nicht mehr standhalten können. Da ein Großteil der Bewohner Muslime waren, gab es allerdings noch ein lebendes Schwein. Dame Carcas befahl, dieses mit Weizen zu mästen und als das Schwein schön dick und rund war, ließ sie es über die Burgmauer werfen. Dort landete es vor den Füßen der Belagerer, die glaubten, dass die Stadt noch gut versorgt sein musste, wenn man auf eine solche Menge Fleisch getrost verzichten konnte. So gaben sie die Belagerung schließlich auf. Dame Carcas ließ daraufhin alle Glocken läuten, und jemand soll gerufen haben: ›Carcas sonne!‹, übersetzt: (Dame) Carcas läutet.

Alain trat in den Schatten des nächsten Tores. Die Wachtürme der inneren Mauer waren durch Wehrgänge miteinander verbunden. Um dort hinaufzukommen und die Mauer abzulaufen, musste man das Château comtal im Herzen der Festung besuchen, in dem früher die Herrscher gelebt hatten. Nur dort befand sich ein Museum, das Eintritt kostete, ansonsten war die Cité für jedermann frei zugänglich.

Hinter dem zweiten Tor begann die Rue Cros Mayrevielle. Hier reihte sich ein Geschäft an das nächste, aber es tummelten sich heute relativ wenige Touristen in den Gassen, sodass man flanieren konnte, ohne ständig auf andere achtgeben zu müssen. Das Angebot der Händler reichte vom Eisverkäufer über klassische Souvenirläden, Crêperien, Restaurants und Cafés zum Draußensitzen. Aber es gab auch ausgefallene Geschäfte, wie das L'Atelier de la Cité, in dem kunstvoll gefertigte Schalen und Vasen aus Glas angeboten wurden. Und natürlich der Geschenkeladen von Michelle in der Rue Saint-Jean, in unmittelbarer Nähe zu dem Musée de l'Inquisition, in dem die Foltermethoden zu Zeiten der Heiligen Inquisition gezeigt wurden. Das Museum war nicht jugendfrei, und sogar mancher Erwachsene hielt sich nicht lange dort auf. Im Mittelalter waren die Folterknechte sehr brutal gewesen und übersahen auch manchmal, dass ein Toter nicht mehr reden und keinen weiteren denunzieren konnte. Worum es doch aber schließlich ging. Und so entwickelten sie im Laufe der Zeit immer kreativere Methoden, um den qualvollen Schmerz zu verlängern und gleichzeitig noch etwas für den Scheiterhaufen übrig zu lassen.

Michelles Wohnung befand sich unweit vom Museum entfernt, direkt über ihrem Laden und war beinahe perfekt, wenn man davon absah, dass Touristen auf der inneren Burgmauer den Balkon einsehen konnten. Alain kam sich dort manchmal wie ein Tier im Zoo vor. Erst wenn das Museum Château comtal die Tore schloss, verschwanden auch die Besucher, und man war allein mit sich und dem wunderschönen Ausblick auf die mittelalterlichen Mauern, die aus dem Westen am Abend gelbrot von der Sonne beschienen wurden.

Die Tür zu Michelles Laden stand immer offen, und eine Klingel ertönte, wenn man eintrat. Ein halbes Dutzend Besucherinnen stöberten in dem Geschäft herum, während die Männer draußen wie Schoßhündchen warteten, weil es drinnen sonst zu eng wäre.

Michelles Verkäuferin Fabienne stand hinter dem Tresen und kassierte gerade. Sie war Mitte zwanzig und hatte bei Michelle gelernt, ohne eine reguläre Ausbildung gemacht zu haben. Ihr Lebensziel war es, den richtigen Mann zu finden und viele Kinder zu bekommen. Richtig bedeutete in ihrem Fall, dass er genug Geld hatte und auch optisch was hermachte. Da sie selbst sehr hübsch war, wollte sie sich nicht unter

Preis verkaufen. Doch der Heiratsmarkt in Carcassonne war ziemlich abgegrast, weshalb sie sich in Geduld üben musste.

Die Einrichtung des Ladens bestand aus mittelalterlich anmutendem Interieur. Auf alten Regalen aus Holz und krummen Tischen lag Oberbekleidung für Frauen. Bunte, handgemachte Tücher und Schals hingen an Stangen, handgefertigte Armreife, Ohrringe befanden sich in gläsernen Vitrinen. Und der neue Verkaufsschlager waren Handtaschen aus Leder, die wirklich aussahen, als könnte sie früher eine Magd getragen haben. Michelle verspürte eine ausgeprägte Liebe für kleine Details, und ihre Kunden wussten das zu schätzen. Alain hatte sich irgendwann einmal die Zeit genommen und beobachtet, wie viele Kundinnen sich nur umsahen und wie viele auch etwas kauften. Am Ende war er auf einen Schnitt von fast fünfzig Prozent gekommen. Manche Kundin war schon auf dem Weg nach draußen gewesen und hatte dann doch etwas entdeckt und gekauft. Was laut Michelle aber keineswegs Zufall, sondern geschicktes Marketing war.

Fabienne schaute auf, als sie ihre Kundin abgerechnet hatte, und entdeckte Alain. Sie lächelte ihm zu und rief laut: »Michelle. Kundschaft für dich.«

Es dauerte nicht lange, bis die Chefin aus ihrem kleinen Büro kam, sich suchend umsah und ihn entdeckte. Erfreut ging sie auf Alain zu, und die beiden umarmten sich zur Begrüßung. Ihr Parfüm roch heute etwas süßlich.

Sie drückte ihn von sich und ging auf Abstand, um sein Gesicht zu mustern. »Lass dich anschauen. Na ja, geht eigentlich. Kann man so lassen.«

»Würde ich auch sagen. Hast du Zeit für einen Kaffee?«

Michelle drehte sich zu Fabienne um. »Wir sind kurz bei Dominique.«

Sie verließen den Laden und gingen zur Rue Dames Carcas. Gegenüber der Basilika Saint-Nazaire gab es eine kleine Crêperie, deren Besitzer Dominique hieß und der mit einem Mann verheiratet war, ein Traumpaar. Dominique gehörte selbst zu seinen besten Kunden, hatte einen ordentlichen Bauch, während sein Mann Antonio spindeldürr war.

Alain und Michelle bestellten jeweils einen Espresso und sie noch einen süßen Crêpe dazu. Alain erzählte ihr von seinem gestrigen Tag. Die Tatsache, dass er bei der Verfolgung von Jean Leroux aufgeflogen war, machte die Arbeit für ihn jetzt deutlich schwieriger.

»Was könnte er an der Windmühle gewollt haben?«, fragte Michelle. »Man fährt doch nicht einfach so dorthin.«

»Womöglich ging es nur darum, mich auffliegen zu lassen. Oder mich auf eine falsche Spur zu lenken«, überlegte Alain.

Michelle verzog den Mund. »Er ist die ganze Strecke gefahren, nur um zu sehen, ob du ihn verfolgst?«

Alain dachte über die Frage nach.

»Vielleicht wollte er sich dort mit jemandem treffen«, schlug Michelle vor.

»Und warum in Castelnaudary?«

»Weil ihn da keiner kennt. Weil dort der Kanal ist. Finde es selbst heraus. Ich bin keine Detektivin.«

Alain erinnerte sich, dass Leroux mehrmals das Telefon am Ohr gehabt hatte. »Und derjenige ist nicht erschienen.«

Michelle sah auf ihre Armbanduhr. »Ich habe Fabienne versprochen, dass sie heute etwas früher gehen kann. Sie hat ein Date.«

»Oha. Was, wenn es diesmal klappt und sie bald tatsächlich heiratet und eine Familie gründet?«

»Ich finde schon vorübergehend Ersatz. Aber es ist wahrscheinlicher, dass sie noch länger Single bleibt.«

»Wieso?«

Michelle lächelte ihn an. »Zu hohe Ansprüche. Genau wie Isabelle. Nur hatte sie großes Glück.«

Es war als Kompliment gemeint. Doch Alain wusste nicht damit umzugehen und reagierte nicht. Also wandte sie den Blick ab und suchte nach Dominique, der die Rechnung brachte. Alain bezahlte und begleitete Michelle noch zurück zu ihrem Laden.

Sie umarmten sich zum Abschied.

»Wann sehen wir uns wieder?«, fragte er.

»Heute Abend bin ich verabredet«, sagte Michelle, als sie sich voneinander lösten. »Vielleicht komme ich morgen auf einen Absacker bei euch vorbei. Dann könnten wir auch zusammen mit Philippe reden.«

»Nein. Das ist mein Problem, das muss ich allein hinkriegen.«

»Ich darf also nicht vorbeikommen?« In ihrer Stimme schwang Enttäuschung mit.

»Doch«, erwiderte er sofort. »Vorbeikommen, ja, aber mit Philippe reden, das mache ich allein.«

»Auch gut«, entgegnete sie mit einem Schulterzucken. »Ich will mich da nicht einmischen.«

Sie sahen sich in die Augen.

»Vielen Dank für deine Hilfe.« Alains Blick war voller Wärme.

»Gerne. Jederzeit wieder.«

Mit einem Lächeln auf den Lippen wandte sie sich ab und verschwand im Laden. Alain trat den Heimweg an. Um die Hecke fertig zu schneiden, war es zu spät, aber er würde sich vielleicht noch mit Xavier ein Bier gönnen und so den Ruhetag gemütlich ausklingen lassen.

Kapitel 34

Am Mittwoch sprach ihn schon niemand mehr auf sein leicht lädiertes Gesicht an. Es waren nunmehr auch fünf Tage vergangen, seitdem Alain die Schläge kassiert hatte, und man sah kaum noch etwas.

Heute gab es viel zu viel zu tun, und er fand nicht die Zeit, länger bei einem Gast zu verweilen, um sich zu unterhalten. Bis auf einen Zweiertisch direkt neben der Tür zu den Toiletten war das Restaurant komplett ausgebucht und alle, die da waren, hatten auch Reservierungen. Philippe hielt sich nicht mehr an die Regel, die Isabelle einst aufgestellt hatte, dass mehrere Tische für Laufkundschaft frei bleiben sollten. Auch darüber würde Alain mit ihm sprechen müssen.

Philippe hatte für diesen Abend zwei besondere Gerichte erdacht, die leider viel zu schnell ausverkauft waren. Zum einen geschmorte Ochsenbäckchen in dunkler Rotweinsoße mit Kartoffelpüree, das wieder mit etwas Nussbutter verfeinert war, was der Beilage eine besondere Note verlieh. Und zum anderen bot Philippe ein Steinpilzragout mit Lammfleisch an, das seit dem frühen Nachmittag im Topf köchelte. Alain tat es leid, einigen Gästen sagen zu müssen, dass sowohl das eine als auch das andere Gericht nicht mehr verfügbar waren, nutzte aber die Gelegenheit, darauf zu verweisen, dass sie eben noch mal wiederkommen müssten. Stammkunden, die ihre E-Mail-Adresse hinterlegt hatten, wurden außerdem über die Tages- und Wochengerichte informiert. Zu den Ochsenbäckchen empfahl Alain einen Lledoner Pelut. Dabei handelte es sich um eine Synonymbezeichnung für die am meisten bekannte Rebsorte Grenache, die auch im Cabardès angebaut wurde. Alain hatte beschlossen, die Auswahl an Weinen zu vergrößern und damit auch gegenüber seinem Schwager Christian ein Zeichen zu setzen. Die Flasche stand mit fünfundvierzig Euro auf der Karte, und die Gewinnmarge deckte Philippes teure Einkäufe ab.

Alain erblickte eine Frau auf dem Bürgersteig vor dem Restaurant. Sie schaute zuerst auf die Tafel mit den Tagesgerichten, dann studierte sie die Speisekarte im Aushang. Er ging zur Tür, um die Tafel wegzunehmen. Es sollte sich nicht noch ein Gast falsche Hoffnungen machen und enttäuscht werden. Im Näherkommen erkannte er, dass es Julie Saidi war. Sie trug einen langen beigen Mantel und ein schwarzes Kleid darunter, weshalb er sie nicht sofort erkannt hatte. Beruflich war sie sonst eher unauffällig und zweckmäßig gekleidet.

Er kam nach draußen. »Guten Abend. Das ist ja eine Überraschung.«

Sie zeigte auf die Tafel. »Es scheint, Sie haben nicht zu viel versprochen. Ich liebe Ochsenbäckchen.«

»Leider muss ich Sie enttäuschen. Die anderen Gäste haben schon zugeschlagen. Beide Tagesgerichte sind nicht mehr zu haben. Nur noch der Salat für Vegetarier und das, was immer auf der Karte steht.«

»Fisch oder Fleisch?«

Er nickte. Sie schielte an ihm vorbei in das Restaurant. »Ist denn überhaupt noch ein Platz frei?«

»Zwei sogar. Leider direkt neben den Toiletten. Aber es kann nicht mehr lange dauern bis die Ersten gehen. Bitte, kommen Sie doch rein.«

Er ließ ihr den Vortritt. Sie ging auf den Zweiertisch zu, er nahm ihr galant den Mantel ab, sie setzte sich, und er reichte den Mantel an Jamal weiter. »Schafft ihr es ab jetzt ohne mich?«

Er schielte kurz zu Julie, bevor er antwortete. »Natürlich, Chef. Keine Frage.«

Alain sah ihn scharf an. »Es ist ein Arbeitsgespräch. Wir möchten möglichst in Ruhe gelassen werden.«

Jamal nickte und beeilte sich, die Bestellungen aufzunehmen. »Was möchten Sie trinken? Einen Aperitif vielleicht?«

»Nein. Nur Wasser. Ich bin mit dem Auto da«, entgegnete Julie.

Alain verschwand hinter der Theke, um sich selbst darum zu kümmern, dicht gefolgt von Jamal, dem er dort zu verweilen gebot. Mit einer Flasche Wasser und zwei Gläsern in den Händen kam er wieder an den Tisch zurück und setzte sich.

»Sie dürfen aber gerne was trinken«, forderte Julie ihn auf.

Er schenkte ein. »Nein, danke. Ich bin im Dienst.«

Sie grinste kurz. Die beiden erhoben ihre Gläser und stießen an, tranken jeder einen Schluck.

»Möchten Sie den Salat, Fisch oder Fleisch?«, übernahm nun Alain die Rolle Jamals.

»Was gibt es denn für Fisch?«

»Loup de Mer in der Salzkruste, mit einer speziellen Gewürzmischung à la Philippe. So heißt unser Küchenchef. Die Beilagen variieren.«

»Nehme ich«, entschied sich Julie ohne Umschweife.

Alain blickte hinüber zu Jamal und gab ihm ein Zeichen, dass er zwei Mal den Fisch bringen sollte. Dann wandte er sich wieder Julie zu.

»Was führt Sie nach Carcassonne?«

»Mir hat da jemand ein gutes Restaurant empfohlen.« Julie lächelte, bevor sie fortfuhr. »Außerdem habe ich einen Antrag gestellt, den E-Mail-Account von Chloé einzusehen. Es wird nicht lange dauern, und ich habe die Genehmigung.«

Alain war erstaunt, dass sie nach ihrer letzten Begegnung die Dinge so schnell in die Hand nehmen würde. »Wie haben Sie es begründet?«

»Chloés Tod könnte in Zusammenhang mit einem Mord stehen.«

Er sah sie eindringlich an. »Sie glauben mir also, dass es kein Unfall war?«

»Nein.« Sie zögerte. »Oder doch. Vielleicht. Den Antrag habe ich mit Serge Pujol begründet, der zugegeben hat, dass er Chloé kannte.«

»Worum geht es in Ihrem Fall mit der kopflosen Leiche?«

»Um einen jungen Mann aus Reynerie.«

»Fand die Tat dort statt, und seine Leiche wurde im Kanal entsorgt?«

Sie zögerte erneut, schien sich genau zu überlegen, was sie ihm sagte und was nicht.

»Er ist ertrunken. Im Kanal, das haben die Wasserproben ergeben. Aber das Opfer hatte auch ein Projektil im Rücken, neun Millimeter. Da es nicht sehr tief eingedrungen ist, vermuten wir jedoch, dass das Opfer da schon unter Wasser war.«

»Geben Sie ihm einen Namen. Dem Opfer.«

Julie überlegte. Warum sollte sie ihm die Informationen vorenthalten? Sie hatte nun ohnehin schon vertrauliche Informationen mit ihm geteilt. »Brahim Abbas. Er hatte außerdem einen Fleck auf der Hose. Gelcoat. Gelcoat ist –«

»Zum Ausbessern von Bootsschäden«, unterbrach er sie. »Ich weiß. Sie vermuten also, er wurde auf einem Boot ermordet?«

Sie nickte. »Höchstwahrscheinlich. Wir suchen noch danach.«

»Hat es einen Namen?«

»Auch den wissen wir nicht.«

Stille machte sich zwischen ihnen breit, und als direkt neben ihnen ein Vierertisch frei wurde, nutzte Alain den Moment, um kurz aufzustehen und die Gäste zu verabschieden, die treue Kundschaft waren.

Jamal wischte den Tisch ab und deckte neu ein. Dann wechselten Alain und Julie den Platz, wobei Alain sich auf dem Stuhl niederließ, der mit der Lehne zum Eingang zeigte, um seiner Begleitung den zu überlassen, der einen schöneren Blick gewährte.

»Wissen Sie denn sonst vielleicht irgendwas über das Boot?«, nahm Alain das Gespräch wieder auf.

»Eben nur, dass es wahrscheinlich der Tatort war.« Sie überlegte kurz. »Ach ja. Und das Boot wird normalerweise als Drogendepot benutzt.«

»Brahim Abbas war also ein Drogenkurier? Im Auftrag von Serge Pujol?«

Julie nickte und senkte die Stimme, als ob sie Sorge hätte, jemand könnte sie belauschen. »Wir hatten Pujol gestern zu einem Gespräch eingeladen.«

»Warum?«

Sie zeigte auf Alains Gesicht. »Als Vorwand haben wir die Körperverletzung genutzt. Serge hat natürlich abgestritten, etwas mit der Prügelei im Parkhaus zu tun gehabt zu haben.«

»Es waren seine Leute, da bin ich mir sicher. Dass ich beim letzten Mal, als wir uns gesehen haben, meine Zweifel daran geäußert habe, lag nur daran, dass ich nicht wusste, wie viel Sie Ihrem Kollegen anvertraut haben.«

Julie überging seine Rechtfertigung. »Natürlich waren die das.«

Bevor Alain noch etwas hinzufügen konnte, wurde ihr Gespräch von Jamal unterbrochen, der zwei Teller brachte und vor ihnen abstellte. Es duftete himmlisch, und Alain bekam doch Lust auf ein Glas Weißwein, das er bei seinem Kellner in Auftrag gab.

»Sind Sie jetzt nicht mehr im Dienst?«, schmunzelte Julie.

»Zum Fisch gehört ein Weißwein.« Alain zuckte grinsend mit den Schultern.

Bewundernd blickte Julie auf das Kunstwerk vor sich. Philippe war nicht nur ein ausgezeichneter Koch, er verstand es auch, die Speisen zu einer optischen Delikatesse zu arrangieren. Das Restaurant, mit dem er pleitegegangen war, hatte einen Michelin-Stern gehabt. Danach hatte er sich geschworen, nie wieder einen haben zu wollen, denn es bedeutete puren Stress, dieser Auszeichnung permanent gerecht zu werden. Doch ein paar Dinge aus dieser Zeit hatte Philippe dennoch beibehalten. So auch das kunstvolle Anrichten seiner kulinarischen Kreationen.

»Das sieht wirklich unglaublich schön aus«, sagte Julie und nahm ihr Besteck auf, als Jamal das Glas Wein für seinen Chef brachte. Er wollte gerade wieder gehen.

»Moment«, hielt sie ihn zurück. »Bringen Sie mir doch auch ein Glas?«

Alain wartete, bis Julie ebenfalls mit Wein versorgt war, erhob dann das Glas zum Toast und stieß es mit einem sanften Pling gegen das ihre. Dabei sahen sie sich tief in die Augen. Nachdem sie einen Schluck getrunken und das Glas wieder abgesetzt hatte, bedachte Julie ihn mit einem entwaffnenden Lächeln. »Machen Sie mir das Gericht schmackhaft.«

Er deutete auf den Teller vor sich. »Sie haben vor sich ein Loup de Mer in Salzkruste gebacken. Das Gemüse sind hauchdünne, marinierte Fenchelscheiben mit Orangenfilets aromatisiert. Dazu Couscous mit Granatapfelkernen. Ich sage also mal: Bon appétit.«

»Bon appétit.«

Bereits beim ersten köstlichen Bissen kamen sie stillschweigend zu der Übereinkunft, sich das gute Essen nicht durch einen einzigen Gedanken an Serge Pujol verderben zu lassen.

Erst nach einer ganzen Weile, in der nur die Geräusche des Bestecks vorherrschten, brach Julie das Schweigen. »Dass Sie Gastronom geworden sind, lag also an Ihrer Frau?«

»Ja. Für sie habe ich meinen Job beim BKA gekündigt, um hier in Carcassonne mit ihr ein neues Leben zu beginnen.«

Julie nahm es wortlos zur Kenntnis.

»Was hat Sie zu Ihrer Versetzung nach Toulouse bewegt?«, fragte Alain nun im Gegenzug.

»Ein ähnlicher Beweggrund, nur dass ich meinen Job dafür nicht aufgeben musste. Mein Verlobter, Nicolas Fosset, hat eine Professur für Verwaltungsrecht an der Hochschule angenommen. Wir haben uns in Paris kennengelernt, und kurz darauf, wie das manchmal so ist, wurde er nach Toulouse abkommandiert.«

»Professor für Verwaltungsrecht? Ziemlich trockene Materie.«

Sie lächelte. »Das kann man wohl laut sagen.«

»Und dann sind Sie ihm nachgereist?«

»Ja. Eine Fernbeziehung hat meiner Meinung nach auf Dauer keine Zukunft. Aber das wissen Sie ja selbst.« Sie wechselte das Thema. »Der Fisch schmeckt übrigens ganz ausgezeichnet. Die Beilagen natürlich auch.«

»Sagen Sie ihm das.« Alain deutete zu Philippe, der soeben aus der Küche gekommen war und sich nun ihrem Tisch näherte.

Mit leicht rosigen Wangen drehte Julie sich zu ihm um. »Das Essen ist wunderbar. Großartig.«

Philippe strahlte wie immer, wenn jemand seine Kochkünste lobte. »Danke. Vielen Dank. Lassen Sie es sich schmecken. Und wenn Sie noch einen kleinen Nachschlag von den Beilagen möchten, es ist immer was da.«

Bei dem Wort ›Nachschlag‹ zuckte Alain innerlich zusammen. Er musste an Michelles Worte denken. Die Preise für das Essen waren nicht für einen Nachschlag kalkuliert. Er schob den Gedanken beiseite, wenn auch mit Bauchschmerzen. Jetzt war nicht der richtige Moment, um Philippe darauf anzusprechen. Außerdem war er ohnehin bereits weitergezogen, um sich auch von den anderen Gästen ein Lob abzuholen.

Also wandte sich Alain wieder Julie zu. »Ich stand damals vor der Wahl, meine Karriere hinzuschmeißen oder die Liebe meines Lebens zu verlieren.«

Anstatt etwas darauf zu erwidern, ließ Julie ihren Blick sinken und starrte konzentriert auf den Teller, was Alain vermuten ließ, dass, obwohl sie zwar ähnliche Beweggründe gehabt hatten, ihre Heimat zu verlassen, Julie nicht halb so glücklich mit ihrer Entscheidung war wie er. Sonst würde sie lächeln, ihn ansehen und nicht in einen beinahe elegischen Gesichtsausdruck verfallen. Er sagte wohl besser nichts mehr zu dem Thema. Erneut machte sich eine Stille zwischen ihnen breit.

Doch gerade als Alain das Schweigen fast schon unangenehm wurde, sah sie wieder von ihrem Teller auf. »Ist Ihnen die Entscheidung schwergefallen?«

»Nein. Viel leichter, als ich gedacht hätte. Und ich habe es bis heute keinen einzigen Tag bereut.«

Sie nahm ihr Glas. »Sie sind also ein echter Romantiker?«

Er tat es ihr nach. »Sie auch?«

»War das eine Frage?«, hakte sie nach.

»Ja.«

Schulterzuckend gab sie ihm eine Antwort, mit der Alain nicht gerechnet hätte. »Kann vorkommen. Manchmal.« Dann hob sie ihr Glas noch höher. »Auf Isabelle. Sie war bestimmt sehr glücklich mit Ihnen.«

Abermals stießen die beiden an, sahen sich in die Augen und tranken jeder einen Schluck.

»Vermissen Sie Paris?«

Julie nickte. »Ich sehne mich manchmal nach meiner Heimat. Und meiner Familie.«

»Hat diese Sehnsucht auch etwas mit Ihrem Kollegen zu tun?«

»Chapeau«, erwiderte sie lachend. »Sie sind ein guter Beobachter.«

»Es war nicht schwer zu erkennen, dass es zwischen Ihnen nicht rundläuft.«

»Ich muss Benoit ein wenig in Schutz nehmen. Er hat tatsächlich private Probleme, seine Frau hat ihn sitzen lassen.«

»Ich möchte mir auch nicht noch mal anmaßen, mir ein Urteil über ihn zu erlauben.« Alain befand, dass es nun, da sie beide fertig gegessen hatten, an der Zeit war, wieder zum eigentlichen Thema zurückzukehren. »Reden wir über Serge. Er hat also die Körperverletzung geleugnet, und was dann?«

»Wir haben ihn nach Brahim Abbas gefragt. Er leugnete nicht, ihn zu kennen, mehr aber auch nicht. Serge hat in dem Gespräch keine groben Fehler gemacht, an denen wir ihn hätten festnageln können.«

»Und ein Alibi hatte er selbstverständlich auch?«

»Es gibt keinen exakten Todeszeitpunkt. Wir können diesen nur vage eingrenzen. Lediglich bei der Frage nach dem Bootsführerschein kam der Verdächtige ins Straucheln.«

»Was für ein Bootsführerschein?«

»Brahim Abbas hatte einen Bootsführerschein, und Serge hat ihn ihm bezahlt. Wussten Sie, dass Bootsbesitzer einen Schein brauchen und Touristen nicht?«

»Ja. Ich habe selbst ein Boot und einen Führerschein. Was genau erhoffen Sie sich, wenn Sie das Boot finden?«

»Spuren. Sollte das Gelcoat an Brahims Kleidung von dem Boot stammen und das Boot Serge Pujol gehören, wird er beim nächsten Gespräch ein Problem kriegen.«

Alain nickte anerkennend. »Klingt plausibel.« Sein Gefühl, dass Julie eine gute Ermittlerin war, bestätigte sich bereits zum wiederholten Mal. Sie gab sich nicht allein mit Zeugenaussagen und Papierkram zufrieden, sondern folgte auch den kleinen, unauffälligen Spuren.

Sie fuhr fort. »Während des Gesprächs hat Pujols Handy auf dem Tisch gelegen und mehrmals geklingelt.«

»Konnten Sie die Nummer sehen?«

»Ein anonymer Anrufer. Zumindest beim ersten Mal. Danach hat Pujols Anwalt es umgedreht.«

Alain kam plötzlich eine Idee in den Sinn. »Wann war das?«

»Vorgestern. Am Montag, wieso?«

»Ich meine, um wie viel Uhr?«, drängte Alain.

»Warum?«

Er wurde immer energischer. »Wann hat das Telefon geklingelt? Denken Sie bitte nach.«

»Zwischen 15.10 Uhr und 15.30 Uhr etwa. Drei Mal. Sagen Sie mir jetzt bitte, was los ist?«

»Genau um diese Uhrzeit habe ich Jean Leroux beobachtet. An der Windmühle in Castelnaudary, dem Aussichtspunkt. Kennen Sie den?«

Sie nickte. »Was hat er da gemacht?«

»Gewartet. Und drei Mal versucht, jemanden anzurufen. Es kam aber anscheinend keine Verbindung zustande.«

Julie begriff. »Sie glauben, dass Jean Leroux versucht hat, Serge Pujol zu kontaktieren. Und weswegen?«

»Weil ich vorher mit Jean Leroux telefoniert und so getan habe, als hätte Pujol mir einiges über ihn erzählt. Ich sagte, dass Serge ihn als Freund bezeichnete, und Leroux hat das vehement dementiert. Nach unserem Telefonat hat es nicht lange gedauert, und er ist von der Firma aus losgefahren. Nach Castelnaudary. Können Sie ermitteln, woher die Anrufe auf Pujols Handy kamen? Dann hätten wir den Beweis.«

»Das könnte ich, wenn wir genug gegen ihn in der Hand hätten.

Vorher nicht. Es fehlt die stichhaltige Begründung, denn die beiden könnten sich ja aus dem Bon Voyage kennen, und es ist nicht verboten, miteinander zu telefonieren.« Sie konnte sich einen sarkastischen Seitenhieb nicht verkneifen. »Ein Restaurantbesitzer aus Carcassonne, bei dem man übrigens sehr gut essen kann, glaubt, dass Serge Pujol einen Komplizen namens Jean Leroux hat. Wenn ich den Antrag einreiche, bin ich meinen Job los.«

»Aber wenn Sie Pujol wegen des Mordes an Brahim Abbas überführen, werden wir die Wahrheit erfahren, und dann muss Jean Leroux sich erklären«, hielt Alain dagegen.

»Er wird bestimmt nicht sein eigenes oder das Firmenhandy benutzt haben.«

»Aber ich kann bezeugen, dass er an dem Standort war.«

Jamal kam zu den beiden an den Tisch. »Darf ich abräumen?«

Nach einem zustimmenden Nicken nahm er die Teller der Hauptgerichte und der Beilagen und stapelte sie auf seinem linken Arm, während er Essensreste auf den Teller in seiner Hand schob und auch das Besteck dort ablegte. Diese Fertigkeit zu beherrschen war nicht so leicht, wie es aussah. Jamal hatte das aber sehr schnell gelernt und wirkte dabei fast schon routiniert.

Alain nutzte die Pause, um seine Gedanken zu ordnen. Er redete erst weiter, als sie wieder allein waren.

»Vielleicht wusste Chloé etwas über die Freundschaft der beiden und musste deshalb sterben. Sie könnte irgendwas aufgeschnappt haben, oder Leroux hat sich verplappert. Chloé war oft im Bon Voayage, daher kannte sie Serge, und mit Leroux war sie zusammen. Was, wenn ihr das zum Verhängnis wurde?«

»Schöne Theorie«, entgegnete Julie. »Aber gibt es einen einzigen Beweis dafür?«

»Noch nicht.« Er grinste und erhob zum wiederholten Mal sein Weinglas zum Toast. »Aber wir haben immerhin einen Anfangsverdacht.«

Nur aus dem Augenwinkel nahm Alain wahr, wie Jamal, der inzwischen wieder Posten hinter dem Tresen bezogen hatte, plötzlich ein verdutztes Gesicht machte. Leicht irritiert drehte Alain den Kopf und folgte seinem Blick. Im Restaurant war alles in Ordnung. Als er sich wieder umwandte, kam sein Kellner auf ihn zu.

»Was ist?«, fragte Alain.

»Ich kann mich irren, aber: Ich meine, Michelle eben vor der Tür gesehen zu haben.«

Er drehte sich erneut um. »Und wo ist sie jetzt?«

»Wieder gegangen. Aber ich kann mich verguckt haben.«

»Entschuldigen Sie mich bitte kurz«, sagte Alain zu Julie gewandt, stand auf und ging hinaus auf die Straße. Er schaute nach rechts und links. Da war niemand. Stattdessen hörte er aber den Motor einer Vespa, der leiser wurde, bis das Geräusch verschwand.

Alain konnte sich keinen Reim darauf machen. Aber Michelle jetzt anzurufen, ergab keinen Sinn. Denn sollte sie es tatsächlich gewesen und soeben wieder gefahren sein, konnte sie jetzt ohnehin nicht drangehen. Außerdem wollte er Julie nicht alleine rumsitzen lassen. Also beschloss er, Michelle später anzurufen.

Er kehrte an den Tisch zurück.

Julie sah ihn fragend an. »Gibt es ein Problem?«

»Nein. Alles in Ordnung«, winkte Alain ab.

Sie sah auf ihre Armbanduhr. »Ich muss allmählich los. Was schulde ich Ihnen?«

»Sie sind eingeladen.«

»Nein«, erwiderte sie sofort. »Wie viel?«

»Jamal. L'addition, si'l vous plaît.« Er schaute zu Julie. »Sie sind nicht korrupt, wenn Sie meine Einladung annehmen.«

»Stimmt.« Sie lächelte ihn unschuldig an. »Aber wenn ich selbst bezahle, war es kein Date. Das können Sie Ihrer Freundin genau so sagen.«

Bevor er etwas erwidern konnte, trat Jamal an den Tisch, und sie hielt ihm nicht nur ihren Anteil, sondern auch noch ein ansehnliches Trinkgeld entgegen. »Stimmt so.«

»Merci beaucoup«, bedankte sich der Kellner mit einer angedeuteten Verbeugung.

Um sich dennoch nützlich zu machen, holte Alain in der Zwischenzeit den Mantel von der Garderobe und half ihr hinein. Gemeinsam gingen sie vor die Tür.

»Was werden Sie mit den Informationen anfangen?«, fragte er.

Julie atmete laut aus. »Ich weiß es noch nicht.«

»Sie könnten vielleicht doch versuchen, Jean Leroux wegen Chloé zu befragen. Möglicherweise erzählt er Ihnen ja mehr als mir oder ganz etwas anderes. Dann hätten wir ihn wegen einer Lüge entlarvt.«

»Das könnte ich, ja.«

»Aber?«

Sie standen sich auf dem Bürgersteig gegenüber. »Ich verstehe nicht, was ein Typ wie Jean Leroux mit einem Serge Pujol zu tun haben könnte. Umgekehrt schon, Serge ist an Geld interessiert, und Leroux hat sehr viel davon.«

»Vielleicht wird Leroux erpresst«, mutmaßte Alain. »Er hütet ein Geheimnis, von dem auch Chloé wusste.«

»Vielleicht«, erwiderte sie schnippisch. »Womöglich. Diese Worte höre ich ständig von Ihnen. Das ist mir zu wenig. Wenn ich auf Jean Leroux zugehe, möchte ich mehr in der Hand haben. Bei jedem Verhör teilt man der Gegenseite schließlich mit, wie viel man bereits weiß und vor allem: was man alles nicht weiß.«

Da hatte sie recht.

»Wir sollten gemeinsam vorgehen«, schlug er vor. »Sagen Sie mir, was ich tun kann. Was Sie nicht tun können.«

»Ich denke darüber nach. Danke für den schönen Abend.«

»Kommen Sie gut nach Hause.«

Sie gaben sich die Hand zum Abschied, bevor Julie sich abwandte und die Straße entlang an den parkenden Autos vorbeiging.

Alain wartete gespannt, wo sie einsteigen würde. Blinklichter leuchteten an einem schwarzen Audi TT auf. Sie setzte sich hinters Steuer, startete den Motor und fuhr aus der Parklücke. Mit röhrendem Auspuff düste sie an ihm vorüber und hob zum Abschied die Hand. Der Audi als Neuwagen kostete einen sechsstelligen Betrag, das wusste Alain. Er kannte sich aus mit deutschen Modellen. Und das Auto sah ziemlich neu aus.

Er schaute den Rücklichtern hinterher, als Julie auf die Straße abbog, die über die Brücke am Hafen führte. Ein Auto, das auf der anderen Seite des Kanals geparkt hatte, startete im selben Moment den Motor, die Lichter leuchteten auf. Dann fuhr der Wagen in die gleiche Richtung wie der Audi TT. Leider war er zu weit entfernt, als dass Alain das Kennzeichen erkennen konnte.

War man Julie hierher gefolgt?, schoss es ihm in den Sinn. Sollte er sie anrufen und warnen? Oder wurde er allmählich paranoid? Er nahm bereits das Handy aus der Tasche, als ihm einfiel, dass er gar nicht Julies Mobilfunknummer hatte. Die stand nicht auf der Visitenkarte. Sie hatten vergessen, die Nummern auszutauschen. Dann blieb ihm wohl nichts anderes übrig, als Julie morgen darüber zu informieren, dass jemand sie beobachtet haben könnte.

Da er das Telefon aber schon mal in der Hand hatte, überlegte er, ob er jetzt Michelle anrufen sollte, sie fragen, ob sie noch vorbeikäme.

Er entschied sich dagegen und ging ins Restaurant zurück.

Kapitel 35

»Hi. Du wolltest doch gestern noch auf einen Absacker vorbeikommen.«
Alain hatte das Funktelefon in der einen Hand, in der anderen seine
erste Tasse Kaffee am Morgen.

»Ich war auch da«, ertönte Michelles Stimme durch den Hörer.

»Kann nicht sein«, erwiderte er, wohl wissend, dass sie recht hatte.

»Ich war die ganze Zeit im Restaurant.«

»Ja. Das habe ich gesehen. Aber ich wollte nicht in euer Date rein-
platzen.«

»Das war kein Date.«

»War ein Scheeerrrzzz.« Ihr Kichern klang etwas überdreht. »Du bist
aber empfindlich heute morgen.«

»Nein, eigentlich nicht. Wieso bist du nicht reingekommen?«

»Weil ich müde war und keine Lust hatte, irgendjemand Neues ken-
nenzulernen. Da habe ich spontan entschieden, wieder zu fahren.«

»Sie war die Kommissarin aus Toulouse. Julie Saidi.«

»Echt jetzt?«

Alain glaubte, eine gewisse Erleichterung in Michelles Stimme ver-
nommen zu haben.

»Was hat sie gewollt?«, fragte sie nach.

»Wir haben uns über den Fall unterhalten. Viel mehr möchte ich
nicht dazu zu sagen. Außer vielleicht noch, dass sie einen Verlobten
hat.«

»Schön für sie. Willst du mir damit irgendwas mitteilen?«

»Nein. Nur dass es wirklich kein Date war.«

»Selbst wenn«, sagte sie. »Es ist dein gutes Recht, dich mit Frauen zu treffen.«

»Isabelle hat mir etwas Ähnliches gesagt, kurz vor ihrem Tod. Dass sie möchte, dass ich mein Leben lebe, auch das Restaurant müsste ich ihretwegen nicht weiterbetreiben. Aber ich mache es, weil ich das will. Und aus demselben Grund date ich auch keine anderen Frauen.«

Sie wechselte das Thema. »Hast du mit Philippe gesprochen?«

»Nein. Hat sich gestern nicht ergeben.«

»Hör zu, ich muss los, den Laden aufschließen«, würgte sie ihn ab. »Fabienne ist krank. Lass uns irgendwann anders reden, okay? Ich muss los. Schönen Tag.«

Im selben Moment war das Gespräch beendet.

Alain legte den Funkhörer auf den Küchentisch, trank einen Schluck Kaffee und schaute in den Garten zu seiner frisch geschnittenen Hecke. Sie sah schön aus, allerdings nur von dieser Seite. Heute würde er weitermachen, wenn Xavier ihn nicht wieder davon abhielt.

Da piepte sein Handy, das auf der Ladestation lag. Er nahm es und schaute aufs Display. Eine Nummer aus Toulouse.

»Hallo?«

Die unfreundliche Stimme der Sekretärin krächzte durch den Hörer. »Monsieur Olivier?«

»Ja, am Apparat.«

»Monsieur Leroux würde gerne noch mal mit Ihnen sprechen. Persönlich. Wäre es Ihnen möglich, heute noch nach Toulouse zu kommen?«

Alain zögerte nicht lange. »Ja. Lässt sich einrichten.« Die Nachbarn auf der anderen Straßenseite würden den Anblick der Hecke noch einen Tag länger ertragen müssen. »Ich kann in zwei Stunden da sein.«

»Das klingt sehr gut. Also um elf Uhr hier bei uns.«

»Ich werde da sein.«

Alain legte das Telefon wieder auf die Ladestation, trank einen großen Schluck aus der Tasse und schenkte sich Kaffee nach. Mit so einer schnellen Reaktion hatte er nicht gerechnet. Was könnte Jean Leroux von ihm wollen? Bekam er kalte Füße und wurde ihm allmählich bewusst, dass er sich auf die falschen Leute eingelassen hatte?

Kapitel 36

Benoit saß bereits hinter seinem Schreibtisch und starrte auf den Bildschirm, als Julie hereinkam.

»Bonjour.«

»Bonjour«, brummelte er, ohne vom Monitor aufzuschauen. Sie zog den Mantel aus, setzte sich auf den Drehstuhl und fuhr ihren Computer ebenfalls hoch. Mehrere Termine und Notizen ploppten auf.

»Möchtest du auch einen Kaffee?« Sie zeigte auf seine Tasse.

»Danke, nein.«

Julie wollte gerade aufstehen, als plötzlich der Divisional Commissioner im Türrahmen erschien. Henri Laurent war eine imposante Erscheinung. Mit seinen fast zwei Metern Körpergröße wirkte er wie ein American-Football-Spieler, hatte grau melierte, kurze Haare und stets einen sonnengebräunten Teint. Manchmal trug er Uniform im Dienst, heute allerdings nicht. Sein dunkler Anzug war maßgeschneidert, dazu hatte er eine Krawatte mit dem Wappen von Toulouse umgebunden.

»Bonjour.« Er machte die Tür hinter sich zu. Julie konnte sich nicht erinnern, dass Henri Laurent jemals in ihrem Aquarium gewesen war. Als Divisionschef unterstanden ihm alle Abteilungen der Kriminalpolizei. Über ihm gab es nur noch politische Figuren, mit denen die Kommissare so gut wie nie zu tun hatten. Es musste etwas zu bedeuten haben, wenn der Commissioner sich in die Niederungen des normalen Polizeidienstes begab. Und wahrscheinlich nichts Gutes.

Sie stand auf. »Möchten Sie sich setzen?«

»Nein, danke. Ich bleibe nicht lange.« Er hatte eine tiefe sonore Stimme.

Benoit hinterließ den Eindruck, als ob er von dem hohen Besuch nicht überrascht wäre.

»Was macht der Mordfall Brahim Abbas?«, fragte Henri Laurent.

Benoit blickte zu Julie. Sie sollte sich äußern, in seinen Augen war es ja ihr Fall.

»Wir haben gestern einen Verdächtigen verhört. Serge Pujol.«

»Pujol?«

Sie nickte. »Ja. Die Drogenfahndung rechnet ihn zu den –«

Laurent schnitt ihr das Wort ab. »Ein Drogendealer?«

»Ja, genau.«

»Also ein Mord im Drogenmilieu?«

Julie nickte, kam aber auch gar nicht zu Wort, da der Commissioner einfach weitersprach.

»Dann sollen die Kollegen von der Drogenfahndung übernehmen.«

Benoit nickte zustimmend und sagte an Julie gewandt: »Das habe ich doch von Anfang an gesagt. Aber du wolltest mir ja nicht glauben.«

»Dann sind wir uns also einig.« Henri Laurent hatte seine Hand bereits wieder an der Türklinke.

»Kleinen Moment bitte«, intervenierte Julie, ihr ging das alles viel zu schnell. »Auch wenn das Mordopfer aus dem Drogenmilieu stammt, wir haben Kontakt zu der Mutter des Toten und suchen nach einem Freund von –«

Wieder schnitt Laurent ihr das Wort ab. »Warum erzählen Sie mir das?«

Er ließ die Frage einen Moment im Raum schweben, bevor er fortfuhr. »Erzählen Sie das den Kollegen von der Drogenfahndung, die werden sich darum kümmern. Haben Sie noch andere Fälle?«

»Allerdings«, sagte Benoit. »Wir werden uns schon nicht langweilen.«

»Na, dann. Geben Sie die Akte in die dritte Etage, mit allem, was dazugehört. Schönen Tag noch.«

Er verschwand und knallte die Tür hinter sich zu.

Julie, die die ganze Zeit gestanden hatte, ließ sich fassungslos in ihren Schreibtischstuhl plumpsen. Sie fühlte sich völlig überrumpelt. Und von ihrem Kollegen hintergangen. Benoit hatte es offenkundig gewusst, wenn nicht sogar selbst initiiert, dass sie den Fall abgeben mussten.

Er lächelte selbstgefällig. »Siehst du? Wie ich von Anfang an gesagt habe. Was interessiert dich, verdammt noch mal, so an diesem Mord?«

»Nichts«, presste sie lediglich hervor. Sie hatte keinen Nerv für eine Diskussion.

Benoit nahm seine Kaffeetasse, schaute hinein, dann hielt er sie hoch. »Jetzt kannst du mir doch einen Kaffee holen.«

›Einen Kaffee *holen*‹, wohlgemerkt. Nicht einen *mitbringen*.

»Mit Milch und Zucker?«, fragte sie zynisch. »Vielleicht noch einen Keks dazu?«

»Du weißt genau, dass ich ihn schwarz trinke. Krieg dich wieder ein und spiele hier nicht die beleidigte Leberwurst. Ich habe dir von Anfang an gesagt, dass das nicht unser Fall ist. Ich kann mir den Kaffee aber auch selber holen.«

»Ach was, nein. Bemüh dich nicht.« Sie sprang von ihrem Stuhl auf und riss ihm seine Tasse aus der Hand. »Ich habe jetzt ja Zeit. Dank unserem Commissioner.«

Wütend marschierte sie aus dem Büro, und es hätte sie nicht gewundert, wenn Benoit ihr noch etwas hinterhergerufen hätte. Aber die Blöße gab er sich nicht.

Es fühlte sich nicht nur an wie eine Demütigung, es war eine. Eine ganz besondere dazu. Benoit wollte ihre Art, an Fälle heranzugehen und abzuarbeiten, anscheinend nicht akzeptieren. Warum, verstand sie nicht. Doch anstatt sich erfolglos den Kopf darüber zu zerbrechen, beschloss sie, dass es ihr einfach egal war. Zumindest für heute. Sie könnte ein paar Überstunden abbauen und zum Tennis gehen, sich irgendeinen schlechteren Spieler aus dem Club vornehmen und ihn vernichtend in Grund und Boden schlagen. Vielleicht ginge es ihr danach etwas besser.

Missmutig trottete Julie den Korridor entlang, als ihr Maddy entgegenkam.

»Salut. Ich habe leider überhaupt keine Zeit zu quatschen.«

Sie würdigte Julie kaum eines Blickes und ging eilig an ihr vorbei zu ihrem Büro. Maddy hatte sonst immer Zeit. Es hatte sich anscheinend durch den Flurfunk schon herumgesprochen, dass die Kollegin gerade eine Abfuhr vom obersten Chef kassiert hatte. War Julie von nun an verbrannt und würde gemieden werden?

Mit zitternden Knien betrat sie die Kaffeeküche, in der zum Glück niemand war, der sehen konnte, wie ihr eine Träne über die Wange kullerte. In diesem Moment sehnte sie sich mehr denn je nach Paris. Dort hatte sie zwar auch Startschwierigkeiten gehabt, aber zum Ende hin hohes Ansehen bei ihren Kollegen und ihrem Chef genossen. Man hatte sie gebührend verabschiedet, und ihr Partner im Dienst vergaß nicht zu betonen, dass sie jederzeit wieder willkommen sei in der Hauptstadt. Es war ein Fehler gewesen, nach Toulouse zu kommen. Sie hätte auf den TGV vertrauen und die fünf Stunden pro Fahrt in Kauf nehmen sollen. Wenn Nicolas und sie sich genug liebten, hätte ihre Beziehung auch über die Distanz gehalten. Oder nicht.

Für ihn hatte es nie zur Wahl gestanden, dass er sich eine Stelle an einer anderen Hochschule suchte. Nein, es musste Toulouse sein. In dieser Hinsicht war er strikt gewesen. In diesem Moment zweifelte Julie an so ziemlich jeder Entscheidung, die sie seit ihrem Schulabschluss, dem diplôme d'études secondaires, getroffen hatte. Wäre sie doch besser Ärztin geworden? Sollte ihr Vater am Ende recht behalten?

Das Brummen des auf lautlos geschalteten Handys riss sie aus ihren Gedanken, und sie schaute aufs Display. Gustav von der Zentrale rief an, sie nahm das Gespräch entgegen und versuchte, möglichst gefasst zu klingen.

»Hallo, Gustav.«

»Julie. Wie geht's? Du sitzt nicht am Platz.«

»Ich hole nur einen Kaffee für meinen Partner. Hat er das nicht gesagt?«

»Nein. Er ist nicht ans Telefon gegangen.«

»Was gibt es denn so Wichtiges?«

»Ob es wichtig ist, weiß ich nicht. Hier ist ein Claude Vignaud, der zu dir möchte.«

»Claude Vignaud?« Julie wusste nichts mit dem Namen anzufangen.

»Aus Carcassonne. Er sagt, er habe keinen Termin, möchte dir aber ein Protokoll vorbeibringen.«

»Was für ein Protokoll?«

»Er ist Schleusenwärter und sagt, dass er –«

»Oje«, entfuhr es Julie. »Er soll warten, ich komme runter. Schick ihn auf keinen Fall zu uns rauf.«

»Okay.«

Julie steckte ihr Handy wieder ein, stellte Benoits Tasse in die Maschine betätigte den Knopf für XXL.

Am liebsten hätte sie noch hineingespuckt.

Kapitel 37

Julie war so schnell wie möglich in die Lobby der Polizeistation gekommen. Claude Vignaud saß auf einem der Besucherstühle. Sie hätte den Schleusenwärter beinahe nicht wiedererkannt. Bei ihrer letzten Begegnung hatte er kurze Hosen, Flip-Flops und ein Hawaiihemd getragen. Jetzt sah er aus, als sei er zu einem Vorstellungsgespräch eingeladen, hatte eine dunkelblaue Stoffhose, ein weißes Hemd, Krawatte und ein grasgrünes Sakko mit viel zu kurzen Ärmeln an. Hätte seine Frau ihn so gesehen, hätte sie ihn bestimmt nicht aus dem Haus gelassen.

Auf seinen Beinen ruhte eine dunkelbraune Aktentasche. Als Claude Julie erblickte, stand er sofort auf und streckte ihr aufgeregt die Hand entgegen.

»Bonjour, Kommissarin Saidi. Ich hoffe, ich komme nicht ungelegen.«

»Nein, nein«, entgegnete sie, konnte eine gewisse Verwunderung in ihrer Stimme aber kaum verbergen. »Was führt Sie denn her?«

»Ich möchte Ihnen meine Protokolle bringen. Ich hätte sie natürlich auch per Post schicken können, aber das erschien mir unangemessen. Vielleicht haben Sie ja die eine oder andere Frage dazu.«

»Was für Protokolle?« Julie verstand nicht.

Er öffnete seine braune Ledertasche und holte einen dicken Packen Papier hervor, mindestens hundert Seiten stark, zusammengehalten durch eine Ringbindung.

»Sie haben mich doch gebeten, die Augen offen zu halten. Wenn Boote durch meine Schleuse fahren, die mir verdächtig vorkommen.« Er reichte ihr das Manuskript, sie nahm es zögerlich entgegen und schaute aufs Deckblatt: *Benutzer der Schleuse Écluse de Lalande*. Endlich dämmerte es ihr.

Julie wog das Papier in ihrer Hand und sah ihn nun erst recht verblüfft an. »Wow. Da haben Sie sich aber eine Menge Arbeit gemacht.«

Er strahlte übers ganze Gesicht. »Das versteht sich doch von selbst. Darf ich es Ihnen zeigen?«

Er nahm ihr das Werk wieder aus der Hand und blätterte die erste Seite auf. »Hier sehen Sie das Inhaltsverzeichnis, geordnet nach Datum, an welchem Tag welches Boot in welche Richtung die Schleuse passiert hat. Dann folgen die einzelnen Protokolle.« Er blätterte weiter. Julie schaute gebannt zu. Jede Seite war gleich strukturiert: Datum, Uhrzeit, Name des Bootes, Fahrrichtung, Anzahl der Passagiere, Personenbeschreibungen, Besonderheiten.

Sie war beeindruckt. »Vielen, vielen Dank. Das ist ja wirklich eine beachtliche Leistung.«

Er lächelte. »Wie ich Ihnen schon sagte, hatte ich ja auch mal vorgehabt, zur Polizei zu gehen, aber wegen meinem Rücken war mir das leider nicht vergönnt.«

»Schade. Schade. An Ihnen ist bestimmt ein guter Polizist verloren gegangen.« Sie verschwieg ihm, dass einige ihrer Kollegen auch unter Rückenbeschwerden litten und trotzdem hier arbeiteten. »Kann ich Ihnen einen Kaffee anbieten?«

»Oh, das wäre nett.«

»Folgen Sie mir bitte.«

Julie meinte, es ihm schuldig zu sein, und wollte ihn nicht gleich wieder nach Hause schicken. Die Absage ihres Chefs steckte ihr immer noch in den Knochen, und sie hatte keine Lust, sofort wieder in ihr Büro zurückzukehren und sich Benoits sarkastische Sprüche anzuhören. Den Kaffee hatte sie ihm zwar noch vorbeigebracht – und das sogar ohne hineingespuckt zu haben –, aber wenn sie ihm erst einmal aus dem Weg gehen konnte, hatte sie absolut nichts dagegen.

Der Fall hatte den Kollegen vom ersten Moment an nicht wirklich interessiert, und er wusste nicht annähernd so viel wie sie. So sollte es auch bleiben. Wenn sie dank Claude tatsächlich auf etwas stoßen würde, würde sie sich daher nur noch an Luc Massenet von der Drogenfahndung wenden. Schließlich war es nun ja auch der Fall seiner Abteilung.

Julie führte Claude in einen Besprechungsraum, der genutzt wurde, wenn Besucher Anzeige erstatten wollten. In dem kargen Raum gab es lediglich einen Tisch, um den drei Stühle standen. Julie legte den Packen Papier ab.

»Kaffee schwarz? Oder mit Milch und Zucker?«

»Nur mit Milch bitte«, entgegnete Claude höflich, woraufhin Julie nochmals kurz verschwand.

Sie ging in den Aufenthaltsraum, in dem der Kaffeeautomat stand, und bediente sich. Mit dem Pappbecher für Claude kehrte sie in den Raum zurück und nahm gegenüber von ihm Platz.

»Wer passt denn im Moment auf Ihre Schleuse auf?«, erkundigte sie sich.

»Ein Kollege, also seine Frau. Wir unterstützen uns gegenseitig, wenn mal einer was zu erledigen hat. Im Moment ist auch nicht so viel los.«

»Dann lassen Sie mal sehen.« Julie fing an zu blättern, auch wenn sie irgendwie nicht erwartete, auf den Seiten die Lösung des Falls zu finden.

Sie hatte noch nicht einmal die ersten paar Protokolle gesichtet, als Claude konspirativ leise das Wort ergriff. »Haben Sie schon einen Verdächtigen?«

»Darüber darf ich nicht reden«, antwortete Julie ebenso leise.

»Sicher. Natürlich. Entschuldigen Sie meine Neugier.« Claude errötete leicht.

»Warum haben Sie sich so viel Mühe gemacht?«, fragte nun Julie wieder in normaler Lautstärke und sah ihn an.

Mit noch immer rosigen Wangen antwortete er: »Weil Sie mich darum gebeten haben.«

So viel Hilfsbereitschaft war Julie nicht gewohnt. Sie musste lächeln, was Claude schief erwiderte. »Bevor ich jetzt alles durcharbeite. Ist Ihnen ein Boot besonders aufgefallen?«

»Aufgefallen?«, hakte er nach. »Sie meinen, ob seltsame Leute an Bord waren?«

»Noch etwas anderes vielleicht.« Julie formulierte ihre Frage konkreter. »Gab es ein Boot, das beschädigt war?«

»Wie sehr beschädigt?«, wollte Claude jetzt wissen.

»Sagen wir: So, dass es ausgebessert wurde. Mit Gelcoat.«

»Seite neununddreißig«, kam es nun wie aus der Pistole geschossen.

Sofort blätterte sie auf die genannte Seite.

»Bei dem Boot war der Name geändert worden. Es hieß Lucy. Die Namensänderung kann noch nicht so lange her sein, das sah man.«

Julies Herz begann schneller zu schlagen. »Wie lange, schätzen Sie?«

»Zwei, drei Monate. Wenn man den Namen wegschleift und dann mit Gelcoat darübergeht, sieht man das.«

»Ein Touristenboot?«

Er deutete auf das Blatt. »Nein. Steht da. Holländische Bauweise. Ich meine auch, das Boot schon mal gesehen zu haben, als es noch anders hieß, aber ich weiß nicht mehr, wie.«

Mit angehaltenem Atem las Julie die Personenbeschreibung. Es war nur einer an Bord gewesen, der als junger Mann mit Migrationshintergrund beschrieben wurde. Wahrscheinlich Araber. Julie musste augenblicklich an Houssein denken.

Sie klappte das Protokoll zu. »Können Sie mir noch mal helfen?«

Claude schien gerade einen Kopf größer zu werden. »Aber sicher. Wie denn?«

»Können Sie Ihre Kollegen anrufen? Von Carcassonne aufwärts in Richtung Toulouse, ob die nach diesem Boot Ausschau halten. Sie können es denen ja genau beschreiben, oder?«

»Ganz genau sogar. Ich fahre sofort nach Hause und fange damit an.«

Er war schon im Begriff aufzustehen, doch Julie hielt ihn zurück. »Besser wäre es, Sie machen es gleich von hier aus. Haben Sie die Nummern all ihrer Kollegen eingespeichert?«

»Natürlich.« Er sank wieder zurück in seinen Stuhl und holte sein Handy aus der Tasche seines Jacketts.

»Eins noch.« Julie sah in scharf an und hob mahnend den Zeigefinger. »Sie sagen denen nicht, worum es geht. Kein Sterbenswörtchen.«

»Kein Sterbenswörtchen«, wiederholte er. »Noch nicht mal meiner Frau werde ich was sagen. Und die ist Steuerberaterin. Die kennt sich aus mit Schweigepflicht, aber auch ihr werde ich nichts sagen.«

Claude schien nahezu überzusprudeln vor Euphorie, Tatendrang und Stolz. Er war jetzt Geheimnisträger und an einer wichtigen Sache beteiligt.

»Möchten Sie noch einen Kaffee?« Julie stand auf. »Ich bringe Ihnen gleich eine ganze Kanne.«

Claude nickte abwesend, tippte bereits hoch konzentriert auf seinem Display herum und nahm das Telefon ans Ohr.

Kapitel 38

Alain betrat in Begleitung einer hübschen Hostess, die ihn wie beim letzten Mal bereits am Fahrstuhl im Erdgeschoss in Empfang genommen hatte, das Vorzimmer von Jean Leroux. Die Sekretärin, deren Namen er immer noch nicht wusste, erhob sich von ihrem Stuhl und kam um den Schreibtisch herum.

»Folgen Sie mir bitte.« Ihr strenger Blick huschte zu der Hostess, die sofort abtrat.

Ohne weitere Auskünfte ging die Sekretärin voran und führe Alain durch einen langen Korridor. Sie trug ein graues Kostüm, schwarze Nylons, schwarze hochhackige Schuhe. Ihre grauen Haare hatte sie heute zu einem Dutt gebunden. Lediglich ein rosafarbenes Halstuch hellte ihr Äußeres ein wenig auf. Sie erreichten das Ende des Flurs, wo die eine Hälfte einer zweiflügeligen Tür offen stand. Die Sekretärin trat ein, gefolgt von Alain.

Wieder befanden sie sich in einer Art Vorzimmer, doch war dieses wesentlich größer als das der Sekretärin, und an dem Schreibtisch hier saß eine nett wirkende Dame Anfang dreißig mit kurzen schwarzen Haaren und einer modischen Frisur. Und anders als ihre unfreundliche Kollegin verstand sie es durchaus, sympathisch zu lächeln.

Als sie die beiden bemerkte, stand sie auf und deutete mit einer einladenden Geste auf eine weitere offene Tür.

»Bonjour Monsieur. Bitte, Sie werden erwartet.« Ihren Namen nannte sie, wie auch die weiblichen Angestellten, die Alain bisher kennengelernt hatte, ebenfalls nicht. Anscheinend war das nicht üblich in diesem Unternehmen.

Er wusste, dass er sich auf der Chefetage befand, und ahnte bereits, wer ihn hinter der nächsten Tür erwartete, noch bevor er eingetreten war.

Das Büro erschien ihm riesig. Ein Mann schaute hinter zwei Bildschirmen auf und erhob sich. Alain erkannte ihn sofort. Er hatte schon zahlreiche Fotos von Armand Leroux in der Zeitung gesehen.

»Bonjour, Monsieur Olivier. Ich bin Armand Leroux.«

Alains Blick wanderte nach rechts. An der Fensterfront stand ein alter Bekannter, Eduard Tuco. Leroux kam hinter seinem Schreibtisch hervor, ging auf Alain zu, der es nicht für nötig hielt, sich mit Namen vorzustellen.

»Bonjour.«

Sie gaben sich die Hand, während Tuco, ohne dass es einer Aufforderung bedurfte, wortlos an Alain vorbei aus dem Büro schritt und leise die Tür hinter sich schloss.

Offensichtlich hatte sein kurzer Auftritt nur dazu gedient, den Gast darauf hinzuweisen, dass ein Sicherheitsmann sich nebenan aufhielt und Armand Leroux über die Ereignisse am Montag in Castelnaudary informiert war.

Das Gespräch aber sollte unter vier Augen stattfinden.

Armand Leroux war kleiner, als er auf Fotos wirkte. Alain schätzte ihn auf ein Meter siebzig, allerhöchstens, sein Kopf war rasiert, und er trug eine rote Brille mit breitem Gestell. Der graue Anzug war maßgeschneidert, auf eine Krawatte verzichtete der Firmenchef. An den Füßen trug er weiße Designer-Turnschuhe mit goldenen Streifen und schwarzen Punkten, was ihm eine gewisse Lässigkeit verlieh.

»Entschuldigen Sie mich noch einen kurzen Moment bitte, dann bin ich für Sie da.«

Er nahm wieder hinter seinen Monitoren Platz und tippte auf seiner Tastatur herum. Ihn umgab eine Aura der Macht. Alain war in seinem Berufsleben schon einigen solchen Männern und Frauen begegnet. Leroux strahlte einen unbändigen Willen aus und die Entschlossenheit, sich immer durchzusetzen. Gegen alle Widrigkeiten. Egal, um was es ging. Alain konnte sich vorstellen, dass es nicht leicht war, ihm zu widersprechen.

Sein Blick schweifte wieder zu der Fensterfront, an der noch wenige Augenblicke zuvor Tuco postiert gewesen war. Dahinter lag das Imperium von Armand Leroux, sein Königreich, das er aus eigener Hand geschaffen hatte.

Die Büroeinrichtung zeugte von gutem Geschmack. Gegenüber der Fensterfront an der Wand hingen zwei moderne Kunstwerke, die auf den ersten Blick wie abstrakte Gemälde wirkten, aber beim genaueren Hinsehen erkannte Alain, dass dem Künstler wohl eine technische Zeichnung als Vorlage gedient hatte. An der anderen Wand befanden sich gerahmte Fotos, auf jedem Bild war Armand Leroux zu sehen, wie er den französischen Präsidenten der letzten zwanzig Jahre die Hand schüttelte. Macron, Hollande, Sarkozy, Chirac.

Leroux hatte sich inzwischen wieder erhoben, kam erneut um den Schreibtisch herum und deutete zu den Fotos. »Ich habe sie alle kennengelernt. Sie kamen und gingen. Und ich bin noch da.«

Vor der Wand, an der die Bilder hingen, standen zwei breite Sofas aus Leder, die abgewetzt aussahen und aus den fünfziger Jahren stammten. So Alains Vermutung, er war kein Experte. Oder sie waren neu und der Retrolook Absicht.

»Bitte, setzen wir uns.«

Das Leder knirschte, als Alain auf dem einen der beiden Sofas Platz nahm und Leroux ihm gegenüber.

»Ich habe die Möbel der NASA abgekauft. Kennedy und Wernher von Braun sollen schon darauf gesessen haben, als sie darüber diskutierten, wie man zum Mond fliegt.«

Alain nahm sich einen Moment, die Couch, auf der er saß, gebührend zu würdigen. »Und worüber wollen Sie mit mir reden?«

»Nicht so etwas Schwieriges wie die Reise zum Mond.« Er deutete zu einer Kaffeekanne, daneben standen zwei Tassen, Zuckerdose und

Milchkännchen. »Bedienen Sie sich bitte. Oder mögen Sie lieber einen Pastis?«

Armand Leroux war also im Bilde.

Alain ging nicht darauf ein und nahm die Kanne. »Sie auch?«

»Nein, danke«, lehnte Leroux höflich ab. »Schon genug gehabt. Ich trinke immer nur zwei Tassen am Tag.«

Alain nahm es schweigend zur Kenntnis und schenkte nur sich selbst ein.

»Weswegen ich Sie hergebeten habe«, begann Leroux währenddessen. »Mein Sohn erzählte mir von dem plötzlichen Tod einer guten Bekannten von Ihnen. Die Tochter eines Freundes, richtig?«

Alain nickte.

»Ich möchte Ihnen zuerst mein aufrichtiges Beileid aussprechen. Ich mag mir gar nicht vorstellen, wie es für einen Vater sein muss, ein Kind zu verlieren.«

»Chloé Voltaire hieß sie. Und sie war nicht nur meine Bekannte, sondern auch die Freundin Ihres Sohnes«, entgegnete Alain scharf.

Leroux nickte ruhig. »Auch das sagte er mir. Nun stellt sich aber trotzdem die Frage, wieso Sie meinem Sohn gestern nachgestellt haben?«

»Ich bin ihm nur gefolgt, das hat mit nachstellen nichts zu tun. Aber es scheint mir, als würden Sie ihn auf Schritt und Tritt überwachen lassen.«

»Nein. Natürlich nicht. Sie haben vor unserer Firma Stellung bezogen und sind dem Sicherheitsdienst aufgefallen, weshalb er einschreiten musste. Wenn man so reich ist wie wir, sind solche Maßnahmen leider unerlässlich. Also, Sie schulden mir eine Antwort.«

»Ich sehe im Zusammenhang mit Chloés Tod ein paar Ungereimtheiten und habe gehofft, dass Ihr Sohn etwas Licht ins Dunkel bringen könnte.«

»Wollen Sie damit andeuten, Jean hätte etwas mit dem Tod der jungen Frau zu tun?«, schlussfolgerte Leroux, ohne dabei eine Miene zu verziehen.

»Ich hoffe, dass dem nicht so ist«, entgegnete Alain. »Aber als ich das letzte Mal mit Chloé sprach, erzählte sie mir, dass Jean ihr ein Geheimnis anvertraut hätte. Sie sagte nicht, um was es ging. Kurz danach war sie tot.«

Leroux sah ihn durchdringend an. »Sie wissen nicht, um was es ging?«

»Nein. Aber Ihr Sohn weiß es.« Alain hielt seinem Blick eisern stand. »Und Sie womöglich auch, weswegen Sie mich herbestellt haben.«

Leroux wägte seine nächste Frage ab. »Was genau wollen Sie von meinem Sohn?«

»Antworten. Er hat mich vor ein paar Tagen in eine Falle gelockt. Wenn Sie in mein Gesicht sehen, können Sie vielleicht noch ein paar blaue Flecken sehen. Ich wurde zusammengeschlagen.«

»Mein Sohn hat sie geschlagen?«, nun hob Leroux doch fragend eine Augenbraue.

Alain lächelte. »Trauen Sie ihm das zu?«

Armand blieb ernst. »Das sind schwere Anschuldigungen, die Sie da erheben. Sollten Sie keine Beweise haben, fordere ich Sie auf, Ihre Nachforschungen sofort zu beenden.«

»Nachforschungen dienen normalerweise dazu, Beweise zu finden«, erwiderte Alain schmunzelnd.

Aber Leroux ließ sich nicht beirren. »Ich kann Ihnen das Leben schwer machen. Es geht mir aber nicht darum, jemandem zu schaden, es geht mir nur um den guten Ruf unserer Familie und meines Unternehmens. Wenn Jean mit dem Tod einer jungen Frau in Verbindung gebracht wird, freuen sich einzig und allein die Medien über so eine Schlagzeile.«

»Warum ist Ihr Sohn bei unserem Gespräch eigentlich nicht dabei?«, wollte Alain nun wissen.

»Er hat einen wichtigen Geschäftstermin. Außerdem möchte ich mich allein mit Ihnen unterhalten. Ich wünsche mir, dass Sie mich und meine Situation etwas besser verstehen.«

Leroux schaute durch die große Fensterfront in Richtung Flughafen. »Ich war schon immer fasziniert vom Fliegen. Als Kind wollte ich Pilot werden, aber meine Augen sind zu schlecht«, er deutete auf seine Brille, deren Gläser mindestens drei Dioptrien hatten. »Also habe ich studiert und angefangen, Flugzeuge zu bauen. Zumindest bestimmte Teile dafür.« Er pausierte. »Was war Ihre Motivation, Polizist zu werden?«

Nach kurzem Schweigen zuckte Alain mit den Schultern. »Ich konnte mir nicht vorstellen, einen normalen Job am Schreibtisch zu machen.«

»Sie waren bei einer Spezialeinheit, habe ich gehört?«

Er nickte.

»Das heißt, Sie haben den steinigen Weg gewählt. Weil Sie etwas erreichen, sich nicht mit dem Mittelmaß zufriedengeben wollten.«

Alain durchschaute die Taktik. Leroux hofierte ihn, um Sympathiepunkte und damit Verständnis zu gewinnen.

»In manchen Dingen habe ich leider versagt«, fuhr er fort. »Als Vater zum Beispiel. Der Aufbau der Firma hat all meine Kraft gekostet und dann ist meine Frau gestorben. Jean war gerade mal sieben Jahre alt. Es war nicht leicht für mich, meinen Beruf und die Erziehung der Kinder unter einen Hut zu bringen. Ich habe auch noch eine Tochter, sie ist zwei Jahre jünger als Jean. Er ging aufs Internat. Und ich wusste mir damals nicht besser zu helfen, als ihm den Lebensweg immer so leicht wie möglich zu machen. Vielleicht weil ich Schuldgefühle hatte, da ich kein guter Vater war.« Er sah auf seine Hände.

»Und heutzutage sehen Sie sich immer noch in der Pflicht, seine Fehler zu korrigieren?«

Leroux nahm wieder Blickkontakt auf. »Seitdem Jean in dieser Firma arbeitet und da er diese eines Tages leiten wird, überschneiden sich Beruf und Privatleben. Somit werden seine Probleme auch sehr schnell zu meinen.«

»Was bieten Sie mir an?«, fragte Alain nun direkt.

»Ich möchte, dass wir zu einer Einigung kommen. Lassen wir die Toten ruhen. Was immer mit Chloé Voltaire geschehen sein mag, ich kann Ihnen garantieren, dass Jean keine Schuld daran trägt. Er war in dieser Nacht ganz woanders. Das können wir beweisen.«

Beinahe unmerklich schüttelte Alain den Kopf. »Kennen Sie die Freunde von Jean? Mit denen er Partys feiert auf der Jacht in Narbonne-Plage?«

Leroux sah ihn fragend an. »Was hat das mit unserer Sache zu tun?«

»Ich glaube, dass Jean sich mit Leuten eingelassen hat, die nicht ganz seinem Kaliber entsprechen. Kriminelle, um genau zu sein.« Alain machte eine Pause. »Und Ihnen kann nicht daran gelegen sein, dass das publik wird. Genau an der Stelle hakt es, Chloé wusste davon. Das war das Geheimnis.«

Er sah Leroux in die Augen. Es gab keine Beweise für eine solche Behauptung, aber sie war durchaus naheliegend. Es fragte sich nur, inwieweit Jean seinen Vater eingeweiht hatte.

»Sie unterstellen meinem Sohn also, Kontakt mit Kriminellen zu haben?«, wiederholte Armand Leroux langsam. »Wenn Sie das öffentlich behaupten sollten, werden Sie mit den Konsequenzen leben müssen.« Seine Stimme war eiskalt. »Und das wollen Sie nicht.«

Mit einem Knirschen erhob sich Alain von der Couch.

»Das Gespräch ist noch nicht vorbei.« Leroux' Tonfall war schneidend. Er war es nicht gewohnt, dass nicht alles so lief, wie er es wollte.

Doch Alain machte keine Anstalten, sich von ihm einschüchtern zu lassen. »Ich sehe nicht, wo das hinführen soll. Ich werde die Toten bestimmt nicht ruhen lassen. Ich will wissen, warum Chloé gestorben ist.«

Nun stand auch Leroux auf. »Es liegt mir nichts daran, Ihnen zu schaden. Aber wenn Sie das tun: mir, meinem Sohn oder der Firma schaden wollen, dann geht das nicht gut für Sie aus.« Er sah Alain eindringlich an, wirkte nun wieder ganz ruhig. »Wenn wir uns allerdings einigen, kann ich Ihnen durchaus behilflich sein.«

»Und wie soll diese Hilfe aussehen?«

»Eduard Tuco, mein Sicherheitschef, den Sie ja kennen, ist immer auf der Suche nach gutem Personal.« Leroux ließ den Satz kurz wirken, bevor er weitersprach. »Wir könnten einen Beratervertrag abschließen zu einem festen Honorar. Wie viel Zeit Sie für uns aufwenden, bestimmen Sie selbst. Das Honorar wäre unabhängig davon konstant.«

»Und was erwarten Sie im Gegenzug?«, bohrte Alain nach.

»Loyalität«, sagte Leroux mit einem breiten Lächeln. »Loyalität gegenüber der Firma, für die Sie tätig sind.«

»Meine Aufgabe besteht also nur darin, untätig zu sein, richtig?«, folgerte Alain.

Leroux seufzte. »Aber nein. Ich würde mich natürlich freuen, wenn Sie aktiver wären. Also in unserem Sinne. Einen Experten wie Sie könnten wir gut gebrauchen.«

»Und was sage ich meinem Freund, Chloés Vater?«

»Was würden Sie ihm sagen, wenn Sie nicht herausfinden, was zu ihrem Tod geführt hat?«

Alain zögerte nicht lange. »Wenn er wüsste, dass ich alles in meiner Macht Stehende getan habe, würde er sich damit zufriedengeben.«

Leroux lächelte. »Sie haben alles getan. Alles, was Sie tun konnten. Der nächste Schritt, den Sie gehen müssten, kann Ihr Freund nicht von Ihnen verlangen. Sie schaden sich selbst, und Sie können nur verlieren.«

»Schicken Sie mir den Beratervertrag.« Mit diesen Worten streckte er Armand Leroux seine Hand zum Abschied entgegen.

Kapitel 39

Alain hatte den Renault geparkt und ging auf das Haus zu, klingelte. Es dauerte nicht lange und Émil trat heraus, öffnete die Gittertür. Sie umarmten sich stumm zur Begrüßung. Diesmal gingen sie nicht in den Innenhof, sondern die Steinstufen zur Terrasse hinauf. Alain nahm an einem kleinen Tisch Platz. Ein Sonnenschirm spendete Schatten.

»Was möchtest du trinken?«

»Hast du einen Weißwein offen?«

»Einen Chardonnay, wenn es dir recht ist.«

»Gerne.«

Émil verschwand im Haus.

Von der Terrasse hatte man einen unverstellten Blick auf die Festungsanlage, die von einem scheinbar göttlichen Licht angestrahlt wurde. Die vielen kleinen Wachtürme wirkten willkürlich platziert, zumindest sah es so aus, weil die Burg mehrere Mauern hintereinander hatte. Je länger Alain das Bauwerk ansah, desto mehr erschien es ihm wie ein Sinnbild für die Situation, in der er sich gerade befand. Armand Leroux war der Burgherr, ein König, der auf dem höchsten Turm über dem gemeinen Volk thronte. Alain und Émil harrten hier unten aus wie einfache Fußsoldaten, ohne den Hauch einer Chance, die Mauern jemals überwinden zu können.

Émil kam mit zwei Gläsern Weißwein zurück und setzte sich an den Tisch. Sie stießen an, tranken jeder einen Schluck, dann schaute Émil seinen Freund erwartungsvoll an. »Hast du was herausgefunden?«

Alain sah in sein Glas. »Es war kein gewöhnlicher Unfall. Da bin ich mir sicher. Einen Selbstmord halte ich ebenfalls für mehr als unwahrscheinlich.«

Émil schluckte und hielt sich schnell die rechte Hand vors Gesicht, in der anderen hielt er das Weinglas. Er weinte. Zwar hatte er seinen Freund beauftragt, etwas herauszufinden, aber nun diese Worte aus Alains Mund zu hören, schockierte ihn dennoch.

Alain ließ ihm Zeit, sich wieder zu fassen, trank einen Schluck Wein und sah zu der Festung hinauf.

Émil wimmerte. »Nein, du hast recht. Das passte nicht zu ihr. Das hätte sie nicht getan. Niemals. Also hat sie jemand hinuntergestoßen?«

Alain achtete auf einen ruhigen, sachlichen Tonfall. »Ich kann es dir nicht sagen. Und wenn, weiß ich erst recht nicht, wer es getan haben sollte.« Er überlegte, wie viel er ihm berichten sollte, entschied sich, dass die Wahrheit womöglich besser war, als ihn im Ungewissen zu lassen.

»Chloé hat sich verändert, seitdem sie in Toulouse gewohnt hat. Du hattest recht mit deinen Befürchtungen, dass sie in falsche Kreise abgedriftet war.«

»Durch ihren Freund, Jean Leroux?«

»Nein. Schon vorher. Sie hat Jean in einem Nachtclub kennengelernt. Da hingen einige seltsame Typen herum.« Er deutete auf die Spuren in seinem Gesicht. »Die haben mich sogar im Parkhaus überfallen, nachdem ich dort war.«

»Oh Gott.« Bestürzt sah er Alain ins Gesicht. »Ich wollte gerade fragen, was dir passiert ist. Du hast dich meinetwegen also in Gefahr gebracht?«

»Nein«, entgegnete Alain bestimmt. »Ich weiß, was ich tue und wie weit ich gehen kann.«

Émil starrte ihn an. »Wie meinst du das?«

»Wir haben es mit einem übermächtigen Gegner zu tun.«

»Verstehe.« Er trank sein Weinglas in einem Zug leer und schaute zu der Festung. »Ich kann nicht von dir verlangen, dass du weitermachst.«

»Mir wurde deutlich gesagt, mehr als deutlich, dass ich meine Nachforschungen einstellen soll. Und zwar von Armand Leroux persönlich.«

Émil war erstaunt. »Was hat er damit zu tun?«

»Er beschützt seinen Sohn. Wahrscheinlich nicht zum ersten Mal.
Ich habe den Eindruck, dass Jean ihm hin und wieder Probleme bereitet
und der Vater diese beseitigt. Jean Leroux umgibt sich nicht nur mit
schönen Frauen, sondern auch mit seltsamen Typen. Er bezeichnet sie
als Künstler und Musiker, ich sage, das sind Kriminelle. Verstehst du?«

Zögerlich schüttelte Émil den Kopf. »Noch nicht ganz.«

»Die Liste der Verdächtigen ist somit lang«, erklärte Alain. »Und
wenn es Mord war, dann ... Jean Leroux hätte nicht die Eier, so etwas
selbst zu tun. Darum spielt auch ein Alibi oder so was keine Rolle.«

»Er könnte also jemanden beauftragt haben?«, schlussfolgerte Émil.

Alain nickte. »Und in so einem Fall gibt es nur wenige Möglichkeiten, ihm die Tat nachzuweisen. Es bräuchte einen Zeugen und ein glas-
klares Motiv. Beides habe ich nicht. Lediglich eine Vermutung.«

»Und die lautet?«

»Chloé erzählte mir, dass Jean ihr ein Geheimnis anvertraut hat.«
Alain schwieg für einen kurzen Moment, bevor er fortfuhr. »Womöglich
ist genau dieses Geheimnis der Schlüssel. Hat sie dir etwas davon erzählt?«

Émil schüttelte abermals den Kopf. »Nein. Ich war froh, dass wir
überhaupt wieder miteinander geredet haben. Sie erzählte mir vom Studium, dass es gut lief. Und sie war auf der Suche nach einer neuen Wohnung.«

»Einer neuen Wohnung?«, wiederholte Alain. »Wieso?«

»Es gefiel ihr nicht mehr in dem Stadtteil, hat sie gesagt. Zu weit weg
von den anderen Studenten.«

»Wollte sie mit Jean zusammenziehen?«

»Nein. Sie sprach von einem Zimmer in einer WG, aber es war noch
nicht sicher, ob sie es kriegt. Ist das wichtig?« Fragend sah Émil seinen
Freund an.

»Wahrscheinlich nicht. Ich höre nur zum ersten Mal davon. Chloés Mitbewohner hat auch nichts gesagt. Kennst du ihn?«

»René? Ja. Chloé fand es gut, dass er schwul ist. So musste sie sich keine Gedanken machen, dass er vielleicht etwas von ihr wollte. Und er sei sehr ordentlich, meinte sie.«

Alain nickte zustimmend. »Ja. Ich war da, und die Wohnung ist tipptopp.«

Hinter der wenig befahrenen Straße lag ein kleiner Park mit einem Spielplatz. Der Lärm einiger Kinder drang zu ihnen herüber. Émil atmete tief ein, stieß die Luft aus, stand auf und verschwand im Haus. Als er wieder auf die Terrasse kam, hatte er die halb volle Weinflasche dabei.

»Wie es also aussieht, hat sein Junge etwas angestellt«, sagte Émil, während er wieder Platz nahm. »Irgendwas. Und der Vater will nicht, dass du weiter nachforschst.«

Nickend antwortete Alain: »Ich werde diese Leute in Sicherheit wiegen und abwarten. Mehr kann ich im Moment nicht tun.«

»Was schulde ich dir?«

Alain stand auf. »Ich überlege mir was.«

Émil blieb sitzen, reichte ihm die Hand. »Danke. Unsere Freundschaft bedeutet mir sehr viel. Du wirst wissen, was das Richtige ist.«

In Alains Brust machte sich ein warmes Gefühl breit. »Es freut mich, dass du das so siehst.«

Émil vergrub sein Gesicht wieder in den Händen und drehte den Kopf weg. »Nichts macht Chloé wieder lebendig.«

Alain legte ihm tröstend die Hand auf die Schulter, fühlte sich mit der Situation ein wenig überfordert. Zu sehr weckte der Moment eigene Erinnerungen an Isabelle und ihren Tod. Er stand kurz davor, auch zu heulen, versuchte aber die Gefühle zu unterdrücken und räusperte sich.

»Das vielleicht nicht.« Seine Stimme klang rau. »Sie kommt nicht zurück. Aber vielleicht können wir verhindern, dass sich so etwas wiederholt. Wenn jemand wie Jean Leroux die Erfahrung macht, dass er mit so was durchkommt, weil sein Vater alles für ihn regelt, macht er vielleicht weiter. Deshalb möchte ich wissen, was passiert ist.«

Émil sprang von seinem Stuhl auf und fiel Alain um den Hals. Er spürte, wie der Körper seines Freundes bebte, und konnte die Tränen nun ebenfalls nicht länger zurückhalten. Weinend lagen sich die beiden Männer in den Armen.

Kapitel 40

Er war gerade ins Auto eingestiegen, als sein Handy piepte. Julie Saidi rief an, ihre Mobilfunknummer war gespeichert, nachdem sie sie ihm per SMS gesendet hatte.

»Bonjour. Schön von Ihnen zu hören.«

Julie kam gleich zur Sache. »Es gibt eine gute und eine schlechte Nachricht. Welche wollen Sie zuerst hören?«

»Die schlechte.«

»Mir wurde der Fall entzogen. Ich ermittle nicht mehr wegen des Mordes an Brahim Abbas.«

Diese Information löste in Alains Gedankenwelt eine Reihe von Assoziationen aus und erinnerte ihn an das Gespräch mit Armand Leroux, der auch versucht hatte, ihn kalt zu stellen. Bestand da womöglich ein Zusammenhang?

»Von wem kam der Befehl?«

»Von meinem obersten Chef, Divisional Commissioner Henri Laurent. Er hat bestimmt, dass die Drogenfahndung übernimmt. Mein Partner freut sich darüber.«

Alain schaute durch die Windschutzscheibe zu der Festung und stellte sich die Frage, wieso der Commissioner seine vermutlich beste Mitarbeiterin von dem Fall abgezogen hatte. War es Benoit Tessier, der hinter dem Befehl steckte oder Armand Leroux? Reichte seine Macht so weit?

Julie seufzte. »Es bedeutet auch, dass ich Ihnen bei Chloé Voltaire nicht mehr weiterhelfen kann. Der Antrag für ihren E-Mail-Account wurde nicht genehmigt.«

»Dann bin ich jetzt gespannt auf die gute Nachricht.«

»Ich hatte Besuch vom Schleusenwärter von der Écluse de Lalande, wo wir die Leiche gefunden haben. Er hat mir den Namen eines Bootes mitgeteilt, das mir verdächtig vorkommt. Können Sie dieses Boot für mich suchen?«

Alain grinste. Schade, dass sie das nicht sehen konnte. »Sie arbeiten also doch noch an dem Fall?«

»Nein. Ich nicht«, entgegnete sie nüchtern. »Aber Sie.«

»Stimmt. Obwohl auch jemand versucht hat, mich kaltzustellen.«

»Jean Leroux?«

»Nein, sein Vater. Armand Leroux hat mich gebeten ...«, Alain erinnerte sich an den Wortlaut, »... dass ich die Toten ruhen lassen soll.«

»Ein schöner Euphemismus. Wie hat er Sie unter Druck gesetzt?«

»Das Übliche. Zuckerbrot und Peitsche. Diese Leute glauben, das funktioniert immer und bei jedem.«

»Was mich betrifft, ich habe nur die Peitsche zu spüren bekommen.« Julies Tonfall klang verbittert. »Und es hat funktioniert.« Dann wechselte sie zurück zum eigentlichen Thema. »Sie haben doch ein Boot, oder?«

»Ja. Es liegt hier in Carcassonne, direkt vor meinem Restaurant.«

»Wie lange brauchen Sie zur Écluse de Lalande? Das ist kurz vor –«

»Ich weiß, wo das ist«, fiel er ihr ins Wort. »Da steht so ein nettes Haus, in dem der Schleusenwärter wohnt.«

»Genau. Der Schleusenwärter heißt Claude Vignaud. Wir treffen uns dort, und ich gehe mit an Bord.«

»Ich brauche etwa eine Stunde dahin. Es gibt zwei weitere Schleusen auf dem Weg.«

»Viel schneller schaffe ich es auch nicht. Bis gleich.« Sie beendeten das Telefonat.

Alain legte sein Handy auf die Ablage und schaute wieder zu der Festung hinauf. Armand Leroux und sein Sohn wähnten sich auf ihrem

Turm in Sicherheit, aber die Mauern waren doch nicht unüberwindlich. Alles eine Frage des Ehrgeizes und der Entschlossenheit. Die Wahrheit fand immer ihren Weg. Wie Wasser, das durch die kleinsten Ritzen dringen konnte, wenn der Druck groß genug war. Für einen Moment hatte es so ausgesehen, als ob Alain mit seiner Mission scheitern würde und Chloé ein Unfallopfer bliebe. Jetzt waren sie aber wieder im Spiel. Ein neuer Jeton lag auf dem Tisch, und die Kugel rollte.

Rien ne va plus.

Kapitel 41

Alain suchte den Schlüssel, hatte ihn verlegt. Das konnte er wirklich gut: Dinge verschwinden lassen wie ein Zauberer, die dann irgendwann wie aus dem Nichts wieder auftauchten. Nach zehn Minuten fand er ihn endlich in einer Tonschale. Die einzig dem Zweck diente, dort Schlüssel aufzubewahren. Er seufzte.

Als er ihn ins Schloss steckte und um neunzig Grad im Uhrzeigersinn drehte, tat sich eine Sekunde lang gar nichts. Dann gab der Dieselmotor zuerst seltsame Geräusche von sich, bevor ein Ruck durch das Boot ging und Alain eine dicke schwarze Qualmwolke hinter dem Heck aufsteigen sah. Es stank fürchterlich, und ihm war es peinlich, der Verursacher zu sein.

Seit Isabelles Tod hatte das Boot nur noch auf dem Platz gelegen, den er offiziell gemietet hatte. Früher waren sie gemeinsam an sonnigen Tagen umhergeschippert, ohne Ziel, nur um die Landschaft rund um die Kanal zu genießen. Aber das schien ihm eine Ewigkeit her. Michelle hatte ein paarmal vorgeschlagen, einen Ausflug zu machen, aber irgendwie war es nie dazu gekommen.

Der Gestank verzog sich, die Abgase waren nicht mehr schwarz vom Ruß. Er löste die Leinen, drückte den Gashebel von sich weg nach vorne und schipperte langsam auf das Schleusentor zu. Es war geöffnet, und er fuhr in das ovale Becken ein. Bis zu seinem Ziel musste er zwei Staustufen überwinden. Die Schleusenwärterin hieß Danielle, sie trat an den Rand des Beckens.

»Bonjour, Capitain Olivier.«

»Bonjour. Officier d'écluse.«

Er warf ihr das Seil zu, sie legte es um einen Poller und gab ihm das lose Ende zurück. Danielle gehörte zu Alains Stammgästen, auch wenn sie sich im Moment etwas rar machte. Das lag aber nicht an der Qualität der Küche, wie sie beteuerte, sondern lediglich daran, dass sie etwas sparen müsse, weil sie sich ein neues Auto kaufen wollte. Um ihren Hals hatte sie eine wuchtige Fernbedienung, in der Größe, wie sie Drohnenpiloten benutzten. Es war aber leichter, eine Schleuse zu bedienen, als ein Fluggerät zu manövrieren. Das Tor schloss sich hinter ihm, er war der einzige Fahrgast.

»Wie geht's?«, rief sie ihm zu. »Musst du zur Inspektion oder tanken?«

»Weder noch. Ich wollte den Kahn noch mal bewegen.«

»Das solltest du auch. Ist nicht gut für den Motor, wenn das Boot nie fährt.«

Danielle drückte einen Knopf auf ihrer Fernbedienung. Das Wasser schoss durch das vordere Schleusentor in das Becken. So laut, dass ein Gespräch erst mal unmöglich war. Der Wasserspiegel stieg in Windeseile an, wodurch sich auch das Boot hob und Alain das Seil nachziehen musste. Der Lärm ließ nach, je weniger Wasser nachströmte.

»Wo geht's hin?«

»Den Kanal etwas rauf und runter.«

»Hast du von der Leiche gehört, die sie in der Écluse de Lalande gefunden haben?«

»Nur das, was in der Zeitung stand. Weißt du mehr?«, fragte Alain mit unschuldiger Miene.

»Claude, der Schleusenwärter, hat mich angerufen und mir alles haarklein erzählt. Ich weiß nicht, wie viel davon stimmt. Er behauptet, der Polizei bei der Lösung des Falls sogar behilflich zu sein.«

Alain wurde hellhörig. »Aha. Inwiefern?«

Danielle lachte. »Ich glaube gar nicht. Er liest zu viele Krimis und redet gerne. Kennst du seine Frau?«

»Nein. Woher?«

»Sie hat ein Steuerbüro in Carcassonne. Ich habe sie auch schon mal bei dir im Restaurant gesehen. Dachte, ihr kennt euch vielleicht.«

»Nein. Ich erinnere mich gerade nicht. Aber gut zu wissen.«

Das Boot hatte die Hubhöhe von drei Meter dreißig überwunden, und nun war er mit Danielle auf Augenhöhe. »Du weißt, dass sich die Schleusenzeiten geändert haben?«

»Nein.«

»In drei Stunden musst du zurück sein, dann mache ich Feierabend. Aber es sind genug Plätze frei.« Sie zeigte zu dem kleinen Hafen von Carcassonne. An einen Steg passten acht Boote nebeneinander, im Moment waren nur zwei vertäut. Zu dem Hafen gehörte wie auf einem Campingplatz auch ein Haus, wo man duschen und aufs Klo gehen konnte. Eine kleine Küche gab es dort ebenfalls, aber die meisten kochten auf ihren Booten.

»Ich melde mich, wenn ich es nicht rechtzeitig schaffe.«

»Au revoir. Und gute Fahrt.« Danielle betätigte wieder einen Knopf, und das Schleusentor vor ihm ging auf. Alain zog das Seil, das lose um den Poller hing, wieder ein.

»Au revoir.«

Er drückte den Gashebel nach vorne, und das Boot gewann schnell an Fahrt, schipperte am Hafen vorbei. Seine Bugwelle brachte die anderen Boote leicht zum Schaukeln. Alain fuhr in den Canyon ein, wie man den Abschnitt des Kanals in Carcassonne nannte. Gleich hinter den Uferböschungen befanden sich steile, rote Backsteinwände, beinahe im Neunzig-Grad-Winkel. Oberhalb der Uferbefestigung verliefen zwei Straßen parallel zum Wasserweg. Der Kanal war hier ziemlich schmal, weshalb man nicht anhalten durfte, und auch so kamen nur knapp zwei Boote aneinander vorbei. Alain ließ die Schlucht hinter sich und gelangte an die Stadtgrenze von Carcassonne, wo sich Einkaufscenter und Fastfood-Ketten angesiedelt hatten. Er unterquerte die Bundestraße, die zum Flughafen führte, und dann wurde es ruhiger, die Gegend ländlicher. Während der Fahrt kamen ihm nur zwei Boote entgegen, deren Steuermänner er freundlich grüßte, so wie es unter Kapitänen üblich war. Schließlich umgaben nur noch Felder den Kanal, und der Duft frischer Landluft stieg ihm in die Nase. Die nächste Schleuse war die Écluse de la Douce, er passierte sie ohne Wartezeit und fuhr weiter. Kurz vor der Écluse de Lalande befand sich ein gutes Restaurant, das aber geschlossen hatte. Alain wusste nicht, ob sie nur einen Ruhetag einlegten oder der Betrieb sich außerhalb der Saison nicht mehr lohnte. Schließlich erblickte er das Haus des Schleusenwärters, wurde langsamer. Julie Saidi wartete bereits und empfing ihn mit einem Lächeln. Er manövrierte das Boot mit dosierter Motorkraft ans Ufer, warf ihr das hintere Seil zu, und sie vertäute es an einem Poller. Er drehte das Ruder und gab noch ein wenig Schub, um den Bug etwas näher heranzumanövrieren. Dann stoppte er den Motor, ging von Bord und machte auch das vordere Seil fest.

Jetzt konnte er sich Julie zuwenden, die an ihn herangetreten war. »Bonjour. Warten Sie schon lange?«

»Nein. Ich bin auch gerade erst gekommen.«

Langsam, beinahe etwas schüchtern, näherte sich der Schleusenwärter. Seine Frau blieb am Gartenzaun vor dem Haus zurück. Alain konnte sich beim besten Willen nicht an ihn erinnern. An die Steuerberaterin schon, jetzt, da er sie sah. Aber sie war jedes Mal mit anderen Männern bei ihm essen gewesen. Alain hoffte, dass es sich nur um Mandanten gehandelt hatte.

»Claude Vignaud«, stellte Julie ihn vor. »Alain Olivier.«

Sie gaben sich die Hand.

»Ihnen gehört das Chez Isabelle habe ich gehört?«, erkundigte sich Claude, was Alain mit einem Nicken quittierte.

»Ja, genau.«

»Meine Frau schwärmt davon, aber wir haben es noch nie geschafft, zusammen dorthin zu gehen. Ich bin allerdings auch sehr eigen, was Essen angeht, eher kein typischer Franzose.«

»Amerikaner?«, tippte Alain schmunzelnd.

Auf Claudes Lippen machte sich ein Lächeln breit. »Ja, mit der Küche kann ich mehr anfangen. Und Sie arbeiten nebenher für die Polizei?«

Julie schritt sofort ein. »Das Thema sollten wir nicht vertiefen. Denken Sie dran: Sie haben versprochen, Diskretion zu wahren und mit niemandem über den Fall zu sprechen.«

Claudes Tonfall wurde sofort wieder ernst. »Natürlich nicht. Das tue ich auch nicht.«

»Danielle hat da was anderes erzählt.« Alain grinste.

Julie schreckte auf. »Wer ist Danielle?«

»Die Schleusenwärterin von Carcassonne, sie wusste zumindest über die Leiche Bescheid.«

Julie sah Claude scharf an. »Stimmt das?«

»Ich, äh …«, er geriet ins Stocken. »Das war gleich nachdem Sie bei uns waren. Ich musste mir das von der Seele reden. Jetzt spreche ich mit niemandem mehr über die Sache. Ehrlich!«

Julies Blick war nach wie vor skeptisch. »Das will ich auch hoffen«, ermahnte sie ihn.

Er nickte reumütig. »Versprochen.«

»Danielle wusste nicht allzu viel. Im Wesentlichen nur das, was auch in der Zeitung stand«, versuchte Alain, die Situation zu entschärfen, bevor er an Julie gewandt fragte: »Warum sind wir hier?«

»Monsieur Vignaud hat ein –«

»Sagen Sie doch bitte Claude«, unterbrach er sie und schaute dann weiter zu Alain. »Darf ich Alain sagen?«

»Natürlich.«

Die Kommissarin setzte zu einem neuen Versuch an. »Claude hat, nachdem wir die Leiche gefunden haben, sich in den Tagen danach die Boote, die er schleuste, genau angesehen und Protokoll geführt.« Sie blickte zu ihm. »Ein vorbildliches Protokoll. Danke noch mal.«

»Gern geschehen.« Stolz flackerte in seinen Augen auf.

»Und Ihnen ist ein Boot besonders aufgefallen?«, hakte Alain nach.

Er nickte eifrig. »Ja. Und ich habe die anderen Schleusenwärter abtelefoniert. Natürlich, ohne irgendwelche Details zu verraten.«

Julie ergriff wieder das Wort. »Das besagte Boot wurde gesichtet, nur ein paar Kilometer entfernt an einer Stelle, wo man mit dem Auto nicht hinkommt.«

»Und was ist auffällig an dem Boot gewesen?«

Claude holte Luft, um zu antworten, doch Julie kam ihm zuvor. »Ich erkläre es Ihnen auf dem Weg dorthin.«

»Dann los.« Alain wollte keine Zeit mehr vergeuden.

»Ich kann leider nicht mitkommen«, wandte Claude betreten ein. »Ich bin noch im Dienst.«

»Wie schade«, erwiderte Alain und verkniff sich ein Grinsen. »Wir halten Sie auf dem Laufenden.«

»Das machen wir.« Julie schüttelte Claude die Hand. »Vielen Dank nochmals für all die Mühe, die Sie sich gemacht haben.«

»Gern geschehen. Jederzeit wieder. Und Sie rufen mich an, ja?«

»Auf jeden Fall«, sagte sie.

Die beiden gingen an Bord, Claude half mit beim Ablegen. Dann öffnete er mit der Fernbedienung das Schleusentor. Nach kurzer Zeit hatten sie die zwei Staustufen hintereinander überwunden, winkten Claude zum Abschied noch mal zu und fingen erst an zu reden, als sie außer Hörweite waren.

Julie zeigte Alain ihr Handydisplay. Darauf war eine Karte zu sehen, das Gebiet rund um Castelnaudary und einige rote Punkte. »Ich habe die Telefonnummer von einem Prepaid-Handy bekommen. Es soll dem besten Freund des Mordopfers gehören, Houssein Tifur. Er ist seit dem Mord an Brahim Abbas verschwunden. Zuerst hatte ich die Sorge, dass er vielleicht auch getötet wurde und seine Leiche noch irgendwo im Kanal schwimmt, aber inzwischen haben wir vom Provider die Standorte erhalten, wenn das Telefon mal kurzzeitig im Netz eingeloggt war. Die roten Punkte zeigen die Orte.«

Alain sah es sich an. »Immer in der Nähe des Kanals. Woher haben Sie die Prepaid-Nummer?«

»Von Brahims Mutter. Sie scheint mir vertrauenswürdig. Ich vermute, Houssein ist untergetaucht.«

»Und vor wem versteckt er sich?«, bohrte Alain nach.

»Entweder vor Serge Pujol oder vor uns«, teilte Julie ihm ihre Vermutung mit. »Houssein und Brahim verbindet eine Gemeinsamkeit, sie haben beide einen Bootsführerschein gemacht, den Serge ihnen bezahlt hat.«

Alain runzelte die Stirn. »Gibt es konkrete Anhaltspunkte, dass das Boot auch der Tatort ist?«

»Das wissen wir erst, wenn wir Spuren gesichert haben. Aber dazu müssen wir das Boot erst mal finden.«

Sie schwiegen für eine Weile, genossen die Landschaft in der Abendsonne. Die Vegetation am Ufer warf lange Schatten. Nach kurzer Zeit näherten sie sich einer Landstraße, der Straßenverkehr war eine Zeit lang gut hörbar, bis er wieder abklang. Dann schlängelte sich der Kanal durch die Felder, und Alain hatte am Ruder einiges zu tun. Er musste sich eingestehen, dass er leicht aus der Übung war. Zum Glück kam ihnen kein anderes Boot entgegen. Der Rumpf streifte mehrmals die Uferböschung, und Julie schien bemüht, sich einen Kommentar zu verkneifen.

»Sie dürfen es ruhig sagen«, grummelte Alain.

Unschuldig sah sie ihn an. »Was?«

»Dass ich nicht der Traumschiffkapitän bin.«

»Traumschiff?« Amüsiert zog sie eine Augenbraue hoch.

Ihr war die Sendung, mit der er als Kind groß geworden war, wohl kein Begriff. Seine Mutter hatte das oft sehen wollen. In solchen Moment zeigten sich die kleinen kulturellen Unterschiede zwischen den Ländern.

»Ein Kreuzfahrtschiff mit den besten Kapitänen der Welt«, erklärte Alain. »Den besten Offizieren und Stewards.«

»Auch weibliches Personal?«, wollte Julie wissen.

»Natürlich. Und am Ende jeder Folge gab es das Kapitänsdinner mit Pyrotechnik auf der Torte. Spätestens beim Nachtisch waren alle Probleme, die die Passagiere hatten, gelöst.«

»Klingt gut.« Julie lächelte. »Wenn wir Brahims Mörder finden, spendiere ich eine Flasche Champagner.«

»Und ich die Pyrotechnik.«

Lachend kurbelte Alain wieder am Ruder, jedoch etwas zu viel, weswegen er unmittelbar gegensteuern musste, um ein paar Ästen auszuweichen, die weit über das Ufer hinausragten. Sie hatten sich inzwischen von allen Zufahrtsstraßen entfernt und steuerten auf die nächste scharfe Biegung zu. Bis Alain plötzlich den Gashebel zu sich zog und der Motor nur noch im Leerlauf vor sich hin tuckerte.

»Was ist? Motorschaden?«

»Eisberg voraus«, sagte er leise und legte seinen Zeigefinger an die Lippen.

Julie schaute nach vorne und sah nun ebenfalls, was Alain bereits entdeckt hatte. Unter einem großen Baum, dessen Äste fast bis zur Mitte des Kanals ragten und Schatten spendeten, lag ein Hausboot am linken Ufer. Auf den ersten Blick schien es so, als ob niemand an Bord wäre. Alain fuhr mit minimaler Geschwindigkeit, um möglichst wenig Wellen zu erzeugen. Falls jemand an Bord war, sollte derjenige die Vorbeifahrenden nicht bemerken. Nachdem sie die Stelle passiert hatten, drückte er den Gashebel wieder nach vorne, und das Boot nahm an Fahrt auf. Alain steuerte auf die nächste Biegung zu. Der Kanal machte beinahe eine Hundertachtzig-Grad-Kehre.

»Das war das Boot, oder?«, fragte Alain.

»Ich konnte den Namen nicht lesen.«

»Lucy«, sagte er.

Julie stockte aufgeregt der Atem.

»Wir legen gleich hinter der Kehre an.«

Diesmal manövrierte Alain das Boot präzise durch die Kurve und fand auf der linken Uferseite eine Stelle, an der sich eine Lücke in der Böschung auftat und sie leicht an Land gehen konnten. Alain wendete das Boot und übergab danach das Ruder an Julie, die genau das machte, was er ihr sagte. Er sprang mit einem Seil in der Hand von Bord und vertäute diesmal zuerst den Bug an einem Baum.

»Drehen Sie das Ruder jetzt ganz nach rechts und legen sie den Gashebel auf Rückwärtsgang. Aber langsam, nicht volle Kraft.«

Julie tat, was er sagte, und das Heck bewegte sich zum Ufer. Sie warf ihm das Seil zu, das er mit geübten Handgriffen festmachte.

»Drehen Sie den Schlüssel rum«, rief er ihr zu.

Der Motor erstarb. Alain ging wieder an Bord und verschwand kurz in der Kajüte, kam zurück und hatte einen schwarzen Revolver, Kaliber .38 in der Hand.

»Haben Sie dafür einen Schein?« Julie war aufgeschreckt.

»Ich weiß, wie man damit umgeht. Das muss reichen.«

Die Kommissarin fasste sich mit beiden Händen an die Schläfen und war sichtlich bemüht, nicht die Beherrschung zu verlieren. »Wenn Sie damit auch nur einen einzigen Schuss abfeuern, bringen Sie uns beide in Teufels Küche.«

Gelassen schüttelte Alain den Kopf. »Nein. Denn ich habe den Revolver an Bord der Lucy gefunden und sicherheitshalber an mich genommen.«

Julie nahm die Hände wieder runter, ihr Blick war nach wie vor fassungslos. »Ist das die deutsche Methode?«, fragte sie. »À la Traumschiff?«

»Nein, die afrikanische. Ich habe Ihnen doch erzählt, dass ich in meinem alten Job selten Hoheitsrechte besaß und mich durchlavieren musste. Am Ende zählt, dass man abends gesund nach Hause kommt. Oder?«

Da hatte er wohl nicht ganz unrecht. »Seien Sie bitte vorsichtig«, ermahnte sie ihn dennoch.

Die beiden gingen von Bord. Bis zu der Stelle, an der das andere Boot am Ufer gelegen hatte, waren es nur wenige Hundert Meter. Sie mussten ein Feld überqueren und näherten sich wieder dem Wasser, erreichten den Baum, unter dessen Ästen das Boot vertäut war. Selbst mit einer tief fliegenden Drohne hätte man es aus der Luft nicht sehen können.

Im Schutz des Baumes verharrten sie. Es war nicht zu erkennen, ob sich jemand an Bord befand.

Julie flüsterte. »Sollen wir es wagen?«

»Dazu sind wir doch hier, oder?«

Sie zog ihre Dienstwaffe aus dem Holster und hängte sich ihre Dienstmarke deutlich sichtbar um den Hals. »Dann mal los.«

Julie schlich voran, Alain folgte ihr mit ein paar Metern Abstand, hielt den Lauf seines Revolvers auf den Boden gerichtet. Der gefährlichste Moment war der, wenn sie an Bord gingen, denn dann würde das Boot schaukeln. Julie machte den ersten Schritt, stieg über die Reling. Alain tat es ihr nach. An Bord teilten sie sich auf. Er schlich zum Heck, sie bewegte sich zum Bug. Da vernahm Alain den süßlichen Geruch von Cannabis. Aufmerksam sah er sich um. Am Heck führte eine Tür in die etwas tiefer liegende Kajüte und ein kleiner Rauchschwaden waberte aus dem Inneren des Bootes. Unverzüglich gab Alain Julie ein Zeichen, dass sie herkommen sollte. Er zeigte auf die Tür, die einen Spalt weit offen stand und aus dem weiter Rauch ins Freie drang.

Julie nickte stumm, und sie begaben sich in Position. Das Stürmen und Sichern eines Raumes liefen immer nach den gleichen Regeln ab, die jeder Polizist kannte. Egal aus welchem Land er oder sie kam. Man durfte niemals auf den Kollegen vor sich zielen und musste den Lauf der Waffe so lange zum Boden gerichtet halten, bis man sie wirklich einsetzen würde. Julie gebührte als Kommissarin die Pflicht voranzugehen. Sie nahm die Pistole in Anschlag, atmete tief durch und nickte Alain abermals zu. Mit einer schnellen Handbewegung öffnete er die Tür, und sie schritt mit vorgehaltener Waffe die vier Stufen in die Kajüte hinunter, während Alain oben weiter die Stellung hielt.

»Police nationale. Keine Bewegung.«

Eine junge Frau mit mehreren Nasenringen und einem Piercing in der Unterlippe lag breitbeinig ohne Slip auf einer Bank. Erschrocken fuhr sie hoch und bedeckte mit den Händen ihre behaarte Scham, wobei ihr ein Joint aus der Hand fiel.

»Sind Sie allein?«, blaffte Julie sie an.

Alain, der ihr inzwischen ebenfalls in die Kajüte gefolgt war, richtete seinen Revolver auf den Boden. Die Frau wirkte benebelt. Ihr ängstlicher Blick huschte unkontrolliert zwischen Julie und Alain hin und her.

»Ja«, wimmerte sie kleinlaut.

Julie ließ den Lauf ihrer Waffe sinken, ging in Richtung Bug nach vorne und sah nach, kam wieder zurück, und bedeutete dann Alain mit einem knappen Nicken, dass nun er das Heck sichern konnte. Er folgte ihrer Aufforderung, ohne zu zögern. Im hinteren Teil der Kajüte war eine verschlossene Tür. Vorsichtig trat Alain auf sie zu, dabei stets darauf bedacht, die Hand, in der er den Revolver hielt, nicht zu weit von sich zu strecken. Zu groß war das Risiko, dass jemand hinter der Tür stand und ihm mit einem Stock oder einer Eisenstange die Waffe wegschlug. Also hielt er den Revolver ganz nah an seiner Brust, während er mit der linken Hand die Tür aufstieß. Der Raum dahinter war leer. Die Frau hatte die Wahrheit gesagt, es war niemand sonst auf dem Boot.

Alain atmete erleichtert auf. Und musste daraufhin beinahe husten, so sehr roch es nach Marihuana in der Kajüte. Allein vom Luftholen konnte man fast schon high werden. Er ging zurück zur Tür, die zum Deck führte, und stieß sie so weit wie möglich auf, damit der Rauch abziehen konnte.

»Wo ist Houssein?«, fragte Julie die junge Frau indessen schroff.

»Etwas einkaufen. Bitte, tun Sie mir nichts.«

Da war sie. Die Bestätigung, dass dies das richtige Boot war und der Gesuchte sich tatsächlich hier versteckte. Innerlich jubilierte Julie, wusste ihre Gefühle nach außen hin jedoch gut zu verbergen.

»Ziehen Sie sich an«, befahl sie kühl.

Die junge Frau suchte nach ihren Sachen, wobei sie ihren nackten Hintern präsentierte. Endlich fand sie den Slip und ihre Hose, zog sich hastig an.

»Wie heißen Sie?« Julie schlug immer noch einen harten Ton an.

»Emma.«

»Und wie weiter?«

»Delmer.«

»Wie lange ist Houssein schon weg?«

»Ich ... ich weiß nicht. Habe nicht auf die Uhr gesehen.«

Alain wusste, dass Cannabis das Zeitgefühl massiv beeinflusste.

»Setzen Sie sich wieder hin.« Julies Tonfall klang etwas versöhnlicher.

Emma gehorchte wie ein Schoßhündchen. Allmählich ließ sich in der Kajüte wieder normal atmen, nur noch etwas süßlicher Geruch lag in der Luft.

»Vor wem verstecken Sie sich hier?«

»Verstecken?« Sie verstand nicht. »Wir verstecken uns nicht. Wir verbringen Zeit zusammen und ficken halt.«

»Dann haben Sie doch sicher nichts dagegen, wenn wir uns umschauen«, schaltete sich nun Alain ein.

Mit glasigen Augen schüttelte sie den Kopf.

Von der jungen Frau ging eindeutig keine Gefahr aus. Um die Kajüte genauer untersuchen zu können, steckten sie daher unbesorgt die Waffen weg. Sie mussten nur wachsam sein, wenn Houssein zurückkehrte.

Julie fand mehrere Handys, die auf der Arbeitsplatte in der Küche herumlagen, und steckte alle in ihre Manteltasche. Die Kajüte war ein einziger Saustall, beinahe ekelerregend, überall Verpackungen und Essensreste verstreut. Dazwischen auch mal ein benutztes Kondom. Die Kommissarin öffnete die Schränke, holte heraus, was sich darin befand.

Alain sah sich währenddessen in der Schlafkammer im Heck um. Dort roch es wirklich übel. Nach Schweiß und anderen Ausdünstungen. Er fand die Bodenklappe, unter der die Maschine war, und hob sie vorsichtig an. Das Boot hatte neben dem Diesel auch einen Elektromotor, wodurch Fahrgeräusche auf das Plätschern von Wasser und leises Surren reduziert wurden. Alain suchte den kleinen Maschinenraum akribisch ab, fand aber nichts, was ihm ungewöhnlich erschien.

Julie kam zu ihm, ließ Emma dabei aber weiterhin nicht aus den Augen. »Was gefunden?«

»Nein. Sobald wir Houssein verhört haben, sollte man allerdings mal einen Drogenhund hier durchgehen lassen«, schlug er vor.

»Zuerst sollte man vor allem lüften. Sonst riecht der Hund gar nichts.« Julie hielt sich die Nase zu.

Alain schloss die Klappe zum Maschinenraum wieder, und sie kehrten in die Kajüte zurück.

Nun hieß es warten. Emma starrte vor sich auf den Boden und wirkte apathisch. Aber als sie schließlich doch etwas sagte, wirkte ihre Stimme klarer als zuvor. Die Wirkung des Joints schien nachzulassen. »Was wollen Sie von Houssein? Er hat nichts getan.«

Julie nutzte die Gelegenheit und setzte die Befragung fort. »Sind Sie seine Freundin?«

Emma nickte.

»Wie lange schon?«

»Lange.«

»Wie lange?«

»Vier Wochen, glaube ich.«

Julie musste sich ein Grinsen verkneifen und fuhr fort. »Also kannten Sie auch Brahim?«

Emma nickte.

»Sie wissen, was mit ihm passiert ist?«

Sie nickte wieder.

»Ich glaube, er kommt«, unterbrach Alain. Er war sich sicher, ein Geräusch gehört zu haben. Ohne Umschweife zogen sie wieder Ihre Waffen hervor und gingen von der Tür weg.

Julie sah zu Emma und sprach mit gedämpfter Stimme. »Wir tun Ihrem Freund nichts. Aber wenn Sie ihn warnen, wird etwas passieren.«

Ihr stand die Angst ins Gesicht geschrieben.

Alain verschwand im Eingang zur Schlafkammer, Julie verzog sich in den Bug, von wo aus sie die Tür, die offen stand, im Auge behalten konnte.

Das Boot schaukelte, sie hörte Schritte, dann kam eine Gestalt mit einem Motorradhelm auf dem Kopf die Stufen nach unten, mit je einer Einkaufstasche in der Hand. Es bestand eigentlich kaum ein Zweifel, dass es tatsächlich Houssein sein musste, aber der Helm ließ eine eindeutige Identifizierung noch nicht zu.

»Julie Saidi, Police nationale.«

Der Mann fuhr erschrocken zusammen. Julie zielte auf ihn, Alain kam aus der Schlafkammer im Heck.

»Nehmen Sie den Helm ab«, befahl die Kommissarin.

Der Vermummte stellte zuerst die Einkaufstaschen auf den Boden. Dann kam er, wenn auch zögerlich, der Aufforderung nach.

Zwar hatte er sich den dunklen Bart, den er auf erkennungsdienstlichen Fotos noch getragen hatte, wegrasiert und die lockigen Haare abgeschnitten, aber Julie erkannte ihn dennoch sofort. Vor ihnen stand Houssein Tifur.

Seine Zähne waren tadellos und eigentlich hatte er sogar ein sympathisches Lächeln. Das wusste Julie von den Fotos. Jetzt aber presste er die Lippen aufeinander und wirkte mehr als angespannt.

»Setzen Sie sich zu Ihrer Freundin.«

Auch diesen Befehl befolgte er, ohne Widerstand zu leisten.

»Tut mir leid, Schatz«, wimmerte seine Freundin. »Die beiden waren plötzlich einfach da.«

»Sei still«, blaffte er sie an. Dann wurde seine Stimme etwas leiser. »Was hast du ihnen gesagt?«

»Nichts. Ehrlich nicht.«

»Das stimmt«, unterbrach Julie den Dialog der beiden. Langsam ließ sie den Lauf der Waffe zu Boden sinken, behielt die Pistole jedoch weiter in der Hand. »Darum erzählen Sie uns jetzt, was Sie hier machen.«

Houssein musste erst überlegen, ob er antworten sollte, tat es schließlich. »Ich vergnüge mich mit meiner Freundin. Ist das verboten?«

»Vor wem verstecken Sie sich?«, wollte Julie wissen.

Er schwieg.

»Serge Pujol?«

»Warum sollte ich mich vor ihm verstecken?«

»Weil er Sie umbringen will, genau wie Ihren besten Freund: Brahim Abbas.«

»Brahim wurde von anderen Leuten getötet«, hielt er dagegen.

»Von wem?«

»Da ist was schiefgelaufen. Hat Serge uns erklärt. Leute, mit denen er früher mal Geschäfte gemacht hat, jetzt nicht mehr, die waren das. Es gab wohl Stress, und Brahim hat falsch reagiert.«

Julie änderte die Taktik. »Wir wissen, wozu dieses Boot benutzt wird. Es dient als Drogendepot. Ist Ware an Bord?«

»Natürlich nicht. Sonst würde ich doch nicht hier mit meiner Freundin abhängen.«

»Zeigen Sie uns das Versteck«, mischte sich Alain ein.

Houssein reagierte nicht.

Julie machte einen Schritt auf ihn zu und sah ihn mit durchdringendem Blick an. »Haben Sie Brahim ermordet?«

»Nein«, erwiderte er aufgebracht. »Brahim war mein Freund.«

»Das heißt gar nichts.« Julie wandte sich wieder ab und ging in der Kajüte auf und ab. »Wenn Sie nicht kooperieren, müssen wir annehmen, dass Sie etwas mit dem Mord zu tun haben.« Sie ließ den Satz kurz wirken, bevor sie in sehr ernstem Ton fortfuhr. »Also. Zeigen Sie uns das Drogenversteck.«

Nun klang seine Stimme wehleidig, beinahe verzweifelt. »Warum sollte ich ihn denn töten?«

»Weil Serge Pujol es Ihnen befohlen hat. Bleibt nur noch die Frage nach dem Motiv. Warum er Brahims Tod wollte. Aber da fällt uns auch noch was ein. Oder?« Sie schaute zu Alain, der zustimmend nickte und in das Gespräch mit einstieg. »Polizisten haben manchmal eine blühende Fantasie. Für ein paar Monate Untersuchungshaft wird es auf jeden Fall reichen.«

»Saßen Sie schon mal in Haft?«, fragte Julie, obwohl sie die Antwort kannte. Schließlich hatte sie seine Akte gelesen.

Houssein schüttelte den Kopf.

»Da kommen ein paar harte Wochen auf Sie zu«, warf Alain ein. »Auch auf Ihre Freundin ...«

»Was?! Sie hat nichts damit zu tun«, platzte es aus Houssein heraus.

»Das werden wir ja sehen«, sagte Julie. »Wenn keine Drogen an Bord sind, so wie Sie sagen, haben Sie nichts zu befürchten. Sie beide nicht. Dann geht niemand in den Knast. Also?«

Als Houssein nicht sofort Anstalten machte, zu kooperieren, begann Emma aus voller Kehle zu schreien. »Du blödes Arschloch. Sag denen endlich, was die hören wollen.« Sie wurde hysterisch, fing an, auf ihn einzuschlagen.

»Hey!«, blaffte Julie sie an. »Es reicht.«

Die junge Frau zitterte am ganzen Körper. Sie hatte anscheinend furchtbare Angst. In Housseins Kopf arbeitete es. Er wusste mehr, als er bisher gesagt hatte, tarierte seine Optionen aus. Seine Hand deutete zu einer Pappschachtel, die auf dem Tisch lag. »Darf ich eine rauchen?«

»Nur wenn Sie endlich anfangen zu reden.«

Er nickte, griff mit zittrigen Händen nach der Schachtel und klappte sie auf. Darin waren mehrere Joints. Er holte einen heraus, zündete ihn an und nahm einen tiefen Zug. Langsam beruhigte er sich, atmete durch und fing schließlich an zu reden.

»Die Küchenzeile lässt sich verschieben. Da ist ein Hebel, der aussieht, als hätte er was mit den Gasflaschen zu tun, aber das ist nur Fake. Damit kann man die Sicherung lösen.«

Houssein nahm noch einen tiefen Zug und reichte den Joint dann weiter an Emma, die auch dringend etwas Beruhigung für ihre Nerven brauchte. Der süßliche Geruch von Marihuana breitete sich wieder in der Kajüte aus.

Alain ging zur Spüle, öffnete die Schranktür und sah einen Gasschlauch, der zu einem Hebel führte. Den betätigte er, woraufhin ein Klicken ertönte. Jetzt ließ sich die Küchenzeile nach vorne ziehen, und ein Hohlraum kam dahinter zum Vorschein. Zwischen Bordwand und Küchenzeile würden etliche Pakete Kokain passen.

»Da ist Platz für mindestens zehn Kilo oder mehr«, schätzte Alain.

Julie kam näher, sah es sich an. Alain leuchtete mit der Taschenlampe seines Smartphones in den Hohlraum. Es war wirklich kein einziges Paket zu sehen. Er schaltete die Lampe wieder aus. Dann aber gleich wieder an. Da war doch etwas.

»Was ist?«, fragte Julie.

»Moment.« Alain legte sich auf den Boden, um mit dem Arm in den Hohlraum greifen zu können. Dort tastete er so lange herum, bis er etwas zu fassen bekam, zog die Hand zurück und hatte etwas braunes Packpapier zwischen den Fingern. Es sah nach den Überresten eines großen Briefumschlags aus. Alain kam wieder auf die Beine.

»Und?« Julie sah ihn erwartungsvoll an.

Alain ging zur Tür, durch die die Sonne hereinschien. Er hielt das Stück Papier ins Licht.

»Was ist?« Julie kam ihm hinterher, behielt Houssein und Emma dabei weiterhin im Auge.

Alain konnte nicht fassen, was er dort las. Es waren die Überreste eines schwarzen Stempels: *bureau de douane, Kourou.* Darunter stand eine sechsstellige Zahl.

»Das Paket wurde in Kourou abgestempelt. Vom französischen Zoll.«

»Französisch-Guayana?« Julie sah ihn fragend an. »Und was bedeutet das für uns?«

»Kokain kommt vor allem aus Südamerika. Die am weitesten entfernte Außengrenze der Europäischen Union ist die Grenze zwischen Brasilien und Französisch-Guayana. Wenn Drogen es nach Kourou schaffen, sind sie quasi schon in Europa und daher leichter nach Frankreich zu schmuggeln als über einen Hafen außerhalb der EU. Ich hoffe, die vom Zoll können so eine Nummer zurückverfolgen.«

»Ich werde den Kollegen von der Drogenfahndung darauf ansetzen. Zu ihm habe ich ein besseres Verhältnis als zu meinem Partner.« Ganz verstanden hatte Julie aber immer noch nicht. »Wo führt uns das hin?«

»In Kourou startet die Ariane-Rakete der ESA. Und etliche Teile dafür kommen aus Toulouse. Leroux Aerospace ist daran beteiligt.« Er ließ die Worte einen Moment lang sacken. »Es werden daher jeden Tag zig Container von und nach Französisch-Guayana verschifft. Nicht nur Raketenteile. Aber auch.«

Langsam begriff Julie, was er andeuten wollte. »Sie meinen, dass Jean Leroux in Drogengeschäfte verwickelt ist?«

Sein Blick wanderte zu Houssein, der ihnen zugehört hatte. Julie ging auf ihn zu. »Wissen Sie etwas darüber?«

Der schüttelte jedoch lediglich den Kopf und nahm einen weiteren Zug an seinem Joint, ohne sie dabei anzusehen.

Emma fasste seine Hand. »Brahim war dein Freund. Und ich will nicht in den Knast gehen. Sag es ihnen. Das bist du Brahim schuldig. Und mir erst recht.«

»Was sollen Sie uns sagen?« Julies Tonfall wurde wieder schärfer. »Reden Sie endlich.«

Houssein nahm noch einen tiefen Zug, ließ den Rauch für einen Moment in seiner Lunge wirken, bevor er ihn durch die Nase ausblies. Erst dann begann er zu sprechen. »Wenn Brahim etwas geraucht hatte, wurde er sehr redselig. Blablabla. Er hat geplappert wie ein Wasserfall, ohne Punkt und Komma. Das hat ihm schon oft Ärger eingebracht. Seinetwegen wäre beinahe mal eine Ladung aufgeflogen.«

»Was hat er Ihnen erzählt?«

»Brahim ist irgendwann mal zum Boot gefahren, weil er was ausbessern musste. Ein paar Tage vor seinem Tod. Und da hat er Serge gesehen, zusammen mit so 'nem Typen aus dem Club.«

»Sie meinen das Bon Voyage?«, hakte Alain nach.

Houssein nickte.

»Und weiter?« Julie wollte endlich etwas hören, das sie weiterbrachte.

»Sie sind vom Boot gegangen, hat Brahim gesagt. Serge und der andere. Und dann sind sie zusammen weggefahren. Serge hat nicht mitgekriegt, dass Brahim ihn gesehen hat. Und er hat sich auch nichts weiter dabei gedacht.«

Alain kam näher. »Der aus dem Club, den Brahim gesehen hat: War das Jean Leroux?«

Houssein zögerte.

»Also ja«, sagte Julie.

Er nahm noch einen Zug und nickte schließlich. »Ich hab‹ Brahim gesagt, dass er besser die Schnauze halten soll, aber das hat er wohl nicht getan. So war er nun mal. Wenn er geraucht hatte. Keine Ahnung, wem er es noch erzählt hat.«

Alain schaute zu Julie. »Das muss das Geheimnis sein, von dem auch Chloé wusste. Jean und Serge sind ein Team. Jean hat die Möglichkeit, Drogen in seinen Firmencontainern nach Frankreich zu schmuggeln. In den Containern ist Hightech, Millionen wert, sensibel, zerbrechlich. Da trauen sich Zollbeamte nicht dran, aus Angst, etwas kaputt zu machen. Und Serge vertickt die Ware.«

Julies Blick wanderte wieder zu Houssein. »Sie sagten, Brahim hat was ausbessern wollen. Können Sie uns die Stelle zeigen?«

Etwas schwerfällig stand er auf und ging an Deck. Julie und Alain folgten ihm, während Emma sitzen blieb und weiter den Joint rauchte. Am Bug blieb Houssein stehen und zeigte auf den Boden. »Hier hat irgendein Idiot eine Champagnerflasche zertrümmert, und die Scherben sind richtig ins Material eingedrungen. Haben sich festgetreten.«

Alain begab sich in die Hocke und sah es sich an. Die Stelle unterschied sich ein wenig vom Rest des Decks, das Gelcoat war noch ziemlich frisch.

»Er hat nicht sauber gearbeitet, das geht besser«, stellte Alain fest.

Julie hakte nach. »Kann es sein, dass Brahim genau hier gelegen hat, als das Gelcoat noch nicht getrocknet war?«

Alain schaute es sich noch mal an, strich mit dem Finger darüber. Dann kam er wieder auf die Beine und nickte. »Und daher der Fleck auf der Hose. Gut möglich. Kriminaltechniker in Deutschland könnten feststellen, ob der Fleck von diesem Gelcoat stammte«, sagte er mit einem ironischen Lächeln..

Julie rollte mit den Augen. »Sogar in Toulouse können die so was.«

Kapitel 42

Das Packpapier mit dem verräterischen Stempel vom Zollamt Kourou lag in einer Beweismitteltüte auf dem Tisch. Für Julie war es eine tiefe, innere Genugtuung, dass der Kollege Luc Massenet von der Drogenfahndung sie unbedingt bei dem Verhör dabeihaben wollte. Sie selbst hatte wiederum darauf bestanden, dass ein Zivilist namens Alain Olivier hinter dem venezianischen Spiegel zuhörte. Denn es ging nicht nur um einen Mord, sondern womöglich sogar um zwei, und der Ex-Kommissar aus Deutschland könnte wichtige Informationen beisteuern.

Ihnen gegenüber auf der anderen Seite des Tisches saß Jean Leroux. Er trug einen maßgeschneiderten grauen Anzug, ein weißes Hemd und eine rot-gelb gestreifte Krawatte. Neben ihm hatte sein Anwalt, Dr. Didier Aguilar, Platz genommen. Er war eine bekannte Größe in Toulouse, sein Einflussgebiet erstreckte sich vom Atlantik bis zum Mittelmeer, wo er zahlreiche Partner in etlichen Kanzleien hatte. Dr. Aguilar gehörte zur alten Schule, trug einen dunklen Zweireiher und besaß lediglich ein Handy zum Telefonieren, noch nicht mal ein Smartphone. Anstatt eines Laptops hatte er einen Notizblock dabei. Seine jahrzehntelange Erfahrung als Jurist spiegelte sich in einer inneren Ruhe wider.

Jean Leroux war das genaue Gegenteil, er wirkte nervös. Schweißflecken breiteten sich unter seinen Achseln aus und traten unter dem Jackett hervor. Der Anwalt strich sich mit der Hand durch die wenigen Haare auf dem Kopf und nahm Blickkontakt mit Julie auf. Er schien zu spüren, dass sie die treibende Kraft in dem Fall war.

Serge Pujol saß zwei Türen weiter in einem anderen Verhörraum und kämpfte genau wie Leroux um seine Freiheit. Wobei er eindeutig die schlechteren Karten hatte. Um ihn kümmerten sich andere Kollegen der Drogenfahndung, und wie Luc von diesen erfahren hatte, sah es nicht gut aus für Serge. Das war Julie zu verdanken. Sie hatte Houssein auf der Fahrt nach Toulouse ein Angebot gemacht, wie er heil aus der Sache herauskäme. Er entpuppte sich als ein guter Zeuge, der nach und nach Licht ins Dunkel brachte. Noch stand zwar nicht fest, wer genau für den Tod von Brahim verantwortlich war, aber vieles deutete darauf hin, dass Serge Pujol den Auftrag erteilt hatte. Und wenn dem tatsächlich so war, hätte er Houssein Tifur besser auch verschwinden lassen sollen, denn einmal angefangen, hatte Serges Mitarbeiter nicht mehr aufgehört zu reden.

Houssein hatte ausgesagt, dass Brahim zufällig das Treffen zwischen Serge und Jean Leroux beobachtet und auch Bruchstücke ihres Gespräches aufgeschnappt hatte. Dass er zu seinem Unglück aber leider den Mund nicht halten konnte und wenn er Stillschweigen bewahrt hätte, wohl noch am Leben wäre, könnte das Tatmotiv für diesen Mord sein.

Die spannende Frage lautete daher nun, ob auch Jean Leroux davon gewusst, womöglich sogar von Pujol verlangt hatte, Brahim für immer zum Schweigen zu bringen. Um das herauszufinden, waren sie jetzt hier.

Dr. Aguilar eröffnete das Gespräch. »Mein Mandant möchte eine Einlassung machen.«

Jean Leroux nickte, während er den Blick vor sich auf die Tischplatte gerichtet hatte.

»Wir hören«, sagte Luc Massenet.

Der Anwalt übernahm das Reden. »Mein Mandant hat nichts mit dem Mord an Brahim Abbas oder dem tödlichen Unfall von Chloé Voltaire zu tun. Von dem Mord an Brahim Abbas hat mein Mandant aus der Zeitung erfahren, die Polizei hat ihn diesbezüglich noch nicht einmal befragt.« Aguilar legte eine rhetorische Pause ein, schaute auf den Notizblock, der vor ihm lag und blätterte eine Seite weiter.

Julie fixierte Leroux, der die Hände auf dem Tisch liegen hatte, damit sie nicht zitterten. Seine innere Anspannung war nicht zu übersehen.

»Fahren Sie fort«, bat Luc und lehnte sich in seinem Stuhl zurück. Er hätte gerne die Füße auf den Tisch gelegt, das wusste Julie, aber hier verkniff er sich so was, weil der Commissioner zwar nicht sichtbar, aber anwesend war.

Jean Leroux sah vorbei an den Kommissaren zu dem venezianischen Spiegel.

Dahinter stand Alain. Und obwohl Leroux ihn eigentlich gar nicht sehen konnte, trafen sich ihre Blicke. Alain wandte sich ab, schaute nach rechts zu Henri Laurent, der Julie von dem Fall abgezogen hatte und jetzt einen Fehler eingestehen musste. Laurent jedoch vermied den Blickkontakt und ignorierte den Zivilisten tunlichst. Benoit Tessier war ebenfalls hier, hielt sich aber noch weiter im Hintergrund auf. Über Lautsprecher wurde das Gespräch in den Verhörraum übertragen.

Dr. Aguilar fuhr fort. »Mein Mandant und das Mordopfer sind sich nie zuvor begegnet.«

»Ein Zeuge sagt da etwas anderes«, hielt Julie dagegen.

»Ich korrigiere mich«, sagte der Anwalt. »Mein Mandant ist ihm nie bewusst begegnet. Es ist so, als wären sie auf einer belebten Straße aneinander vorbeigelaufen.«

»Und Chloé Voltaire?«, hakte Julie nach.

»Die Frage ist polemisch. Wir haben längst geklärt, dass die beiden zum Zeitpunkt ihres Todes ein Paar waren. Mit dem tragischen Sturz hat mein Mandant aber auch nichts zu tun. Er war zu diesem Zeitpunkt ganz woanders, was eine Vielzahl von Personen bezeugen können.«

»Und wo ist nun die Einlassung?«, fragte der Drogenfahnder hörbar genervt. »Alles, was Sie hier erzählen, wissen wir bereits.«

Dr. Aguilar räusperte sich, strich sich noch mal mit der Hand über den Kopf.

»Mein Mandant gibt zu, dass eine gewisse Nähe zu dem Tatverdächtigen Serge Pujol bestand. Die beiden kannten sich aus dem Nachtclub Bon Voyage, an dem Monsieur Pujol Anteilseigner ist.«

»Was bedeutet: gewisse Nähe?«, wollte Julie wissen. »Ist Ihr Mandant in Drogengeschäfte verwickelt?«

»Nein«, erwiderte der Anwalt sofort. »Jean Leroux ist weder darin verwickelt, noch profitiert er finanziell in irgendeiner Weise von den Geschäften eines Monsieur Pujol.«

Luc nahm die Beweismitteltüte und hielt sie hoch. »Und was ist hiermit? Wir haben den Brief anhand der Zollnummer zurückverfolgen können. Es handelt sich um eine Fracht, die von Leroux Aerospace in Auftrag gegeben wurde. Und wir haben dieses Papier in einem Drogendepot gefunden.«

Der Anwalt ließ sich nicht aus der Ruhe bringen. »Können Sie beweisen, dass mein Mandant diese Fracht in Auftrag gegeben hat? In dieser Firma arbeiten weltweit achttausend Angestellte.«

»Nein«, sagte Luc mit einem schelmischen Grinsen auf den Lippen. »Noch nicht. Aber wenn wir es können, ist es für Ihren Mandanten zu spät.«

Julie setzte nach. »Ich glaube, deshalb sitzen wir doch hier und reden miteinander. Um eine Lösung zu finden. Oder?«

»Mein Mandant wurde erpresst«, sagte Dr. Aguilar und ließ diese Worte einen Moment lang nachwirken.

Auch auf der anderen Seite des venezianischen Spiegels erzeugte diese Aussage ein Raunen. Alain dachte darüber nach. Die Taktik war schlau, Jean Leroux zu einem Opfer zu machen.

»Womit wurde er erpresst?«, fragte Luc.

»Serge Pujol ist ein gefährlicher Krimineller, der vor nichts zurückschreckt. Er hat meinen Mandanten unter Druck gesetzt, dass er ihm Container der Firma für den Transport zur Verfügung stellen sollte.«

»Zum Transport von Kokain?«, hakte der Drogenfahnder nach.

Jean Leroux und sein Anwalt nickten synchron.

Julie blickte in das verängstigte Gesicht des Verdächtigen. »Und womit hat er Sie erpresst?«

Auch der Anwalt wandte sich seinem Mandanten zu. »Das sollten Sie jetzt wohl besser erklären.«

Jean atmete schwer. Er wusste nicht, wie er anfangen sollte. Wo er anfangen sollte. Dann gab er sich einen Ruck. »Ich bin ... Ich bin bisexuell. Ich verfolge Praktiken, die gewisse Leute, die ...«, er stammelte, »die mein Vater nicht billigen würde.«

Julie ahnte bereits, worauf die ganze Sache hinauslief.

Ebenso wie Alain, der hinter dem Spiegel die Fäuste ballte. Der nächste Satz war wie ein Schlag ins Gesicht, den er nicht abwehren konnte. Jean Leroux hob den Kopf und sah zum Spiegel, so als ob er wüsste, dass Alain anwesend war und zuhörte.

»Chloé hat meine Neigung akzeptiert. Sie war eine besondere Frau, ganz besonders. Sie hat mich so sehr geliebt, dass sie bereit war, das hinzunehmen, dass ich – dass ich auch mit Männern Sex hatte. Sie war sogar bereit, mich mit einem anderen zu teilen.«

Alain sank auf einen der Stühle. Wenn Jean sich als Opfer einer Erpressung ausgab und man ihm glaubte, könnte er den Kopf aus der Schlinge ziehen und die ganze Schuld auf Serge Pujol abladen. Der ohnehin schon schlechte Karten hatte. Ein teuflischer Plan.

Der Drogenfahnder ließ nicht locker. »Wie genau hat Pujol Sie erpresst?«

»Er hat mich mit einem Lover zusammengebracht, und wir sind zu ihm nach Hause. Dort hatte Pujol Kameras postiert und uns heimlich gefilmt.«

Julie glaubte ihm nicht. »Ich kann mir vorstellen, dass Ihnen das peinlich war. Aber heutzutage reicht das doch nicht als Grund, jemanden zu einer Straftat zu zwingen.«

Dr. Aguilar schüttelte empört den Kopf.

Jean sah ihr in die Augen. »Sie haben ja keine Ahnung. Sie kennen meinen Vater nicht. Aber Serge wusste genug, um die Wirkung der Bilder einzuschätzen. Ich selbst ... ich war ein Idiot und habe ihm von meinem Vater und seiner Einstellung erzählt.«

Der Anwalt ergriff das Wort. »Wir sind uns wohl einig darüber, dass so ein Video, wenn es im Netz viral gegangen wäre, einen Skandal ausgelöst hätte. Ganz egal wie tolerant und aufgeschlossen die moderne Gesellschaft heutzutage ist.«

»Ich hatte Angst«, stieß Leroux hervor. »Angst vor meinem Vater. Mir wurde versichert, dass nie jemand von der Erpressung und unserem Deal erfährt. Serge hat in der Öffentlichkeit immer so getan, als ob ich ihm gleichgültig wäre, hat mich höchstens als dummen Schnösel bezeichnet, hat so über mich geredet, wie das Geschäftspartner normalerweise nie tun würden. Damit niemand Verdacht schöpft. Und die Leute haben es geglaubt. Außerdem erschien mir das Risiko nicht sonderlich groß, die Ware zu transportieren. Ich war nie dabei, wenn das Zeug durch den Zoll ging und abgeholt wurde.«

»Waren Sie am Montag in Castelnaudary, um Serge Pujol dort zu treffen?«, fragte Julie.

Jean Leroux nickte. »Aber er kam nicht.«

»Weil er bei uns war. Und als Sie erfuhren, dass Sie jemand bis nach Castelnaudary verfolgt hat, was haben Sie da gemacht?«

»Mein Vater rief mich an, weil er von unserem Sicherheitschef informiert worden war. Ich habe ihm nichts von Serge erzählt, nichts von der Erpressung. Ich habe alles auf die Sache mit Chloé geschoben. Dass dieser Detektiv ihretwegen ermittelt.«

»Und wie hat er reagiert?«

»Mein Vater sagte, er würde sich darum kümmern. Ich sollte mich raushalten. So wie immer.«

»Wie immer?«, hakte Julie nach.

»Er hat immer Probleme für mich beseitigt. Nur dieses eine – dieses eine Problem, das mit Serge, davon hat er nichts gewusst. Das musste ich allein regeln.«

»Hat Ihr Vater Sie gefragt, ob Sie Chloé getötet haben?«

Leroux schüttelte den Kopf. »Nein. Das war unwichtig. Wahrscheinlich wäre es ihm sogar egal gewesen.«

Dieser Satz ließ Alain beinahe das Blut in den Adern gefrieren. Genau so schätzte er Armand Leroux ein: Es wäre ihm sogar egal, wenn sein eigener Sohn ein Mörder wäre. Aber nicht, wenn er mit Männern Sex hatte.

Leroux geriet in Redelaune. »Ich hatte Sorge, dass meine Verbindung mit Serge doch irgendwann auffliegen würde. Deshalb habe ich Kontakt zu einschlägigen Musikern gesucht. Das ist ja nicht verboten und löst keinen Skandal aus. Außerdem wäre dann nicht so aufgefallen, wenn ich in Clubs rumhänge und man mich mit Serge gesehen hätte.«

»Wusste Chloé von Ihrer Beziehung mit Serge?«, fragte Julie.

Er schüttelte den Kopf. »Nein, natürlich nicht.«

Sie bohrte weiter. »Hat sie das Video gesehen, mit dem Sie erpresst wurden?«

Er schüttelte erneut den Kopf. »Nein. Selbst wenn, sie hätte Verständnis gehabt. Aber nicht mein Vater. Er findet Männer, die es miteinander treiben ... widerlich. Er hätte auch mich, seinen eigenen Sohn, als widerlich und abartig empfunden.« Er machte eine Pause. »Das weiß ich aus Erfahrung ...«

»Wie meinen Sie das?«, wollte Julie wissen.

»Als ich im Internat war. Meine erste große Liebe war ein Junge, wir waren beide sechzehn. Es kam raus. Er flog vom Internat und wurde zum Schweigen verdonnert.« Jean schaute zu seinem Anwalt, der jedoch keine Miene verzog, und Julie begriff, dass Dr. Aguilar wohl schon damals in dieser Sache tätig geworden war.

Leroux fuhr fort. »Seine Eltern waren nicht so wohlhabend und einflussreich wie mein Vater. Wir haben uns nie wiedergesehen.«

Alain hielt die Augen geschlossen und hörte nur zu. Es klang alles plausibel, was nicht bedeutete, dass es der Wahrheit entsprechen musste. Fest stand, dass Jean Leroux ein gebrochener Charakter war. Sein Narzissmus war wohl aus einer Fluchtreaktion heraus entstanden, er war süchtig nach Liebe und Anerkennung, die er in der Familie nie bekommen hatte. Im Gegenteil. Sein Vater war ein eiskalter Brocken, der beinahe jedes Hindernis aus dem Weg räumte. Die Mutter war schon früh gestorben. Das hinterließ Spuren bei einem Heranwachsenden. Trotzdem wollte Alain nicht akzeptieren, dass er sich als Unschuldslamm präsentierte.

Der Anwalt übernahm wieder das Reden. »Damit wäre die Einlassung von unserer Seite beendet. Sie kriegen auch noch eine schriftliche Aussage, in der mein Mandant detailliert darlegen wird, wie die Nutzung der Container stattgefunden hat. Eine Durchsuchung der Firma können Sie sich also sparen.«

Julie schaute zu Leroux. »Haben Sie das besagte Video, mit dem Serge Sie erpresst hat?« Sie korrigierte sich sofort. »Erpresst haben soll?«

»Nein«, antwortete Dr. Aguilar an seiner statt. »Monsieur Pujol hat es. Fragen Sie ihn.«

»Dazu müsste er die Erpressung zugeben«, erwiderte Luc.

»Und dann stünde Aussage gegen Aussage«, führte Julie den Gedanken fort. »Wem würde man wohl eher glauben?«

Der Anwalt nickte. Genau darauf schien er zu spekulieren. Dr. Aguilar erhob sich von seinem Stuhl. »Wir stehen Ihnen auch weiterhin zur Verfügung, wenn Sie Fragen haben.«

Alain hielt es hinter dem venezianischen Spiegel nicht mehr aus. Er hatte genug gehört, schritt an Henri Laurent und Benoit Tessier vorbei und verließ den Raum.

Er brauchte dringend frische Luft.

Kapitel 43

Jean Leroux und sein Anwalt traten aus dem Polizeigebäude, gingen zügig auf einen schwarzen SUV zu. Eduard Tuco öffnete die Tür des Wagens, am Steuer saß ein Fahrer.

Alain hatte auf diesen Moment gewartet und ging schnellen Schrittes auf Jean zu, schnitt ihm quasi den Weg ab. Sofort war Tuco zur Stelle und baute sich drohend vor Alain auf, verhinderte, dass er der Schutzperson zu nahe kam.

»Moment«, sagte Jean Leroux. »Ich möchte mit ihm reden.«

Tuco schien zwar nicht glücklich darüber, trat aber dennoch einen Schritt zur Seite. Der Anwalt hingegen rührte sich nicht.

Leroux sah ihn an. »Unter vier Augen.«

»Das halte ich für keine gute Idee –«, setzte Dr. Aguilar an, wurde aber prompt von seinem Mandanten unterbrochen.

»Ich aber.« Jean klang wie ein trotziges Kind.

»Sagen Sie nichts Unüberlegtes.« Eindringlich sah der Strafverteidiger ihn an, bevor er sich zögerlich zu Tuco stellte.

Mit einer stummen Geste deutete Jean Alain an, ihm zu folgen, und sie entfernten sich außer Hörweite.

»Ich weiß, dass Sie zugehört haben hinter dem Spiegel«, kam er gleich zur Sache. »Sie glauben mir nicht, oder?«

»Oh doch«, erwiderte Alain ruhig. »Das mit Ihrem Vater habe ich Ihnen geglaubt.« Er machte eine Pause. »Was ich ihnen allerdings nicht glaube, ist, dass Sie Chloé geliebt haben. Denn Typen wie Sie lieben nur sich selbst.«

Leroux ging nicht einmal darauf ein. »Aber ich habe sie nicht umgebracht. Und erst recht niemanden beauftragt, das zu tun.«

»Vielleicht hat einer im vorauseilenden Gehorsam gehandelt. Weil Chloé von Ihnen und Serge wusste.«

»Sie wusste es nicht.« Er sah Alain tief in die Augen, als würde er die Glaubwürdigkeit seiner Aussage damit unterstreichen können. »Unser Geheimnis, das Chloé Ihnen gegenüber angedeutet hat, war meine sexuelle Neigung. Für Sie scheint das keine große Sache zu sein, für mich schon. Sie haben meinen Vater kennengelernt.«

Alain versuchte, ein verräterisches Zucken zu entdecken, irgendetwas, das auf eine Lüge oder auch nur auf eine leichte Unsicherheit hindeutete. Aber entweder war Jean Leroux in der Lage, seine Gesichtsmuskeln zu kontrollieren, oder er sagte tatsächlich die Wahrheit.

»Mein Vater meinte, Sie seien ein außergewöhnlicher Mensch. Er hat keine Sekunde lang geglaubt, dass Sie sein Angebot annehmen würden, weil Ihnen die Wahrheit wichtiger ist als alles andere. Stimmt das?«

Alain hielt es nicht für nötig zu antworten.

»Ist Ihnen die Wahrheit wichtig? Dann glauben Sie mir. Ich wüsste auch gerne, wer Chloé umgebracht hat, wenn es ein Mord war. Und von dem Mord an diesem Araber, Brahim Abbas, habe ich erst aus der Zeitung erfahren. Das war Serge allein. Ohne mein Wissen.«

Alain hatte keine Lust mehr, das Gespräch fortzusetzen. »Zu Ihrer Frage, wie wichtig mir die Wahrheit ist: Ich mache weiter. So lange, bis ich weiß, was sich in den Burgruinen von Lastours abgespielt hat.«

Er wandte sich ab und ließ Leroux mit seiner Entourage zurück. Sie stiegen in den SUV und fuhren davon.

Julie war inzwischen ebenfalls aus dem Gebäude getreten und kam auf ihn zu. »Serge Pujol wird in Untersuchungshaft genommen. Er widerspricht der Einlassung von Jean Leroux und behauptet, es habe nie eine Erpressung oder ein Video gegeben.«

»Glaubt ihm einer?«

Julie schüttelte den Kopf.

»Leroux hat einen sehr guten, sehr kostspieligen Anwalt. Der wird alles so hindrehen, wie es für seinen Mandanten das Beste ist. Wie immer.«

Alain seufzte. »Die Kleinen hängt man, die Großen lässt man laufen.«

»Na ja«, Julie zögerte. »Es gibt auch keinen vernünftigen Grund, weshalb Leroux Drogen geschmuggelt haben sollte, sofern er nicht tatsächlich erpresst wurde.«

»Mir fiele da schon einer ein«, widersprach Alain.

Julie sah ihn fragend an.

»Er ist ein Narzisst, er lechzt nach Anerkennung. Und wenn er in seiner Welt nicht genug davon bekommt, sucht er sich halt eine andere. Eine andere Welt. Jean hat sich mit harten Typen umgeben, die cool sind und die sein Vater hassen würde. Aber um von denen anerkannt zu werden, musste er Ihnen auch was bieten. Mehr als nur Partys, Koks, Nutten und Schampus. Leroux war auf einmal wer, nicht nur der Sohn des Chefs. Wenn das kein Motiv ist, bei so was mitzumachen.«

»Interessante Theorie«, gestand sie ihm zu.

Alain seufzte erneut. »Die allerdings äußerst schwer zu beweisen sein dürfte. Aber um ehrlich zu sein, das Schicksal von Serge interessiert mich im Moment wenig. Ich möchte wissen, wer Chloé getötet hat.«

»Es wäre doch möglich, dass Serge auch in diesem Fall dahintersteckt«, überlegte Julie laut. »Immerhin hat er Brahim töten lassen, weil der seinen Mund nicht halten konnte. Und Chloé hätte ebenso die Verbindung zu Jean Leroux auffliegen lassen können.«

»Sofern sie davon gewusst hat«, wandte Alain ein. »Außerdem passt der Modus Operandi nicht zu Serge. Wie ich schon mal gesagt habe: Sie hätten Chloés Leiche im Kanal gefunden.«

»Es sollte aber wie ein Unfall aussehen«, hielt Julie dagegen.

Alain nickte. »Wenn sie ertrunken wäre mit einer Überdosis im Blut, hätte die Polizei auch nicht groß ermittelt, oder?« Er war nicht überzeugt. »Ich traue Serge einiges zu, aber nicht, dass er Chloé auf die Burgruinen nach Lastours lockt und sie von einem Felsen schubst.«

Er war im Begriff, zu seinem Wagen zu gehen.

»Was haben Sie jetzt vor?«, wollte Julie wissen.

»Ich führe ein Restaurant«, entgegnete Alain. »Heute mussten die schon wieder ohne mich auskommen.«

»Sehen wir uns wieder?«, fragte sie ihn.

Er sah sie mit freundlichen Augen an. »Kommen Sie doch mit Ihrem Verlobten zum Essen vorbei. Ich reserviere Ihnen auch den besten Tisch.«

»Das mache ich. Versprochen.« Julie lächelte und reichte ihm die Hand, die er zwischen die seinen nahm und zum Abschied fest drückte.

Alain hatte sich bereits halb abgewandt, als ihm noch etwas einfiel. »Einen Gefallen könnten Sie mir noch tun.«

»Der da wäre?«

»Der E-Mail-Account von Chloé. Jetzt müsste es doch möglich sein, an die Daten zu kommen. Oder?«

Sie nickte. »Im Zusammenhang mit der Festnahme Pujols schon. Ich kümmere mich darum.«

»Danke.« Damit wandte er sich ein zweites Mal ab und ging zu seinem Auto.

Julie sah ihm hinterher.

»Kommissarin Saidi«, ertönte plötzlich eine sonore Stimme.

Sie drehte sich um. Der Commissioner Henri Laurent stand vor ihr.

»Sie haben mich wirklich überrascht, Frau Saidi. Nicht nur mich. Auch die Kollegen von der Drogenfahndung.« Anerkennend sah er sie an. »Chapeau.«

Julie schwieg und war bemüht, keine Miene zu verziehen.

»Nehmen Sie meine Entschuldigung an?«

Sie sah ihm in die Augen. »Wenn Sie mir verraten, wieso Sie so gehandelt haben?«

»Formaljuristische Gründe.« Ein trauriges Lächeln umspielte seine Lippen. »Glauben Sie mir, ich kann auch nicht immer so agieren, wie ich das möchte.«

Julie überlegte, ob es sinnvoll wäre, ihren Chef auf Armand Leroux anzusprechen, dem sie zutrauen würde, dass er seinen politischen Einfluss hatte spielen lassen, um die übereifrige Kommissarin kaltzustellen.

Sie entschied sich dagegen, schenkte ihm ein Lächeln und tat so, als ob sie ihm jedes Wort glaubte. »Können Sie mir einen Gefallen tun?«

»Der da wäre?«

»Ein *Jeton sur la table.*«

Er verstand nicht, sah sie fragend an.

»Eine Carte blanche wäre sogar noch besser. Denn der Fall ist noch nicht ganz abgeschlossen.«

»Was fehlt noch in Ihren Augen?«

»Die Verbindung zu der Studentin Chloé Voltaire. Ich möchte herausfinden, ob es ein Unfall war.«

Henri Laurent nickte. »Die Kugel rollt, so lange Sie das wollen. Aber ich möchte der Erste sein, den Sie über ein Ergebnis informieren. Schönen Abend noch.«

»Ihnen auch.«

Er wandte sich ab und ging ins Gebäude zurück.

Kapitel 44

Es brannte noch Licht hinter den Fenstern des *Chez Isabelle*, die Leuchtreklame war aber schon abgeschaltet. Alain parkte direkt davor, stieg aus seinem Renault. Die Tür des Restaurants war abgeschlossen.

Alain sah durch die Scheibe Michelle, die an einem Tisch nah an der Theke saß. Sie entdeckte auch ihn, stand auf und öffnete die Tür von innen.

»Hi«, sagte sie mit einem Kichern. »Je später der Abend, desto netter die Gäste.«

Sie hatte eindeutig getrunken. Die beiden umarmten sich zur Begrüßung und gingen zu dem Tisch.

»Bist du allein?«

»Wie man's nimmt. Mein Begleiter, mit dem ich hier essen war, wollte ins Bett. Am liebsten mit mir, aber das war ... na ja, du kennst mich ja, ich habe ein Faible für Idioten. Und er war ein notgeiler Idiot.«

»Du hattest ein Date?«

»Ja, stell dir vor, so was gibt es noch.«

Alain fragte sich, was der Grund dafür war, dass sie sich mit so einem Idioten getroffen hatte. Womöglich um ihn ein wenig aus der Reserve zu locken?

In dem Moment kam Philippe aus der Küche, in Zivil, ohne Kochschürze und mit einem frischen weißen Hemd.

»Oh, là, là, hoher Besuch.« Er nahm ein leeres Weinglas von der Theke und kam damit zum Tisch.

»Ich bin geblieben, und Philippe hat sich um mich gekümmert«, erklärte Michelle.

Sie setzten sich, und Philippe schenkte Alain ein, damit sie anstoßen konnten. Dann trank jeder.

Der Koch stellte sein Glas ab und sah seinen Geschäftspartner an. »Wann wolltest du mich eigentlich darauf ansprechen?«

Alain schaute fragend zu Michelle.

»Pardon.« Sie hob die Hände, als wollte sie sich ergeben. »Es ist mir im Gespräch so rausgerutscht. Ich sollte mich ja eigentlich nicht einmischen.«

»Ich bin froh, dass wir endlich darüber reden«, sprang Philippe ihr zur Seite.

Alain hatte das Gefühl, sich rechtfertigen zu müssen. »Ich hatte viel um die Ohren, wie du weißt. Also, wie weit bist du schon informiert?«

Philippe blickte in sein Glas, während er es schwenkte. »Dass es dem Laden so schlecht geht, wusste ich nicht. Das hättest du mir mal sagen können.«

»So schlecht ist auch übertrieben«, grätschte Michelle dazwischen und fing an zu lallen. »Nur wenn ihr so weitermacht, werden die Probleme nicht weniger.«

»Sie hat es mir erklärt«, sagte Philippe. »Was Ausgaben und Einnahmen, Gewinn- und Verlustrechnung angeht. Das hat mich schwer an frühere Zeiten erinnert, als ich mein eigenes Restaurant hatte, das pleitegegangen ist, wie du weißt.«

»Hat Michelle also recht, was die Ausgaben angeht? Ihre Vermutungen stimmen?«

Er nickte reumütig. »Wie soll ich sagen ... Die Gäste lieben meine Küche, und ich liebe meine Gäste.«

»Und Liebe macht bekanntlich blind«, murmelte Michelle mit verträumtem Blick. Ihr fielen beinahe die Augen zu.

»Wenn ich am Abend meine Tour durchs Restaurant mache, ja, dann gebe ich gerne mal was aus, manchmal auch eine ganze Flasche Wein«, begann Philippe sich zu erklären. »Und was die Einkäufe angeht: Wenn wir Qualität abliefern wollen, brauche ich auch die besten Zutaten.«

»Aber du wirst von den Händlern über den Tisch gezogen, wie es aussieht«, wandte Alain ein.

»So, wie du von deinem Schwager, der dir den Rabatt streicht, und du merkst es nicht«, feuerte Philippe zurück.

Michelle grinste breit und nahm noch einen großen Schluck aus dem Glas.

Alain hatte keine Lust zu streiten. »Einigen wir uns darauf, dass wir beide nicht aufgepasst haben. Und das nicht erst seit gestern.«

Der Koch nickte versöhnlich. »An den nächsten beiden Ruhetagen werde ich mich nach preiswerteren Händlern umsehen und dann unseren alten Lieferanten die Pistole auf die Brust setzen.«

»Ich schätze, da könntet ihr an die dreißig Prozent an Kosten sparen«, sagte Michelle.

»Das zum einen, und zum anderen wird künftig jede Flasche Wein abgerechnet«, forderte Alain.

»Auch die hier?« Philippe schenkte nach, bis sie leer war.

»Die geht auf uns sowie das Abendessen von Michelle.«

»Zu spät«, gluckste sie. »Der Idiot hat es sich immerhin nicht nehmen lassen, mich einzuladen.«

»Und er hat ordentlich Trinkgeld gegeben«, fügte Philippe hinzu.

»Vielleicht ist er ja doch ein feiner Kerl.« Michelle grinste Alain an, und ihr Blick forderte ihn heraus, etwas zu erwidern.

Er schwieg.

Philippe stand auf und fing an aufzuräumen. Die beiden blieben allein zurück.

»Du fährst aber nicht mehr nach Hause«, sagte Alain nun.

Michelle legte ihren Kopf schief. »Kann ich auf deinem Boot schlafen?«

»Das liegt kurz vor Castelnaudary.«

Überrascht sah sie ihn an. »Echt jetzt? Ist mir gar nicht aufgefallen. Warum?«

»Wir haben heute den Fall gelöst, dazu brauchten wir mein Boot«, entgegnete Alain.

»Wir?« Ihre Augenbrauen wanderten höher.

»Die Kommissarin und ich.«

»Und was ist mit Chloé passiert?«

Alains seufzte. »Das weiß ich noch nicht.«

Kurz machte sich wieder Stille am Tisch breit, bevor Michelle mit einem aufmunternden Lächeln schloss: »Heißt nur, dass du noch nicht am Ende angelangt bist.«

»Für heute schon.« Er stand auf. »Komm, ich bringe dich nach Hause.«

Sie kam etwas wackelig auf die Beine, fand ihr Gleichgewicht aber von selbst. Mit einem Winken verabschiedeten sie sich von Philippe, dann ging sie voraus, und Alain folgte ihr. Michelle stieg in seinen Renault ein, der vor dem Restaurant parkte. Alain ging um den Wagen herum und setzte sich hinters Lenkrad.

»La Cité oder Sainte-Eulalie?«, fragte Michelle.

Anstatt den Schlüssel in der Zündung, drehte Alain seinen Kopf, und die beiden sahen sich wortlos an. In Michelles Blick lag eine tiefe Sehnsucht.

»Es heißt, Kinder und Betrunkene sagen immer die Wahrheit«, durchbrach sie nach einer gefühlten Ewigkeit mit leiser Stimme das Schweigen.

Er nickte. »Da ist oft was dran.«

»Heute beim Abendessen habe ich die ganze Zeit nur an dich gedacht. Wie du dagesessen hast mit dieser Kommissarin.«

»Das war rein beruflich.«

»Darum geht es nicht.« Michelle ließ den Blick nicht von ihm ab. »Es geht darum, wie ich mich in diesem Moment gefühlt habe. Deshalb habe ich das Weite gesucht.«

Es wurde wieder still im Wagen. Alain würde den Schlüssel erst rumdrehen, wenn er wüsste, wohin er fahren sollte. Allmählich beschlug die Windschutzscheibe. Nachts kühlte es schnell ab.

Erneut fand Michelle als Erste die richtigen Worte. »Isabelle hat uns nichts verboten.«

Kapitel 45

Die Sonne schien durch einen Spalt im Vorhang auf die leere Hälfte des Bettes. Michelle hatte sich so nah an ihn herangekuschelt, dass Isabelles Seite nahezu unberührt geblieben war. Michelle trug noch Unterwäsche, er Unterhose und T-Shirt. Sie war so schnell eingeschlafen, dass gar nichts hätte passieren können.

Alain starrte an die Zimmerdecke. War dies der Beginn einer neuen Beziehung oder das Ende einer Freundschaft? Er konnte seine Gefühle selbst nicht einordnen und glaubte, dass es Michelle wahrscheinlich ähnlich ging. Fest stand, sie würden diesen Zustand nicht länger ignorieren können. Diese Schwelle war überschritten.

Er verspürte ein wenig Angst vor dem Moment, wenn sie aufwachte. Würde diese überstürzte Nacht, obwohl eigentlich nichts passiert war, zu schweren Verletzungen bei einem von ihnen führen? Vor allem Michelle wirkte bis über beide Ohren verknallt. Sein vermeintliches Date mit Julie und ihr tatsächliches mit dem Idioten waren anscheinend wie ein Aha-Erlebnis für sie gewesen.

Isabelle hat uns nichts verboten.

Der Satz ging Alain nicht mehr aus dem Kopf. Nachdem er ausgesprochen gewesen war, hatte er, ohne weiter zu zögern, den Zündschlüssel herumgedreht und sich auf den Weg nach Sainte-Eulalie gemacht.

Ihre erste gemeinsame Nacht war im gleichen Maße von inniger Zuneigung wie Zurückhaltung geprägt gewesen. Es hatte bei ihm ein Feuerwerk an Emotionen ausgelöst, ihre Haut, ihre Wärme zu spüren, ihren Duft einzuatmen, ihre Zunge zu schmecken. Aber bei alldem war eine Erektion dennoch ausgeblieben, was Michelle zwar bemerkt, aber nichts dazu gesagt hatte. Bis sie schließlich weggeschlummert war und er noch lange wach gelegen hatte.

Ihr Körper bewegte sich, sie schlug die Augen auf. Ein Lächeln umspielte ihre Lippen, die sie gleich darauf sanft auf seine legte.

»Bonjour.«

»Bonjour«, erwiderte er.

Michelle krabbelte unter der Decke hervor, stieg über ihn hinweg, um ins Bad zu gehen. Da spürte er eine Regung zwischen seinen Beinen. Es dauerte nicht lange, bis er die Klospülung hörte, gefolgt vom Wasserhahn. Die Badezimmertür wurde geöffnet und wieder geschlossen, ihre Schritte näherten sich wieder, dann erschien Michelle im Türrahmen des Schlafzimmers.

Zum ersten Mal sah er sie völlig nackt. Sie kam nicht ans Bett, blieb dort stehen.

»Es ist noch nichts passiert, wenn wir ehrlich sind«, sagte sie. »Oder?«

»Noch nicht«, gab er ihr recht. Sein Mund war trocken.

»Musst du auch noch?«

Alain schwang seine Beine aus dem Bett. Die Erektion war nicht mehr zu übersehen. Im Vorbeigehen gab er ihr einen Kuss, bevor auch er im Bad verschwand und sich mental auf das vorbereitete, was nun folgen würde.

Michelle musste in den Laden, und sie hatte kein Fahrzeug vor der Tür stehen. Ihr Blick spiegelte die tiefe Befriedigung wider, die sie empfand, und das nicht nur, weil sie Sex gehabt hatten. Sie war glücklich, dass das Versteckspiel endlich ein Ende nahm. Quasi über Nacht waren die beiden zu einem Paar verschmolzen. Alain hatte keine Zweifel mehr, dass es richtig war und seine Gefühle ihm keinen Streich spielten. Er glaubte sogar, dass Isabelle genau das gemeint hatte, als sie ihm zum Abschied sagte, er solle sein Leben leben. Michelle ging es genauso. Sie waren sich einig darüber, dass Isabelle sich nichts Besseres für beide ge-wünscht hätte. Trotzdem war ihr Geist noch längst nicht verschwunden und schwebte immer noch zwischen ihnen. Nur dass die unsichtbare Mauer durch ein unsichtbares Band ersetzt worden war.

Sie verließen das Haus und fuhren gemeinsam den Canal du Midi entlang. Michelle setzte Alain am Ende eines Feldweges ab, so nah wie möglich an seinem Boot. Zum Abschied gaben sie sich einen intensiven Kuss. Den Wagen würde Michelle am Restaurant abstellen und mit der Vespa weiterfahren.

Alain ging querfeldein auf die Baumreihe zu, hinter der er das Ufer des Kanals vermutete. Sein Orientierungssinn ließ ihn nicht im Stich und führte ihn schließlich zu seinem Boot. Er löste die Seile, ging an Bord und startete den Motor. Gemächlich tuckerte er zurück nach Car-cassonne. An der Écluse de Lalande machte er einen kurzen Zwischen-stopp und unterhielt sich mit Claude Vignaud, der ihm einen Kaffee anbot. Er nutzte die Gelegenheit und bedankte sich noch mal für die Mühe, die der Schleusenwärter sich gemacht hatte. Ohne seine Hilfe hätten sie das Boot gewiss nicht so schnell gefunden, wenn überhaupt.

Alain erreichte Carcassonne gegen Mittag und legte an seinem re-servierten Platz vor dem Restaurant an. Philippe war bestimmt schon unterwegs, um seine Lieferanten aufzusuchen und neue Angebote ein-zuholen, wobei seine Devise war: Entweder sie gingen mit ihren Preisen herunter, oder er würde woanders einkaufen.

Gut gelaunt ging Alain von Bord und sah auf sein Telefon. Julie Saidi hatte ihm eine E-Mail gesendet, den Link zu Chloés E-Mail- und Handy-Account. Für beides hatte sie denselben Anbieter gehabt. Chloés Hand-yverbindungen zu überprüfen, hatte Alain bisher außer Acht gelassen. Ihr Telefon war seit ihrem Tod nicht wiederaufgetaucht, ein weiteres In-diz, das auf einen Täter hindeutete.

Er betrat das Restaurant, fuhr den Computer hoch und klickte auf den Link, den Julie ihm gesendet hatte. Er musste kein Passwort mehr eingeben, um den Account einzusehen, hatte sofort auf alles Zugriff: Postfach, Papierkorb, Gesendet, Entwürfe. Sowie ihre Telefonrechnungen und Einzelnachweise. Er nahm sich zuerst den Posteingang vor. Sie stand im regen Austausch mit Kommilitonen, männlich wie weiblich. Es tauchten immer wieder dieselben Namen auf. Er konzentrierte sich auf die Personen, denen sie nicht so häufig schrieb.

Chloé war auf Wohnungssuche gewesen, was Émil schon erwähnt hatte. Ihr Mitbewohner René hatte davon zwar nichts gesagt, aber es hatte auch keinen Anlass gegeben, darüber zu reden.

Alain scrollte durchs Postfach. Dabei stellte er schnell fest, dass Chloé nicht nur Ausschau nach einem WG-Zimmer, sondern auch nach einem neuen Mieter für ihr bisheriges gehalten hatte. Aufmerksam las er die E-Mails. Was sie über ihren Mitbewohner schrieb, klang rundum positiv. Vor allem lobte sie seinen Ordnungssinn, der ausgeprägter war als ihr eigener. Auf seine Homosexualität ging Chloé nicht ein, das würde René, sollte ein Interessent Bedarf danach haben, wohl selbst ansprechen. Sie verschickte die immer gleichen Fotos von ihrem Zimmer, das auf den Bildern genau so aussah, wie Alain es kannte. Vielleicht ein wenig ordentlicher.

Plötzlich stutzte er, klickte eines der Fotos an und vergrößerte das Bild. Darauf war das frisch gemachte Bett zu sehen und der Nachttisch. Alain zoomte weiter heran. Dort stand wie gewohnt ihre Uhr, aber kein Bilderrahmen. Alain holte sein Handy hervor und schaute sich die Fotos an, die er selbst gemacht hatte. Da war er. Der Bilderrahmen. Direkt neben der Uhr. Hatte Chloé den Rahmen erst später hingestellt? Oder für die Aufnahme weggenommen? Alain dachte nach. Das fehlende Foto in dem Rahmen hatte er eigentlich als ein Indiz dafür gewertet, dass die Beziehung mit Jean Leroux zerrüttet war. Und das wiederum hatte den Verdacht auf ihren Freund gelenkt.

Irritiert suchte er weiter und fand eine E-Mail, in der Chloé die Zusage für ein WG-Zimmer bekam, für das sie sich sehr interessiert hatte. Die Antwort verblüffte ihn. Denn Chloé hatte dem jungen Mann eine Absage erteilt mit der Begründung, dass sie keinen Bedarf mehr habe. Alain durchsuchte alle E-Mails, konnte aber keine Zusage für eine andere Wohnung finden. Hatte sie es sich anders überlegt? Und wenn ja, warum? Hatte es mit Jean zu tun gehabt? Wollte sie bei ihm einziehen? Alain sah aufs Datum. Chloé hatte die E-Mail am Dienstagmorgen geschrieben, also am Tag nachdem sie in Narbonne-Plage war. Gut möglich, dass sie die Suche nach einem Zimmer aufgegeben hatte, weil sie nach ihrer Versöhnung darauf spekulierte, zu ihrem Freund zu ziehen.

Er öffnete eine weitere E-Mail, die in der Betreffzeile das Wort ›Umzug‹ enthielt und die ein Foto im Anhang hatte. Auf dem Bild war Chloé mit einer Freundin zu sehen, wie die beiden ein Möbelstück aus einem Kastenwagen luden. Es war kein Selfie und nicht vor ihrem Haus aufgenommen. Auch das Möbelstück fand sich nicht in Chloés Zimmer. Alain wollte das Bild gerade wegklicken, als sein Blick auf den Kastenwagen fiel. Darauf war ein Schriftzug zu erkennen, der das Wort ›Théâtre‹ enthielt: *Théâtre min …* – René Korb arbeitete dort, am *Théâtre minimal*. Wenn Chloé also ein Auto brauchte, konnte sie sich anscheinend eins bei René leihen. Und sie hatte ein Fahrzeug benötigt, um nach Lastours zu gelangen. Aber wenn sie es sich bei ihrem Mitbewohner geliehen hätte, wieso hatte René dann nichts gesagt?

Alain wählte seine Nummer. Nach dem zweiten Freizeichen ging er dran.

»Salut«, ertönte seine Stimme.

»Bonjour. Alain Olivier. Störe ich gerade?«

»Nein. Es geht. Freut mich, von Ihnen zu hören. Sind Sie schon weitergekommen in dem Fall?«, wollte René wissen.

»Womöglich, ja. Ich soll im Auftrag von Chloés Vater ein paar Sachen aus dem Zimmer holen. Sind Sie da?« Während Alain sprach, vernahm er leise Hintergrundgeräusche am anderen Ende der Leitung.

»Nein. Heute muss ich arbeiten«, entgegnete René. »Wir haben am Samstag Premiere für ein neues Stück. Darum kann ich Ihnen leider auch nicht sagen, wann ich wieder zu Hause bin.«

Alain überlegte nicht lange. »Ich habe von Chloés Vater einen Schlüssel für die Wohnung bekommen. Ist es für Sie in Ordnung, wenn ich mich allein dort aufhalte?«

»Selbstverständlich, ja. Gar kein Problem«, antwortete René hilfsbereit.

»Eine Frage noch. Wussten Sie, dass Chloé auf der Suche nach einem neuen WG-Zimmer war?«

»Natürlich, habe ich Ihnen das nicht gesagt?« René wirkte überrascht.

»Nein«, erwiderte Alain. »Wir haben über andere Sachen geredet.«

»Ich fand es schade, dass sie ausziehen wollte. Aber ihr gefiel die Gegend nicht so richtig. Sie wollte näher bei ihren Kommilitonen sein«, erklärte René. »Ist das denn wichtig?«

»Nein, nein«, wandte Alain ein. »Ich war nur etwas verwundert, als ich davon hörte.«

Gedämpft erklang durchs Telefon eine Frauenstimme, die Renés Namen rief.

»Ich muss weiterarbeiten«, entschuldigte er sich. »Tun Sie mir bitte einen Gefallen. Wenn Sie wieder gehen, schließen Sie die Wohnungstür bitte zweimal ab. Chloé hat das oft nur einmal gemacht, aber es ist besser, zweimal den Schlüssel rumzudrehen.«

»Ja, mache ich. Versprochen.«

»Au revoir.«

Das Telefonat war beendet.

Einen kurzen Moment lang hatte Alain einen Verdacht gegen René Korb gehegt, aber seine Unbedarftheit, einen Fremden unbeaufsichtigt in der Wohnung herumstöbern zu lassen, entkräftete seine Vermutung, dass etwas mit ihm nicht stimmte.

Alain wollte den Computer gerade herunterfahren, als ihm einfiel, dass er eine Sache noch gar nicht überprüft hatte. Er klickte auf den Papierkorb, um zu sehen, was sich darin befand.

Kapitel 46

Alain drehte den Schlüssel zweimal im Schloss um, öffnete die Tür und betrat den Flur.

»Hallo? Ist jemand da?«, rief er in die Wohnung, um sich zu vergewissern, dass er tatsächlich allein war. Nur das weit entfernte Gekreische der spielenden Kinder kam als Antwort. Alain ging in die Küche, schloss das gekippte Fenster.

Im Papierkorb des Mailaccounts hatte Alain den Nachrichtenverlauf mit einem Interessenten für Chloés Zimmer gefunden, der etwas mehr über ihren Mitbewohner wissen wollte. Der Austausch hatte sich daraufhin so entwickelt, dass Renés sexuelle Orientierung doch irgendwann zur Sprache kam. Dabei war es Chloé aber wichtig gewesen, zu betonen, dass diese nichts über ihn als Menschen aussagte und im Grunde auch nichts zur Sache tat. Denn ganz gleich, für welches Geschlecht René sich interessierte, er sei ein feiner Kerl, sehr zurückhaltend und äußerst höflich. Und außerdem hätte er in der ganzen Zeit, als sie mit ihm zusammenwohnte, ohnehin nie Männerbesuch gehabt. Trotz der Lobeshymnen hatte der Interessent abgesagt.

Leider gab es nun mal immer noch Männer, die mit Homosexualität nicht umzugehen wussten. Deshalb konnte man ihnen aber nicht unbedingt einen Vorwurf machen, fand Alain. Es lag an der Erziehung und dem sozialen Umfeld. Er musste kurz an Armand Leroux denken, der ebenfalls zu dieser Sorte Mann gehörte und keinerlei Toleranz in dieser Hinsicht kannte.

Aus irgendeinem Grund ließ Chloés Beschreibung des Mitbewohners Alain nicht los. Wenn es stimmte, dass René nie jemanden mit in die Wohnung gebracht hatte, war er wohl Single. Oder er unterhielt eine Beziehung, von der niemand wissen sollte. Bei dieser Überlegung war Alain wiederum in den Sinn gekommen, dass Chloé angeblich auch nie ihren Freund zu Besuch gehabt hatte. Und das, obwohl ihr Mitbewohner ihn eigentlich ebenfalls kannte. Immerhin war Jean Leroux ein Sponsor des *Théâtre minimal*, wie René in einem Gespräch mal erwähnt hatte.

Alain nahm das Handy ans Ohr und betätigte die Kurzwahl. Kurz darauf hörte er die raue Stimme der unfreundlichen Sekretärin von *Leroux Aerospace*.

»Alain Olivier. Ich möchte mit Jean Leroux sprechen.«

»Er ist gerade in einer Konferenz und –«

»Holen Sie ihn da raus«, schnitt er ihr das Wort ab. »Sofort.«

Perplex kam sie seiner Aufforderung ohne Widerworte nach. »Moment.«

Er wurde weitergeleitet, es dauerte keine zehn Sekunden, bis er Jeans Stimme hörte. »Hallo?«

»Ich will Sie nicht lange stören, habe nur eine einzige Frage, die Sie mir beantworten müssen. Wo haben Sie Chloé kennengelernt?«

»Das wissen Sie doch. Im Bon Voyage.«

»Wirklich? Nicht im Théâtre minimal?«

»Wie kommen Sie darauf?«

»Kennen Sie Chloés Mitbewohner: René Korb?«

Es trat Stille ein.

»Also ja. Sie kennen ihn.«

Leroux räusperte sich. »Ich war mal auf einer Premiere. Unsere Firma unterstützt das Theater. Da sind wir uns begegnet.«

»War Chloé auch dabei?«

Jean seufzte. »Ja. Sie war auch da.«

»Und dort haben Sie sich kennengelernt, war es so?«

»Ja«, gab er abermals zu. »Mehr möchte ich aber nicht dazu sagen.«

»Chloé war auf der Suche nach einer neuen Wohnung. Haben Sie ihr eine beschafft?«

Ein erneutes Seufzen drang durch den Hörer. »Ja. Nächsten Monat wäre sie umgezogen.«

»Sie haben Sie also unterstützt, um von René Korb wegzukommen. Richtig?«

»Ich habe zu tun«, entgegnete Leroux nun knapp. »Sie haben gesagt, eine Frage. Das waren schon mehrere.« Er legte auf.

Alains Verdacht hatte sich bestätigt. Jean Leroux wollte mit René Korb ebenso wenig zu tun haben wie mit Serge Pojol. Er ging zu der Zimmertür, die er als Renés vermutete. Sie war abgeschlossen. Warum? Hatte René in ihrem zweiten Gespräch nicht gesagt, dass er und Chloé nie abschließen würden?

Alain begab sich in die Hocke, um das Schloss zu begutachten. Dann ging er in die Küche und suchte nach einem geeigneten Werkzeug. Da es sich nicht um ein Sicherheitsschloss wie an der Wohnungstür handelte, sah er sich durchaus in der Lage, es zu knacken.

Kapitel 47

Julie drückte im Fahrstuhl auf die ›Fünf‹, dann die Taste, dass die Tür schneller zuging. Sie fühlte sich ein wenig betrunken und hatte sich von einem Kollegen im Dienst nach Hause fahren lassen. Benoit, Gustav, Maddy und all die anderen ließen keinen Geburtstag verstreichen, ohne dass nach Dienstschluss noch richtig gefeiert wurde, und der war heute schon um drei Uhr gewesen. Jetzt musste Julie noch irgendwie den Abend mit Nicolas überstehen, der einen Tisch in einem feinen Restaurant reserviert hatte.

Die Fahrstuhltür ging auf, Julie trat auf den Korridor und versuchte in gerader Linie zu ihrer Wohnung zu gelangen. Dort schloss sie die Tür auf, trat ein und – erstarrte.

Ein Jubel brach los. Der Flur war voll mit bunten Heliumballons, und im Chor ertönte »Happy Birthday«. Julie hasste Überraschungen, und noch mehr hasste sie Überraschungspartys. Mühsam zwang sie sich dennoch ein Lächeln auf die Lippen, da sie niemanden enttäuschen wollte. Nicolas kam als Erster auf sie zu, nahm seine Verlobte fest in den Arm und küsste sie, was einen weiteren Jubelsturm auslöste. Dann reichte er ihr ein Glas Champagner, und sie stießen an.

»Das Restaurant hat heute leider geschlossen«, sagte Nicolas lächelnd. »Deshalb habe ich mir gedacht, wir feiern zu Hause.«

Julie hob das Glas und blickte in die Runde. »Danke. Danke, dass ihr alle hier seid.«

»Auf Julie, auf deinen Geburtstag«, tönte es zurück.

Sie sah Roger und Amelie und noch weitere Mitglieder aus dem Tennisclub. Außerdem war gefühlt die halbe Belegschaft der Jurisdiktion da: Ankläger, Richter, Anwälte ...

Die Erkenntnis fiel Julie wie Schuppen von den Augen und es kostete sie viel Kraft, ihr Lächeln aufrechtzuerhalten. Das waren alles nur Freunde von Nicolas. Allesamt.

Ihr wurde ein wenig schwindelig, und sie brauchte einen Moment, um sich zu fassen, während die anderen Gäste bereits ins Wohnzimmer strömten. Sie folgte ihnen schließlich, blieb im Durchgang stehen. Der Raum war ebenfalls mit Luftballons und einem Schriftzug geschmückt. Nicolas hatte ein warmes Buffet mitsamt Koch und Servicekraft einbestellt sowie einen DJ, der im Moment noch dezente Musik auflegte.

»Keine Sorge«, hörte sie plötzlich seine Stimme dicht an ihrem Ohr. »Die Nachbarn sind vorgewarnt, und wen der Lärm stört, der soll vorbeikommen.«

Sie drehte sich zu ihm. Seine Augen leuchteten vor Freude, und er zog sie in eine feste Umarmung.

»Danke, mein Schatz«, brachte sie hervor. Er hatte sich solche Mühe gegeben, dass Julie eigentlich gar nichts anderes blieb, als das alles irgendwie gut zu finden. Obwohl sie am liebsten mit ihm allein gewesen wäre und den Abend vor dem Fernseher verbracht hätte.

Da piepte ihr Handy in der Handtasche im Flur.

»Lass es klingeln«, sagte er.

»Ich will nur nachschauen, ob es meine Brüder sind. Die gratulieren meistens erst kurz vor Mitternacht, weil sie es vergessen haben.«

Widerwillig ließ Nicolas sie los, und Julie ging in den Flur zurück, nahm das Telefon aus der Handtasche und sah aufs Display. Es war Alain.

»Saidi. Was gibt's?«

»Störe ich gerade?«

»Nein, nein. Schon okay.«

»Es ist etwas laut im Hintergrund, sind Sie auf einer Party?«, wollte er wissen.

»Ich bin zu Hause. Es ist meine Party.«

»Haben Sie etwa Geburtstag?«

»Ja, genau. Den Neunundzwanzigsten.«

»Oh, dann herzlichen Glückwunsch«, gratulierte ihr Alain. »Da möchte ich jetzt nicht dazwischengrätschen.«

»Schon okay«, entgegnete sie schnell. »Warum rufen Sie an?«

Er zögerte.

»Raus damit.« Sie platzte vor Neugier.

»Ich weiß jetzt, wie Chloé Voltaire zu den Burgruinen nach Lastours gekommen ist.«

Ihr Puls beschleunigte sich. »Wie?«

»Mit einem Firmenwagen vom Théâtre minimal, einer Kleinkunstbühne hier in Toulouse.«

»Die kenne ich«, stellte sie aufgeregt fest.

»Ich konnte den Pförtner überreden, dass ich einen Blick in das Fahrtenbuch werfen durfte. Chloés Mitbewohner, René Korb, hatte sich am Tag des Mordes den Wagen ausgeliehen und erst am nächsten Morgen wieder zurückgebracht. Ich glaube, die beiden sind zusammen dorthin gefahren, denn der Firmenwagen darf nicht an andere weitergegeben werden.«

»Und was hat der Mitbewohner damit zu tun?«

»Das weiß ich noch nicht genau. Aber ich muss mich beeilen, das rauszukriegen, denn wenn er nach Hause kommt, weiß er, dass ich ihm auf der Spur bin.«

»Wieso?«, fragte Julie misstrauisch. Sie ahnte nichts Gutes.

»Weil ich seine Tür eingetreten habe«, kam es nüchtern zurück. »Zuerst wollte ich das Schloss knacken, aber ich bin wohl etwas aus der Übung.«

»Sie sind eingebrochen?«, schrie sie entsetzt ins Telefon. »Wenn Sie Beweise gefunden haben, sind die jetzt wertlos.«

»Wirklich?«, es war nicht zu überhören, dass Alain schmunzelte. »Wenn Sie als Kommissarin sich unerlaubt Zugang verschafft hätten, dann ja. Aber ich bin Privatmann. Mir blüht nur eine Anzeige. Kennen Sie zufällig einen guten Anwalt?«

»Da müssten Sie nur auf meine Party kommen. Hier wimmelt es von denen«, erwiderte sie trocken. »Haben Sie denn einen Beweis gefunden?«

»Ein Beweis wäre zu viel gesagt, aber ich habe mir seine Telefonrechnungen angeschaut, die er fein säuberlich in seinen Steuerunterlagen hatte. Und eine Nummer taucht da auf, die Chloé auch oft angerufen hat. Wahrscheinlich ein Prepaid-Handy, das wahrscheinlich Jean Leroux gehört.«

»Wahrscheinlich mal wieder.« Julie seufzte. »Klingt sehr vage.« Sie dachte nach. »Aber haben Sie nicht eben gesagt, Sie hätten das Auto gefunden, in dem Chloé saß?«

»Ja, habe ich.«

»Machen Sie jetzt nichts Falsches«, ermahnte sie ihn. »Ich komme mit einem Team vorbei. Vielleicht finden wir noch Spuren.«

»Chloé ist aber schon mal mit dem Auto gefahren«, wandte Alain ein. »Um Möbel zu transportieren.« Er verstand daher nicht, was ein Spurensuchtrupp bringen sollte. Was sie dadurch erfahren sollten, was sie nicht ohnehin schon wussten.

»Ich dachte, den kann man sich nur als Mitarbeiter ausleihen?«, bohrte Julie nach.

»René Korb war auch damals dabei. Es werden also allein schon wegen des Möbeltransports Spuren der beiden im Wagen sein.«

»Ach ja?«, fragte Julie mit leicht ironischem Unterton und legte eine dramatische Pause ein. »Ich rede aber von Blutspuren«, kam sie schließlich auf den Punkt. »Am Gaspedal, der Bremse, Kupplung.«

Einen Moment lang herrschte Stille am anderen Ende der Leitung. Sie hatte es tatsächlich geschafft, ihn zum Schweigen zu bringen.

Innerlich triumphierend fuhr Julie fort. »Sie sind mir ja einer. Sie haben mich doch bei unserer ersten Begegnung arrogant darauf hingewiesen, dass die Kollegen von der Gendarmerie nicht ordentlich gearbeitet hätten, weil sie vergessen haben, die Schuhe des Museumswärters zu untersuchen. Wenn der Mörder an der Leiche vorbeigehen musste, könnten Blutspuren an seinem Schuh gewesen sein. Ergo auch im Auto und an den Pedalen.«

Alain war sprachlos. Wie hatte er das nur vergessen können? »Für so eine Untersuchung brauchen Sie aber einen richterlichen Beschluss«, erinnerte er sie, als er schließlich seine Stimme wiedergefunden hatte.

»Lassen Sie das mal meine Sorge sein«, ihr Schmunzeln war kaum zu überhören. »Ich rufe meinen Chef an.« Sie schaute nach nebenan, wo die Party tobte. »Oder ich gehe mal eben ins Wohnzimmer.«

»Ins Wohnzimmer?«

»Da wimmelt es von Richtern.«

Alain lachte. »Das mit dem Blut wäre ein Beweis«, wurde er dann wieder ernst. »Schicken Sie mir Ihre Kollegen vorbei und feiern Sie schön.«

»Wovon träumen Sie sonst so, wir sehen uns. Ich hasse Überraschungspartys. Bis gleich.«

Julie beendete das Telefonat und drehte sich um. Nicolas stand im Durchgang zum Wohnzimmer. Sein Blick spiegelte die pure Enttäuschung wider.

»Das wusste ich nicht, dass du Überraschungen so sehr verabscheust.«

Entschuldigend sah sie ihn an, hatte jetzt aber keine Zeit, Schadensbegrenzung zu betreiben. »Tut mir leid, Schatz. Heute nicht. Ich muss los. Ich versuche, so schnell wie möglich wieder da zu sein.«

Sie schnappte sich ihren Mantel und ihre Handtasche und ging zur Tür.

»Lass dir ruhig Zeit«, vernahm sie ihn murmeln, während sie die Wohnung verließ.

Kapitel 48

Alain fand, es hatte eine gewisse Ironie, dass das Stück, das am Samstag Premiere hatte, ausgerechnet ›Ménage-à-trois‹ hieß. Von einem Autor und Regisseur aus Toulouse. Denn eine *Ménage-à-trois*, eine Dreiecksbeziehung, vermutete Alain auch hinter dem Mord an Chloé.

Er stand auf einer Beleuchterbrücke und sah zu, wie unten auf der Bühne gearbeitet wurde. Die Schauspieler hatten Pause, während René und sein Team das Bühnenbild korrigierten und einen kleinen, dreieckigen Tisch mit einer Seite an einer Bühnenwand anbrachten, sodass am Ende nur zwei, nicht drei an den Tisch passten.

Der Regisseur war begeistert. »Ja, so ist es gut. Zwei Plätze für drei Personen. Jetzt können wir weitermachen.«

Die Schauspieler, zwei Männer und eine Frau, kamen wieder auf die Bühne. Während die Männer Anzüge trugen, hatte die Frau nur einen Slip und ein schwarzes Negligé an. Die Bühnenbauer traten ab, und die Proben konnten weitergehen.

Von seinem Posten aus konnte Alain beobachten, wie ein Beleuchter René ansprach und zu dem Gast oben auf der Brücke zeigte. René schaute herauf, die Blicke der beiden trafen sich. Alain stieg von der Beleuchterbrücke herunter.

Dort wurde er bereits erwartet. »Was machen Sie denn hier?« René klang überrascht.

»Wir müssen reden.«

»Worüber?«

»Vielleicht über eine *Ménage-à-trois?*«, stellte Alain in den Raum.

»Ich verstehe nicht.«

»Können wir irgendwo ungestört sprechen?«

René nickte und ging voran. Sie verließen die Bühne durch eine Brandschutztür, schritten durch einen Korridor und kamen in eine kleine Werkstatt, in der mehrere Werkbänke zur Holz- und Metallverarbeitung standen sowie Tapeziertische, vollgestellt mit Farbentöpfen und allem, was ein Bühnenbauer so brauchte.

Alain schloss die Tür und René drehte sich zu ihm um. Er wirkte nervös. »Ich verstehe kein Wort. Was wollen Sie mir sagen?«

Aufmerksam mustere Alain ihn, während er anfing zu sprechen. »Ich habe Chloés Telefonliste durchgesehen. Ab einem bestimmten Tag taucht immer öfter eine Handynummer auf. Und zwar am Tag nach der Theaterpremiere des Stückes ›Beau travail‹. Vor vier Monaten. Da haben sich Chloé und Jean kennengelernt, richtig?«

René zuckte mit den Schultern. »Sie waren beide hier. Ob sie sich schon vorher kannten, weiß ich nicht.«

»Ich habe mir auch Ihre Telefonrechnungen angesehen. Und fotografiert.«

Er sah ihn verdutzt an. »Wie das?«

»Die Nummer, die in Chloés Liste immer öfter auftauchte, war auch bei Ihnen zu finden«, überging Alain seine Frage einfach. »Aber vom Tag der Premiere an immer seltener. Komisch, finden Sie nicht?« Er sah René eindringlich an. »Die beiden haben sich durch Sie kennengelernt. Und dann hat Jean Leroux sich von Ihnen abgewandt.«

René schwieg, was mehr sagte als tausend Worte.

»Sie hatten eine heimliche Beziehung mit Jean Leroux, ich würde sagen, eine unmögliche Beziehung, weil er seine Bisexualität geheim halten musste. Aber Sie hatten die Hoffnung, dass er sich eines Tages aus den Fängen seines Vaters befreit. Und er dann für Sie da ist.«

René schluckte. »Ich habe versucht, ihm zu helfen. Ich liebe ihn, ich fühle mich für ihn verantwortlich.«

»Verantwortlich?«

»Ein Mensch kann nicht gegen seine Natur ankämpfen«, entgegnete er energisch. »Es ist unerträglich, wenn ein Vater seinen Sohn nicht so akzeptieren kann, wie er ist.«

»Und was hat Chloé damit zu tun?«, wollte Alain wissen und beantwortete sich die Frage, noch bevor René etwas sagen konnte, selbst. »Sie wusste die Wahrheit über ihren Freund. Sie kannte sein Geheimnis.«

René wandte sich ab, konnte ihm nicht mehr in die Augen sehen.

»Chloé hat es akzeptiert«, fuhr Alain unbeirrt fort. »Sie hätte Jean sogar mit jemandem geteilt. Aber dann hat er sich anders entschieden. Gegen Sie! Und für Chloé. Leroux hatte auf einmal genug von Ihnen. Und ihm konnten Sie die Schuld dafür nicht geben, weil Sie ihn liebten.«

Ruckartig fuhr René wieder herum. »Sie hat sich in unser Leben gedrängt!«

Alain verstand sofort. »Sie haben versucht, einen Keil zwischen die beiden zu treiben. Sie haben mich ganz bewusst nach Narbonne-Plage geschickt. In der Hoffnung, dass ich Stress verursache. Und das hätte auch beinahe funktioniert.« Er tat, als müsse er kurz überlegen. »Bleibt nur die Frage, wie Sie Chloé nach Lastours gelockt haben.«

»Sie war es, die dorthin wollte«, entfuhr es René.

»Zusammen mit Ihnen?«

Langsam sackten seine Schultern zusammen, er stand da wie ein Häufchen Elend. Gab kein Wort mehr von sich.

Alain musste den Druck erhöhen. »Die Kommissarin von der Police nationale ist auf dem Weg hierher und bringt einen richterlichen Beschluss mit. Um das Fahrzeug zu untersuchen, das Sie sich ausgeliehen hatten an dem Tag und mit dem Sie nach Lastours gefahren sind. Mit an Sicherheit grenzender Wahrscheinlichkeit haben Sie Blutspuren von Chloé mit in das Auto gebracht.« Er machte eine Pause und fing Renés Blick wieder ein. »Warum wollte Chloé dorthin?«

Verzweiflung machte sich in Renés Augen breit. Der Widerstand brach. Er holte tief Luft und fing zitternd an zu reden. »Ich hatte ihr gesagt, dass Jean eine andere hätte. Eine neue Freundin. Er könnte nicht treu sein, habe ich gesagt, er sei ein notorischer Lügner. Und dass er mit der anderen Frau nach Lastours gefahren sei. Chloé wollte Gewissheit, sie hat versucht, ihn anzurufen, aber er war beim Sport und danach in der Sauna, er ging nicht dran. Chloé hat mir nicht geglaubt. Sie dachte, ich lüge, um ihre Beziehung zu zerstören. Da habe ich ihr vorgeschlagen, sie solle sich doch vergewissern und nach Lastours fahren.«

»Sie sind zusammen dorthin?«, hakte Alain nach.

René nickte. »Sie war in Rage, wirklich aufgebracht vor Eifersucht, denn Jean beteuerte immer, wie sehr er sie liebe. Auf der Fahrt hatte ich überlegt, was ich tun sollte. Es war alles so ... ausweglos. Ich hatte ihn bereits verloren, das war mir klar. Aber dann, auf der Burg ... stand sie da. Auf dem Felsvorsprung. Hat in die Abendsonne geschaut und dann die Augen geschlossen. Sie wusste, dass ich gelogen hatte. Sie sah mich nicht kommen. Erst als ich vor ihr stand, hat sie die Augen geöffnet. Sie ist einen Schritt zurückgewichen, gestolpert und dann ... ist es passiert.« Seine Stimme brach.

»Sie wollen sagen, es war ein Unfall?«

Wieder nickte er, in seinen Augen schwammen Tränen.

Alain schüttelte entschieden den Kopf. »Das wird Ihnen kein Richter glauben«, platzte es aus ihm heraus. »Denn wenn es so wäre, hätten Sie Hilfe geholt und nicht versucht, die Sache zu vertuschen –«

Die Tür schwang auf. Und herein kam Julie Saidi. Hinter ihr standen zwei Polizisten in Uniform. Sie sah zu Alain und nickte. »Zero.«

»Zero?«, wiederholte Alain verwirrt.

»Ich hatte meinen Jeton auf Zero gesetzt«, sagte sie, wobei ein Funkeln in ihren Augen aufblitzte. »Und wir haben gewonnen.«

Sie ging an Alain vorbei zu René. »Hiermit nehme ich Sie fest wegen des Verdachts der vorsätzlichen Tötung von Chloé Voltaire.« Während sie ihn über seine Rechte aufklärte, dass er ab jetzt besser schweigen sollte, legte sie ihm Handschellen an. Dann übernahmen die Kollegen in Uniform und führten ihn ab. Widerstandslos ließ René sie gewähren.

Julie und Alain blieben allein in der Werkstatt zurück. Er reichte ihr die Hand. »Erst einmal herzlichen Glückwunsch zum Geburtstag.«

Sie schlug seine Hand aus und zog ihn stattdessen in eine feste Umarmung. »Vielen Dank.«

Dann lösten sie sich wieder voneinander. Er nahm einen klapprigen Holzstuhl und setzte sich.

»Wie fühlt es sich an, den Fall gelöst zu haben?«, fragte sie.

Alain seufzte. »Irgendwie seltsam. Einerseits bin ich froh, die Wahrheit zu wissen, aber andererseits macht das Chloé auch nicht wieder lebendig, und es ist irgendwie so ...«, er suchte nach den richtigen Worten.

»Sinnlos?«

»Das trifft es.« Er seufzte erneut.

Julie nickte. »Jean Leroux wird mit einem blauen Auge davonkommen. Aber sein Ruf dürfte ruiniert sein, und er ist gestraft mit seinem Vater. Geld allein macht auch nicht glücklich.«

Alain sah sie an. »Was macht Sie denn glücklich? Immerhin sind Sie von ihrer eigenen Geburtstagsparty geflüchtet.«

Sie setzte sich neben ihn auf einen anderen Stuhl. »Ich habe gerade mit meinem Chef telefoniert, dem Commissioner, der keine Sekunde gezögert hat, mir zu helfen. Deshalb ging das auch so schnell mit dem Beschluss. Das macht mich glücklich.«

Alain musste schmunzeln. »Sie haben bei ihm jetzt wohl einen dicken Stein im Brett.«

Julie lächelte. »Wer weiß. Vielleicht kann ich mich ja doch noch mit dieser Stadt anfreunden. Haben Sie Lust auf eine Party?«

Die Musik dröhnte bis auf den Flur. Alain klopfte laut und betätigte die Klingel nun schon zum zweiten Mal. Endlich ging die Tür auf. Vor ihm stand ein sympathisch wirkender Mann.

»Sind wir zu laut?«, fragte dieser, bevor er eine einladende Geste ins Wohnungsinnere machte. »Bitte, feiern Sie doch mit uns.«

»Eigentlich wollte ich nur ein Geschenk abliefern«, wehrte Alain freundlich ab.

»Oh, das ist nett. Das Geburtstagskind ist aber leider nicht da«, entgegnete sein Gegenüber.

Lächelnd trat Alain zur Seite. Hinter ihm stand Julie.

Zögerlich machte sie einen Schritt auf ihren Verlobten zu und sah ihn eindringlich an. Nur um ihm eine Sekunde später stürmisch um den Hals zu fallen und ihn überschwänglich zu küssen.

»Es ist meine Schuld«, entschuldigte sich Alain, als die beiden sich wieder voneinander gelöst hatten.

Mit einem seligen Lächeln auf den Lippen blickte Nicolas ihn an, streckte ihm die Hand entgegen und wiederholte seine Einladung. »Bitte, kommen Sie doch rein.«

Diesmal folgte Alain der Aufforderung, und die Tür fiel hinter ihm ins Schloss.

Kapitel 49

Vor dem *L'Entrecôte* hatte sich wie jeden Mittag eine lange Schlange gebildet, obwohl das Restaurant erst in einer halben Stunde öffnete. Es gab nur ein einziges Gericht auf der Karte. Lendenfilet vom Rind in Streifen geschnitten in einer unglaublich gut schmeckenden Knoblauchsoße, dazu Pommes frites bis zum Abwinken und einen Salat mit Walnüssen. Das Ganze gerade mal für zweiundzwanzig Euro.

Djamila Abbas stellte sich gerade an das Ende der Schlange, als plötzlich Julie Saidi neben ihr auftauchte.

»Kommen Sie«, forderte die Kommissarin Brahims Mutter mit einem freundlichen Lächeln auf, ihr zu folgen. Diese war zwar mehr als überrascht, kam der Einladung aber ohne Fragen zu stellen nach.

Entschlossen führte Julie sie an den Wartenden vorbei, direkt zum Eingang des Restaurants. Dort klopfte sie kurzerhand gegen das Glas der Tür. Ein gut aussehender, ganz in Schwarz gekleideter Garçon machte auf und sah sie fragend an.

»Wir sind Freunde von Benoit.« Mehr musste Julie nicht sagen, und er machte sofort einen Schritt zurück, hielt ihnen die Tür auf.

»Kommen Sie rein.«

Die zwei Frauen traten ein, und er schloss die Tür wieder hinter ihnen. Sie hatten das ganze Lokal für sich, alle Tische standen zur Auswahl.

»Die Küche öffnet erst in Kürze«, informierte sie der Oberkellner.

»Kein Problem«, entgegnete Julie. »Können wir denn aber schon was zu trinken bekommen?«

»Natürlich.«

»Eine Flasche von dem Château La Voulte Gasparets und Wasser«, orderte sie.

Der Garçon nickte und entfernte sich.

Djamila wirkte etwas verloren in dem großen Saal, der zwar einfach, aber sehr geschmackvoll eingerichtet war. Das Restaurant bestand aus mehreren durch breite Durchgänge miteinander verbundenen Gasträumen. In dem ersten Saal, wo sie sich befanden, stand in der Mitte ein Buffet zum Anrichten. Die Stühle waren schwarz, der Boden im selben Gelb wie die Uniformen der Kellner gehalten und die Wände verspiegelt.

»Wo möchten Sie sich hinsetzen?«, fragte Julie an Djamila gewandt.

»Ich weiß nicht.« Sie wirkte überfordert. »Suchen Sie einen Tisch aus.«

»Nein, bitte.« Julie sah sie mit einem aufmunternden Lächeln an. »Bestimmen Sie, wo Sie sitzen möchten.«

Djamila steuerte einen Tisch in einer Ecke an, an dem sie beide auf der Bank sitzen konnten. Ihre Mäntel legten sie neben sich, während eine Kellnerin bereits die Getränke brachte und ihnen den Wein und das Wasser in die Gläser schenkte.

Langsam akklimatisierte sich Djamila, ihr Gesicht hellte sich zusehends auf. »Ich habe schon so oft vor diesem Lokal gestanden, es aber nie geschafft reinzukommen«, sagte sie. »Die Schlange war immer so lang.«

»Darum sind wir jetzt zusammen hier.« Julie musterte sie aufmerksam. »Wie geht es Ihnen?«

»Allmählich wird das Leben wieder normaler. Brahims Geschwister haben es auch verkraftet. Nur die Jüngste ist immer noch sehr traurig.«

Julie nickte. »Ich möchte Ihnen erzählen, was wir herausgefunden haben.« Sie holte Luft, bevor sie fortfuhr. »Es gab ein paar Leute, die Serge noch etwas schuldig waren, und er hat ihnen befohlen, dass sie Brahim verschwinden lassen sollten.«

»Warum?«, wollte Djamila wissen, sichtlich um Fassung bemüht.

»Er kannte ein Geheimnis, und Serge wollte nicht, dass es ans Licht kommt«, erklärte Julie so sachlich wie möglich.

Die Mutter reagierte entsetzt. »Mehr nicht?«

Traurig schüttelte Julie den Kopf. »Nein. Brahim hat nichts Schlimmes angestellt, er war eindeutig das Opfer. Aber Serge ist nun aus dem Rennen und die Leute, die den Auftrag ausgeführt haben, ebenfalls. Sie werden lange Zeit im Gefängnis verbringen«, versuchte sie Djamila zumindest etwas Trost zu spenden. »Und vielleicht besteht so endlich die Chance, dass sich etwas ändert.«

In den Augen der Mutter lag ein tiefer Schmerz. »Was denn?«

»Reynerie hat einen Anführer verloren, und Serge ist kein Vorbild mehr, ganz im Gegenteil. Wenn er die eigenen Leute umbringt und dafür zur Rechenschaft gezogen wird, begreifen einige vielleicht, dass man solchen Typen nicht über den Weg trauen darf. Auch wenn sie viel Kohle haben und ein tolles Auto fahren. Houssein ist dabei, den Absprung zu schaffen. Und ihm werden andere folgen. Das wäre dann gewissermaßen Brahims Erbe.«

Eine Träne kullerte über Djamilas Wange. »Wie kann ich Ihnen danken?«

»Bringen Sie Ihre Kinder auf die richtige Bahn. Ich glaube fest daran, dass Sie das schaffen. Machen Sie Ihnen Mut.« Julie lächelte. »Aber jetzt genießen Sie vor allem das Essen.«

Wie auf Kommando kamen zwei Kellnerinnen und der Garçon an ihren Tisch, brachten mehrere Platten, zweimal Fleisch und einmal Pommes sowie Teller und Besteck. Der Duft der Knoblauchsoße stieg ihnen in die Nasen.

Schweigend hob Julie ihr Weinglas, Djamila tat es ihr nach. Mit einem leisen Klirren stießen sie an, in stillem Gedenken an Brahim Abbas.

Kapitel 50

Sie genossen die Abendsonne auf den warmen Steinen. Die wie am Reißbrett erdachte Neustadt von Carcassonne lag ihnen zu Füßen. Michelle saß zwischen seinen Beinen und lehnte sich an Alain an. Schon eine ganze Weile saßen sie so da, rührten sich nicht, genossen die Aussicht, die Wärme und hatten nicht das Bedürfnis zu reden. Bis Michelle schließlich doch das Schweigen brach. »Ich bin stolz auf dich.«

Alain lächelte. »Wieso?«

»Weil du die Wahrheit herausgefunden hast.« Sie nahm seine Hand in ihre. »Wie hat Émil reagiert?«

»Die Tatsachen stumm zur Kenntnis genommen. Kein Vater will jemals hören, dass seinem Kind ein Stoß versetzt wurde, als es auf einem Felsen stand. Und noch dazu von jemandem, mit dem man zusammengelebt und dem man vertraut hat. Aber immerhin ist René mit seiner Geschichte, dass es ein Unfall gewesen sein soll, nicht durchgekommen und wird seine gerechte Strafe erhalten. Bis Émil Genugtuung verspürt, wird es aber trotzdem einige Zeit brauchen, glaube ich. Nichts macht Chloé wieder lebendig.«

Michelle nickte verständnisvoll. »Was, wenn wieder jemand auf dich zukommt und deine Hilfe benötigt?«

»Meinst du, ich sollte weiter Detektiv spielen?«, fragte Alain schmunzelnd.

»Wieso spielen? Du bist einer.«

Er seufzte. »Und wer schneidet dann meine Hecke, hält das Haus in Schuss und trinkt mit meinem Nachbarn Bier?«

Sie richtete sich auf und drehte sich zu ihm um. Ihr Blick war voller Zuneigung. »Ich helfe dir dabei.«

Ein kleiner Schauer durchfuhr sie. »Mir wird allmählich ein bisschen kalt.« Ruckartig kam sie auf die Beine und musste für eine Sekunde ihr Gleichgewicht auf den unebenen Steinen suchen. Alain reagierte blitzschnell, packte ihren Arm und zog sie vom Abgrund weg, dem sie gefährlich nahe gekommen war.

Michelle schaute über die Kante der Mauer hinweg. Dort, wo sie stand, ging es zwanzig Meter steil in die Tiefe.

Alain rappelte sich nun ebenfalls auf, ließ sie dabei aber keine Sekunde los. »Ich glaube, ich werde ausreichend damit beschäftigt sein, auf dich aufzupassen«, murmelte er.

»Besser ist das.« Michelle drehte sich zu ihm, legte ihre Arme um seinen Hals und gab ihm einen langen intensiven Kuss.

ENDE

DANKSAGUNG

Ich möchte mich an dieser Stelle bei allen bedanken, die mir beim Schreiben des Manuskripts zur Seite gestanden haben. Während meiner Recherc/hereise in Carcassonne und Toulouse lernte ich zufällig den Polizisten Laurent Plouviez von der Police nationale kennen, den ich auch im Text verewigt habe: Der Schleusenwärter liest einen Krimi von einem imaginären Autor. Der echte Laurent hat seinen Dienst nicht quittiert, schreibt keine Bücher, hat mich aber bei meiner Arbeit sehr unterstützt und mir gute Tipps gegeben.

Das »Guesthouse Carcassonne« liegt am Quai Boulevard, wo eigentlich Émil wohnt, und wird von dem Iren Patrick geleitet. Von seiner Terrasse hat man einen traumhaften unverstellten Blick auf die Festung La Cité. Wen es nach Carcassonne zieht, dem kann ich diese Unterkunft nur empfehlen.

Ich danke meinen Lektorinnen beim Ullstein Verlag, Christina Weiser und Miriam Kagerer, für die tolle Unterstützung sowie allen Mitarbeitern meiner Agentur Kossack, ganz besonders Julia Dösch. Leider ist mein Agent Lars Schultze-Kossack viel zu früh verstorben, und ich widme ihm dieses Buch.

Ich danke meiner Tochter Malin für die medizinische Beratung sowie meiner kulinarischen Kontrollleserin Antje Müller fürs Mise en Place. Für die ›Weinbegleitung‹ danke ich meinem Kollegen Carsten Henn.

Alle Unstimmigkeiten in diesem Buch gehen nicht auf meine Berater zurück, sondern allein auf mich. Denn ich leiste mir die künstlerische Freiheit, Dinge so zu erzählen, wie sie meiner Meinung nach sein sollten.

Grausame Morde erschüttern den provenzalischen Spätsommer

Im Ferienörtchen Lavandou ticken die Uhren gewohnt langsam, und auch Leon und Isabelle genießen den Spätsommer an der Côte d'Azur. Die Idylle wird jäh unterbrochen, als die Leiche einer Frau aufgefunden wird. Die Tat erinnert an einen Mord, der die Gemeinde vor vielen Jahren erschüttert hat. Doch der Mann, der damals verdächtigt wurde, ist in einer Nervenheilanstalt untergebracht. Als Leon und Isabelle ihn vor Ort befragen, gibt er sich arglos – und die beiden haben das Gefühl, etwas Entscheidendes zu übersehen. Als eine zweite Frau auf dieselbe Weise umgebracht wird, läuft den Ermittlern die Zeit davon. Längst hat Leon keinen Zweifel mehr: Er hat es mit einem Serienmörder zu tun, der solange zuschlagen wird, bis Leon ihn stoppt ...

Remy Eyssen
Verräterisches Lavandou

Klappenbroschur
Auch als E-Book erhältlich
www.ullstein.de

ullstein